Im Irland des ausgehenden 18. Jahrhunderts kämpfen die Aufständischen der United Irishmen für die Unabhängigkeit von der britischen Krone. Die junge Waise Sharon schließt sich den Rebellen an. Zuerst erscheint ihr das Leben zwischen Lagerfeuern und nächtlichen Scharmützeln wie ein Abenteuer. Sie verliebt sich in den Captain der Aufständischen, Connell O'Leary. Aber dann wird Connell bei einem Angriff der englischen Truppen schwer verletzt. Sharon kann sich mit ihm und seinem Bruder Cyril in die entlegene Jerpoint Abbey retten. Während sie um Connells Leben kämpft, zieht der verschlossene, mysteriöse Cyril Sharon in seinen Bann. Unvermittelt gerät ihre ganze Welt aus den Fugen. Sharon muss entscheiden, ob sie in Irland bleiben oder die Flucht nach Frankreich wagen soll …

Inez Corbi wurde 1968 in Frankfurt am Main geboren. Nach dem Studium der Anglistik und Germanistik arbeitete sie im medizinischen Pflegebereich. Sie hat bereits einige Kurzgeschichten veröffentlicht, ›Die irische Rebellin‹ ist ihr erster Roman. Inez Corbi lebt mit Mann und Katze bei Frankfurt.

Unsere Adresse im Internet: www.fischerverlage.de

Inez Corbi

Die irische Rebellin

Historischer Roman

Fischer Taschenbuch Verlag

Originalausgabe
Veröffentlicht im Fischer Taschenbuch Verlag,
einem Unternehmen der S. Fischer Verlag GmbH,
Frankfurt am Main, August 2008

Alle Rechte dieser Ausgabe
Fischer Taschenbuch Verlag, Frankfurt am Main
© Fischer Taschenbuch Verlag, in der
S. Fischer Verlag GmbH, Frankfurt am Main 2008
Satz: Pinkuin Satz und Datentechnik, Berlin
Druck und Bindung: Nørhaven Paperback A/S, Viborg
Printed in Denmark
ISBN 978-3-596-17740-0

Für Stefan

Mai – Juni 1798

1. Kapitel

Es sah aus, als hätte auch der Baum geblutet. Dort, wo die neunschwänzige Katze sie herausgerissen hatte, fehlte die borkige, verschorfte Rinde, zogen sich getrocknete Blutspritzer über das freigelegte Holz. Die Rotröcke hatten hier gestern ein ganzes Dorf gefoltert, hatten weder Greise noch Frauen geschont, bis einer von ihnen die unmenschliche Qual nicht mehr ertragen und sein Wissen verraten hatte: Namen von Verbündeten, Absprachen, geheime Waffenlager.

Drohend wie ein Mahnmal ragte der Baum vor mir auf, die Schreie der Gemarterten, die an ihm festgebunden worden waren, schienen noch immer durch die Luft zu hallen. Zaghaft legte ich meine Hand auf die klaffende Wunde im Holz und versuchte mir vorzustellen, wie es war, wenn die neun Riemen auf den Rücken niederfuhren und Haut und Fleisch herausrissen. Ich schauderte. Es war gut, dass Allan bisher vermieden hatte, mich in zu viele Einzelheiten einzuweihen. Ich wäre sicher nicht stark genug, um der Tortur zu widerstehen.

»Dieses Elend wird bald ein Ende haben.«

Ich drehte mich um, als ich Allans Stimme hörte. Allan O'Donegue – begnadeter Harfenist und Flötenspieler, brüderlicher Freund und Mitglied der verbotenen Defenders. Wie auch ich.

»Glaubst du wirklich noch daran?«

Allan hob die Schultern, eine Frühlingsbrise wehte durch

seine kurzgeschnittenen braunen Haare. Diese neue Mode aus Frankreich fand auch in Irland immer mehr Anhänger, aber ich konnte nicht behaupten, dass sie mir gefiel. »Der Tag wird kommen. Noch ist nichts verloren.« Er wies auf unseren bunten, mit wehenden Bändern geschmückten Gauklerwagen. »Komm, Sharon, lass uns weiterfahren. Morgen werden wir in New Ross erwartet.«

Noch immer höre ich das Klappern von Mutters Webstuhl, rieche das schwelende Torffeuer, das jeden Winkel unseres winzigen Cottages erfüllte. Lange vorbei. An dem Tag, als wir Vaters geschundenen Leichnam von der Eiche nahmen, an der ihn König Georges Soldaten aufgehängt hatten, hatte meine Kindheit aufgehört. Seitdem bestimmte der Kampf für Irlands Freiheit auch mein Leben.

Ich hatte früh gelernt, was es hieß, in einem besetzten Land zu leben. Die Zahlungen für Pacht, Steuern und Zehnt an die englischen Herren fraßen Pächter und Kleinbauern auf, und obwohl der größte Teil der Strafgesetze seit einigen Jahren aufgehoben war, war es nur noch schlimmer geworden. Was nützte es uns, dass wir wählen durften, wenn wir nicht wussten, was wir essen sollten?

Die Defenders waren die Helden meiner Jugend. Ich konnte nicht genug davon bekommen, ihren Taten zu lauschen und mir auszumalen, wie Grundherren und Verwalter vor ihren nächtlichen Überfällen zitterten. In den vergangenen Jahren war der Widerstand gegen die englische Willkür angewachsen wie ein stetig steigender Strom. Die Stimmen, die zum Aufstand riefen, wurden lauter, die Inhalte der Flugschriften deutlicher. Angesichts dieser Bedrohung gründete die englische Krone eine neue Miliz, die mit den Rotröcken bald um die größte Erbarmungslosigkeit wetteiferte. Eine blutrote Spur der Verwüstung zog sich durch das Land. Hausdurchsuchungen waren an der

Tagesordnung, und gnade Gott dem, der ein Gewehr oder auch nur Schmuggelgut versteckte. Sie schreckten weder vor Folter noch vor Mord zurück und hinterließen verbrannte Häuser, vernichtete Ernte und geschlachtetes Vieh. Brennende Pechkappen, Hängen bis zur Bewusstlosigkeit, das Auspeitschen mit der neunschwänzigen Katze – die Liste ihrer Grausamkeiten war lang und einfallsreich.

Aber Hass ist eine starke Waffe, vor allem in den Händen derer, die nichts mehr zu verlieren haben, und Not macht erfinderisch. Wir lernten schnell, wie wir Engländer und Miliz täuschen konnten. Zimmerleute und Schmiede stellten unzählige Piken her, lange Spieße mit einer Spitze aus Metall, die sich gut im Stroh der Hausdächer verbergen ließen. Um heimlich neue Mitglieder zu werben, traf man sich auf den Feldern zum Kartoffelgraben oder inszenierte falsche Begräbnisse. Ich war dabei, wo immer ich Gelegenheit fand. Als Frau, fast noch ein Kind, erregte ich keinen Verdacht, wenn ich Handzettel verteilte oder erbeutete Waffen unter meinen Kleidern zu den Verstecken trug. Trotz des Kirchenbanns, unter dem ich wie alle Mitglieder der Defenders stand, besuchte ich weiterhin die Messe und hörte mit glühenden Wangen zu, wenn danach aus den Flugblättern und Zeitungen der United Irishmen vorgelesen wurde. Von dem, was unsere neuen Verbündeten da in wohlklingenden Worten über Freiheit und Selbstbestimmung sagten, verstand ich nicht alles. Ich wusste nur, dass wir dieselben Ziele verfolgten. Frankreich war unser gemeinsames Vorbild, und gleich den tapferen Franzosen, die vor wenigen Jahren ihren König gestürzt hatten, wollten wir auch Irland zu einer freien Republik machen.

Die Defenders waren die Hände, die United Irishmen der Kopf. Wenn beide zusammenarbeiteten, würden wir erfolgreich sein. So hatte Allan es mir erklärt. Allan kannte ich, seit er vor einigen Jahren mit seiner Gruppe von fahrenden Gauklern zum ersten Mal in unser Dorf gekommen war. Ich hatte mich ihnen angeschlossen, nachdem meine Mutter vergangenen Winter gestorben war. Natürlich hätte ich meine Arbeitskraft auf einem der *hiring fairs* in den Städten anbieten können. Aber ich wollte nicht in irgendeine fremde Stadt, wo ich allein auf mich gestellt wäre. Deswegen war ich Allan zutiefst dankbar, dass er mich aufgenommen hatte. In den zurückliegenden Wochen war er wie ein Bruder für mich gewesen. Er munterte mich auf, wenn ich traurig war, und brachte mir bei, die *bodhrán* zu schlagen.

Auch mit den vier anderen – Barry, Warren, Padraic und Diarmuid – kam ich gut aus. Zu meinem siebzehnten Geburtstag hatte mir Warren sogar ein kleines Messer geschenkt und mir gezeigt, wie ich damit umgehen musste. Gemeinsam mit Allan weihte er mich außerdem in die Pläne der United Irishmen ein.

Ursprünglich sollten Anfang Mai Überfälle auf die Dubliner Postkutschen verhindern, dass sich die englischen Garnisonen untereinander absprechen konnten. Das Ausbleiben der Post würde zu einem landesweiten Aufstand führen, in dem sich alle Iren gemeinsam erheben und das Land von den Besatzern befreien würden. In unserem Kampf für die Freiheit wollten uns auch die Franzosen unterstützen. Das war der Plan. Doch der Termin war ergebnislos verstrichen, und seitdem machten nur noch Gerüchte die Runde. Es hieß, sämtliche Führer der United Irishmen in Dublin, darunter so bekannte Namen wie Lord Fitzgerald und die Sheares-Brüder, seien festgenommen worden und erwarteten ihre Hinrichtung. Die Franzosen seien gelandet und bereit zum Aufstand, lautete es von anderer Seite. Vielleicht konnten wir in New Ross erfahren, ob aus der schwelenden Glut noch ein Feuer werden würde.

»Aufgeregt, mein kleines *croppy*-Mädchen?«

»Nenn mich nicht so. Nicht mal im Spaß.« Ich runzelte die Stirn, obwohl aus Allans Mund sogar diese verächtliche Bezeichnung nett klang.

Unser Wagen holperte über das Kopfsteinpflaster, die Luft trug den Geruch des Flusses mit sich. Als wir an einem Schneiderladen vorbeikamen, warf ich einen Blick in die hohen Glasfenster. Seit ich mein Zuhause verlassen hatte, trug ich keine Haube mehr. Mit ihr hatte ich nicht nur ein Stück Stoff abgestreift, sondern auch mein bisheriges Leben. Auf Allans Vorschlag hin hatte ich mir heute ein Band in dem verbotenen Grün in die Haare gebunden, die sich jetzt in kupfernen Wellen darum lockten. Jetzt hätte ich es am liebsten wieder gelöst.

»Du kannst ganz beruhigt sein.« Allan lehnte sich auf dem Kutschbock zurück. »Siehst du hier irgendwo einen Rotrock?«

Ich war nicht überzeugt. »Warum muss das Treffen unbedingt in einer Stadt stattfinden, in der eine englische Garnison stationiert ist?«

»Weil hier der größte Zweig der Wexford-Defenders zusammenkommt. Der Captain ist ein Freund von mir. Er wird dir gefallen.«

Ich nickte ergeben. Diese Sprüche kannte ich mittlerweile zur Genüge, und mir schwirrte schon der Kopf von all den Personen, die ich in den vergangenen Wochen kennengelernt hatte.

Der Marktplatz barst vor Menschen. Padraic und Diarmuid waren vom Wagen gesprungen und sorgten mit lautem Rasseln für Platz und Aufmerksamkeit. Neben Kniehosen und meist zum Zopf gebundenen Haaren sah ich viele lange Hosen im Stil der französischen Sansculotten und einmal sogar eine rote Jakobinermütze. Karren mit Bierkrügen drängten sich zwischen den Ständen von Händlern und Handwerkern, die Luft hallte wider von Rufen und Stimmengewirr, ringsum lagen oder hingen Flugblätter. Allan lenkte den Wagen neben den Stand eines Tuchhändlers, wo ihm Padraic ein Flugblatt reichte.

»Das ist wirklich gut.«

»Was steht drauf?«, fragte ich neugierig.

»Ein gelungenes Pamphlet auf König George und seine Niederlage in den amerikanischen Kolonien.« Allan griff nach seiner Flöte und gab mir die *bodhrán*. »Ich lese es dir nachher vor.«

Bereitwillig folgte ich dem Takt, den er mit dem Fuß vorgab. Während Padraic in die Menge eintauchte, begannen Warren und Barry zu unseren Klängen mit einem kurzen Schaukampf. Ich beugte mich ein wenig vor, um die Menschen zu beobachten, die mittlerweile in einem großen Halbkreis um uns herumstanden. Ein paar schmutzige Kinder drängten sich nach vorne, um besser sehen zu können. Mit großen Augen verfolgten sie, wie die Akrobaten durch die Luft wirbelten und genau vor ihnen zum Stehen kamen. Verhaltener Beifall ertönte, und als gleich darauf Diarmuid seine Jonglierkünste zeigte, strömten noch mehr Leute auf den Platz. Etwas abseits erkannte ich Padraics hellroten Haarschopf. Neben ihm stand ein junger Mann, der angeregt mit ihm sprach, ohne sonderlich auf unsere Vorstellung zu achten. Seine Kleidung war die eines Arbeiters, mit Hosen bis zu den Knöcheln und weitem Hemd ohne Weste. Aber er hätte in Lumpen gekleidet sein können und wäre mir dennoch sofort aufgefallen. Mit seinen dunklen Haaren und der leicht gebräunten Haut hätte er ebenso gut auf ein fremdländisches Piratenschiff gepasst.

Jetzt schaute Padraic auf und deutete auf mich. Mit einem verstohlenen Lächeln senkte ich den Kopf über die *bodhrán* und versuchte, mein plötzlich aufgeregt klopfendes Herz zu beruhigen und nicht aus dem Takt zu geraten. Als ich wieder aufblickte, waren beide Männer verschwunden.

Seufzend riss ich mich zusammen, denn als Nächstes hatte ich meinen Auftritt. Für heute hatte ich ein *caoine* ausgewählt, ein gälisches Lied über den Kampf unseres Volkes gegen das englische Joch. Allans Finger perlten dazu über die Harfe, und während ich sang, hielt ich hoffnungsvoll Ausschau. Ich hatte Glück. Mein ›Pirat‹ lehnte an einem Getreideschuppen und hörte mir sichtlich interessiert zu. Als sich unsere Blicke trafen, neigte er den Kopf und lächelte. Meine Stimme schwankte leicht, fast hätte ich meinen Text vergessen, und mir wurde plötzlich ganz warm.

Nach dem Beifall griff ich nach dem Hut, mit dem ich unser Geld einsammelte, und kletterte vom Wagen. Während Barry einige weitere akrobatische Kunststücke zum Besten gab, konnte ich meine Ungeduld kaum bezähmen, denn ich wollte diesen Mann unbedingt kennenlernen, mit ihm sprechen, seine Stimme hören. Ich war reichlich zittrig, als ich ihn endlich erreicht hatte. Er war mittelgroß, und sein Hemd war aus grobem blauem Wollstoff, einfach, aber gut gearbeitet. Das dichte schwarze Haar, das ziemlich nachlässig im Nacken zusammengebunden war, fiel ihm tief in die Stirn und verlieh ihm etwas Jungenhaftes. Er sah einfach umwerfend aus.

»Ihr habt eine schöne Stimme, *a chailín dhas*«, sagte er und warf einen Sixpence in meinen Hut. Seine dunklen Augen funkelten amüsiert, als ich mich verlegen bedankte. Mehr fiel mir nicht ein. Alles, was ich ihn hatte fragen wollen, war wie von einer großen Hand weggewischt.

Dann hörte ich Pferdegetrappel, und nur Sekunden später ritten mehrere englische Soldaten auf den Platz. Ihre scharlachroten Röcke mit den Goldlitzen leuchteten in der Sonne, die Hufschläge hallten dumpf auf dem Pflaster. Augenblicklich erstarb jedes Gespräch, Stille trat ein. Auch Barry unterbrach sein Spiel und zog sich eilig zurück.

Hatte mein Herz eben noch freudig geklopft, so hämmerte es jetzt laut vor Angst. So unauffällig wie möglich zog ich mir das grüne Band aus dem Haar und ballte es zusammen. Dann spürte ich, wie es mir aus der Hand genommen wurde. Bevor ich etwas einwenden konnte, hatte mich mein Gegenüber schon mit sich gezogen.

»Hierher. Und keinen Laut!«

Er schob mich hinter den Getreideschuppen, wo sich ein großer Strohhaufen auftürmte, und drückte mich zwischen den

Halmen nieder. Ich spürte ihn dicht neben mir. Vorsichtig spähte ich an dem Haufen vorbei, bis ich einen Teil des Marktplatzes sehen konnte.

Einer der Dragoner ritt vor bis zu einem Gemüsestand, an dem einige Flugblätter angeschlagen waren, spießte eines davon geschickt auf seinen Säbel und brachte es zurück zu seinem Vorgesetzten. Dieser las es mit steinernem Gesicht, dann schaute er auf.

»Woher kommt das?«

Er hätte noch zehnmal fragen können. Die schweigende Menge leerte den Platz wie Wasser, das in der Erde versickert. Ich konnte nur noch das Schnauben der Pferde und meinen eigenen rasenden Herzschlag hören. Entnervt gab der Mann schließlich einen Befehl und ritt mit seinen Leuten davon.

»Das war knapp«, seufzte mein neuer Verbündeter und rollte sich leichtfüßig aus dem Stroh. Er reichte mir eine Hand, um mir aufzuhelfen. »Ich hätte wenig Lust gehabt, mich mit Corporal Woodridge zu unterhalten. Ist alles in Ordnung? Ihr seht mir ein bisschen blass aus um die Nase.«

Ich nickte stumm, nur mit Mühe gelang es mir, ein nervöses Kichern zu unterdrücken. So nah war ich der Gefahr noch nie gewesen. Aber schon im nächsten Moment stellte sich das traumhafte Kribbeln wieder ein. »Dann sind das Eure Flugblätter?«

»Kluges Mädchen.« Er ließ meine Hand los und deutete eine Verbeugung an. »O'Leary. Captain Connell O'Leary.«

»*Captain ...?!*«

Er schien sich seiner Wirkung bewusst zu sein. »Habe ich Eure Erwartungen enttäuscht, Mistress ...«

»Brady. Sharon Brady«, beeilte ich mich zu sagen. »Nein, natürlich nicht. Sehr erfreut.« Eine geistreichere Antwort wollte mir nicht einfallen.

»Eines muss man Allan lassen«, räumte Connell O'Leary ein

und warf einen unverhohlenen Blick auf meinen Ausschnitt, der kaum noch von meinem Schultertuch verdeckt wurde. Hastig zupfte ich das Tuch zurecht. »Er hatte schon immer einen guten Geschmack. Ihr gestattet?« Er zog einen Halm aus meinem Haar und blies ihn fort. »Dann sehen wir uns heute Abend bei der Trauerfeier?«

»Wer ist denn gestorben?«, fragte ich mitfühlend.

Er hob die Schultern. »Keine Ahnung. Muss jedenfalls ein beliebter Mann gewesen sein, bei all den Leuten, die ihn betrauern werden.«

Ich biss mir auf die Lippe und kam mir entsetzlich dumm vor, schließlich wäre es nicht das erste Mal, dass ich einer solchen ›Totenfeier‹ beiwohnte – inszeniert, um sich über das Veranstaltungsverbot hinwegzusetzen und die Rotröcke zu täuschen.

Allan grinste vielsagend, als ich ihm von meinem kleinen Abenteuer erzählte. »Dann hast du unseren Captain also schon getroffen«, meinte er. »Nimm dich bloß vor ihm in Acht!«

So viele Menschen waren sonst nie zusammengekommen zu ihren geheimen Treffen. Einzeln oder in kleineren Gruppen trafen sie in der Lagerhalle am Stadtrand ein, die den Defenders in New Ross als Versammlungsort diente. Allan O'Donegue stand in der Nähe des Eingangs und ließ seinen Blick über den großen, fensterlosen Raum schweifen. Die letzten Jahre hatten ihn einen guten Blick für Details gelehrt, und mit der Beiläufigkeit langer Übung registrierte er die vielen vertrauten und unbekannten Gesichter. Tische und Bänke waren wie zu einer Totenwache hergerichtet, aus dem gedämpften Lärm erhoben sich vereinzelt helle Frauenstimmen. Die Luft war trübe von den vielen Talglichtern, Kerzen und Kieferfackeln, es roch verlockend nach Fleisch und Kartoffeln. Und wenn ihn nicht alles täuschte, war das dort hinten Connell, der sich über eine auf einem Tisch ausgebreitete Landkarte beugte.

»Gehören die alle zu uns?«, fragte Sharon mit großen Augen neben ihm und sah Warren nach, der mit dem Rest ihrer Truppe in der Menge verschwand.

»Jetzt tun sie es«, sagte Allan und bedachte sie mit einem wohlwollenden Blick. Mit ihren erwartungsvoll geröteten Wangen erinnerte sie ihn an seine früh verstorbene jüngste Schwester. Das war einer der Gründe, weshalb er sich für sie verantwortlich fühlte. Das und die grenzenlose Neugier, mit der sie in die Welt sah. Sie ging mit der Offenheit eines Kindes durch das Leben und fragte nicht danach, welchen Vorteil ihr irgendetwas brachte. In den Wochen, die sie jetzt schon gemeinsam unterwegs waren, hatte er noch nie erlebt, dass sie sein Vertrauen enttäuscht hätte. Sie war zuverlässig und verschwiegen – eine wichtige Eigenschaft in diesen dunklen Tagen – und manchmal so leicht zu durchschauen ...

»Komm«, sagte er und fasste sie am Arm. »Da hinten ist jemand, den wir begrüßen sollten.«

Connell schaute auf, als er sie näher kommen sah. »Allan O'Donegue. Du alter Schwerenöter!«

»Connell O'Leary!« Sie umarmten sich freundschaftlich. »Wer ist hier der Schwerenöter? Ich habe dich seit Monaten nicht mehr gesehen, und dann höre ich von dir als Erstes, dass du dich mit unserer kleinen Sharon hier im Stroh wälzt!«

»Du hast doch hoffentlich nichts anderes von mir erwartet.«

Connell zwinkerte Sharon zu, die daraufhin zartrosa anlief.

Allan kannte Sharon schon eine ganze Weile, aber diesen Blick, mit dem sie an Connells Lippen hing, während dieser von den neuesten Entwicklungen berichtete, hatte er noch nie bei ihr gesehen. Nicht zum ersten Mal in ihrer langjährigen Freundschaft fragte er sich, wie Connell es nur anstellte, jedes weibliche Wesen dermaßen zu betören. Sicher, Connell sah geradezu unverschämt gut aus, aber das allein erklärte doch nicht diese Wirkung. Sharons Augen strahlten, und an der zarten Röte, die ihr Gesicht bis unter den flammend roten Haaransatz überzog, waren sicher nicht nur die Fackeln schuld.

Allan fuhr sich mit der Hand über den Scheitel. Vielleicht sollte er sich doch wieder die Haare wachsen lassen. Das kam bei den Frauen offenbar besser an.

Er wandte sich an Connell. »Wie geht es eigentlich Molly?«

Sharons Gesicht bei diesen Worten war wie ein offenes Buch. Ihre Miene wechselte jäh, und Allan konnte ihr die Gedanken förmlich an der Nasenspitze ablesen.

»Bestens. Sie verwaltet die Waffenlieferungen aus Frankreich. Du wirst nicht glauben, was wir hier alles zusammengetragen haben. Seit Cyril zurück ist, hat sich einiges getan.«

Allan sah Connell überrascht an. »Cyril? Sag bloß, er ist wieder im Lande?«

»Seit Februar. Bist du ihm noch nicht begegnet? Er wollte sich gerade etwas umhören.«

»Dann wisst ihr also auch noch nichts Näheres?«

»Kaum mehr als du. Angeblich ist in Dublin nur noch Sam Neilson übrig, und ich hoffe, dass er sich noch etwas zurückhält. Jedenfalls so lange, bis wir wissen, wann mit den Franzosen zu rechnen ist.«

»Und wie wollen –«

»Captain!«, rief es von irgendwo aus der Menge. »Hier fragt jemand nach Euch!«

Connell drehte sich um und gab dem Mann ein Zeichen. »Wir sehen uns noch«, sagte er zu Allan.

Sharon sah ihm verträumt hinterher. »Ist er tatsächlich Captain? Er ist noch so jung …«

»Das täuscht. Er dürfte jetzt«, Allan überlegte kurz, »achtundzwanzig sein. Ein ganzes Jahr älter als ich.« Er unterdrückte mit Mühe ein Grinsen, als er bemerkte, wie sehr Sharon die eine Frage auf der Zunge brannte. Er stieß sie leicht mit der Schulter an. »Ich sagte doch, du würdest ihn mögen.«

Der dunkle Rotton, der sich jetzt auf ihre Wangen legte, brachte ihre Sommersprossen fast zum Verschwinden. Sie schluckte verlegen. »Wie lange kennst du ihn schon? Seit wann ist er Captain? Hat er –«

»Liebste Sharon«, unterbrach Allan sie, bevor sich ihr Redefluss zu einem unkontrollierten Sermon auswuchs, »ich werde mich ein andermal gerne stundenlang mit dir über Connell unterhalten, aber da hinten sind ein paar Leute, mit denen ich unbedingt reden muss. Tut mir leid. Du kommst doch allein klar, nicht wahr?«

Sie nickte, obwohl er ihr ansah, dass sie ihn am liebsten zurückgehalten hätte, und ließ ihn gehen.

Seufzend sah ich Allan nach und setzte mich schließlich an einen freien Tisch, auf dem ein erloschener Kerzenrest stand. Einige Frauen liefen zwischen den Bänken umher, schenkten Bier aus und verteilten Essen. Selbstvergessen begann ich, das herabgelaufene Wachs abzulösen, meine Gedanken drehten sich im Kreis. Wer um Himmels willen war diese Molly? Etwa Connells Frau? Warum nur hatte Allan nicht mehr dazu gesagt?

»Hat man Euch allein gelassen?«

Ich schrak zusammen; Connell lehnte sich neben mir an die Tischkante. Mich überlief ein freudiger Schauer, und mein Herz begann so laut zu klopfen, dass ich meinte, er müsse es hören.

»Oh, nein ... das heißt, ja ... ich ...« Wenn ich so weiterstotterte, würde er noch denken, ich wäre völlig verblödet.

Er überging mein Gestammel leichthin und zog mein grünes Band aus seiner Westentasche. »Ich habe hier etwas, was Euch gehört.«

Eine tiefe Wärme breitete sich in mir aus. »Das habt Ihr noch?«

Er lächelte. Seine Augen hinter den dichten Wimpern waren sehr dunkel, fast schwarz, man konnte darin versinken. »Wollt

Ihr nicht mitkommen und mir Gesellschaft leisten, statt hier die arme Kerze zu misshandeln?«

Und so begleitete ich ihn mit Beinen weich wie Butter, aber hocherhobenen Hauptes, um mir meine Aufregung nicht anmerken zu lassen. Das Band hielt ich wie einen Schatz umklammert. Am Tisch machten mir seine Leute Platz; ich war erleichtert, als ich Allan und Padraic unter ihnen entdeckte. Und keine andere Frau.

»Das ist Mistress Brady«, sagte Connell auf die neugierigen Blicke der Männer hin und setzte sich neben mich.

»Sharon«, bat ich schüchtern. Mistress hörte sich so schrecklich erwachsen an, und ich fühlte mich gerade alles andere als erwachsen.

»Mal wieder was Neues?«, zog ihn einer der Männer auf.

Sofort stieg heiße Röte in mir auf. Aber Connell grinste nur. »Wie redest du bloß in Anwesenheit einer Dame, Sean?«, erwiderte er gut gelaunt und drehte sich zu mir. »Ihr dürft ihn nicht zu ernst nehmen, das ist noch keinem bekommen.«

Jemand drückte mir einen Becher mit dunklem Bier in die Hand, ein anderer schob mir einen Teller voller Eintopf zu. Als ich mich bedankte, fing ich einen belustigten Blick von Allan auf.

Das Licht der vielen Kerzenflammen ließ die Halle glänzen; funkelnde Sterne in einer Nacht voller Freude. Nach und nach gesellten sich noch mehr Leute zu uns, sodass wir enger zusammenrücken mussten. Da Frauen in der Öffentlichkeit keinen Alkohol trinken durften, stieg mir das ungewohnte Bier schnell zu Kopf. Die gelöste Stimmung und vor allem Connells Nähe ließ mich wie in einem Rausch versinken. Alles war schöner, bunter, besser als sonst. Ich nahm Dinge wahr, die mir vorher nie aufgefallen waren, sah Padraics feine Sommersprossen auf seinen Handrücken, entdeckte in der Maserung des Tisches Phantasiewesen mit riesigen Köpfen. Ich konnte mich nicht sattsehen an

Connell, wollte immer wieder seine Stimme hören, sein Lachen. So glücklich wie an diesem Abend war ich schon lange nicht mehr gewesen. Nur ein Name – Molly – drängte sich immer wieder in meine Gedanken. Es durfte einfach nicht sein, dass Connell vergeben war.

Am Eingang entstand Unruhe, als sich mehrere Männer um die Tür scharten.

»Cyril ist zurück«, sagte jemand zu meiner Linken.

Connell seufzte auf. »Na endlich.«

Der Mann, der dort die Halle durchquerte, trug einen breitkrempigen Hut, und was ich von seinem Haar sehen konnte, war blond und fiel ihm offen bis auf die Schultern. Er war größer als die meisten anderen, doch das war es nicht allein, was ihn von ihnen abhob. Seine Züge waren fein geschnitten und fast schön zu nennen, wäre da nicht etwas gewesen, das über ihnen lag wie ein Schatten. Eine Art düstere Schwermut umgab ihn wie ein Mantel und kündete von einem nie verheilten Schmerz.

Mir war gar nicht bewusst, wie unverhohlen ich ihn anstarrte. Ich bemerkte meine Taktlosigkeit erst, als er zu uns trat und mich dabei mit einem kurzen Seitenblick bedachte. Etliche Männer waren aufgestanden und ihm gefolgt, sodass unser Tisch jetzt von einem Gewirr von Leuten umgeben war.

»Und?«, fragte Connell und zerriss damit die eigentümliche Spannung. »Konntest du etwas erfahren?«

»Ich habe gerade mit einem Boten gesprochen«, sagte der Mann namens Cyril und winkte ab, als ihm Connells Gegenüber Platz machen wollte. »Es sieht ganz so aus, als hätte Sam seinen großen Tag gehabt. Von Lucan bis Dalkey soll es mindestens sieben Überfälle auf Dubliner Postkutschen gegeben haben, Süden und Westen sind damit abgeriegelt. Daraufhin haben unsere Leute Prosperous in Kildare erobert. Und es gehen Gerüchte, dass sich auch Clane nicht mehr lange halten wird.«

Noch bevor er die letzten Worte ausgesprochen hatte, brandete Jubel auf. »... Sam Neilson ... Postkutschen ... Prosperous ... Clane ...«, pflanzte es sich von Tisch zu Tisch fort. Worte flogen um mich herum wie abgeschossene Pfeile, so rasch, dass ich selten erkennen konnte, von wem sie stammten.

»Das ist es! Das ist das Zeichen, auf das wir gewartet haben!«

»Wenn wir losschlagen, werden sich alle anderen auch erheben!«

»Ja, und auch unsere Leute bei der Miliz werden dann ihr wahres Gesicht zeigen!«

»Wir werden den Engländern eins überbraten, dass ihnen Hören und Sehen vergeht, das wird ein Spaß! Dann werden sie endlich verstehen, dass sie besser zu Hause geblieben wären.«

»Rotrock, Rotrock, geh nach Haus und versteck dich!«

»Und die Franzosen?«, fragte Connell in den Tumult hinein. Augenblicklich wurde es still.

»Nichts. Weder von Tone noch von Tandy.«

»Das muss überhaupt nichts bedeuten«, warf jemand an der Stirnseite des Tisches ein. »Wahrscheinlich warten sie nur auf den richtigen Zeitpunkt. Vor zwei Jahren haben sie es fast schon einmal geschafft!«

»Vorletzten Winter? Dann können wir lange warten!« Das war Allan.

»Du weißt genau, dass es nur das Wetter war, das sie nicht landen ließ. Sie haben zwei Schiffe verloren im Nebel!«

»Ja, und wenn es nicht das Wetter ist, dann ist es etwas anderes.«

»Diesmal sind sie besser vorbereitet. Wie erklärst du dir sonst die vielen Haussuchungen? Die Rotröcke haben das große Heulen und Zähneklappern! Tone ist seit Monaten in Frankreich, um eine neue Landung vorzubereiten. Und jetzt wurden die Kutschen angehalten. Das kann nur bedeuten, dass die Franzosen hier sind!«

»Warum haben wir dann nichts davon gehört?«

»Wahrscheinlich wollen sie noch nicht, dass man es erfährt. Oder glaubst du, unsere Leute in Dublin würden losschlagen, ohne sich abzusichern?«

»Unsere Leute in Dublin sitzen fast allesamt im Gefängnis.«

»Vielleicht auch nicht. Es ist sicher nur noch eine Frage von Stunden, bis wir von ihnen hören. Connell, was sagst du dazu?«

Connell verschränkte die Arme hinter dem Kopf. »Es ist zu früh.«

»Und die Postkutschen? Es heißt, die Franzmänner müssen längst da sein!«

»Es heißt, es heißt! Hast du sie gesehen?«

»Jetzt komm schon, Connell, lass uns feiern! Sonst bist du auch immer bei den Ersten.«

»Ihr redet zu viel!«, warf einer der Umstehenden mit dichtem roten Bart in das aufsteigende Gelächter. »Wenn es nach mir ginge, würde ich sofort alle verfügbaren Männer zusammenrufen und losschlagen! Es gibt genug, die nur darauf warten!«

Connell sah ihn an und ließ die Arme sinken. »Es geht hier aber nicht nach dir, Owen Munroe«, sagte er betont ruhig. »Und es geht hier auch nicht darum, ein paar Milizsoldaten zu erschrecken. Wenn ich deinen Rat brauche, werde ich dich fragen. Aber ich habe dich nicht gefragt. Also sag mir nicht, was ich tun soll!«

Noch während er sprach, fiel mein Blick auf Cyril, der völlig unberührt von dem Aufruhr wirkte. Er schaute Connell nachdenklich an, dann nickte er ihm kaum wahrnehmbar zu.

Es wurde spät in dieser Nacht. Überall standen und saßen Leute in Gruppen zusammen und diskutierten. Einige, wie der rotbärtige Owen, waren kaum davon abzuhalten, durch New Ross zu ziehen und den Rotröcken heimzuleuchten. Aus einer Ecke erscholl lautes Lachen; Padraic und Barry gaben eine groteske Pantomime auf König George zum Besten.

Trotz der ausgelassenen Stimmung konnte ich mich nicht richtig freuen. Natürlich war ich froh über unsere ersten Erfolge. War es nicht das, worauf wir so lange gewartet hatten? Doch es ging alles so plötzlich und schien zu wenig geplant. Außerdem fühlte ich mich verloren, allein gelassen. Connell hatte mich völlig vergessen. Auf einmal erschien er mir unerreichbar, wie er da inmitten seiner Männer saß und lautstark mit ihnen debattierte. Ich hätte viel dafür gegeben, den Rausch der vergangenen Stunden wiederherzustellen.

Es wurde viel getrunken und viel geredet, und je weiter die Nacht voranschritt, umso mehr wurde getrunken und umso weniger geredet. Die Menge hatte sich mittlerweile stark gelichtet. Viele waren zurück zu ihren Familien gegangen. Manch einer war über dem Tisch zusammengesunken und schnarchte, auch an den Wänden lagen Schlafende. Ich hatte mich schließlich zu Allan, Connell und fünf anderen Männern gesetzt und versuchte angestrengt, ihren Reden zu folgen. Dabei war ich so müde, dass mir buchstäblich die Augen zufielen und ich immer wieder sekundenweise einnickte. Aber ich wollte mich nicht einen Moment früher von Connell trennen als unbedingt nötig, und er kannte einfach keine Müdigkeit. Erst als auch Allan immer öfter gähnte, beschloss man, den Rest der Nacht zu nutzen. In einer Ecke fanden wir ein paar Decken und machten uns daraus ein behelfsmäßiges Lager.

»Du willst sie doch nicht etwa hier schlafen lassen?«, fragte Connell Allan mit einem Blick auf mich. »Ich könnte sie bei Molly unterbringen.« Schon wieder dieser Name!

Allan runzelte die Stirn. »Jetzt noch? In wenigen Stunden wird es Tag.«

»Es macht mir wirklich nichts aus«, beeilte ich mich zu sagen. »Ich bin daran gewöhnt.«

Connell schüttelte den Kopf. »Ich habe eine bessere Idee. Ihr erlaubt?« Er hob zwei Decken hoch und stieß die Tür zu einem kleinen Nebenraum auf, in dem Fackeln und Getränke gelagert waren. »Ich kann Euch doch nicht mit all den Männern allein lassen«, meinte er, während er die Decken neben einem Stapel leerer Krüge ausbreitete. »Oder wolltet Ihr mich eifersüchtig machen?«

»Ich wollte doch nur –« Ich hielt inne, als ich sah, dass er nur mühsam das Lachen zurückhielt.

»Jetzt hört schon auf. Ich wollte Euch nur ein wenig aufziehen!«

»Ihr macht Euch lustig über mich!«

»Das würde ich nie wagen«, versicherte er mir und schaute dabei so treuherzig, dass ich jetzt meinerseits lachen musste. Er hob die Hand und strich über mein Haar, und bevor ich wusste, wie mir geschah, hatte er mir einen flüchtigen Kuss auf die Wange gedrückt.

»Ich werde«, murmelte er und ließ die Hand sinken, »jetzt besser gehen. Ich bin nicht mehr ganz nüchtern.«

Ich schaute ihm noch immer nach, als sich die Tür schon längst hinter ihm geschlossen hatte. Er hatte mich geküsst! Glücklich wickelte ich mich in die Decke und schalt mich im nächsten Moment eine Närrin. Ich durfte mich keinen törichten Hoffnungen hingeben. Er war sicher in festen Händen. Ganz sicher war er das. Oder vielleicht doch nicht? Und während draußen bereits die ersten Vögel zu singen begannen, glitt ich in einen leichten Dämmerschlaf, den süße Träume von Connell erfüllten.

2. Kapitel

Entferntes Stimmengewirr drang durch meinen Traum. Es dauerte einen Augenblick, bis ich begriff, wo ich war, dann sprang ich auf. Mein Kopf dröhnte. Wie viel hatte ich in der vergangenen Nacht nur getrunken?

Die Lagerhalle war leer, Sonnenlicht fiel durch die geöffnete Tür. Auf den Tischen stapelten sich umgestürzte Becher und Holzteller mit Essensresten. Es roch nach Bier und kaltem Rauch.

»Ich wollte dich gerade wecken, Schlafmütze«, empfing mich Allan, der eben zur Tür hereinkam. »Ich dachte schon, du würdest den ganzen Tag verschlafen.«

»Es dreht sich alles«, stöhnte ich.

»Das kann ich mir vorstellen«, feixte er. »So, wie du gestern zugelangt hast. Wolltest du mit uns mithalten?« Er schob mich auf eine Bank und drückte mir einen gefüllten Zinnbecher in die Hand.

Ich nippte an dem heißen Kräutertee. »Wo sind denn die anderen?«

»Die meisten sind wieder zu Hause. Ein paar sitzen in der Sonne, spielen Karten und warten auf neue Nachrichten. Barry hat ihnen gerade eine Sondervorstellung gegeben.«

»Und ... Connell?«

Ich hatte es beiläufig gesagt, aber Allan hatte mich sofort durchschaut. »Connell ist unterwegs, aber er lässt dich grüßen.

Gegen Mittag wollte er wieder zurück sein. Kommst du zu uns? Padraic braucht Hilfe bei seinen Zauberkünsten.«

Ich schüttelte den Kopf, denn ich hatte kein Bedürfnis nach anderen Menschen. Vielleicht sollte ich mich noch etwas herrichten, bevor Connell zurückkam. Schließlich wollte ich mich ihm von meiner besten Seite zeigen.

Der heiße Tee hatte meine Sinne belebt, am Nebentisch sah ich Allans Harfe stehen. Ich setzte mich daneben und begann, eine einfache Melodie, die ich mir in den vergangenen Wochen selbst beigebracht hatte, darauf zu zupfen. So vertieft war ich in mein Spiel, dass ich zuerst nicht bemerkte, dass ich nicht mehr allein war. Dann erfasste ich aus dem Augenwinkel eine Bewegung und drehte mich um.

Er stand am Eingang, mit dem Rücken gegen den Türrahmen gelehnt. Obwohl ich noch etwas benommen war, fiel mir sein Name sofort wieder ein: Cyril.

»Seid Ihr schon lange hier?«, fragte ich erschrocken und nahm die Hände von den Saiten.

»Ich habe Euch zugehört.« Er kam auf mich zu und blieb vor mir stehen. Jetzt, bei Tageslicht und ohne seinen Hut, sah ich, dass er nicht mehr jung war. Um die vierzig vielleicht, auch wenn seine Züge seltsam alterslos wirkten. Sein Haar hatte die Farbe von hellem Bernstein; als Kind musste es hellblond gewesen sein und war im Lauf der Zeit nur wenig nachgedunkelt – obwohl ich mir diesen Mann kaum als Kind vorstellen konnte. Seine Augen, irgendetwas zwischen grau und grün, musterten mich kühl hinter dunklen Wimpern, mit der ruhigen Unerschütterlichkeit eines Menschen, der schon alles gesehen hat. Er erinnerte mich an eine große Raubkatze, hellwach hinter der scheinbaren Trägheit. »Woher kennt Ihr dieses Lied?«

»Keine Ahnung. Ich muss es irgendwo aufgeschnappt haben.«

Er strich über den Rahmen der Harfe und sagte etwas, sehr

schnell und für mich unverständlich; ich konnte nur vermuten, dass es Französisch war. Ich hob die Schultern und sah ihn fragend an.

»Man nennt es die *Marseillaise*, ein Revolutionslied der Franzosen. Jetzt ist es ihre Nationalhymne.«

»Ich war noch nie in Frankreich«, bekannte ich und ärgerte mich über meine Unsicherheit. Aber er strahlte etwas so beunruhigend Selbstsicheres aus, dass ich mich hilflos wie ein kleines Mädchen fühlte.

»Das dachte ich mir.« Sein Interesse an mir war erloschen, und noch bevor ich etwas erwidern konnte, hatte er sich umgedreht und war gegangen.

Kundschafter brachten Einzelheiten von der Schlacht um Prosperous. Ein Lieutenant der Miliz hatte sich als United Irishman entpuppt und gestern Morgen mit fünfhundert Männern die Stadt erobert. Danach hatte er anderen Rebellen bei der Garnison von Carnew zum Sieg verholfen. Immer mehr Gerüchte wurden zu Gewissheiten, und die Freude war groß. So groß, dass man darüber die fehlenden Anweisungen aus Dublin gerne vergaß.

Der Strom an Freiwilligen riss nicht ab. Wie Wasser, das sich in einer tieferen Ebene sammelt, kamen sie in und vor der Lagerhalle zusammen. Ich stand mit hochgekrempelten Ärmeln hinter einem Topf mit dampfender Suppe und verteilte mit zwei anderen Frauen das Essen. Von meinem Platz aus konnte ich Connell im Gespräch mit einem Hauptmann der Miliz beobachten. Als die Patrouille vor der Halle aufmarschiert war, hatte ich Todesängste ausgestanden. Nachdem ich aber gesehen hatte, wie die Männer vorsichtig einige Geheimzeichen austauschten und wie unbefangen Connell sich mit ihnen unterhielt, beruhigte ich mich. Dennoch war ich bedrückt. Seit Connell zurückgekehrt war, hatte er nur einmal kurz mit mir gesprochen. Ich konnte meine Enttäuschung kaum verbergen. Dann hatte der Kuss von gestern Abend also nichts zu bedeuten gehabt? Vielleicht sollte ich mir Connell besser aus dem Kopf schlagen. Aber ich konnte mich nicht gegen meine Gefühle wehren. Ich hatte mich bis über beide Ohren in ihn verliebt.

Diese Nacht verbrachten wir in unserem Wagen in der Nähe der Halle. Noch vor Tagesanbruch wurde ich wach; jemand machte sich an der Abdeckung zu schaffen. Erschreckt setzte ich mich auf und sah neben mir Allan nach seinem Messer greifen. Dann wurde die Plane zurückgeschlagen.
»Bist du verrückt geworden?«, zischte Allan und ließ die Waffe sinken, als Connell den Kopf durch die Öffnung steckte. »Um ein Haar hättest du ein Messer zwischen den Rippen gehabt!«
»Begrüßt man so einen Freund? Ich wollte euch überraschen.«
»Das ist dir gelungen. Was machst du so früh hier? Anständige Leute schlafen um diese Zeit.«
»Womit sich die Frage nach meiner Anständigkeit beantwortet hätte.« Connell kletterte ins Wageninnere, wo sich jetzt auch die anderen schläfrig aufrichteten. »Mylady«, er bedachte mich mit einem freundlichen Kopfnicken, »ich hoffe, Ihr verzeiht mein ungebetenes Eindringen in Euer Schlafzimmer.«
Barry und Padraic prusteten los, während ich meinen Umhang, in den ich mich zum Schlafen gewickelt hatte, bis zum Kinn hochzog und gleichzeitig versuchte, auch meine Beine damit zu bedecken. Leider hatte ich so keine Hand mehr frei, um meine vom Schlaf zerzausten Haare zu ordnen – sicherlich sah ich aus wie eine Vogelscheuche. Mein Herz klopfte zum Zerspringen.
Connell ließ sich neben Allan fallen und streckte sich aus, so gut es der Platz erlaubte. »Ihr habt es ja richtig gemütlich hier. Mir kommt es vor, als hätte ich seit einer Ewigkeit nicht mehr

geschlafen.« Dabei wirkte er kein bisschen müde, eher rastlos, wie ein Tier an der Kette.

Allan ließ sich nicht so leicht ablenken wie ich. »Was ist passiert? Schlechte Nachrichten?«

Connell nickte grimmig. »Dieser verdammte Hurensohn von Saunders, Captain der Wicklow-Miliz. Dieses Schwein hat gestern seine eigenen Leute in der Garnison von Dunlavin erschießen lassen, mindestens zwanzig Männer. Jemand muss ihm gesteckt haben, dass sie zu uns gehören. Vorgeführt und erschossen wie ein Rudel räudiger Hunde!« Er nahm eine von Diarmuids Jonglierkeulen in die Hand und ließ sie durch die Finger gleiten. »Ich kannte einen von ihnen, Matty Farell. Er war fast noch ein Kind! Trotzdem können wir nicht einfach losstürmen und den Rotröcken das Licht ausblasen, auch wenn ich das am liebsten tun würde. Und niemand kann mir sagen, was eigentlich los ist. Dublin ist stumm wie ein Grab, und von den Franzosen höre ich auch nichts. Wenn nicht bald ein wenig Planung in dieses Chaos kommt, dann waren Prosperous und Clane nichts weiter als Strohfeuer. Derzeit macht jeder nur das, was ihm gerade in den Sinn kommt, und das ist, mit Verlaub, ziemlicher Bockmist.« Verärgert warf er die Keule weg. »Ich muss jetzt weiter. Wir sehen uns später.«

Die Halle glich einem Soldatenlager nach dem überstürzten Aufbruch zur Schlacht. Niemand hatte sich die Mühe gemacht aufzuräumen. Ich beseitigte das schlimmste Durcheinander, bis sich der Raum wieder füllte. Die Menschen waren verängstigt und ratlos, sie suchten die Sicherheit der Gemeinschaft. Das Massaker von Dunlavin hatte gezeigt, dass die Krone nicht einmal vor Mord zurückschreckte. Und doch hatte ich dabei ein unwirkliches Gefühl, fast wie die Nachwehen eines bösen Traums. Die Wirklichkeit war hier, bei Allan und Connell und all den anderen, inmitten dieser Menge von Leuten, die seit dem Mittag zusammenströmten wie auf ein unsichtbares Signal hin. Es waren viele Gesichter darunter, die gestern noch nicht dabei gewesen waren, alte und junge Männer, Frauen, sogar Kinder, die mit ihren älteren Geschwistern gekommen waren.

Das Klappern der Teller, die Reden und erregten Debatten mischten sich zu einem vielstimmigen Summen. Zusammen mit den weichen Tropfen eines Regenschauers auf dem Dach erinnerte mich dies an einen geschäftigen Bienenstock. Mein Blick wurde immer wieder von Connell angezogen, der ständig fast überall war, jeden kannte, für jeden ein Wort hatte. Und alle wollten sie ihn sprechen, seine Meinung hören, seinen Rat haben.

Erst am frühen Abend wurde es ruhiger. Der Schauer war in einen kräftigen Regen übergegangen, der rauschend gegen die Wände prasselte. Während Allan die Saiten seiner Harfe neu spannte und Warren einigen Bauern den Umgang mit dem Messer erklärte, kümmerte ich mich um die Getränke. Einer der Männer, mit denen Connell zusammensaß, winkte mir, und ich beeilte mich, ihnen einen frischen Krug Bier zu bringen.

»Schaut euch doch um«, sagte Connell gerade. »Wie soll denn aus diesem Haufen eine geordnete Mannschaft werden? Die wenigsten haben schon einmal ein Gewehr in der Hand gehabt, geschweige denn damit geschossen.«

»Dann sag mir bitte, was du tun willst«, forderte ihn ein untersetzter Mann auf, von dem ich wusste, dass er Schmied war. »Sie üben lassen? Die Rotröcke nehmen doch jeden fest, den sie mit einer Schusswaffe erwischen! Meinen Schwager haben sie erst letzte Woche hochgenommen, und dabei hatte er nur ein bisschen Schwarzpulver dabei. Fast hätten sie ihm die Teerkappe aufgesetzt!«

»Ach komm, Finn, jeder weiß doch, dass dein Schwager dumm ist wie ein Mehlwurm. Was schleppt er auch das Zeug mit sich herum?«, warf ein Mann mit einer roten Narbe über der Stirn ein.

»Die Kunst besteht ganz einfach darin, sich nicht erwischen zu lassen«, Connell schenkte mir ein verschwörerisches Lächeln.

»Von welchen Waffen redet ihr eigentlich?«, mischte ich mich schüchtern ins Gespräch und stellte den Krug auf den Tisch. »Außer Messern und Piken habe ich noch keine gesehen.«

»Wirklich nicht?« Connells Augen funkelten, als er sich erhob. »Das müssen wir aber dringend ändern.«

»Wenn du in einer Stunde nicht zurück bist, schicke ich jemanden!«, rief ihm der Mann mit der Narbe hinterher und kniff vielsagend ein Auge zusammen.

»Besten Dank, Brian, ich weiß deine Sorge sehr zu schätzen«, erwiderte Connell und schob mich aus der Halle.

Die Welt ertrank im Regen. Meine nackten Füße schmatzten durch den Schlamm, bis wir einen Schuppen erreichten. Connell sperrte auf und ließ mich eintreten, dann kam er nach und schloss die Tür hinter sich. Ich musste lachen, als er sich drinnen wie ein nasser Hund schüttelte.

Lichtstreifen drangen durch die Ritzen und Astlöcher in den Brettern und erhellten das Innere des Schuppens ein wenig. Es roch nach feuchter Erde und Getreide. Außer einigen aufeinandergestapelten Strohbündeln sah ich nichts.

»Und hier sollen also die Waffen sein?«, fragte ich belustigt.

»Abwarten.« Connell kniete nieder und begann, das Stroh wegzuräumen, bis die Umrisse einer großen, im Boden vergrabenen Kiste erschienen. Als sie freilag, stieß er den Deckel auf. »Was sagt Ihr dazu?«

Die Waffen waren neu, hauptsächlich schwere, langläufige Musketen, aber auch ein paar Pistolen samt dazugehöriger Munition. Ähnliche Vorderlader hatte ich bislang nur bei Soldaten der Krone gesehen. Das hier war Schmuggelware, wahrscheinlich aus Frankreich, herangebracht auf geheimen Wegen und unter großen Gefahren. Ehrfürchtig hockte ich mich hin, strich über einen glänzenden Lauf, befühlte das glatte, kalte Metall.

Ich schaute auf, als ich Connells Blick auf mir spürte.

»Ihr seid wunderschön«, murmelte er.

Mein Herz wollte nahezu aussetzen vor Begeisterung. Er war mir sehr nah, in seinen Haaren glitzerten Wassertropfen, das schwache Licht spiegelte sich in seinen Augen und verlieh ihm etwas unglaublich Verführerisches. Ich stammelte irgendeine unsinnige Erwiderung, und er strich mir eine feuchte Strähne aus dem Gesicht und zog mich hoch. Dann drückte er mich gegen die Bretterwand, seine Lippen erforschten die meinen, eroberten sie. War es richtig, was hier passierte? Aber wie konnte etwas, das sich so gut anfühlte, falsch sein? Zaghaft erwiderte ich seine stürmischen Küsse und hob meine Hände zu seinem Haar. Seine Zunge spielte mit meinen Zähnen, bis ich seinem Drängen nachgab und ihn einließ. Dieser kühne Vorstoß ließ mich erbeben, und eine nie gekannte Hitze breitete sich in meinem Unterleib aus. Sein Körper drängte sich gegen meinen, hart und fordernd, seine Hände liebkosten meine Brüste, glitten dann tiefer, tasteten sich unter meine Röcke. Er ging mit einer Zielstrebigkeit vor, die kaum Zweifel an seinen Absichten ließ.

Ich fuhr zusammen, als die Tür geöffnet wurde.

»Hier steckst du also«, sagte Cyril, in keiner Weise überrascht. »Könntest du dich mal von deinem Mädchen trennen? Owen will dich sprechen. Es ist wichtig.«

Er schien daran gewöhnt zu sein, Connell in einer derartigen Situation vorzufinden, aber ich wäre vor Scham am liebsten im Erdboden versunken. Fahrig ordnete ich meine Kleider und versuchte, mein wild schlagendes Herz zu beruhigen.

Connell seufzte. »Wäre es möglich«, sagte er gereizt, »dass ich einmal, nur ein einziges Mal allein sein könnte? Wäre das wohl möglich?«

»Allein?«, wiederholte Cyril.

Connell verdrehte die Augen. »Cyril O'Leary, es gibt Tage, da könnte ich dich umbringen.« Er fuhr leicht über meine Wange.

»Wir holen das nach«, sagte er und verschwand in der Dämmerung.

Während ich zittrig meine Haare ordnete, schloss Cyril die Kiste mit den Musketen und bedeckte sie mit dem Stroh. Ich kam mir vor wie ein Kind, das beim Naschen ertappt worden war, und war noch zu verstört, um wütend auf ihn zu sein. Genau genommen musste ich ihm sogar dankbar sein, denn es hätte nicht viel gefehlt, und Connell hätte mir an Ort und Stelle die Unschuld geraubt. Es gab schönere Plätze dafür als einen zugigen Schuppen.

Connells Worte fielen mir wieder ein. »O'Leary?«, wiederholte ich. »Ihr habt den gleichen Familiennamen?«

Cyril schichtete das letzte Strohbündel auf und drehte sich zu mir um. Ich sah die Spur eines Lächelns. »Das«, sagte er, »soll bei Brüdern mitunter vorkommen.«

Ich starrte ihn entgeistert an. »Oh«, war das Einzige, was mir nach einer Schrecksekunde dazu einfiel. Sein Bruder? Er war Connells *Bruder*?!

»Ich ... muss jetzt gehen«, sagte ich stockend und zwängte mich ins Freie.

Nach einigen Schritten blieb ich stehen und atmete tief durch. Es hatte aufgehört zu regnen. Die untergehende Sonne brach durch die Wolken, spiegelte sich in den Pfützen und glitzerte in den Tropfen auf Ästen und Dächern. Das Leben war so schön. Cyril mochte sein, wer immer er wollte. Ich hatte Connell! In meinem Mund war noch immer der Geschmack seiner Küsse, und die Erinnerung an seine Leidenschaft ließ mich erzittern. Am liebsten hätte ich der ganzen Welt meine Freude gezeigt, jeden Einzelnen der vielen Menschen umarmen können, zwischen denen ich mich wiederfand.

Erst allmählich kehrte meine normale Wahrnehmung zurück. Die Gesichter um mich herum waren angespannt, besorgt, vor dem Eingang der Halle drängte sich eine Menschentraube. Die

Nachrichten, die dort ein verwundeter Bote erzählte, rissen mich endgültig zurück in die Wirklichkeit.

Letzte Nacht hatten über tausend Aufständische versucht, Carlow am River Barrow zu besetzen. Als sie scheinbar unbemerkt bis auf den Marktplatz der schlafenden Stadt gelangt waren, hatten die Rotröcke das Feuer eröffnet und einen Großteil der Männer niedergemetzelt. Der Bote war einer der wenigen, die überlebt hatten.

Diese neue Hiobsbotschaft war Öl im Feuer der Empörung. Jetzt war es nicht mehr nur Bestürzung über die Brutalität, mit der die Krone zurückschlug. Jetzt war es unverhohlene Wut, und die Stimmen, die nach sofortiger Vergeltung riefen, waren nicht mehr zu überhören.

Die Halle konnte die Menge nicht mehr fassen. Noch an diesem Abend wich man deshalb auf ein freies Feld oberhalb der Stadt aus. Halb New Ross war hier zusammengekommen, und noch immer trafen weitere Menschen ein, in den Gesichtern den entschlossenen Willen derjenigen, die nichts mehr zu verlieren hatten. Um den nächtlichen Streifzügen der Miliz zu entgehen, hatten sich auch viele Bauern zu uns gesellt. Mit Strohsäcken und Decken breiteten sie sich auf dem Feld aus, viele hatten Heugabeln und selbstgeschmiedete Piken zu ihrer Verteidigung dabei. Während ich mit einem kleinen Mädchen, das in dem Gewühl seine Eltern verloren hatte, durch das regenfeuchte Gras ging, hörte ich ringsum die gleichen Geschichten. Erzählungen von Brand und Tod in der Nacht, von Vergewaltigungen und Plünderungen.

Als ich die Eltern des Mädchens gefunden hatte, machte ich mich auf die Suche nach Connell. Ich fand ihn so zielsicher, als würde mich ein Leitstern lenken. Er saß allein vor einem glimmenden Feuer und stocherte mit einem Stock in der Glut. Über ihm rauschte ein Baum dunkel vor der Nacht.

Er hob den Kopf, als ich näher kam. »Sharon«, sagte er erfreut und legte den Stock beiseite. »Wo warst du die ganze Zeit? Ich habe dich vermisst.«

Ich war nicht sicher, ob er das ernst meinte. »Es gab so viel zu tun ...«

»Und ich dachte schon, ich hätte dich verschreckt.« Er zog mich zu sich. »Ich hatte allerdings das Gefühl, als hätte es dir gefallen ...« Dann beugte er sich über mich und küsste mich, und unerfahren wie ich war, hielt ich den Atem an, bis ich keuchend nach Luft schnappen musste. »Und jetzt ...«, sagte Connell, nahm meine Hand und legte sie zwischen seine Beine, »möchte ich dir meinen kleinen Freund vorstellen ...«

Erschreckt zog ich meine Hand wieder zurück. »Du bist unmöglich!«, flüsterte ich mit brennenden Wangen und schaute mich um, ob uns jemand gesehen hatte.

Er lachte nur. »Ich weiß«, sagte er und ließ sich rücklings ins Gras sinken.

Ich blieb unschlüssig sitzen. Obwohl mich die Vorstellung, ihn zu berühren, reizte, fand ich es nicht richtig. Es war zu früh. Ich hatte ihn gerade erst kennengelernt, meine Gefühle überschlugen sich, doch er benahm sich, als wäre dies völlig normal. Aber sicher war er es gewohnt, dass sich Frauen zu ihm hingezogen fühlten. Und wenn er doch verheiratet war? Ich sollte diese Sache dringend mit ihm klären, doch ich fand nicht den Mut dazu.

»Hast du gehört, was letzte Nacht in Carlow passiert ist?«, fragte er unvermittelt.

Ich nickte, erstaunt von dem sprunghaften Wechsel seiner Gedanken.

»Mehr als sechshundert Männer sind tot. Ich kann verstehen, dass unsere Leute ungeduldig werden. Und allmählich werde ich das auch. Uns bleibt nicht mehr viel Zeit.«

»Aber wollten wir nicht auf die Franzosen warten?«, warf ich ein, stolz, dass er seine Überlegungen mit mir teilte.

»Langsam bezweifle ich, dass sie je kommen werden, da kann Cyril sagen, was er will.«

Das kurze Gespräch im Schuppen kam mir wieder in den Sinn, obwohl es mir schien, als wäre es Tage her, wie ein flüchtiger Traum. »Ich wusste gar nicht, dass er dein Bruder ist«, bekannte ich. »Ich dachte, er wäre einer von deinen Leuten. Oder vielleicht jemand von den United Irishmen.«

»Das eine schließt das andere ja nicht aus. Zusätzlich ist er eben auch noch mein Bruder. Genauer gesagt mein Halbbruder – seine Mutter war die erste Frau meines Vaters. Ich dachte, du wüsstest das.«

»Woher denn? Ihr seid euch ja kein bisschen ähnlich.«

»Das müssen wir doch auch nicht«, sagte Connell und setzte sich wieder auf. »Schließlich ist er neun Jahre älter als ich.«

»Ich hätte auch gerne ältere Geschwister gehabt«, seufzte ich. »Eine große Schwester oder einen großen Bruder, das wäre schön gewesen. Versteht ihr euch gut?«

»Oh, das müssen wir. Schließlich bin ich der Captain.« Er lachte. »Nein, im Ernst, wir kommen ganz gut miteinander aus, auch wenn wir uns erst wieder aneinander gewöhnen müssen. Er war lange fort.«

»Leben deine Eltern noch?«

Er schüttelte den Kopf. »Sie sind gestorben, als ich zwölf Jahre alt war. Cyril hat damals die Vormundschaft für mich übernommen und dafür gesorgt, dass ich weiter zur Schule gehen konnte. Und er hat doch einen prachtvollen Menschen aus mir gemacht, oder nicht?«

»Dann muss ich ihm also richtiggehend dankbar sein.«

»Du magst ihn nicht besonders, nicht wahr?«

»So habe ich das nicht gemeint«, gab ich ausweichend zurück. »Ich glaube eher, es ist umgekehrt.«

»Wie kommst du denn darauf? Hat er irgendetwas zu dir gesagt, was ...«

»Nein, das nicht. Oder wenn, dann habe ich es nicht verstanden. Heute Morgen hat er ein bisschen Französisch mit mir geredet.« In wenigen Sätzen erzählte ich ihm von meiner Begegnung mit Cyril.

Connell nickte. »Er war für einige Jahre in Frankreich.«

»Warum?«

»Dir liegt ja wirklich viel an unserer Familiengeschichte«, sagte er und lehnte den Kopf an meine Schulter. »Wenn du dich noch länger so für ihn interessierst, könnte ich glatt eifersüchtig werden.«

Ich kicherte, so amüsant fand ich diese Vorstellung. »Tatsächlich?«

»O ja.« Er drückte mich ins Gras und lehnte sich über mich. »Soll ich dir sagen, was ich mit Frauen anstelle, die es darauf anlegen, mich eifersüchtig zu machen? Ich ziehe ihnen das Mieder aus. Und dann schaue ich, was sich darunter verbirgt.« Seine Sätze wurden von der entsprechenden Handlung begleitet, bis ich vor Lachen kaum noch Luft bekam.

»Erbarmen!«, japste ich, und was immer ich sonst noch sagen wollte, ging unter in einem weiteren erstickten Gelächter, als er sich erneut meiner Bekleidung widmete.

»Ich wollte dir jemanden vorstellen, *a stóirín*.«

Bei dem ungewohnten Kosewort aus Connells Mund drehte ich mich um und sah mich einer rundlichen Frau mittleren Alters gegenüber. Die freundlichen braunen Augen, das fröhliche Gesicht unter der Haube – ihre ganze Erscheinung wirkte liebenswert und mütterlich. Ich mochte sie auf den ersten Blick.

Connell legte ihr den Arm um die füllige Hüfte. »Das ist Molly O'Brien, die gute Seele von New Ross. Molly, das ist Sharon Brady.«

Das also war Molly? Ich seufzte unhörbar auf, und im Stillen schimpfte ich mit Allan, der mich so hinters Licht geführt hatte. Diese Frau war sicher nicht Connells Ehefrau. Mir fiel ein ganzer Berg vom Herzen, und ich fühlte mich schwach vor Erleichterung.

»Freut mich sehr, Euch kennenzulernen.« Molly streckte mir eine rosige Hand entgegen und wirkte leicht verwundert, als ich ihre Hand mit offensichtlicher Begeisterung schüttelte.

Gemeinsam sahen wir Connell nach, der sich jetzt zu einigen Bauern gesellte, die ihn sofort mit Fragen bestürmten.

»Wie schnell die Zeit vergeht«, bemerkte Molly. »Es kommt mir wie gestern vor, dass er noch ein kleiner Junge war, und jetzt will er unser Land befreien. Er hat Euch sehr gern, wisst Ihr das?«

Ich lächelte glücklich. Trotz der ungewissen Zukunft fühlte ich mich wunderbar. Connell wollte mich, das hatte er deutlich gezeigt. Und selbst wenn alles etwas zu schnell ging: Die Umstände waren nun einmal außergewöhnlich, und Connell war ebenfalls außergewöhnlich. Ich hatte lange genug gelebt, um zu wissen, dass das Leben kurz war und das Glück noch kürzer. Zum Aufwachen blieb mir noch genug Zeit.

Die Sonne trocknete die letzten Pfützen und legte einen goldenen Schleier über die Dächer. Diesen Tag verbrachte ich hauptsächlich mit Molly O'Brien, zu der ich sofort Vertrauen fasste. In den vergangenen Wochen hatte mir eine Freundin gefehlt.

Die schlechten Nachrichten brachen nicht ab. Mehrfach kamen berittene Männer zu uns und zogen sich mit Connell und einigen anderen zurück. Meldungen von erneuten Hinrichtungen machten die Runde. Mit Sam Neilson war auch der Letzte der Dubliner Führungsspitze festgenommen worden. Jetzt gab es niemanden mehr, der die Fäden in der Hand hielt. Auch von den Franzosen hörte man nichts.

Allan tat sein Bestes, um die murrende Menge bei Laune zu halten. Den ganzen Tag über spielte er zu den Künsten unserer Truppe auf, und auch ich steuerte meinen Anteil bei. Dass ich trotz allem so glücklich war, erzeugte ein vages Schuldgefühl bei mir. Ich fühlte mich seltsam schwerelos, als wäre nicht ich es, die das alles erlebte, als würde ich über den Dingen schweben wie ein Vogel.

»Ich muss mit dir reden«, sagte Connell, als ich ihn am Abend wiedersah. »Oben in Gorey hat ein gewisser Father Murphy, ein Teufelskerl von Priester, eine richtige Armee um sich gesammelt. Heute Morgen haben sie eine Abteilung der Krone besiegt. Er hat auf dem Oulart Hill ein Lager errichtet.« Er schaute nachdenklich in den dämmernden Himmel. »Wie du siehst, können wir auch ohne die Franzosen etwas auf die Beine stellen. Gleich morgen früh werden wir dorthin aufbrechen. Du wirst vorerst bei Molly bleiben.«

»Ich will aber nicht hierbleiben«, widersprach ich. »Ich will mit euch gehen!«

Er lächelte nachsichtig. »*A stóirín*, du bist ein tapferes Mädchen, aber das geht nicht.«

»Aber bei Allan –«

»Allan ist der gleichen Meinung. Es ist viel zu gefährlich für eine Frau, und niemand kann auf dich aufpassen. Wenn alles etwas sicherer ist, kannst du nachkommen.«

Ich schwieg. Natürlich wollte ich ihm nicht im Weg stehen, aber ich hatte nicht damit gerechnet, mich schon so bald wieder von ihm trennen zu müssen.

»Jetzt sei nicht traurig. Wir sehen uns sicher bald wieder.« Er hob mein Gesicht empor und küsste mich auf die Nasenspitze. »Hilfst du mir, meine Leute zusammenzurufen?«

3. Kapitel

Es war ein bunter Haufen aus Bauern und Handwerkern, die am nächsten Morgen vor New Ross zusammentrafen. Der Himmel war wolkenlos, und die grünen, weißen und gelben Bänder, die sich viele um die Hüte gebunden hatten, leuchteten in der Sonne. Die meisten waren zu Fuß, viele mit Stiefeln, deren Nähte aufgeplatzt waren, oder auch ganz ohne Schuhe, in zerschlissenen, schmutzstarrenden Kleidern, den spärlichen Besitz auf den Rücken geschnallt. Fast jeder war auf die eine oder andere Weise bewaffnet, auch wenn es sich dabei oft nur um Sensen oder Heugabeln handelte. Die Kiste mit den Musketen hatte man auf unseren Wagen geladen und mit Zeltplanen und Proviant getarnt.

Inmitten dieser freudigen Aufbruchsstimmung stand ich niedergeschlagen neben Molly O'Brien und schaute dem Gedränge zu. Schon am frühen Morgen hatte ich mich von meinen Freunden und Connell verabschiedet und dabei den Gedanken zu verdrängen versucht, dass ich ihn vielleicht nie wiedersehen würde.

Connell wirkte sehr beeindruckend in dem dunkelgrünen Uniformrock eines Captains, in dem ich ihn heute zum ersten Mal sah. Eine weiße Halsbinde schmückte sein Hemd, und seine Haare waren ordentlich zusammengebunden. Ich musste lächeln, als ich bemerkte, dass er sogar seinem Pferd, einem kräftigen Fuchs mit hellen Fesseln, ein grünes Band in die Mähne gebunden hatte. Wie er so durch die wogende Menge von Menschen ritt, eingerahmt von Sonnenstrahlen, die seine Gestalt im Gegenlicht wie mit einer goldenen Aura umgaben, hätte er aus einer anderen Welt stammen können. Ein Prinz aus dem Morgenland. Mein dunkler Engel der Verführung.

Jetzt lenkte er sein Pferd zu uns.

»Pass gut auf dich auf.« Ich brachte ein kleines Lächeln zustande, denn er sollte mich nicht traurig sehen. »Ich warte auf dich.«

»Das hoffe ich doch.« Er wandte sich an Molly. »Du kümmerst dich um sie, nicht wahr? Und halte mir deine Liebhaber von ihr fern!«

Molly lachte. »Mach, dass du fortkommst, bevor du noch mehr Unsinn erzählst!«

Langsam und unter vielstimmigen Rufen setzte sich die gewaltige Menge in Bewegung. Unzählige Füße stampften über den Boden und zertraten das Gras, mit einem polternden Rumpeln fuhren die Räder an und drehten sich knirschend im getrockneten Schlamm. Noch lange schaute ich ihnen nach, bis sie hinter einem Hügel verschwunden waren. Die Stille legte sich bedrückend über den Platz, an dem eben noch so viel Leben geherrscht hatte.

»So«, sagte Molly, »bevor wir noch ganz trübsinnig werden, sollten wir gehen. Was haltet Ihr von einem schönen Bad?«

Zuerst gingen wir schweigend, jeder in seine eigenen Gedanken vertieft, doch als wir die ersten Häuser erreichten, begannen wir zu reden. Molly war Connells Patentante und mit seiner Mutter befreundet gewesen. Sie wohnte allein in einem schmalen Häuschen in der Stadtmitte, die Ehe mit Daniel O'Brien, ihrem vor fünf Jahren verstorbenen Mann, war kinderlos geblieben. Jetzt verdiente sie sich etwas Geld mit kleineren Näharbeiten. Connell war früher bei ihr und Dan ein und aus gegangen, und in den vergangenen Jahren hatte er sogar zeitweise bei ihr gewohnt, wenn es für ihn in seinem eigenen Heim zu gefährlich wurde. Bei ihr war er sicher. Denn Molly hatte es schon immer verstanden, die Umstände zu nutzen. Man sah es ihr nicht an, und diese Harmlosigkeit war auch ihr größter Vorteil, doch Molly O'Brien war eine ausgesprochen geschickte Strategin. Sie verfügte über gute Beziehungen zu jedem, der auch nur irgendetwas zu sagen hatte, seien es die Befehlshaber der in New Ross stationierten Rotröcke, die Captains der örtlichen Miliz oder die Schmuggler und Schwarzbrenner von hier bis zur Küste. Mit kleinen Gefälligkeiten an der richtigen Stelle umging sie jede Hausdurchsuchung, wusste stets als eine der Ersten, was vor sich ging, und konnte rechtzeitig reagieren. Bei so viel Ansehen wunderte es mich nicht, dass sie von fast jedem, den wir auf unserem Weg durch die Stadt trafen, respektvoll gegrüßt wurde.

In Mollys Zuhause mit der gemütlichen Küche und dem anheimelnden Geruch von altem Holz, in dem sich der Rauch unzähliger Torffeuer festgesetzt hatte, fühlte ich mich sofort wohl. Erstaunt bemerkte ich die vielen Katzen, die aus allen Ecken hervorkamen, sobald wir eingetreten waren. Molly O'Brien hatte offenbar ein Herz für jedes Geschöpf.

Sie führte mich über eine ausgetretene Treppe ins Obergeschoss, dann öffnete sie eine Tür zu einem kleinen Raum mit einem schmalen Fenster. Über dem Bett hing ein schlichtes Holzkreuz, auf dem Tisch daneben lagen ein paar Bogen Papier und ein Tintenfass mit Feder.

»Das war für einige Zeit Connells Zimmer«, sagte sie mit Verschwörermiene. »Und jetzt ist es Eures.« Sie zog die Vorhänge zurück und ließ mich dann allein, um Wasser für ein heißes Bad aufzustellen.

Ich trat ans Fenster. Unter mir lag ein enger Innenhof, dahinter erstreckte sich New Ross mit seinen vielen verwinkelten Dächern und engen Gassen. Für eine Weile stand ich dort in der vergeblichen Hoffnung, noch einen letzten Blick auf die dahinziehende Menschenschar zu erhaschen. Dann begann ich, meine Habseligkeiten auszupacken und auf dem Bett auszubreiten.

Viel war es nicht, was ich besaß: ein paar Shilling von meiner Aussteuer, die mir meine Mutter hinterlassen hatte und die ich sorgsam in einer kleinen Tasche unter meinem Rock verwahrte, einen selbstgeschnitzten Löffel, ein Schultertuch, ein zweites langes Hemd und einen Umhang mit Kapuze, dazu noch einen hölzernen Kamm und ein Zunderkästchen mit Stahl und Feuerstein. Neu hinzugekommen war nur das Messer, das Warren mir geschenkt hatte, und mein grünes Band, das ich für einen Moment sehnsüchtig an mich drückte. Dann setzte ich mich an den Tisch und nahm die Feder zur Hand. Ungelenk brachte ich in hellbraunen Lettern meinen Namen zu Papier, das einzige Wort, das ich schreiben konnte, dann legte ich seufzend die Feder weg. Ich hatte mir immer gewünscht, lesen und schreiben zu lernen, aber meine Eltern hatten nicht das Geld für die Schule gehabt.

Molly rief mich bald nach unten in ihre Küche, wo schon ein großer Zuber und mehrere Eimer heißes Wasser auf mich warteten. Ich genoss das Bad, denn es war Wochen her, dass ich mich richtig hatte waschen können, und schrubbte mich, bis meine Haut glühte. Anschließend hüllte ich mich in eines von Mollys bodenlangen, viel zu weiten Nachthemden aus Musselin und machte mich über eine saftige Pastete her, während sie es sich nicht nehmen ließ, meine Sachen etwas herzurichten. Meine Kleidung hatte schon bessere Tage gesehen. Der mehrfarbige Kaliko meines Rocks war mittlerweile ziemlich abgetragen und wies einige unschöne Brandlöcher auf, und mein Hemd war so ausgefranst, dass es an manchen Stellen fast durchsichtig wirkte.

Zwei Katzen hatten sich vor dem Ofen ausgestreckt, das leise Zischen des Torffeuers verbreitete Wohlbehagen. Ein wenig ließ mich dies vergessen, wie sehr Connell mir fehlte. Molly und ich kamen schnell ins Gespräch, und es dauerte nicht lange, bis ich ihr von meiner Kindheit und dem Tod meiner Mutter erzählte, von Allan und seiner Truppe und davon, wie ich zu den Defenders gekommen war.

»Dann seid Ihr ja schon einige Zeit dabei«, sagte sie. »Und ich dachte, Connell wäre dafür verantwortlich. Dabei hatte ich mich schon gewundert, dass er bislang so gar nichts von euch erzählt hat.«

Ich schüttelte lächelnd den Kopf und wischte mir das Kinn ab, an dem der Fleischsaft hinunterlief. »Ich habe ihn ja erst hier getroffen.« Amüsiert und ein bisschen verlegen erzählte ich Molly dann, dass ich sie anfangs irrtümlich für Connells Frau gehalten hatte.

»Ich glaube«, keuchte sie, nachdem sie sich die Lachtränen aus den Augen gewischt hatte, »dafür bin ich dann doch ein bisschen zu alt. Aber es ehrt mich ungemein. Auch wenn ich denke, dass Ihr weitaus besser zu ihm passt – falls Connell je auf die Idee kommen sollte zu heiraten.« Sie fädelte einen neuen Faden ein und warf mir dabei einen teilnahmsvollen Blick zu. »Ihr vermisst ihn, das sehe ich Euch an.«

»Ich mache mir schreckliche Sorgen, dass ihm etwas zustoßen könnte.«

»Das wird es nicht. Cyril wird schon auf ihn aufpassen.«

»Sicher?«

»So sicher, wie König George dereinst in der Hölle schmoren wird.«

Ich seufzte und hob eine rote Katze auf meinen Schoß, die mir unablässig um die Beine strich. »Ich kann noch immer nicht glauben, dass er Connells Bruder sein soll. Er ist so ... anders, so unnahbar. Irgendwie kalt.«

Molly schüttelte energisch den Kopf. »O nein, da täuscht Ihr Euch. Ihr kennt ihn nicht. Lasst Euch nur nicht von seinem Auftreten täuschen, das ist nur Fassade. Die Zeit in Frankreich hat ihn verändert. Und noch etwas anderes. Aber ich glaube nicht, dass es ihm recht wäre, wenn ich Euch davon erzählte.« Sie seufzte, als erinnerte sie sich an etwas, was ihr naheging, und ließ die Nadel sinken. »Er ist ein ganz besonderer Mensch. Und er würde ohne zu zögern sein Leben geben für Connell.« Versonnen blickte sie in die Ferne. »Ich glaube, Connell weiß überhaupt nicht, was er seinem Bruder bedeutet.«

»Und Ihr wisst es?«

Sie lächelte angesichts meiner Zweifel. »Ja, ich weiß es. Aber wo wir gerade von Cyril sprechen: Ich habe etwas für Euch.« Mit einer für ihre Fülle erstaunlichen Behändigkeit erhob sie sich und holte einen kristallenen Parfümflakon, in dessen Facetten sich vielfach das Licht brach, aus einem Schrankfach. »Das hat er mir mitgebracht«, sagte sie mit kaum verhohlenem Stolz und ließ mich den kostbaren Duft riechen. »Aus Paris.«

Vorsichtig betupfte sie mich hinter den Ohren und an den Schläfen und verschloss das Fläschchen wieder sorgfältig. Und wie ich so an ihrem Küchentisch saß, frisch gebadet, mit feuchten Haaren und herrlich duftend, kam ich mir vor wie eine Königin. Ein mehr als unpassender Gedanke, schoss es mir gleich darauf durch den Kopf. Wollten wir nicht alle Könige abschaffen?

Es roch nach Blut. Es roch nach Tod. Rote Schlieren bildeten Muster im Wasser, drehten sich zu kleinen Wirbeln und verloren sich in der Strömung des Flusses. In die klare Frühlingsluft mischte sich der Geruch von Viehdung und verbranntem Holz.

Cyril O'Leary stand auf der Brücke über dem Slaney und sah zu, wie eine kopflose Leiche mit dem roten Uniformrock der britischen Soldaten unter ihm dahintrieb. Der Anblick des Toten ließ ihn seltsam unberührt. Er hätte sich gut dabei fühlen müssen, nach all den Jahren endlich Rache an den Engländern nehmen zu können, doch er verspürte nichts dergleichen. Keine Freude, keine Genugtuung. Nichts, was sich auch nur annähernd mit dem lautstarken Triumph der anderen vergleichen ließ, die berauscht von ihrem Sieg durch das verwüstete Enniscorthy zogen. Er hörte das Klirren eingeschlagener Fensterscheiben, das

Kreischen einer Frau, dann raues Lachen. Plündern und Brandschatzen. Eine der zahlreichen hässlichen Seiten des Krieges. Aus vielen Häusern stiegen Rauchschwaden in den wolkenlosen Nachmittagshimmel.

»Dieser Tag wird in die Geschichte eingehen«, sagte Connell neben ihm und wischte sich mit dem Ärmel über das verschwitzte Gesicht. Ascheflocken hatten sich auf seinen Haaren niedergelassen und verliehen ihnen eine stumpfgraue Farbe. Er war bester Laune. Obwohl er aussah, als hätte er einen Kampf mit einem feuerspeienden Ungeheuer hinter sich, hatte er sich in der zurückliegenden Schlacht nicht einmal einen Kratzer zugezogen. »Auch wenn ich mir vorhin fast schon wie ein Viehtreiber vorkam. Wer hätte gedacht, dass Father Murphy auf die alte Kriegskunst zurückgreift?«

Den Einwohnern von Enniscorthy musste dieser Mittag wie eine Strafe des Himmels vorgekommen sein. Noch immer meinte Cyril das Geräusch der vielen Hufe zu hören, die über das Straßenpflaster trommelten, jenes dumpfe, wütende Grollen, als sich der Strom erschreckter Rinder und Pferde vor ihnen in die Straßen ergoss und alles niederwalzte, was nicht schnell genug war, ihnen auszuweichen. Was dahinter kam, dürfte kaum weniger furchterregend gewesen sein. Zahlenmäßig weit unterlegen, sahen sich die wenigen in Enniscorthy stationierten Soldaten nach dieser Stampede einer aufgebrachten Menge zu allem entschlossener Rebellen gegenüber, bestens ausgerüstet mit Piken und erbeuteten Feuerwaffen.

Die Stadt hatte sich ihnen ergeben wie eine erschreckte Jungfrau: mit heftiger, aber kurzer Gegenwehr. Inzwischen waren die letzten Rotröcke tot oder ebenso wie der Großteil der Bevölkerung von Enniscorthy auf der Flucht. Wer blieb und sich nicht den Rebellen anschloss, musste damit rechnen, im eigenen Haus getötet zu werden.

Der Rauch aus der brennenden Stadt trieb in Schwaden über

die Brücke. Schattenhafte Gestalten mit Armen voller Beutestücke zogen an ihnen vorüber wie Gespenster im Nebel.

Connell schien sie überhaupt nicht zu bemerken. »Ob es noch lange dauert, bis ich sie wiedersehe?«, überlegte er laut, während sein Gesicht einen verklärten Ausdruck annahm.

»Wen?«, fragte Cyril, obwohl er längst wusste, um wen es ging. Sein Bruder benahm sich seit Tagen wie ein liebestoller Schuljunge. Auch deshalb war er heute nicht von Connells Seite gewichen. Dieses Stadium kopfloser Vernarrtheit konnte in einem Kampf tödlich sein.

»Sharon.« Connell sprach den Namen wie den einer Heiligen aus. »Sharon Brady. Findest du nicht auch, dass sie das süßeste Lächeln von ganz Irland hat?«

Cyril enthielt sich einer Antwort zu Connells neuester Eroberung. Der Kleinen, die mit Allan gekommen war. Durchaus von gewissem Reiz, aber kaum mehr als ein hübsches Gesicht und ein williger Körper.

»Hast du ihre Sommersprossen gesehen?«, fragte Connell und lehnte sich mit aufgestützten Ellbogen an das steinerne Brückengeländer. »Irgendwann werde ich sie alle zählen. Von oben bis unten.« Er grinste. »Und wenn ...«

Cyril sah den Soldaten im letzten Moment. Wie ein Geist kam der Mann aus dem Rauch, das Gewehr mit dem aufgepflanzten Bajonett umklammert, und stürzte sich auf Connell. Cyril reagierte, ohne zu denken. Das Messer sprang in seine Hand wie ein lebendes Wesen, er wirbelte herum, stieß in einer einzigen fließenden Bewegung Connell aus der Reichweite der tödlichen Waffe und rammte dem Soldaten seine Klinge in den Leib. Das Bajonett, seines Ziels beraubt, kratzte über den Stein. Der Mann sah ihn verständnislos an, dann ließ er das Gewehr fallen und brach zusammen.

Das Ganze hatte nur wenige Sekunden gedauert. Cyril seufzte lautlos. Noch funktionierten seine Reflexe also.

»*Damnú ort!*«, murmelte Connell erschrocken und starrte auf den Verwundeten zu seinen Füßen.

»Vielleicht«, sagte Cyril und hob das Gewehr auf, »solltest du mit deiner Schwärmerei warten, bis der Ort dafür etwas sicherer ist.«

Er war bei weitem nicht so ruhig, wie er sich anhörte. Die Erleichterung, dass Connell nichts passiert war, spülte eine Woge aus Schwindel über ihn hinweg.

Der Rauch wurde immer dichter und trieb auch die letzten Rebellen aus der Stadt. Connell nickte hustend. »Lass uns gehen.«

Sie waren noch nicht einmal bis zum Ende der Brücke gekommen, als sie den verwundeten Soldaten schreien hörten; der verzweifelte Schrei eines Menschen, der gerade von einer Pike durchbohrt wurde.

Brendan hatte genauso geschrien, als die Rotröcke auf ihn einschlugen, das blonde Haar durchtränkt von Blut...

Cyril grub die Fingernägel in seine Handflächen und zwang diese Bilder wieder in das Verlies seiner Erinnerungen zurück. Darin hatte er es in den vergangenen sechs Jahren zu wahrer Meisterschaft gebracht. Er konnte den Gedanken daran, wie sie seinen Sohn ermordet hatten, einfach nicht ertragen. Weg. Wieder fort damit, in das Dunkel des Vergessens.

Hinter der Brücke verzog sich der Rauch und gab den Blick frei auf den großen, flachen Hügel, der sich im Osten erhob. Neben der Windmühle auf der baumlosen Kuppe wirkten die Menschen, die dort oben ein paar Zelte aufschlugen, wie Ameisen.

»Was meinst du?« Connell blieb stehen und deutete auf die Windmühle. »Wie sich da oben wohl unsere Fahne machen würde?«

Molly war den ganzen nächsten Vormittag unterwegs, während ich im Haus blieb und für unser Mittagessen Erbsen auslöste und Kartoffeln schälte. Als sie zurückkam, einen Korb mit Gemüse unter dem Arm, musste ich gar nicht erst fragen, ob sie etwas hatte erfahren können. Ihre Augen glänzten, und ihre Wangen waren gerötet vom schnellen Laufen. Eine einzelne graumelierte Strähne hatte sich aus ihrer Haube gelöst und hing ihr über die Schulter.

»Es gibt gute Nachrichten aus Enniscorthy«, strahlte sie und ließ sich auf einen Stuhl sinken. »Die Stadt gehört uns!«

Es hieß, Enniscorthy am Slaney River sei gestern unter dem übermächtigen Ansturm unserer Leute gefallen. Nachdem die wenigen Milizsoldaten nach kurzem Kampf geflohen seien, habe man noch am selben Tag auf dem nahegelegenen Vinegar Hill ein großes Lager errichtet. Inzwischen sollten dort mehrere tausend Rebellen versammelt sein.

»Und Connell?«, fragte ich hoffnungsvoll. »Habt Ihr nichts von ihm gehört?«

Molly verneinte. »Ich weiß nur, dass morgen früh eine neue Gruppe von Freiwilligen aus der Umgebung dorthin aufbrechen wird.«

»Dann werde ich mitgehen.«

»Ich dachte mir, dass Ihr das sagen würdet«, erwiderte sie. »Aber haltet Ihr das für eine gute Idee? Ihr solltet doch warten, bis Connell Euch Bescheid gibt.«

»Vielleicht hat er es nur vergessen. Und ich muss wissen, dass es ihm gut geht.«

Molly nickte verständnisvoll und erhob sich ächzend, um den Korb auszuräumen. »Versteht mich nicht falsch, Sharon – aber seid Ihr sicher, dass Ihr das Richtige tut? Ich möchte nicht, dass Ihr enttäuscht werdet. Connell war bisher in manchen Dingen immer etwas, nun ja ... unbeständig.«

»Ich weiß, dass ich nicht zu viel erwarten darf, wenn es das ist, was Ihr meint«, erwiderte ich und reichte ihr einen Bund Karotten. »Ich will einfach nur in seiner Nähe sein.«

Molly legte das Gemüse auf den Tisch. »Das glaube ich Euch

gerne. Aber ich hoffe, Euch ist bewusst, was alles daraus entstehen kann. Wie ich Connell kenne, wird er sich nicht lange zurückhalten. Und so jung, wie Ihr seid, nehme ich an, dass Ihr nicht allzu viel darüber wisst, wie man eine Empfängnis verhindert.« Sie setzte sich und löste eine einzelne Karotte aus dem Bund. »Dann wollen wir mal ein bisschen Licht in dieses Dunkel bringen.«

Es war noch stockfinster, als mich Molly in aller Frühe durch New Ross führte. Am Rande eines Ackers trafen wir auf eine Gruppe von rund vierzig Personen. Einige ältere und viele jüngere Männer waren darunter, aber auch ein paar Frauen, wie ich erfreut feststellte. Es wurde nur wenig gesprochen, ein paar geflüsterte Fragen, einige schnelle Handzeichen, dann konnte es losgehen. Ich hatte Molly nicht überreden können mitzukommen, doch obwohl es mir leidtat, mich von ihr verabschieden zu müssen, hätte mich jetzt nichts in der Welt von Connell fernhalten können.

Der Sonnenaufgang versprach einen wunderbar klaren Tag. Unser Weg führte durch tiefgrüne Wiesen, gefleckt mit dem Blau und Weiß von Veilchen und Maiglöckchen, in der Ferne weideten einzelne Schafe wie Wollflocken auf dunklem Gewebe. Auf der ganzen Strecke begegnete uns kein einziger Soldat, dafür trafen wir mehrmals auf andere Reisende, die sich uns anschlossen, sodass unsere Gruppe bald auf das Doppelte angewachsen war. Ich hatte mich mit einer jungen Frau namens Grainne O'Sullivan zusammengetan, die ihren Verlobten im Lager treffen wollte. Beschwingt von freudiger Erwartung schwärmten wir uns gegenseitig von unseren Liebsten vor, auch wenn ich mir sicher war, dass sie mir ebenso wenig zuhörte wie ich ihr.

Es dämmerte bereits, als wir Enniscorthy erreichten. Eine Steinbrücke trug uns über den Slaney River, der schwarz und träge unter uns dahinfloss. Die Stadt war geradezu überrannt worden. Viele Häuser waren nur noch rauchgeschwärzte Ruinen, in den Straßen trocknete Blut. Vereinzelt fanden wir verstümmelte Leichen, den Uniformen nach Soldaten der Miliz. Am meisten entsetzten mich aber ihre abgetrennten und auf Piken gespießten Köpfe, die man auf den Zinnen des Rathauses ausgestellt hatte. Mit weit aufgerissenen, toten Augen schauten sie auf unsere Gruppe hinab, als wollten sie mich und jeden anderen auf ewig anklagen. Ich schlug ein Kreuz und murmelte ein *Miserere nobis*, dann wurde ich von den anderen mitgezogen. Und endlich lag Vinegar Hill vor uns.

Im Licht der untergehenden Sonne erwartete uns ein Durcheinander aus großen und kleinen Zelten, Wagen und Feuerstellen. Eine riesige Windmühle, deren beste Zeit schon lange vorüber war, erhob sich über den Zelten, zwischen ihren Flügeln flatterte eine Fahne im Abendwind. Über den vielfältigen Geräuschen, dem Rufen und Geschirrklappern wehte der Klang einer Harfe zu mir hinüber. Angestrengt hielt ich nach einem bekannten Gesicht Ausschau.

»Seamus!«, schrie Grainne an meiner Seite plötzlich entzückt auf und warf sich einem jungen Mann mit blonden Locken in die Arme. »Das ist Sharon«, stellte sie mich nach der ersten Wiedersehensfreude vor, noch eng an ihn geschmiegt. »Sie sucht einen gewissen – wie hieß er noch gleich?«

»Connell. Captain Connell O'Leary«, sagte ich stolz. »Habt Ihr ihn gesehen?«

Seamus hob die Schultern. »Kenne ich nicht. Könnte aber sein, dass er noch in Wexford ist.« Er hob seinen Becher. »*Sláinte!* Auf die Republik!«

»In Wexford? Ich verstehe nicht ...«

»Wir haben heute Morgen Wexford erobert, habt Ihr denn nichts davon gehört?«, fragte er triumphierend. »Und viele sind eben noch dort. Aber grämt Euch nicht«, fügte er hinzu, als er mein bestürztes Gesicht bemerkte. »Bei uns ist immer ein Platz frei!«

Das hatte ich nun von meiner Ungeduld. Vielleicht hätte ich doch nicht so vorschnell sein und besser abwarten sollen, bis ich von Connell hörte. Wenn ich den ganzen Weg hierher gemacht hatte, nur um zu erfahren, dass er in Wexford war ...

Ich trennte mich von Grainne und Seamus und setzte meine Suche allein fort, obwohl meine Füße vom vielen Laufen schon ganz wund waren. Der Schein vieler einzelner Feuerstellen erhellte die Nacht, überall wurde gelacht und gefeiert. Mehrmals glaubte ich, eine bekannte Stimme zu hören, eine vertraute Gestalt zu sehen, aber stets hatte ich mich getäuscht. Bald hatte ich mich in dem riesigen Lager hoffnungslos verlaufen.

Noch eine ganze Weile irrte ich zwischen den einzelnen Feuerstellen umher und fand mich bereits damit ab, diese Nacht allein und im Freien zu verbringen, als ich vor einem der Zelte unseren Wagen sah. Obwohl die vielen bunten Bänder an seinen Seitenwänden in der Dunkelheit grau wirkten, hätte ich ihn unter Tausenden erkannt.

Zwei Männer traten aus dem Zelt, und mein Herz machte einen freudigen Sprung. Den ersten kannte ich nicht, aber der andere war eindeutig Connell. Sie sprachen kurz miteinander, dann trennten sie sich. Ich trat auf Connell zu.

»*A stóirín?*« Er war so überrascht, dass ich fast lachen musste. »Bist du das wirklich?«

»Ja«, flüsterte ich mit weichen Knien.

Er sah zum Anbeißen aus. In den vergangenen zwei Tagen hatte er sich nicht rasiert, der schwache Widerschein eines Feuers auf seinem Gesicht gab ihm etwas Verwegenes. Sein Hemd unter der Weste war halb geöffnet und weckte meine Phantasie zu ungeahnten Höhenflügen. Ich sehnte mich danach, ihn zu berühren, die Wärme seiner Haut zu spüren.

»Was um alles in der Welt machst du hier? Ist etwas mit Molly?«

»Mit Molly ist alles in Ordnung. Ich weiß, ich sollte warten, bis du mir Bescheid gibst«, sagte ich kleinlaut, »aber ich musste dich einfach sehen. Und als ich von dem Lager hörte, bin ich eben mitgekommen.«

»Deshalb hast du den ganzen Weg hierher gemacht? Du konntest doch gar nicht wissen, ob ich wirklich hier bin.«

Ich nickte schuldbewusst.

»Du bist wunderbar.«

»Dann bist du mir also nicht böse?«, fragte ich erleichtert.

»Wie könnte ich?«

Selig versank ich in seiner Umarmung, sog gierig alles in mich auf, was mir so sehr gefehlt hatte, seinen Geruch, seinen Geschmack, ich badete in seiner Gegenwart. Am liebsten hätte ich ewig so verharrt.

»Später, mein Kleines«, flüsterte Connell und löste sich aus meinen Armen. »Die anderen warten.«

Er griff in den Wagen und holte eine bauchige Flasche heraus, dann nahm er mich an der Hand und führte mich hinter das Zelt. Zuerst war ich geblendet vom flackernden Schein eines großen Feuers, doch dann erkannte ich nacheinander Allan, Padraic und Diarmuid unter dem guten Dutzend Männer, die dort saßen.

Connell schob mich nach vorne. »Schaut mal, wen ich gefunden habe!«

Ich wurde lautstark begrüßt, und bald saß ich mitten unter meinen Freunden und stärkte mich an einem dampfenden Eintopf. Überglücklich, wieder bei Connell zu sein, wanderten meine Blicke immer wieder zu ihm zurück, während ich den Erzählungen der Männer lauschte.

»Ich hätte zu gerne die Gesichter der Rotröcke gesehen, als sie merkten, dass wir ihnen gefolgt sind.«

»Die armen Kerle hatten wirklich nichts zu lachen. Erst haben wir ihnen hier die Hölle heiß gemacht, und als sie dachten, in Wexford sicher zu sein, waren wir schon wieder da.«

»Das war ein Spaß, sie sind gerannt wie die Hasen!«

»Da täuschst du dich: Hasen können nicht so schnell rennen!«

»Auf den Sieg!«, brüllte der Mann, den ich als Owen Munroe kannte. Jemand stimmte mit tiefem Bass ein Lied an, und ausgelassen fielen wir mit ein, bis unsere Stimmen im allgemeinen Gelächter untergingen.

»He, Cyril!«, rief Owen. »Setz dich zu uns und bring uns ein paar Franzosenlieder bei! Wir könnten etwas Neues gebrauchen!«

Neugierig hob ich den Blick und sah den Angesprochenen im Halbdunkel einige Schritte weiter stehen. Mir kam das Gespräch mit Molly wieder in den Sinn, und mehr spontan als überlegt prostete ich ihm zu. Er nickte kurz in meine Richtung und drehte sich um.

Owen richtete sich auf. »Was soll das, Mann? Ich rede mit dir!«

»Lass ihn in Ruhe«, hielt Connell ihn zurück.

Owen murmelte noch etwas Unverständliches in seinen Bart und wandte sich wieder seiner Flasche zu.

Wir saßen bis in die späte Nacht zusammen. Ich begnügte mich mit einem Bier, während der Whiskey kreiste, die Stimmen immer lauter und die Gespräche immer abgedroschener wurden.

»Meinst du nicht, dass du langsam genug hast?«, flüsterte ich Connell zu, als die Runde wieder zu ihm kam.

Er schaute mich an, als hätte er mich nicht richtig verstanden, dann hielt er mir die Flasche hin. »Du solltest auch etwas trinken!«

Ich zögerte nur einen Moment, bevor ich zugriff. Der erste Schluck brannte in meiner Kehle, aber ich trank entschlossen weiter. Erst als mir Connell die Flasche sanft aus der Hand nahm, hörte ich auf.

»Lass noch was übrig«, sagte er und drückte mich an sich.

Ich versuchte, ihn abzuwehren, denn in meinem Kopf drehte

sich alles. Ich hatte zu viel und zu schnell getrunken, und mir war auf einmal entsetzlich übel. Mühsam befreite ich mich aus seiner Umarmung und taumelte hinter einige halb niedergetrampelte Büsche.

Als ich mich wieder aufrichtete, stand Connell neben mir.

»Tut mir leid«, murmelte ich kläglich.

»Ich glaube, für heute ist es wirklich genug.« Er reichte mir die Hand. »Komm mit, ich will dir etwas zeigen.«

Er holte noch schnell ein brennendes Scheit vom Feuer, dann führte er mich zu dem großen Zelt neben unserem Wagen und ließ mich eintreten. Dort entzündete er einen mehrarmigen Leuchter, und als das Licht die Dunkelheit vertrieb, blieb mir fast der Atem weg.

Um uns herum türmten sich kostbare Teppiche und Seidenstoffe in allen Farben des Regenbogens, daneben Stapel von Kissen mit Fransen und Borten aus Goldfäden, feinste Kleider, Hemden aus spitzendurchwirktem Musselin und teure Röcke mit Silberknöpfen. Achtlos zusammengeworfene Berge von Perlenketten, Ringen und Juwelen funkelten im Kerzenlicht. Schmuck in dieser Pracht und Menge hatte ich in meinem ganzen Leben noch nicht gesehen. Angesichts dieses Überflusses fehlten mir fast die Worte.

»Woher habt ihr das?«, brachte ich schließlich hervor.

»Größtenteils aus Enniscorthy. Einige Sachen kommen aus Wexford, und der Rest stammt aus dem Umland. Haben unsere Leute nicht ganze Arbeit geleistet?«

Ich wollte lieber nicht wissen, auf welche Weise diese Schätze zusammengetragen worden waren. Die Männer mussten die gesamte Stadt geplündert haben.

Connell deutete mit dem Leuchter in die Runde. »Such dir was aus!«

»Aber ich kann doch nicht ...«

»Und wie du kannst. Das gehört jetzt alles uns!«

Ich wusste überhaupt nicht, wo ich anfangen sollte. Doch dann wühlte ich mich begeistert durch die herrlichen Lagen von Stoff und Seide, bis ich ein graublaues Seidenkleid mit feinem Spitzenbesatz hervorzog und mir anhielt. »Gefällt es dir?«

Er nickte. »Zieh es an.«

»Jetzt? Es ist mitten in der Nacht!«

»Na und?« Er lächelte, im Kerzenschein sah ich seine Augen glitzern. In seinem Blick, vom Alkohol ein wenig verschleiert, lag etwas Unergründliches. Er stellte den Leuchter auf einen kleinen Tisch und trat hinter mich. »Ich werde dir helfen«, flüsterte er in mein Ohr. Seine Hand glitt in meinen Ausschnitt und legte sich um meine Brust. »Du riechst so gut!«

»Connell, bitte ... Es ist schon spät, und ich bin müde.«

Er nahm eine Strähne meines Haares in den Mund und zog leicht daran.

»Aber ich nicht«, murmelte er zwischen den Zähnen und fasste nach der Schnur, die den Halsausschnitt meines Hemdes hielt. Dann streifte er mir das Hemd von den Schultern und zog mich hinunter zwischen die Kleiderberge.

Noch nie hatte mich jemand so berührt, wie er es jetzt tat. Seine Hände auf meinem Körper, der weiche Stoff, die vielen Kissen, all das nahm ich wie in einem Traum wahr. Voll Staunen über diese unbekannte Welt hatte ich die Augen weit geöffnet, nur um festzustellen, dass es Wirklichkeit war, dass dies hier tatsächlich stattfand. Von draußen drangen gedämpfte Geräusche herein und verwandelten unser Zelt in eine Insel im Meer der Zeit. Ich wollte ihn nie wieder loslassen, ihn immer nur ansehen, ihn anfassen. Mit beiden Händen griff ich in sein Haar, fuhr mit den Fingern durch die dunklen Strähnen, aus denen sich das Band gelöst hatte, und nahm den würzigen Duft nach Feuer und Torfrauch daraus in mich auf.

Noch stundenlang hätte ich in dieser träumerischen Stimmung verharren können. Aber Connell hatte offensichtlich andere Vorstellungen von dieser Nacht. Er wurde bald zielstrebiger, seine Liebkosungen stürmischer. Dieses ungezügelte Verlangen, seine ungehemmte Leidenschaft erregte und beängstigte mich gleichermaßen, und eher eingeschüchtert als wirklich bereit unterwarf ich mich schließlich dieser Urgewalt – dann ein plötzlicher, alles durchdringender Stich, als etwas in mir unter seinem Angriff nachgab und zerriss, ein schmerzvolles Eindringen in mein Innerstes, das bislang verschlossen war.

Für einen Augenblick hielt er inne. »Mein tapferes kleines Mädchen«, murmelte er. »Warum hast du mir nicht gesagt, dass es dein erstes Mal ist? Dann wäre ich etwas sanfter gewesen.«

Durch den Tränenschleier vor meinen Augen konnte ich ihn nur schemenhaft erkennen und schüttelte stumm den Kopf. Ich wollte ihm nicht zeigen, wie weh es tat.

»Beim nächsten Mal wird es dir besser gefallen«, versprach er, als wir danach nebeneinander lagen, er entspannt und schläfrig, eine Hand in meinem Haar, ich erleichtert, dass es vorüber war, und doch auf eine unerklärliche Weise wehmütig.

»Bist du jetzt enttäuscht von mir?«, fragte ich.

Er lachte leise. »Du hättest mir kein größeres Geschenk machen können.«

Noch eine Weile spielte er mit meinem Haar, bis seine Hand neben mir niedersank und ich an seinen gleichmäßigen Atemzügen merkte, dass er eingeschlafen war.

4. Kapitel

Als ich erwachte, war es bereits später Vormittag. Schlaftrunken setzte ich mich auf. Sonnenlicht schien durch die Zeltwände und verwandelte die aufgehäuften Kostbarkeiten in ein funkelndes Durcheinander. Neben mir schlief Connell, nur mit einer Hose bekleidet und halb verdeckt von einigen Kleidungsstücken. Vorsichtig, um ihn nicht zu wecken, schlüpfte ich in ein frisches Hemd und suchte das neue Kleid heraus. Es passte, als wäre es für mich gemacht, das fischbeinverstärkte Oberteil schmiegte sich wie eine zweite Haut an meinen Körper. Die enganliegenden Ärmel gingen ab dem Ellbogen in weite Falten über, und im Ausschnitt lugte Spitze hervor.

Im Licht des neuen Tages erschienen mir die Ereignisse der vergangenen Nacht weit weg, als hätte ich sie nur geträumt. Und doch fühlte ich mich anders, irgendwie weiser und um eine wichtige Erfahrung reicher. Neugierig, ob man mir die Veränderung ansehen würde, griff ich nach einem perlenbesetzten Handspiegel, den ich zwischen dem glitzernden Schmuck gefunden hatte, und betrachtete mich prüfend.

Vielleicht war es nur die neue Garderobe, die mich überraschte. Obwohl ich in dieser Nacht nicht viel Schlaf bekommen hatte, leuchteten meine Augen. Ich hatte mich noch nie besonders hübsch gefunden, aber in diesem Kleid mit dem spitzenverzierten Ausschnitt gefiel ich mir. Das leicht schimmernde Blaugrau passte gut zu meinen roten Locken, die mir weit über die Schultern reichten, und hob die zarte Blässe meiner Haut, auf der sich ein paar feine Sommersprossen zeigten, vorteilhaft hervor. Erfreut von meinem eigenen Anblick steckte ich meine Haare auf und befestigte sie mit einer glänzenden Brosche. Jetzt machte ich ganz den Eindruck einer vornehmen jungen Frau, auch wenn sich meine nackten Füße etwas seltsam unter dem teuren Kleid ausnehmen mussten.

Hinter mir hörte ich einen anerkennenden Pfiff.

»Was sehe ich denn da?« Während ich mich selbstvergessen herausgeputzt hatte, war Connell aufgewacht. Jetzt setzte er sich auf, strich sich mit beiden Händen durch die Haare, die noch durch kein Band gehalten wurden, und lehnte sich gegen einen Kleiderstapel. »Kenne ich die Lady?«

Ich drehte mich vor ihm. »Wie gefalle ich dir?«

»Du bist die schönste Frau der Welt«, versicherte er. »Aber leider«, er griff nach meinem Arm und zog mich zu sich hinunter, »werde ich jetzt der schönsten Frau der Welt ihr Kleid wieder ausziehen müssen.«

Als wir gegen Mittag unser Zelt verließen und uns hungrig über ein paar altbackene Haferkuchen hermachten, bemerkte ich erstaunt, wie viel sich in den letzten Stunden verändert hatte. Wo wir noch in der vergangenen Nacht auf dem Boden gesessen hatten, standen jetzt grobgezimmerte Bänke und ein langer Tisch, auf dem sich die Reste des Frühstücks türmten. Rauch stieg an vielen Stellen auf, in meiner Nähe unterhielten mehrere Männer ein großes Feuer, über dem Blei für Gewehrkugeln geschmolzen wurde. Überall wurden neue Zelte errichtet, klang Hämmern zu uns herüber und das Geräusch von Äxten, die in Holz geschlagen wurden. Das Stimmengewirr Hunderter von Menschen verschmolz zu einem vielstimmigen Chor, ein Pferd wieherte, und irgendwo glaubte ich sogar Kindergeschrei zu hören.

Glücklich mit mir und der Welt ließ ich meinen Blick schweifen. Ein wolkenloser Sommerhimmel leuchtete auf uns herab. Wo mir keine Zelte die Sicht versperrten, konnte ich bis weit über die Ebene schauen. Westlich von Enniscorthy erkannte ich die Hügel der Blackstairs Mountains, und weiter nördlich glänzten die kahlen Bergkegel der Wicklow Mountains in der Sonne. Nach Süden zu wand sich der Slaney durch die von niedrigen Hecken gesäumten Felder, aus denen sich hier und da einzelne Gehöfte als helle Flecken hervorhoben. Kleine Gruppen von Menschen, davon manche mit Pferdekarren, bewegten sich über die staubige Landstraße und näherten sich unserem Lager.

In ganz Wexford schwärmten unsere Truppen durchs Land, südlich von Gorey war schon die gesamte Grafschaft in unserer Hand. Bei der gestrigen Eroberung der Stadt Wexford hatten Father Murphys Männer einige politische Gefangene befreit. Da zu jeder erfolgreichen Revolution ein Anführer gehört, wurde mit Bagenal Harvey kurzerhand einer der freigesetzten United Irishmen dazu ernannt, der als erste Amtshandlung in der besiegten Stadt eine neue Ratsversammlung einsetzte. Danach teilte er die mittlerweile etliche tausend Mann starke Rebellenarmee in zwei Gruppen. Mit der einen zog er selbst los, um New Ross zu erobern, die andere wurde noch heute auf Vinegar Hill erwartet. Connell hatte ursprünglich erst heute mit den anderen zurückkehren wollen und sich nur kurzfristig entschieden, mit dem Vortrupp einen Großteil der reichen Beute zum Lager zu bringen.

Am Nachmittag trafen unsere Helden, ein Haufen zerlumpter Gestalten, bei uns ein. Mit der großen, gusseisernen Kanone, die sie in Wexford erbeutet und jetzt wie ein wildes Tier mit Seilen umschlungen hatten, kamen sie nur langsam voran. Einige waren verwundet; wer von ihnen noch laufen konnte, stützte sich auf seine Kameraden. Stolz wie Könige schritten sie durch die jubelnde Menge, schüttelten hier und dort Hände und ließen sich feiern.

Ich konnte es kaum erwarten, endlich Father Murphy kennenzulernen, und stellte mich auf die Zehenspitzen, um besser sehen zu können. »Welcher ist es?«

Connell wies auf das Ende des Zuges. »Da hinten, der Mann im schwarzen Priesterkleid.«

Ich runzelte die Stirn. *Das* sollte Father Murphy sein? In diesem kleinen Mann mit dem grauen Haarkranz und dem klugen, hageren Gesicht hätte ich eher einen Gelehrten als einen Rebellenführer vermutet. Das Stimmengewirr erstarb, als der Priester auf dem Platz vor der Windmühle anhielt und um Ruhe bat. Für einen so kleinen Mann war seine Stimme erstaunlich kraftvoll und drang selbst bis in die hintersten Reihen. Er hob die Hände zum Gebet, und mit ihm beugten wir die Knie. Nur wenige blieben stehen, unter ihnen Cyril. Er drehte sich um, als ich gerade das *ar son dé agus Éireann* wiederholte, unsere Blicke trafen sich. Ich glaubte ein spöttisches Glitzern in seinen Augen zu erkennen und senkte verunsichert den Kopf. Warum bloß hatte ich in seiner Gegenwart immer das Bedürfnis, mich für alles, was ich tat, zu rechtfertigen?

Während man in den eroberten Städten täglich auf die Ankunft der Franzosen hoffte, fand das Leben auf Vinegar Hill seinen ganz eigenen Takt. Diejenigen, die gingen, wurden von der doppelten Menge an Neuankömmlingen ersetzt. Immer mehr Gruppen von Freiwilligen und Flüchtlingen fanden sich ein. Mit nichts anderem am Leib als ein paar zerrissenen Fetzen boten manche einen erbärmlichen Anblick. Etliche trugen frische Spuren der Peitsche, andere hatten Haus und Hof verloren oder waren der Miliz in letzter Minute entkommen. Bewaffnet mit Dreschflegeln und Stöcken gaben sie eine bescheidene, doch entschlossene Streitmacht ab. Brian O'Connor, der Mann mit der Narbe, kümmerte sich darum, sie in großen Truppenzelten unterzubringen und in Einheiten einzuteilen.

Das Lager hatte sich bis zum Fuß des Hügels ausgebreitet. Inzwischen war fast jeder Fleck auf der ehemals grünen Anhöhe besetzt, erhoben sich mit bunten Flaggen und Standarten versehene Zelte. Längst hatte man Gras und Farne niedergetrampelt, waren die wenigen windzerzausten Bäume gefällt und zu Feuerholz verarbeitet. Selbst die Felsen, die hier und dort wie kleine Inseln aus dem Meer von Zelten hervorragten, waren tagsüber bevölkert. Nur auf der von Enniscorthy abgewandten Seite gab es eine freie Fläche, die für Schieß- und Exerzierübungen genutzt wurde.

Viele tausend Menschen wollten versorgt werden. Von den umliegenden Höfen und aus Enniscorthy karrte man jeden Tag ganze Wagenladungen von Lebensmitteln herbei. Unmengen von Kartoffeln und Gemüse lagerten in eilig zusammengezimmerten Schuppen. Die riesigen kupfernen Brauereipfannen, in denen gekocht wurde, waren so schwer, dass es mehrere Männer brauchte, sie zu heben. Mittags und abends erfüllte dann der Duft von Gebratenem und Geschmortem die Luft, und wer nach dem Abendessen einen Platz an einem der großen Feuer ergatterte, konnte dort Geschichten und Liedern lauschen. Noch nie hatte ich so viel gegessen wie in diesen Wochen, und bald ging ich dazu über, mein Mieder nicht mehr ganz so fest zu schnüren wie bisher.

Zusammen mit Grainne half ich beim Kochen, und manchmal brachte ich Essen ins Lazarettzelt, wo zwei Priester und ein paar freiwillige Helfer die Versorgung der Kranken übernommen hatten. Hier lagen die im Kampf Verwundeten und diejenigen, die es nur mit letzter Kraft zum Lager geschafft hatten. Ein paar wenigen ging es so schlecht, dass sie die nächsten Tage nicht überleben würden.

Wenn ich nicht gerade Berge von Gemüse putzte oder getrocknete Torfballen herbeischleppte, füllte ich zusammen mit den anderen Frauen Pulversäckchen mit Schwarzpulver oder übte mich beim Gießen der Bleikugeln. Ich war glücklich und genoss diesen Zustand, so lange er dauern mochte. Vinegar Hill war wie eine Stadt im Kleinen, die rasant wuchs und sich über dem Hügel verteilte wie ein Geflecht einzelner Zellen, das sich nach und nach zu einem vielmaschigen Ganzen vereinigte. Inzwischen sollte es noch weitere Lager vor New Ross, bei Wexford und Carrigrew geben.

Welche Funktion Cyril innehatte, war mir bis jetzt nicht klar. Ich wusste, dass er keiner der Captains war, dennoch nahm er an allen Besprechungen unserer Anführer in der Windmühle teil, die als alles überragende Landmarke zum Stabsquartier erklärt worden war. Außerdem sah ich ihn fast täglich im Lazarettzelt. Schon mehrmals hatte ich mitbekommen, wie er Wunden auswusch und Verbände anlegte. Die anwesenden Priester waren nicht gut auf ihn zu sprechen, seit er ihnen vorgeworfen hatte, den Verwundeten würde etwas tatkräftigere Hilfe mehr nützen als ihre frommen Sprüche.

»Er ist gut«, hatte Warren an einem sonnigen Morgen mit Kennerblick geurteilt. Gleichermaßen fasziniert wie erschreckt hatte ich zugesehen, wie Cyril mit einigen Männern den Nahkampf übte. »Ziemlich gut sogar. Man merkt, dass er bei der französischen Armee war.«

»Tatsächlich?«, murmelte ich. Obwohl ich wusste, dass es nur eine Übung war, konnte ich den Anblick der in der Sonne blitzenden Waffen nicht ertragen. Es reichte mir schon, dass auch ich ein Messer tragen musste.

»Siehst du, wie er das Messer führt? Mit der linken Hand. Ziemlich ungewöhnlich, aber das gibt ihm einen klaren Vorteil im Kampf. Der Gegner kann sich kaum schnell genug darauf einstellen.«

Ohne Warren hätte ich es nicht bemerkt, aber jetzt fiel es auch mir auf. Cyril war Linkshänder. Da schon bei kleinen Kindern sorgfältig darauf geachtet wurde, der rechten Hand den Vorzug zu geben, hatte ich bislang noch niemanden gesehen, der es anders hielt.

Es war der wärmste Juni, an den Allan sich erinnern konnte. Seit Father Murphys Sieg über die Miliz von Camolin hatte es nicht mehr geregnet, und jedermann war nur zu bereit, an ein gutes Zeichen zu glauben.

»Du kommst mir wie gerufen«, seufzte er und klopfte auf das baumstammdicke Kanonenrohr. »Dieses Mädchen aus Eisen reibt mich auf.«

Den ganzen Vormittag hatte er sämtliche Metallteile gereinigt und eingeölt und Dutzende von Kanonenkugeln geschleppt. Jetzt lagen sie, zu einem ordentlichen Stapel aufgetürmt, neben dem Geschütz. Er band sich das Hemd von der Hüfte und trocknete sich damit das schweißnasse Gesicht, dann lehnte er sich an das fast mannshohe Rad der Kanone und nahm von Sharon einen Becher mit Cider in Empfang.

Sharons Gesicht war leicht gerötet, die aufgesteckten Locken kringelten sich feucht um ihre Schläfen. Allan wusste, dass Connell ihr Schmuck und ein neues Kleid geschenkt hatte, dennoch trug sie tagsüber meist ihre alten Sachen, die jetzt neben einigen Schmutz- und Rußflecken auch ein paar Schweißränder aufwiesen. Doch selbst darin strahlte sie eine tiefe Zufriedenheit aus.

»Dir ist hoffentlich klar, dass du mich in letzter Zeit sträflich vernachlässigt hast«, neckte er sie.

Sharon senkte den Kopf und lächelte verlegen. Allan konnte sehen, dass sie rot angelaufen war wie eine Hagebutte.

»Das ist doch gar nicht wahr!«

»Nicht, dass ich dich etwa vermissen würde. Seit deinem Auszug ist viel mehr Platz im Wagen.« Er nahm einen weiteren tiefen Schluck. »Und wie komme ich zu der Ehre deines … ach so«, unterbrach er sich, als er Sharons Blick zu dem freien Feld am Rande des Lagers folgte, wo Connell zu sehen war, der dort etwa zwanzig Männern den Umgang mit dem Gewehr beibrachte.

»Dich hat es ja ganz schön erwischt«, stellte Allan kopfschüttelnd fest und schaute mit Sharon eine Weile den lautstarken Übungen zu.

»Ist er nicht der geborene Anführer?«, fragte sie mit leuchtenden Augen.

Dumpfe Schüsse dröhnten in kurzen Abständen über den Platz, als die Männer eine Strohpuppe zu treffen versuchten, die in einiger Entfernung aufgebaut worden war. Neben Musketen hatten sie noch Steinschlossgewehre und Pistolen, die sich für kurze Entfernungen besser eigneten als die schweren Vorderlader. Wieder einmal wunderte Allan sich über Connells fast unerschöpfliche Energie und über die Schnelligkeit, mit der er sich auf die unterschiedlichsten Leute und Situationen einstellen konnte. Seit sie hier waren, war Connell mit seiner Aufmerksamkeit ständig überall und genoss es geradezu, sich um ein Dutzend verschiedener Dinge gleichzeitig zu kümmern. Beflügelt von dem Gedanken, ein richtiges Heer aufzustellen, verwendete er jede freie Minute dazu, mit den Männern zu üben. Aber die meisten von ihnen waren zu ungezügelt, zu hasserfüllt und hatten zu lange gelitten, um jetzt noch gute Soldaten zu werden. Viele benahmen sich wie kleine Kinder, die ein neues Spielzeug bekommen hatten. Schon mehrmals hatte sich Connell darüber beschwert, dass seine Schützlinge ihre Waffen achtlos liegenließen oder einfach verloren. Dennoch gab er nicht auf, teilte die Männer in kleinere Gruppen, lobte und tadelte sie abwechselnd, bis ihm wenigstens kleine Erfolge recht gaben.

Allan nickte. Der geborene Anführer. Ja, das war Connell.

Als die Männer ihre Schießübungen beendet hatten, erhob sich Sharon. »Ich muss zurück.«

Allan reichte ihr den leeren Becher und sah ihr nach, als sie ging. Connell tat ihr gut, in jeder Hinsicht. Es freute ihn, sie nach einer Zeit der Trauer endlich wieder fröhlich zu sehen. Manchmal beneidete er sie richtiggehend um ihre Sorglosigkeit. In diesen dunklen Zeiten konnte das Leben so schnell vorbei sein.

Er streckte sich ausgiebig, dann drehte er sich um und machte sich wieder an die Arbeit.

Tagsüber war Connell beschäftigt, aber in den Nächten gehörte er mir. Sein Rang als Captain ermöglichte ihm einige Vorteile, die er auch weidlich ausnutzte. So hatte er das Zelt, in dem wir unsere erste Nacht verbracht hatten, kurzerhand zu seinem Eigentum erklärt, und obwohl er gelegentlich einen angesäuselten Zecher hinausbefördern musste, machte ihm niemand diesen Platz streitig. Inzwischen waren die erbeuteten Sachen aufgeteilt und der Boden mit weichen Teppichen und Decken ausgelegt worden. Mit einem Anflug von schlechtem Gewissen musste ich daran denken, dass wir es uns gut gehen ließen, während es kaum genug Zelte gab. Dennoch beschwerte sich niemand, da das ungewöhnlich warme und trockene Wetter die Nächte im Freien verhältnismäßig angenehm machte.

Connell hatte recht gehabt. Es gefiel mir, was er mit mir tat. Es gefiel mir sogar sehr. Das Einzige, was mich ein wenig beunruhigte, war eine mögliche Schwangerschaft, weshalb ich Mollys Ratschläge so gewissenhaft wie möglich befolgte. Allerdings war auch Connell in dieser Frage alles andere als unerfahren.

»Und?«, meinte er, als ich ihn auf die möglichen Folgen ansprach. »Wäre das so schlimm? Ich hätte gern ein Kind.«

»Aber dann«, gab ich zurück, »müsstest du mich heiraten.«

»Müsste ich das?«

Heiraten war ein Thema, über das er nicht gerne sprach. Ich wusste, dass er seine Unabhängigkeit viel zu sehr schätzte, um sich an eine Frau zu binden.

Ich war wie im Rausch, in einem Glückstaumel. Jeden Tag sehnte ich schon die nächste Nacht herbei. Connell war ein sehr fordernder Liebhaber, mit so vielen Facetten, dass ich mich manchmal fragte, ob ich es immer mit demselben Mann zu tun hatte. Es konnte vorkommen, dass er mit mir über Einzelheiten der nächsten geplanten Angriffe sprach, um in der nächsten Minute albern wie ein Kind zu sein und mich mit Wasser zu bespritzen, während ich noch über eine kluge Antwort nachdachte. In diesen ersten Tagen auf Vinegar Hill überhäufte er mich mit so viel Schmuck, dass ich kaum wusste, wann ich ihn tragen sollte. Schwere Ringe zierten meine Finger, eine zweireihige Perlenkette mit einem Anhänger aus blutrotem Rubin hing an meinem Hals, und in meinem Haar schimmerten goldene Kämme. Um keinen Neid zu erregen, legte ich die Schmuckstücke nur abends an. Es machte mir Spaß, mich für ihn herauszuputzen, mein Haar auf immer neue Weise aufzustecken und so zu tun, als wäre ich eine reiche Lady. Und wenn ich dann seine leuchtenden Augen sah, glaubte ich ihm, dass ich für ihn mehr war als nur ein amüsantes Spielzeug.

Seine zeitweilig aufflackernde Eifersucht erstaunte mich, obwohl ich es genoss, so begehrt zu werden. Was ihn selbst betraf, war er weitaus großzügiger. Einmal traf ich ihn auf einem der wenigen freien Felsbrocken an, wo er seine neuen, silberbeschlagenen Pistolen zum Reinigen auseinandernahm. Dank des warmen Wetters der vergangenen Tage hatte sich seine Bräune noch vertieft. Zu seinen Füßen hockte ein junges Mädchen mit gerafftem Rock, noch einige Jahre jünger als ich, und verfolgte jede seiner Bewegungen mit unverhohlener Bewunderung in den Augen. Erst als ich schon fast neben ihr stand, nahm sie mich wahr. Dann sprang sie auf, blieb einen Augenblick unschlüssig stehen und rannte schließlich davon, ohne sich noch einmal umzusehen.

Connell schaute ihr hinterher und schüttelte lachend den Kopf.

»Wer war das?«

»Alison. Finn Mullingars Tochter.« Er legte den Lauf beiseite und zog mich auf seinen Schoß. »Ein Glück, dass du gekommen bist. Sie hätte mich sonst noch mit Haut und Haaren aufgefressen.«

Ich seufzte. Mittlerweile hatte ich mich an Connells weibliche Bekanntschaften gewöhnt, und die Tatsache, dass ich nicht gerade seine erste Geliebte war, war mir hinreichend bekannt. Sein Aussehen, sein Charme und seine Stellung machten ihn zu einem der begehrtesten Männer des ganzen Lagers. In seinem Verhalten lag keine Berechnung, auch wenn er seine Wirkung auf Frauen kannte, deren Aufmerksamkeit er mit der gleichen unbekümmerten Selbstverständlichkeit genoss, mit der man sich über ein gutes Essen freute. Ich wusste, dass er immer wieder eindeutige Angebote bekam. Und jetzt hatte er wirklich mich gewählt?

Von der Ostküste kamen ermutigende Neuigkeiten. Bei Tubberneering war es unseren Leuten geglückt, eine Abteilung der Krone in einen Hinterhalt zu locken und anschließend Gorey zu erobern. Als Nächstes wollte man sich Arklow vornehmen.

Andere Einheiten waren nicht so erfolgreich. Newtownbarry im Norden war nach anfänglichem Sieg wieder in der Hand der Miliz, und auch aus New Ross hatten sich die Rebellen zurückziehen müssen. Mehr war nicht zu erfahren. Connell wäre am liebsten sofort zurückgekehrt, um sich zu überzeugen, dass es Molly gut ging. Doch das sollte sich als überflüssig herausstellen, denn bald schon erreichte uns die Nachricht, dass Molly O'Brien auf Vinegar Hill eingetroffen sei. Sichtlich mitgenommen erzählte sie, was in New Ross vorgefallen war.

Der Kampf zwischen Rebellen und Rotröcken hatte einen ganzen Tag getobt, vierzehn lange Stunden. Die Erbarmungslosigkeit der Engländer traf auch Unbeteiligte, die gemeinsam mit den gefangenen oder verwundeten Rebellen kurzerhand erschossen oder mit Bajonetten erstochen wurden.

»Wie die Schweine.« Molly war noch immer fassungslos. »In meinem ganzen Leben habe ich so etwas Schreckliches noch nicht gesehen. Sie gingen auf sie los, als hätten sie Tiere vor sich, die sie schlachten wollten. Aber mit Tieren verfährt man barmherziger.«

Die Leichen hatten sie in den Fluss geworfen oder gleich mitsamt der Häuser verbrannt. Der Gestank verkohlten Fleisches war noch meilenweit zu riechen. Mit vielen anderen hatte sich Molly in das kürzlich errichtete Lager von Carrickbyrne geflüchtet.

Die Vergeltung ließ nicht lange auf sich warten. Bei Scullabogue nahe New Ross hatten Rebellen Hunderte von protestantischen Gefangenen – Männer, Frauen und Kinder – in einer großen Hütte zusammengetrieben und anschließend lebendig verbrannt. Wer in seiner Todesangst versuchte, die Hütte zu verlassen, wurde erschossen. Erschüttert war Molly am nächsten Tag nach Vinegar Hill weitergezogen.

Die Sonne glänzte auf Läufen und Kugeln, ein paar ölgetränkte Tücher und einige Beutel mit Schießpulver lagen daneben. Gemeinsam mit seinem Bruder war Connell damit beschäftigt, die für die Übungen benutzen Pistolen und Musketen zu entladen, in Tücher einzuschlagen und in eine Kiste zu packen. Ich wartete, bis er aufblickte.

»*A stóirín*«, sagte er, während er auf einen Lauf klopfte, aus dem ein paar Krümel Pulver rieselten, »gibt es ein Problem?«

»Es sind wieder neue Freiwillige eingetroffen. Brian meint, du könntest dich vielleicht um sie kümmern.«

»So, meint er das.« Er legte die Pistole auf den Tisch. »Warum kann er das eigentlich nicht selbst tun?«

»Weil ... nun ... er ist momentan unabkömmlich.«

»Unabkömmlich?«

»Ja, er ... er hat sich versehentlich in den Fuß geschossen. Er ist gerade im Lazarettzelt und lässt sich behandeln. Und so kann er natürlich nicht die Freiwilligen im Empfang nehmen.« Ich konnte mir das Lachen nicht länger verkneifen, als ich mir wieder Brians schmerzerfülltes Gesicht vor Augen führte, wie er mühsam durch die spottenden Reihen seiner Kameraden humpelte.

»Da hast du zweifelsohne recht«, sagte Connell grinsend und wischte sich die Hände mit einem ölverschmierten Lappen ab. »Dann will ich mal nicht so sein. Kannst du das hier für mich zu Ende bringen?«

Er drückte mir das Tuch in die Hand, und ich nickte ergeben. Lieber wäre ich mit ihm gegangen.

Cyril hatte noch kein Wort mit mir gesprochen. Schweigend reichte er mir die entladenen und entsicherten Pistolen, die ich ebenso schweigend in die bereitgelegten Tücher packte. Ich fühlte mich unbehaglich und überlegte krampfhaft, was ich sagen könnte, bis ich die dunkle Soutane eines Priesters erkannte, der einen kleinen Totenzug anführte. In ihrer Mitte trugen sie einen erschossenen Mann.

Gefangenen Milizsoldaten und Spitzeln der Krone wurde auf Vinegar Hill ohne viel Federlesens der Prozess gemacht. Man richtete sie an Ort und Stelle hin und warf sie anschließend in ein eilig ausgehobenes Grab. An manchen Tagen wurden bis zu zehn Leute erschossen. Oft wusste ich nicht, ob die Schüsse von den Übungen oder den Exekutionen herrührten, und ich wollte es auch gar nicht wissen.

Als der Totenzug an uns vorüberzog, bekreuzigte ich mich und murmelte ein kurzes Gebet.

»Ein Gebet für einen Verräter?«, fragte Cyril.

»Niemand sollte auf diese Weise sterben müssen«, gab ich zurück. »Es ist Gottes Sache, Leben zu nehmen.«

Cyril schaute mich ungerührt an. »Gott«, sagte er dann, »ist eine Lüge.«

»Das kann nicht Euer Ernst sein.«

»Nein? Warum nicht?«

»Weil ... weil ... so etwas dürft Ihr nicht sagen.« Ich wich einen Schritt zurück.

»Wovor habt Ihr Angst? Dass mich gleich der Blitz trifft?« Er schaute zum Himmel auf und hob die Schultern. »Kein Blitz«, stellte er fest.

»Ihr solltet damit aufhören, den Namen des Herrn zu lästern.«

»Wollt Ihr mich etwa bekehren? Eine unterhaltsame Vorstellung, wenn sie nicht so sinnlos wäre.« Er legte eine weitere entsicherte Pistole auf den Tisch. »Wie viel wisst Ihr eigentlich von der Welt? Habt Ihr die vielen Leichen gesehen? Die Bauern, die sie zu Tode geprügelt haben? Die niedergebrannten Häuser, die verwüsteten Äcker? Was liegt Euch an einer Kirche, die Euch auf Erden leiden lässt, auf dass Ihr das Himmelreich erringt? Die Euch mit dem Bann belegt und Euch das Seelenheil abspricht? Ich habe meinen Glauben schon vor langer Zeit verloren. Und Ihr seid ganz sicher nicht diejenige, die darüber zu urteilen hat.«

Bis heute hatte ich kaum mehr als ein paar Sätze mit ihm gesprochen, und mich überraschte diese Flut von Anklagen. Normalerweise hätte ich kleinlaut geschwiegen, aber diesmal fühlte ich mich ihm gewachsen. Ich hob den Kopf, um ihm ins Gesicht zu sehen.

»Was habe ich Euch eigentlich getan?«

Er lächelte schwach. »Ihr dürft das nicht falsch verstehen. Ich habe nichts gegen Euch. Ich habe nur etwas gegen die Art, wie manche Leute meinen, über mich bestimmen zu müssen.« Seine Stimme war so beherrscht wie seine Haltung, seine Augen unter der Krempe seines Hutes nicht zu erkennen. »Ihr solltet besser zu Hause sein, Sharon – so heißt Ihr doch? Ihr gehört nicht hierher.«

»Das hier ist mein Zuhause«, sagte ich so leise, dass ich nicht sicher war, ob er mich hörte.

Ich musste noch lange an dieses Gespräch denken. Erstmals hatte Cyril, der sich bislang stets hinter einer Wolke der Unnahbarkeit verborgen hatte, etwas von sich preisgegeben. Und obwohl mich seine Leugnung Gottes beunruhigte, machte sie mich auch neugierig. Was war geschehen, das ihn so denken ließ?

Vor kurzem hatten wir feierlich die *Poblacht na h'Eireann*, die Republik Irland, ausgerufen, und über die zurückliegenden Kämpfe und Siege kursierten die ersten Lieder. Ich hoffte, dass dies wirklich der Auftakt zu einer besseren Zeit sein mochte, aber wenn ich ehrlich war, konnte ich nicht so recht daran glauben.

Die Entwicklungen der vergangenen Tage gaben Anlass zur Sorge, sogar Connell hatte seine unbekümmerte Zuversicht verloren. Was so glorreich begonnen hatte, drohte sich nun gegen uns zu wenden. Nur noch vereinzelt hielten unsere Männer die Stellung. Zuletzt hatten sie sich mit großen Verlusten aus Arklow und Gorey zurückziehen müssen, und was von unseren Truppen noch übrig war, befand sich in ungeordnetem Rückmarsch nach Vinegar Hill. Täglich hörten wir von neuen Hinrichtungen gefangener Rebellen, deren erhängte Leichen so manche Straße säumten. Die Männer desertierten zu Dutzenden. Dafür kamen andere, ganze Kolonnen von Männern und Frauen aus den angrenzenden Grafschaften, die sich Schutz und Hilfe von uns erhofften. Als würde es die Krone darauf anlegen, so viele Rebellen wie möglich an einem Ort zusammenzutreiben. Der endgültige Wendepunkt war nur noch eine Frage der Zeit. Ich fürchtete mich davor, was er bringen mochte.

Mehr als drei Wochen waren seit meiner Ankunft auf Vinegar Hill vergangen, und vor wenigen Tagen war Molly trotz unserer Einwände nach New Ross zurückgekehrt. Das Lager umfasste mittlerweile an die zehntausend Menschen. Doch selbst diese riesige Zahl ließ mich nicht ruhig schlafen. Ich fühlte mich schutzlos, verwundbar. Am liebsten hätte ich den Hügel sofort verlassen.

Die nächtlichen Trinkgelage hatten immer hemmungslosere Formen angenommen. Das Schnarchen der Betrunkenen drang durch die Nacht, es roch nach Alkohol und Erbrochenem. Connells Witze über die englischen Besatzer wurden mit grölendem Gelächter aufgenommen. Ich freute mich, dass er so ausgelassen war, doch als wir uns in dieser Nacht in unser Zelt zurückzogen, merkte ich, dass er nur geschauspielert hatte. Er wollte nicht einmal mit mir schlafen.

»Es war alles vergeblich.« Er starrte hinauf zur Decke aus Zeltleinen, auf die ein paar Talglichter ein flackerndes Schattenspiel warfen. »Der große Traum ist ausgeträumt.«

Ich strich über seine Augenlider. »Schlaf jetzt. Morgen ist ein neuer Tag.«

»Morgen«, sagte er mit geschlossenen Augen, »sind wir vielleicht schon alle tot.«

»Hör auf damit! Ich will nicht, dass du so redest.«

Die ermordeten Soldaten von Enniscorthy standen mir wieder vor Augen. Uns drohte das gleiche Schicksal. Mit viel Glück würde man mich vielleicht laufen lassen. Aber Connell erwartete eine öffentliche Hinrichtung.

Er drehte mir das Gesicht zu. Seine Züge waren kaum zu erkennen, doch ich glaubte eine Angst darin zu sehen, die mir neu war.

»Ich liebe dich«, flüsterte er. Er legte den Kopf an meine Schulter und vergrub seine Hand in meinem Haar, und so schlief er schließlich ein.

Der Morgen war windstill und der Himmel wolkenverhangen. Obwohl es auch heute wieder schwül werden würde, zog ich das neue Kleid an. Ich wusste, wie gut es Connell an mir gefiel, und an diesem Tag wollte ich alles tun, um ihm eine Freude zu machen.

Ich traf ihn vor unserem Zelt bei einigen wassergefüllten Fässern. Sein Hemd hing zerknittert aus der Hose, und die dunklen Haare standen ihm um den Kopf. Er murmelte eine Begrüßung und spritzte sich mit beiden Händen Wasser ins Gesicht.

»Geht es dir nicht gut?«

»Ich habe Kopfschmerzen.«

»Vielleicht solltest du das Trinken lassen.«

Er richtete sich auf und schaute mich müde an, Wasser lief ihm aus den Haaren über das Gesicht und in den Kragen. »Vielleicht sollte ich das. Aber manchmal ist es eben das einzige Mittel, diese ganze verwünschte Zeit für eine Weile zu vergessen.«

Im Osten dämmerte der Morgen herauf, ein rotes Wolkenband zeichnete sich über dem Horizont ab. In der Nähe waren zwei Frauen damit beschäftigt, ein halberloschenes Feuer wieder zu entfachen. Von irgendwoher drang Gelächter zu uns hinüber. Es war alles so, wie es sein sollte, aber irgendetwas beunruhigte mich.

Durch die Zelte hindurch blickte ich auf die Ebene unter uns. Hinter Enniscorthy und dem Slaney erhoben sich sanft geschwungene Hügel in leuchtendem Grün, aus einer Talsenke stieg ein Schwarm Vögel auf.

»O mein Gott!« Entsetzt griff ich nach Connells Arm. »Sieh nur!«

Dort unten näherte sich langsam ein gewaltiges Heer von Soldaten, zu Fuß und zu Pferd. Ein Meer scharlachroter Uniformen, aus denen die aufgepflanzten Bajonette im fahlen Morgenlicht herausragten.

Connell stieß einen grimmigen Fluch aus. Alle Müdigkeit war von ihm abgefallen, seine Augen funkelten.

»Schnell«, sagte er, während er sein Hemd in die Hose stopfte, »hol mir meinen Rock und meine Weste. Und dann lauf zu Allan und sag ihm, er soll die Kanone bereithalten. Es könnte hier oben ziemlich ungemütlich werden. Ich werde Father Murphy Bescheid geben. Ach ja, sorge dafür, dass sie die Glocke schlagen. Jetzt mach schon! Sie werden uns angreifen, verstehst du nicht!«

5. Kapitel

»Wie lange will er denn noch warten?« Connell richtete sich auf und spähte hinüber zu Father Murphy, der mit einer brennenden Fackel neben der Kanone stand. Bei ihm hielten vier Männer die Stellung, jederzeit bereit, das riesige Geschütz neu zu laden. Einer von ihnen war Allan O'Donegue.

Ich zuckte zusammen, als Warren sein Messer mit einem leisen Schleifen über einen Stein zog. Das Schultertuch fest um die Hüfte geschlungen, um die Hände frei zu haben, kauerte ich hinter unserem Wagen, auf meinem Schoß mehrere Beutel mit Kugeln und Pulverhörner voller Schwarzpulver. An meiner Seite hörte ich Padraic atmen, seine Hand zitterte, als er den Ladestock aus einer fast mannsgroßen Muskete zog. Auch meine Hände bebten; dumpfe Furcht verwandelte meinen Magen in einen Eisblock. Noch nie war eine Waffe auf mich gerichtet gewesen. In dieser Ruhe vor dem Sturm, in der selbst die Vögel schwiegen, wurde mir schmerzlich bewusst, wie jung ich war. Das ganze Leben sollte noch vor mir liegen, und doch standen dort unten Männer, die mich und alle anderen, die hier versammelt waren, töten wollten.

Es war Mittag, kaum ein Geräusch drang durch die Stille; hier und dort ein leises Knacken beim Spannen einer Pistole, ein nervöses Räuspern. Überall bot sich mir das gleiche Bild: Männer und Frauen verschanzt hinter Fässern, Zelten und Wagen, die Waffen im Anschlag. Beißender Schweißgeruch lag in der Luft.

Vier Abteilungen hatten uns eingekreist, Vinegar Hill war fast vollständig umzingelt. Mehrere Dutzend Kanonen zeigten mit ihren offenen Mündern auf uns, und die rotberockten Fußsoldaten schienen ungeduldig darauf zu warten, endlich ihre Musketen anlegen zu können. Nur zum Süden hin war der Belagerungsring noch offen. Diesen Trumpf wollte Father Murphy nutzen. Solange die Truppen der Krone noch auf Verstärkung warteten, waren sie angreifbar.

»Wir werden sie einfach von hier oben abschießen, einen nach dem anderen«, hatte ich noch Connells Worte im Ohr, aber ich hatte ihm angesehen, dass er selbst nicht daran glaubte. Er war blasser als sonst und trommelte immer wieder nervös auf die Verkleidung des Wagens. Dennoch war ich ihm dankbar für den Versuch, mir die Furcht zu nehmen. Und vielleicht wirkte Gott noch ein Wunder und ließ die Soldaten wieder abziehen ...

Durch die Speichen der Wagenräder hindurch konnte ich sehen, wie Father Murphy die Fackel senkte. Connell ging neben mir in Deckung, und im nächsten Moment hallte ein ohrenbetäubender Schlag über den Platz, dessen Erschütterung ich bis in meine Eingeweide spürte. Dies war das Zeichen. Überall legten die Männer die Waffen an und feuerten. Connell nahm mir eine Muskete aus der Hand und schoss, nahm eine andere und schoss erneut. Der stechende Geruch von Schwarzpulver brannte mir in der Nase. Eine Salve von Kugeln schwirrte durch die Luft. Schreie und gebrüllte Befehle waren von den Rotröcken am Fuß des Hügels zu hören, und einen Atemzug lang schöpfte ich Hoffnung. Vielleicht würde es uns doch gelingen, sie zu besiegen?

In fieberhafter Eile luden wir die Waffen nach. Niemand sprach, jeder schien den Atem anzuhalten. Pulverreste fielen von meinen zitternden Fingern auf mein Kleid und auf den Boden.

Dann ging die Welt unter.

Mit dicht aufeinanderfolgenden Donnerschlägen warfen die englischen Kanonen ihre todbringende Ladung auf uns. Der Boden zitterte, als säßen wir auf einem riesigen Tier, das sich gerade erheben wollte, der Platz verwandelte sich innerhalb weniger Atemzüge in ein Schlachtfeld. Schreie erfüllten die Luft, Zelte stürzten zusammen wie Spielzeug, die bunten Fahnen hingen zerfetzt von abgeknickten Masten. Einige Schritte von mir entfernt ging eine Kanonenkugel nieder, schlug dumpf in ein Gebüsch ein und riss einen Krater, so tief, dass der Busch mitsamt der Kugel darin verschwand. Dann kamen Hagelgeschosse, ein tödlicher Regen von Musketenkugeln färbte das Gras rot vom Blut der Sterbenden. Ein Schauer abgeplatzter Holzstücke fiel auf mich nieder, als die Seitenwand unseres Wagens unter mehreren Schüssen zersplitterte.

Der beißende Qualm des Schwarzpulvers ließ mir die Augen tränen. Ich kämpfte den Wunsch nieder, mich schreiend an Connell zu klammern, und zwang mich dazu, die abgeschossenen Musketen neu zu laden. Eine Kugel und eine Ladung Pulver mit dem Ladestock in den langen Lauf schieben und feststoßen, etwas Pulver auf das Steinschloss, die nächste Waffe greifen. Ich wollte nichts sehen, wollte alles ausblenden, was um mich herum vorging, wollte nicht mehr die Schreie der Getroffenen und das Stöhnen der Sterbenden hören. Mein Zeitgefühl war vollständig verschwunden, ich wusste nicht, ob Minuten oder Stunden vergangen waren. Nur der Gedanke, dass mich jeden Moment eine Kugel treffen könnte, trieb mich zu Höchstleistungen an. Und so fuhr ich fort, die Waffen zu laden und weiterzureichen, immer wieder, bis meine Finger schwarz waren von Öl und Pulverstaub.

Wenige Meter neben uns zerbarst krachend ein Holzverschlag. Eine Kanonenkugel hatte ihn durchschlagen und zwei der Männer getötet, die dahinter Deckung gesucht hatten. Die restlichen vier kamen zu uns hinübergerannt, um sich gemeinsam mit uns hinter unserem Wagen oder dem, was von ihm noch übrig war, zu ducken. Wir hatten den verbliebenen Unterbau gekippt, aber viel Schutz bot er nicht mehr.

Meine Ohren dröhnten vom Lärm der Geschütze, die immer neue Salven über den Platz schickten. Unsere eigene Kanone war seit einigen Minuten verstummt. Jetzt erst nahm ich wieder die Menschen um mich herum wahr. Dort war Connell, der wie besessen eine Muskete nach der anderen abfeuerte. Dort Padraic, dessen Gesicht so weiß war, dass sich seine roten Haare leuchtend davon abhoben. Und dort Cyril. Inmitten des blutigen Chaos wirkte er so gelassen, als könnte ihm keine Kugel der Welt etwas anhaben. Er gab Befehle, verteilte Aufgaben, sorgte dafür, dass auch die vier neu Hinzugekommenen wussten, was sie tun konnten. Und ich sah, wie man ihm gehorchte. Selbst Connell fügte sich widerspruchslos.

Eine Bewegung ging durch die Reihen schreiender und sterbender Menschen. Rufe wurden laut, pflanzten sich fort von Gruppe zu Gruppe, bis ich verstand, was sie riefen: »Sie stürmen den Hügel!«

Erschreckt starrte ich auf die Soldaten, die mit aufgepflanzten Bajonetten durch den ersten Zeltwall brachen und niedermähten, was sich ihnen in den Weg stellte. Sie marschierten in dichter Reihe, Mann an Mann, hinter ihnen Dragoner zu Pferde. Jetzt sah ich mit eigenen Augen, wovon Molly mit solchem Grauen erzählt hatte. Wer nicht unter den Bajonetten fiel, wurde aus nächster Nähe erschossen oder von den Pferden niedergetrampelt. Weiter unten verließ eine Gruppe von Flüchtenden ihre schwache Deckung und rannte los, nur um von einem Kugelhagel von den Füßen gerissen zu werden.

Ich spürte die Angst mit ihrer kalten Hand nach mir greifen und biss die Zähne zusammen, um nicht laut aufzuschreien. Connell drückte mich an sich.

»Sie werden uns töten«, flüsterte ich hilflos. »Wir müssen uns ergeben. Vielleicht werden sie dann –« Ich schwieg, als ich Connells Blick sah.

»Ich werde nicht am Galgen sterben!«, sagte er heftig. »Aber noch bin ich nicht tot. Gib mir eine Pistole!«

»Was hast du vor?«

»Ich werde diesen verdammten Schweinehunden zeigen, was es heißt, sich mit uns anzulegen!« Was er sonst noch sagte, ging im Lärm eines weiteren Kugelhagels unter. Mit einer frisch geladenen Pistole kroch er zum Rand des Wagens und rief seinem Bruder etwas zu, das ich nicht verstand. Cyril schüttelte den Kopf und hielt ihn fest, aber Connell redete auf ihn ein, dann riss er sich los und rannte gebückt auf eine Ansammlung niedergetrampelter Büsche zu.

»Nein, Connell«, schrie ich. »Lass mich nicht allein!«

Aber da war er auch schon verschwunden.

Völlig außer mir versuchte ich ihm zu folgen, aber noch bevor ich einen Schritt aus unserer Deckung tun konnte, wurde ich von Cyril zurückgezogen und auf den Boden gedrückt, gerade noch rechtzeitig, um einer erneuten Salve von Musketenkugeln zu entgehen, die dicht über meinen Kopf hinwegfegte.

Mit Schmutz im Gesicht und tränenden Augen schüttelte ich Cyrils Hand ab und stieß ihn zurück. »Warum habt Ihr ihn nicht zurückgehalten? Warum habt Ihr nicht auf ihn aufgepasst? Warum?!«

Meine Stimme überschlug sich, ging über in ein schrilles Kreischen, bis ich nur noch hysterisch schrie. Es war nicht nur die Angst um Connell, es war auch die Angst um mein eigenes Leben, zusammen mit den entsetzlichen Geräuschen: dem Schreien der Sterbenden, dem schrecklichen Dröhnen der Kanonen und dem Gefühl, gefangen zu sein in diesem Albtraum von Blut und Tod. All das brach über mir zusammen wie eine riesige Welle, die mich zu ersticken drohte.

Als Nächstes spürte ich einen brennenden Schmerz auf meiner

Wange, und verdutzt erstarb mir der Schrei in der Kehle wie eine erstickte Flamme.

»Na also«, vernahm ich dann Cyrils Stimme. »Hört Ihr mir jetzt endlich zu?«

Ich nickte, für einen Moment meine Angst vergessend, da ich nicht wusste, ob ich nun entrüstet sein sollte oder dankbar. »Wohin will er?« Ich musste fast schreien, um den Lärm zu übertönen.

Cyril deutete mit dem Kopf auf die Kuppe des Hügels. »Er meinte, Allan würde ihn bei der Kanone brauchen. Und dorthin wäre ich ihm auch gefolgt, hätte ich Euch nicht zurückhalten müssen, geradewegs in das Feuer der Rotröcke zu laufen!« Er spähte vorsichtig über den Rand unserer Deckung. »Ihr wartet hier. Padraic wird auf Euch aufpassen.«

Ich hielt seinen Ärmel fest, als er sich aufrichtete. »Ich bleibe nicht hier! Nehmt mich mit!«

Dem Ausdruck in seinen Augen nach erwartete ich fast, dass er mich wieder schlagen würde, doch er nickte nur.

Inmitten des wogenden Feuergefechts, der Schüsse und der Schreie war es ein fürchterlicher Weg. An Cyrils Hand wie eine Ertrinkende geklammert, rutschte ich immer wieder mit meinen nackten Füßen auf der blutdurchtränkten Erde aus.

»Lang lebe König George!«, hörte ich vereinzelte Rufe, durchsetzt mit den Todesschreien der Getroffenen. Deutlich konnte ich jetzt die näher rückende Front der Soldaten sehen. Wie ein unerbittlicher Lindwurm, den nichts und niemand aufhalten konnte, bahnten sie sich ihren Weg durch unsere Reihen. Die Zelte am unteren Rand des Hügels waren bereits niedergetrampelt, weggeknickt wie Strohhalme, ringsum lagen Tote und Verwundete, brannten kleine Feuer. Hier und dort sah ich auch einen Rotrock fallen, aber es waren fast nur unsere Leute, die dort einen grausamen Tod starben.

Als wir endlich die Kuppe erreichten, schrie ich auf. Der Boden war zerwühlt, als hätte ein Riese dort gewütet, überall lagen Tote, und die Kanone stand schräg. Eines der großen Räder war gebrochen, die Speichen ragten wie blanke Knochen in die rauchgeschwängerte Luft. Dann schluchzte ich vor Erleichterung: Connell lebte! Sein rechter Arm hing unbeweglich herab, der grüne Stoff seines Rocks war an Schulter und Ärmel blutdurchtränkt, so dunkel, dass es fast schwarz wirkte. Mit seiner linken Hand stemmte er eine Kanonenkugel hoch und ließ sie in das Rohr des Geschützes gleiten. Von seiner Last befreit, schwankte er leicht.

So schnell, dass ich es kaum mitbekam, hatte Cyril ihn neben der Kanone zu Boden gezogen. Ich ließ mich neben ihn fallen.

»Bist du verrückt geworden?«, fuhr er Connell an. »Ist dir klar, was für eine großartige Zielscheibe du gerade hier oben abgibst?«

Connell hob den Kopf, keuchend vor Anstrengung. »Was macht das jetzt noch aus? Ich kann doch wenigstens noch so viele wie möglich von diesen Dreckskerlen in die Hölle schicken.« Er versuchte aufzustehen. »Lass mich los! Ich werde mich nicht so einfach abschlachten lassen.«

»Das habe ich auch nicht gesagt. Aber siehst du nicht, dass die Kanone nutzlos ist? Und du bist verletzt!«

Connell sank zurück, plötzlich aller Kraft beraubt. »Ich weiß.« Er fasste sich an die Schulter und verzog das Gesicht. Seine Hand war voller Blut.

»Auf mich wollte er auch nicht hören«, sagte in diesem Moment eine rußige Gestalt neben uns.

Ich fuhr zurück, und es war nur die Stimme, an der ich ihn erkannte. »O Gott, Allan, du bist das! Ich dachte schon, du –«

Sein Gesicht war unter der Rußschicht kaum auszumachen, seine Augen sahen mich stumpf an.

»Wo ist Finn? Und Barry?«, fragte ich.

Benommen wies er auf jemanden in seiner Nähe. Dort lag

ein Toter, mit dem Gesicht nach unten und seltsam verdrehten Gliedmaßen. Er kam mir erschreckend vertraut vor.

»Er hat bis zuletzt ausgeharrt«, flüsterte Allan heiser. »Als das Rad brach, hat er die Kanone mit seinem Rücken gestützt.«

Connell hielt mich zurück, als ich auf Händen und Füßen zu Barry kriechen wollte. Er sagte nichts, zog mich nur mit seinem unverletzten Arm zu sich, und ich lehnte mich wie betäubt an ihn. Gedankenverloren wickelte er eine Locke meines Haares um seinen Finger und ließ sie durch seine Hand gleiten, wieder und wieder. Auch über mich senkte sich tiefe Erschöpfung. Hier, im Schatten der Kanone, war es seltsam friedlich. Ein Geschoss hatte der Windmühle ganz in unserer Nähe einen Flügel abgerissen, aber noch immer flatterte die grüne Flagge auf ihrer Spitze. Dieser Anblick gab mir einen eigentümlichen Trost. Die Schüsse schienen jetzt von weit weg zu kommen, genau wie der Schlachtenlärm, die Rufe und die Schreie. Vielleicht sollte es so sein. Ich würde heute sterben. Aber wenigstens war Connell wieder bei mir.

Cyril richtete sich auf. »Kannst du laufen?«, fragte er seinen Bruder. »Wir haben noch eine Möglichkeit, hier lebend herauszukommen. Wir müssen es nur bis nach unten schaffen, zum Süden hin, wo noch keine Soldaten sind.«

Connell hatte es schneller begriffen als ich. Während ich nur langsam aus meiner Betäubung erwachte, blickte ich verwirrt von einem zum anderen. Sie sahen sich an, ohne ein Wort, und angesichts dieser stillschweigenden Übereinkunft verspürte ich fast so etwas wie Eifersucht. Aus dieser Welt war ich ausgeschlossen. Doch gleich darauf meldete sich die Hoffnung. War hier ein Lichtblick, eine Chance, so klein sie auch sein mochte? Auch in Allans Augen flackerte neue Zuversicht auf.

Connell nickte. »Dann los!«

In den nächsten endlosen Minuten gelang es Cyril auf mir unbegreifliche Weise, uns zu Boden zu ziehen, wenn dicht über unseren Köpfen die Kugeln hinwegfauchten, und uns zur Eile zu treiben, sobald es sicher war. Wir waren nicht die Einzigen, die nach unten strebten. Der ganze Hügel schien in Bewegung, Hunderte von Menschen mit erhobenen Waffen drängten herab und rissen uns mit sich. Einmal sah ich Father Murphy in der Menge, dann verschwand er wieder aus meinem Blickfeld. Rauchschwaden trübten meinen Blick. Ein neuerlicher Kanonenschlag hallte über uns hinweg, und Dutzende, die mit uns hinabstürmten, fielen wie Gras unter der Sense. Nicht zurückschauen. Nur weiter, weiter, hinab, stolpernd über Gefallene und Verletzte. Steine und Gestrüpp stachen in meine nackten Füße und verfingen sich im Saum meines Kleides, aber das kümmerte mich nicht. Meine einzigen Gedanken waren die, von diesem todbringenden Hügel zu flüchten und nicht von Connell getrennt zu werden, obwohl ich dabei irgendwann Allan aus den Augen verlor.

Und dann war es einfacher, als ich erwartet hatte. Inmitten der gewaltigen Menschenschar gelangten wir fast mühelos hinunter. Von fern konnte ich einige Soldaten erkennen, die auf uns anlegten. Ein paar Musketenkugeln pfiffen über uns hinweg, dann waren wir am Fuße des Hügels angelangt.

Connell wurde immer langsamer. Wir wurden vom Strom mitgeschoben, fielen aber immer mehr zurück. Andere überholten uns, strömten an uns vorbei wie Wasser, das sich an einem Felsen bricht, drängten uns zur Seite. Weiter vorne erkannte ich einen rußigen Haarschopf.

»Allan!«, schrie ich.

Meine Stimme kam kaum an gegen die tosende Menge, doch Allan blickte sich um, sah mich, versuchte, sich gegen die Masse von Menschen zu stemmen, wurde aber mitgezogen. Er rief etwas, doch ich verstand ihn nicht. Dann war er im Gedränge verschwunden.

Connell blieb stehen und sank auf die Knie.

»Weiter«, drängte ich atemlos. »Wir müssen weiter!«

Er zitterte, feine Schweißperlen standen auf seiner Stirn. Den rechten Arm hielt er mit der linken Hand fest an den Körper gepresst. Ich konnte das Blut riechen, ein Geruch wie warmes Kupfer, vermischt mit Schweiß.

»Bitte, Connell, du musst aufstehen! Die anderen sind schon fast weg!« Ich schaute den Flüchtenden nach, wie sie unter lautem Geschrei davonstürmten. Irgendwo zwischen ihnen musste auch Allan sein. Nur wir befanden uns noch immer hier auf der staubigen Landstraße nach Enniscorthy. Über der Stadt erhob sich das große Schloss, mit seinen vier Türmen ein mächtiges Bollwerk.

Ich schluckte die aufsteigende Verzweiflung herunter. »Was machen wir jetzt?«

»Jedenfalls können wir hier nicht stehen bleiben.« Cyril wandte sich an Connell. »Schaffst du es noch bis zur Stadt?«

»Das ist noch über eine Meile!« Ich schrie es fast. »Er kann nicht noch länger laufen!«

»Genau deswegen brauchen wir einen Wagen oder Pferde. Und die bekommen wir am ehesten in Enniscorthy, solange sie noch nicht nach uns suchen. Oder habt Ihr eine bessere Idee?«

Ich schüttelte den Kopf. »Er verliert zu viel Blut«, murmelte ich, dann riss ich einen Fetzen aus meinen ausgefransten Unterröcken und schob den Stoff vorsichtig unter Connells blutiges Hemd.

Die Strecke erschien mir endlos. Ich hielt mich dicht hinter Cyril, der seinen Bruder stützte. Jeder Schatten ließ mich zusammenzucken, in jeder roten Beere, jeder weißen Blüte am Wegesrand glaubte ich eine Uniform der Rotröcke zu erblicken. Noch immer schallten Schüsse von Vinegar Hill; wenn ich zurückschaute, sah ich kleine Rauchwolken von dort aufsteigen. Connell schwieg, offensichtlich darauf bedacht, seine Kräfte zu schonen. Als wir endlich die ersten Häuser erreichten, lehnte er sich erschöpft gegen eine Wand und schloss die Augen. Unter seiner Sonnenbräune war er aschfahl, er sah aus, als würde er gleich ohnmächtig werden.

»Er schafft es nicht noch weiter«, sagte ich und versuchte, das Zittern in meiner Stimme zu unterdrücken. Es gelang mir nicht besonders gut. »Woher wollen wir jetzt Pferde bekommen?«

Im ersten Moment wirkte der äußere Bereich von Enniscorthy wie ausgestorben. Vor uns erstreckte sich eine schmale, leicht ansteigende Häuserreihe, einige Fassaden waren rauchgeschwärzt. Noch immer hing leichter Brandgeruch in der Luft. Dann trug ein Windhauch ein schwaches Wiehern zu uns.

Cyril hob den Kopf wie ein Tier, das Witterung aufnimmt. »Vielleicht hat sich die Sache soeben geklärt.«

Ein vorsichtiger Blick um die Ecke zeigte uns einen großen, mit einer grauen Plane bedeckten Wagen, das Pferd davor war angeschirrt. Der Besitzer war damit beschäftigt, einen Ballen Tuch auszuladen. Trotz der vereinzelten Schüsse, die auch hier noch zu hören waren, ging er offenbar unbeeindruckt seinen Geschäften nach.

Sobald der Mann in einem Haus verschwunden war, liefen wir zum Wagen. Ich half Connell hinein, dann kletterte ich hinterher.

»Kümmert Euch um ihn«, sagte Cyril. »Ich gehe nach vorne und –« Er hielt inne und stieß einen leisen Fluch aus. Im nächsten Augenblick war er neben mir und zog die Plane von innen herab. Ein Knacken ertönte, als er den Hahn seiner Pistole spannte. Wenige Sekunden später erkannte ich den rhythmischen Klang vieler Stiefel – ein Geräusch, das ich schon viel zu oft gehört hatte. Die Schritte näherten sich, wurden lauter, bis sie direkt neben mir waren. Durch ein kleines Loch in der Plane konnte ich schemenhaft vorbeihuschende Gestalten in Rot erkennen. Angstvoll kauerte ich mich zusammen und wagte kaum zu atmen, bis ein Schaukeln andeutete, dass jemand auf den Kutschbock stieg. Der Besitzer des Wagens war zurückgekehrt. Er rief den Soldaten etwas zu, dann fuhr der Wagen mit einem Ruck an.

»Was …?«, begann ich, aber Cyril brachte mich mit einer Handbewegung zum Schweigen. Es war zu spät, aus dem Wagen zu gelangen, ohne der Patrouille in die Arme zu laufen.

Während die Schritte der Soldaten in der Ferne verhallten, streckte ich vorsichtig meine Beine aus. So übel war unsere Lage gar nicht. Wahrscheinlich kamen wir auf diese Weise sogar leichter aus der Stadt heraus.

Die Räder knirschten auf der sandigen Straße. Durch die Plane fiel genug Licht, um Dutzende Ballen von Stoff und Tuch zu erkennen, die hier aufeinandergestapelt lagen. In einer Ecke türmten sich Säcke mit Tee und getrockneten Lebensmitteln, weiter hinten lagen Taschentücher und Strumpfbänder. Unser Fahrer war offenbar ein wohlhabender Kaufmann.

Connell lehnte mit geschlossenen Augen an der Holzwand, mit der das Wageninnere bis zur halben Höhe ausgekleidet war. Obwohl er keinen Laut von sich gab, sah ich ihm an, dass ihm das Rütteln des Wagens Schmerzen bereitete. Cyril saß uns gegenüber, die Pistole noch immer schussbereit. Im Schatten seines Hutes konnte ich seine Augen nicht sehen, aber ich war mir sicher, dass er Connell beobachtete. Der Klang der Räder veränderte sich, als wir über Kopfsteinpflaster fuhren. Die Brücke über den Slaney konnte nicht mehr weit sein.

»Halt! Wohin wollt Ihr?«

Ein eisiger Schrecken durchfuhr mich. Man hatte Soldaten an der Brücke postiert!

Der Wagen kam zum Stehen. Ich schickte ein Stoßgebet zum Himmel und hielt die Luft an. Mein Herz raste, meine Finger schlossen sich um Connells Hand, die feucht war von Blut oder Schweiß. Wir hatten schon zweimal großes Glück gehabt; ein drittes Mal würden wir bestimmt nicht so glimpflich davonkommen. Jeden Augenblick erwartete ich, dass die Plane fortgezogen und ein Musketenlauf hereingeschoben werden würde. Cyril hatte die Pistole auf den Eingang gerichtet.

»Nach Dublin«, hörte ich den Mann auf dem Kutschbock erwidern. »Zum Teufel, Sergeant, was soll das hier werden? Seit wann wird die Brücke kontrolliert?«

»Ach, Ihr seid es, Mister Bannister«, sagte der Soldat. »Nichts für ungut, Sir, aber wir haben Befehl, jeden anzuhalten, der die Stadt verlassen will. Ich nehme an, Euch ist niemand von den Aufständischen begegnet?«

»Von diesem Gesindel? Ganz sicher nicht, so wahr ich hier sitze«, sagte unser Mann. »Ist es Euch endlich gelungen, dieser papistischen Bande den Garaus zu machen? Hat ja eine mächtige Schießerei auf dem Hügel gegeben! Hörte sich an, als wäre die ganze Armee der Krone dort versammelt!«

Der Soldat lachte grimmig. »Wie wäre es, Mister Bannister? Habt Ihr noch etwas von dem guten Schnupftabak übrig, den Ihr letztens so freundlich wart mir zu überlassen?«

Der Kaufmann knurrte einen Laut der Zustimmung. Erschreckt sah ich eine fleischige Hand unmittelbar neben mir zwischen den Tuchballen herumtasten, bis sie sich mit einem verschnürten Päckchen zurückzog.

»Ihr macht mich noch arm, Sergeant«, knurrte der Kaufmann. Ein leises Geräusch deutete an, dass er dem Soldaten das Päckchen zugeworfen hatte. »Mit den besten Empfehlungen an Eure Gattin.«

»Verbindlichsten Dank, Sir. Ich wünsche gute Fahrt. Aber seid auf der Hut, es könnte sein, dass sich noch ein paar von diesen *croppies* in der Gegend herumtreiben.«

Der Wagen rollte wieder an, die Räder ratterten über die unebenen Steine der Brücke. Ich seufzte unhörbar auf, und auch Cyril ließ die Pistole sinken. Der Herrgott meinte es gut mit uns. Wir waren endlich aus Enniscorthy heraus.

Durch das Loch in der Plane konnte ich hinaus auf ein Stück

Weg und die Weiden dahinter sehen. Die Luft unter dem Leinendach war stickig und heiß, ich spürte, wie mir zwischen meinen Brüsten der Schweiß hinablief. Dagegen fühlte sich Connells Haut ganz kalt an. Er fror, die dunklen Haare hingen ihm feucht ins Gesicht. Als wir durch ein Waldstück fuhren und ein paar Schatten über den Wagen fielen, ließ unser Kutscher das Pferd schneller laufen. Connell stöhnte leise auf. Lange konnte er nicht mehr durchhalten. Ich schaute besorgt zu Cyril hinüber, und dieser nickte.

»Zeit, mich vorzustellen«, flüsterte er.

Nahezu lautlos schlug er die Plane zurück, die den Kutschbock vom übrigen Teil des Wagens trennte. Der breite Rücken eines Mannes mit schütterem, rotblondem Haar und dichtem Backenbart kam zum Vorschein, der sich erschrocken umdrehte, als ihm eine Pistole an die Schläfe gehalten wurde.

»Anhalten«, forderte Cyril ihn auf.

Der Mann gehorchte; in seiner Miene spiegelte sich allerdings eher sprachlose Verblüffung als Angst. »Wer ... Was wollt Ihr?«

»Aussteigen«, sagte Cyril statt einer Antwort und kletterte mit ihm vom Wagen.

Es vergingen ein paar endlose Minuten, in denen ich vor Nervosität schier umkam. »Was wird er mit ihm machen?«, fragte ich Connell, der sich bisher kaum gerührt hatte.

»Was weiß ich«, murmelte er. »Ist mir zur Zeit auch ziemlich egal.«

»Hast du große Schmerzen? Soll ich mir die Wunde ansehen?« Ich schickte mich an, ihm den Uniformrock auszuziehen, aber er wehrte mich ab.

»Lass das. Cyril wird sich darum kümmern.«

»Ich wollte dir nur helfen.« Gekränkt setzte ich mich wieder.

Es dauerte nicht lange, bis Cyril zurückkam. »Er schläft«, beantwortete er meine Frage nach dem Kaufmann, »obwohl ich etwas nachhelfen musste. Wenn er aufwacht, wird er gewaltige

Kopfschmerzen haben. Ich habe ihn an einem Baum festgebunden. Mit ein bisschen Geschick wird er sich in einigen Stunden selbst befreit haben. Aber bis dahin sind wir schon längst weit weg.« Er hob einen kleinen Beutel hoch. »Außerdem habe ich ihn von einer schweren Last befreit. Es dürften einige Pfund sein, die er da mit sich trug.«

Ich lächelte zufrieden. Cyril hatte wirklich an alles gedacht.

Auch Connell munterte diese Nachricht auf. »Nicht schlecht.« Er grinste ein wenig angestrengt. »Ich wusste gar nicht, dass mein Bruder unter die Straßenräuber gegangen ist. Hast du das in Frankreich gelernt?«

»Du würdest dich wundern.«

Cyril stieg auf den Kutschbock. Er fuhr ein Stück den Weg weiter, den wir gekommen waren, und bog dann in einen Pfad ein, der tiefer in den Wald führte. Nach ein paar Minuten brachte er den Wagen zum Stehen, schlug die Plane zurück und kam zu uns.

»Dort hinten fließt ein Bach. Ihr könntet etwas Wasser holen.«

Gehorsam machte ich mich auf den Weg. Die Sonne brach in einem gefächerten Lichtstrahl durch die Äste. Bemooster Boden federte unter meinen Füßen, Wasser drang bei jedem Schritt zwischen meinen Zehen empor. Vor mir mühte sich ein großer schwarzer Käfer über einen feuchten Zweig. Alles wirkte friedlich, im Gleichgewicht. Die vergangenen Stunden kamen mir wie ein schlechter Traum vor.

Der Bach war kühl und klar, auf seinem Grund schwammen Fische. Ich füllte die Feldflasche, die ich im Wagen gefunden hatte, und schrubbte mir Schmutz und Pulverstaub von Gesicht und Händen. Ölige Schlieren trieben im Wasser davon.

Als ich zurückkam, kniete Cyril vor seinem Bruder. Er hatte ihm Rock und Weste ausgezogen und die Knopfleiste des Hemdes geöffnet, das helle Leinen war blutig und verschwitzt. Die

Kugel war in die rechte Schulter, knapp unterhalb des Schlüsselbeins, eingedrungen, die Wunde hatte sich um die Einschussstelle herum bläulich verfärbt. Connell lächelte schwach, sobald er mich sah, verzog aber gleich darauf das Gesicht, als Cyril damit begann, die Wunde auszuwaschen.

»Wie geht es ihm?«

»Er hat viel Blut verloren«, sagte Cyril, ohne aufzuschauen, »und die Kugel steckt tief im Fleisch. Aber zumindest ist kein Knochen gebrochen.«

Connell seufzte auf. »Bist du bald fertig?«

»Gleich. Wir brauchen noch einen Verband. Das Tuch dort könnte gehen.«

Aus dem Ballen hellen Tuchs riss ich einige Streifen heraus und knotete sie zusammen. Beeindruckt schaute ich zu, wie geschickt Cyril mit seinem Bruder umging, als er ihn verband. Seine Bewegungen wirkten auf eigenartige Weise seitenverkehrt.

»Wohin führt unser Weg jetzt?«, fragte ich.

»So weit fort von hier wie möglich. Fürs Erste müssen wir uns eine Zuflucht suchen, wo Connell seine Verletzung ausheilen kann.«

»Wäre es nicht besser, ihn zu einem Wundarzt zu bringen?«

»Kennt Ihr einen Arzt, der uns nicht sofort die Miliz auf den Hals hetzen würde?«

Er hatte recht. Es war zu gefährlich. Als Nachwirkungen der Strafgesetze gab es noch immer kaum katholische Ärzte.

»Dr. Kennedy«, warf Connell ein. »Aber in New Ross werden wir uns so schnell wohl nicht mehr sehen lassen können.«

»Richtig.«

Cyril ging wieder nach vorne und ergriff die Zügel. Nach dem Waldstück wechselten sich saftiggrüne Weiden mit weitläufigen Ginsterbüschen ab, die in der Nachmittagssonne leuchteten wie flüssiges Gold. Der Beutel mit dem Geld des Kaufmanns lag schwer auf meinem Schoß. Connell hatte sich auf einigen Stoffballen ausgestreckt und schlief. Das gleichförmige Rattern des Wagens ließ auch mich allmählich zur Ruhe kommen, aber ich fürchtete mich davor, die Augen zu schließen. Denn dann kam alles wieder hoch: Die Schüsse. Die Schreie. Der Pulverdampf und die vielen, vielen Toten. Ich hatte mit Barry einen Freund verloren. Und Sean, und Owen, und Finn – und das waren nur diejenigen, von denen ich wusste, dass sie tot waren. Was war aus Padraic geworden? Aus Warren und Diarmuid? Und aus Grainne? Ob es Allan und den anderen gelungen war, sich in Sicherheit zu bringen? Oder waren sie doch noch gefasst und niedergemetzelt worden? Wie viele andere waren noch gefallen in dieser mörderischen Schlacht? Auch ich hatte geglaubt, an diesem Tag zu sterben. Jetzt konnte ich nicht einmal über ihren Tod weinen. Irgendwann würde die Zeit kommen, in der ich trauern könnte. Aber heute waren die Lebenden wichtiger. Ich lebte. Connell lebte. Wir waren in Sicherheit.

Das kleine Stück Himmel, das man durch die zurückgeschlagene Plane erkennen konnte, leuchtete im rosa Schein der Abenddämmerung, aber im Wageninneren war es schon recht dunkel. Das Mädchen schlief, Cyril konnte ihre regelmäßigen Atemzüge hören, als er sich über seinen Bruder beugte.

Connells Zähne schlugen aufeinander, sein Körper bebte wie ein Baum im Wind, was ihm zusätzliche Schmerzen bereiten musste.

»Was ... wo bin ich?« Sharon schreckte auf, als Cyril sie vorsichtig anstieß.

»Connell braucht noch eine Decke«, sagte er leise und zog das Gewünschte unter ihr hervor. »Er hat Schüttelfrost.«

Sie war sofort hellwach. »Was kann ich tun?«

»Ihn warm halten, bis das Fieber gestiegen ist«, erwiderte Cyril, während er die Decke über Connell ausbreitete. »Wir machen hier Rast.«

Er war kaum draußen, als er hörte, wie Sharon zu Connell schlüpfte. Er nickte. Gutes Mädchen.

Jetzt, da die Sonne nicht mehr schien, war es kühl geworden. Das Pferd stand mit zusammengebundenen Beinen am Rand der Lichtung, die von Büschen und Heidekraut gesäumt wurde. Er hängte dem Tier den Beutel mit Futterhafer um, den er im Wagen gefunden hatte, dann setzte er sich auf den Kutschbock.

Wolkenfetzen zogen träge über den Himmel, an dem jetzt die ersten Sterne erschienen. Der zunehmende Mond schwebte wie ein schiefes Ei am Nachthimmel. Am Horizont hob sich dunkel die Hügelkette der Blackstairs Mountains ab, Nebel kroch über den Boden wie von Elfenhand geführt. Dies, so hatte seine Mutter ihm einst erzählt, war die Stunde, in der die Anderswelt aus dem Schatten trat und greifbar wurde. Die beste Zeit, um mit den Geistern der Ahnen in Kontakt zu treten.

Aberglaube. Hexenwissen ...

Er dachte nicht oft an seine Mutter, aber jetzt wünschte er, sie wäre hier. Sie hätte Connell sicher helfen können. Sein Magen zog sich zusammen bei dem Gedanken, dass sein Bruder sterben könnte. Er hatte Connell zwar aus der Todesfalle von Vinegar Hill herausbringen können, aber vor dem Wundfieber konnte auch er ihn nicht beschützen.

Der Wagen schwankte leicht, als das Mädchen hinauskletterte. Wenig später sah er Sharon neben dem Pferd stehen. Sie wirkte verloren, wie sie dem Tier über die weiße Blesse strich, die durch den Nebel zu leuchten schien.

Sie zuckte zusammen, als er lautlos neben ihr auftauchte.

»Ich wollte Euch nicht erschrecken«, sagte er. »Wie geht es ihm?«

»Er schläft.« Sie sah ihn unsicher an. »Das ist doch gut, oder?«

Cyril nickte. Es reichte, wenn er um den Ernst der Lage wusste. Er musste nicht auch noch Sharon beunruhigen.

Schweigen legte sich zwischen sie wie ein Damm. Dennoch war ihm ihre Nähe nicht unangenehm. Er fühlte sich sogar wohl in ihrer Gesellschaft. Sie war wie ein sicherer Hafen, in dem man zur Ruhe kommen konnte.

»Heute Mittag, auf Vinegar Hill«, murmelte sie. »Es tut mir leid. Ich habe mich benommen wie ein Feigling. Aber ich hatte solche Angst, und ich ...«

Cyril schüttelte den Kopf. »Ihr seid mir mitten durch das Schlachtfeld gefolgt. Nennt Ihr das feige?«

»Oh. Nein, das wohl nicht.« Sie schwieg erneut. »Was habt Ihr vor?«, fragte sie schließlich. »Wohin fahren wir?«

»Habt Ihr schon einmal von Jerpoint Abbey gehört?«

»Ein Kloster?«

»Ein ehemaliges Kloster. Die Ruine einer alten Zisterzienserabtei. In den vergangenen Monaten hat sie einigen Dutzend unserer Männer als Zuflucht gedient.«

»Aber jetzt wird niemand mehr dort sein«, wandte sie ein.

»Und das«, sagte Cyril, »ist doch wie geschaffen für uns.«

6. Kapitel

In der Nacht hatte es geregnet, und am Morgen war es noch immer neblig und kühl. Mein gesamter Körper tat mir weh. Schultern, Arme und Hüften schmerzten überall dort, wo ich mich gestern immer wieder in Deckung geworfen hatte. Ich spürte Connells Hand auf meiner und blickte auf. Seine Augen hatten einen fiebrigen Glanz.

»Wie fühlst du dich?«

Er verzog das Gesicht. »Mir ist schrecklich heiß, in meinem Arm sitzt eine Horde kleiner Teufel, und mein Kopf dröhnt, als hätte mir jemand einen Musketenlauf über den Schädel gezogen.«

Kurz nach dem Aufbruch wechselte ich mit Cyril die Plätze. Während er im Wagen verschwand, übernahm ich die Zügel.

Letzte Nebelschwaden hoben sich und gaben den Blick frei auf die Berge rechts und links des Weges. Die blühende Heide ging bald in saftiges Weideland über, Butterblumen und Gänseblümchen sprenkelten die Wiesen mit gelben und weißen Tupfen. Obwohl ein feiner Nieselregen eingesetzt hatte, lärmte es in den Büschen und Bäumen vor Vogelgezwitscher. Den gemächlich schaukelnden Pferdehintern vor mir, zog ich meinen Umhang fester um mich und versuchte, meinen knurrenden Magen zu beruhigen. Seit gestern Morgen hatte ich außer einer Handvoll Gerstenkörner, die ich in meiner Rocktasche gefunden hatte, nichts mehr gegessen. Ich war den Hunger nicht mehr gewöhnt.

Wenn ich mich nicht vor Cyril geschämt hätte, hätte ich schon längst in den Haferbeutel des Pferdes gegriffen.

Gegen Mittag erreichten wir den Barrow River, der Carlow von Kilkenny trennte, und gelangten über eine niedrige Brücke ans andere Ufer. In der Ferne sah ich Rauch aufsteigen.

»Dort vorne wohnt jemand«, sagte ich laut, damit Cyril mich hörte. »Vielleicht können wir dort Hilfe für Connell bekommen – und etwas zu essen«, fügte ich sehnsüchtig hinzu.

Ich erhielt keine Antwort und wollte meine Frage noch einmal wiederholen, als die Plane zurückgeschlagen wurde und er nach vorne kam.

»Wo?« Er nickte, als ich es ihm zeigte. »Aber kein Wort von Jerpoint Abbey oder dem Geld!« Er ließ die Pistole in seinem hinteren Hosenbund verschwinden, dann nahm er mir die Zügel aus der Hand.

Der Bauernhof, auf den wir zusteuerten, hatte Öltuch in den Fenstern und ein strohgedecktes Dach. Vor dem Wohnhaus, an das sich Scheune und Stall anfügten, liefen einige schmutzige Hühner umher und suchten in der Erde nach Körnern. Ein magerer Esel kündigte mit durchdringenden Tönen unser Erscheinen an, als auch schon ein Mann aus dem Stall kam.

Cyril hielt sich nicht lange mit Vorreden auf und fragte ihn ohne Umschweife, ob er etwas zu essen für uns habe.

»Wir werden dafür bezahlen«, fügte ich hinzu, als ich das misstrauische Gesicht des Mannes sah, und zeigte ihm meine beringte Hand.

Die Miene des Bauern wurde sofort freundlicher. »Aber sicher, Mister ...«

»Callahan«, erwiderte Cyril, ohne zu zögern.

»Natürlich, Mister Callahan. Kommt mit ins Haus.«

Ich ging mit dem Bauern voraus, während Cyril zu Connell in den Wagen kletterte. Der Nieselregen war zu einem Schauer geworden, ich war froh, unter ein Dach zu kommen. Behagliche

Wärme empfing mich im Haus. An der Feuerstelle stand eine verhärmte junge Frau und rührte in einem Topf, auf dem Boden saßen drei kleine Kinder. Mein Magen krampfte sich vor Hunger zusammen, als mich der Geruch von heißem Kohl und Kartoffeln traf.

»Wir haben heute Gäste, Mary«, rief ihr der Mann zu. »Sie können bezahlen.«

Sie bedachte mich mit einem kurzen, unfreundlichen Blick und wandte sich dann wieder ihrer Arbeit zu.

»Mary mag keine Fremden«, erklärte der Mann leutselig.

Die Tür wurde erneut aufgestoßen. Obwohl Cyril ihn stützte, hatte Connell sichtbar Mühe, sich auf den Beinen zu halten. Um seine Schultern lag eine regenfeuchte Decke. Mary hatte kaum den Topf auf dem großen Küchentisch abgestellt, als Connell auch schon zusammenbrach. Cyril fing ihn zwar geistesgegenwärtig auf, aber durch die Bewegung glitt die Decke zu Boden und gab den Blick auf die blutbefleckte Weste frei.

Für ein paar kurze, angstvolle Atemzüge war Stille.

»So ist das also«, sagte der Bauer langsam. Ich konnte seine Gedanken förmlich spüren. »Setzt ihn hierher!« Er schob einen Stuhl heran und holte eine Flasche *potheen* aus dem Wandschrank.

Connell hustete, als ich ihm etwas von dem selbstgebrannten Whiskey einflößte, und blickte sich benommen um. »Wo sind wir?«

»In Kilkenny, auf einem Bauernhof.«

»Wie weit ist es –«

»Du solltest nicht so viel reden«, fiel Cyril ihm ins Wort. »Du bist krank.«

»Er hat Fieber«, stellte Mary nach einem prüfenden Blick fest, dann rollte sie ihre Ärmel hinunter und griff nach einem Umhang. »Ich werde Nat Reilly holen.«

»Keinen Arzt!« Cyril drehte sich hastig um.

Die Frau schaute ihn offen an. »Ich habe auch nichts von einem Arzt gesagt.«

»Wer ist dieser Nat?«

»Ein Bader«, sagte der Mann. »Und ein Freund. Ihr könnt ihm vertrauen.«

»Ein Bader? Hier geht es um etwas mehr als nur darum, einen Zahn zu ziehen!«

»Nat kennt sich mit vielen Dingen aus. Er hat sogar schon zweimal den Blasenstein geschnitten.«

»Und wie viele von seinen Opfern sind noch am Leben?« Cyrils Blick ging von Connell zu mir und wieder zu Connell. Auch mir war klar, dass die Kugel entfernt werden musste, um keinen Wundbrand zu verursachen. »Ich komme mit«, sagte er.

Mary hob die Schultern und verließ mit ihm das Haus.

Die Minuten tropften quälend langsam dahin. Mein Hunger war verflogen, und ich musste mich zwingen, etwas von der heißen Kohlsuppe zu essen, die der Bauer in einem Holzteller vor mich hinstellte. Dafür machte ich mich durstig über den Apfelwein her. Connell hatte den Kopf auf den unverletzten Arm gestützt und schien zu schlafen, seit ich vergeblich versucht hatte, ihn zum Essen zu bewegen. Auch die Kinder verhielten sich ruhig und starrten uns aus großen, neugierigen Augen an. Wie lange waren Cyril und Mary jetzt schon fort? Meine Suppe wurde kalt, während in meiner Phantasie die erschreckendsten Ideen Gestalt annahmen. Ich sah mich schon von den Rotröcken verhaftet und verurteilt zu zehn Jahren Zwangsarbeit in den Kolonien …

Ich zuckte zusammen, als ich das laute ›Iah‹ des Esels vor dem Haus hörte. Die Tür wurde geöffnet, Mary trat mit Cyril und einem weiteren Mann ein.

Mr. Reillys Erscheinung war nicht eben geeignet, viel Vertrauen in seine Fähigkeiten zu wecken. Er war ein untersetzter Mann mit aufgedunsenem Gesicht, das noch Spuren der letzten durchzechten Nacht trug. Mit ihm verbreitete sich ein Geruch nach feuchter Wolle und ungewaschenem Körper. Auf seinem Kopf saß schief eine schäbige Perücke, die vermutlich noch aus Zeiten seines Großvaters stammte.

Nur mit Mühe konnte ich das hysterische Lachen, das in meiner Kehle aufsteigen wollte, unterdrücken, denn bis auf seine Größe sah Mr. Reilly fast genauso aus, wie ich mir immer einen *leprechaun* vorgestellt hatte, jenen missmutigen Zwerg, der einen Goldschatz hütete.

»Nathaniel Reilly«, stellte er sich mit großer Geste vor. »Bader, Chirurgus, Steinschneider, zu Euren Diensten.« Er stellte eine ausgebeulte und mehrfach geflickte Tasche auf den Küchentisch und wandte sich Connell zu.

»Wie lange hat er schon Fieber?«, fragte er, nachdem er ihn untersucht hatte, und schob sich die Perücke ein Stück nach hinten, um sich darunter zu kratzen. Als ich es ihm sagte, wiegte er bedeutungsvoll den Kopf. »Das Schießpulver hat sein Blut vergiftet.«

»Könnt Ihr ihm helfen?«, fragte Cyril ungeduldig.

»Das kommt darauf an.«

»Worauf?«

Der Bader grinste und entblößte eine Reihe lückenhafter Zähne. »Auf den Preis.«

»Hier«, sagte ich schnell, bevor Cyril etwas erwidern konnte, und löste die goldene Spange, die mein Haar zusammenhielt. »Reicht das?«

Nat nahm sie und biss darauf, dann verneigte er sich. »Das ist genau richtig, Mistress«, versicherte er und machte sich daran, seine Tasche auszupacken.

Beim Anblick der zahlreichen fleckigen Instrumente, die er nacheinander auf einem freien Stuhl ordnete, spürte ich einen dumpfen Druck in meiner Magengrube. Als Kind war ich einmal in einen Haufen Glasscherben getreten; der Besuch beim Wundarzt und das hohe Fieber, mit dem ich tagelang zu kämpfen hatte, waren mir noch lebhaft in Erinnerung.

Der Bader legte ein Brenneisen ins Herdfeuer. »Jemand muss das Feuer schüren, es muss ordentlich glühen. Und ich brauche Scharpie, Tücher oder etwas Ähnliches.«

Mary schubste ihren ältesten Sohn nach vorne, der sich gehorsam über die Feuerstelle beugte.

»Wir haben eine ganze Menge Stoff im Wagen«, sagte ich und warf einen kurzen Blick auf Connell, dem sein Unbehagen anzusehen war. »Geht das auch?«

Ich wartete Nats Nicken kaum ab und eilte in den Wagen hinter dem Haus. Fahrig suchte ich zwischen den Waren des Kaufmanns nach dem hellen Tuch und riss einige längere Stücke daraus, dann hielt ich inne. Hieß es nicht, ein *leprechaun* würde verschwinden, sobald man ihn aus den Augen ließ?

Er war noch da, als ich zurückkam.

»Nein«, sagte Cyril gerade, während er Connell half, das blutverkrustete Hemd auszuziehen. »Keinen Aderlass. Er hat schon genug Blut verloren.«

Nat zuckte die Schultern. »Wie Ihr meint. Aber macht mich nicht dafür verantwortlich, wenn sich nachher zu viel verdorbene Körpersäfte stauen. Ah, die Tücher. Legt sie dorthin. Und jetzt solltet Ihr besser hinausgehen. Das ist kein Anblick für eine Frau.«

»Darf ich nicht bei ihm bleiben? Ich könnte –«

»Jetzt geh schon!«, unterbrach mich Connell, der das Ganze bis jetzt wortlos verfolgt hatte. Er wirkte erschöpft und gereizt und wollte die Prozedur offenbar so schnell wie möglich hinter sich bringen. »Die Frau auch! Und die Kinder!« Er nahm einen Schluck von dem *potheen*, dann noch einen.

Ich warf Cyril einen fragenden Blick zu. Er nickte.

»Muss der Mann jetzt sterben?«, fragte das jüngste Kind, ein schmächtiges Mädchen von vielleicht sechs Jahren, als seine

Mutter die Tür hinter uns schloss. Mary hatte uns in das angrenzende Stallgebäude gebracht, das sich eine Kuh und ein halbes Dutzend Schweine teilten. Unter dem Dach waren ein paar schmale Schlitze angebracht; Öffnungen für die Eulen, die die Mäuse fernhalten sollten.

»Schon möglich«, erwiderte Mary und zog einen Melkschemel herbei.

Ungerührt begann sie, die Kuh zu melken. Ich setzte mich auf einen Strohballen, stand aber gleich wieder auf. Ich konnte jetzt nicht ruhig sitzen bleiben. Der durchdringende Tiergeruch trieb mir die Tränen in die Augen, und die nörgelnden Kinder machten mich noch nervöser, als ich ohnehin schon war.

Obwohl ich Connell gern beigestanden hätte, war ich nicht böse, dass ich nicht dabei sein musste; ich wusste nicht, ob ich es ertragen hätte. Zumindest schien der Bader sein Handwerk zu beherrschen, denn außer ein paar gedämpften Geräuschen und dem Regen, der aufs Dach trommelte, drang kaum ein Laut zu uns hinüber. Als ich jedoch kurz darauf einen Stuhl zu Boden fallen und Nat laut fluchen hörte, musste ich mich bremsen, um nicht hineinzustürmen; ich konnte Connell jetzt doch nicht helfen. Und so öffnete ich nur die Stalltür, sog gierig die feuchte Luft ein und sah den Regentropfen zu, die unzählige kleine Krater im Schlamm hinterließen.

»Mistress«, hörte ich dann den Bader rufen. »Ihr könnt jetzt zu ihm.« Er stand in der Tür, seine Hände und sein ohnehin nicht sauberes Hemd waren blutverschmiert. »Wollt Ihr sie haben? Ich verkaufe sie Euch.«

»Was?«, fragte ich irritiert.

»Die Kugel.« Zwischen Daumen und Zeigefinger hielt er das daumennagelgroße, blutige Geschoss hoch. »War ein hartes Stück Arbeit, aber eine so hübsche Lady wie Ihr bekommt sie zum Sonderpreis.«

Ich schüttelte den Kopf und zwängte mich an ihm vorbei ins

Haus, wo ich fast über den umgestürzten Stuhl gefallen wäre. In der Luft hing der beißende Geruch von verbranntem Fleisch. Connell lag auf dem Küchentisch, umgeben von blutigen Tüchern und Nats Gerätschaften. Ein frischer Verband zog sich um seine rechte Schulter und seinen Brustkorb. Seine Haare waren schweißnass, seine Haut feucht und von einer ungesunden Blässe. Als ich die als Knebel benutzte Halsbinde sah, die durchfeuchtet neben ihm lag, wurde mir klar, warum ich so wenig gehört hatte.

»Wie geht es dir?«, fragte ich besorgt, während mir auch schon die Dummheit dieser Frage aufging.

»Könnt Ihr das nicht sehen?«, fuhr mich Cyril ungewohnt heftig an. »Dieser Schlächter hat ihn fast umgebracht!« Ich hatte ihn noch nie so aufgewühlt erlebt.

Nathaniel Reilly war inzwischen damit beschäftigt, seine Instrumente einzusammeln. Er wischte sie flüchtig an seinem Hemd ab und steckte sie in die Tasche, dann nahm er die Flasche mit dem *potheen* und setzte sich. »Ihr solltet ihm noch etwas Ruhe gönnen«, sagte er und nahm einen kräftigen Schluck.

Connell stöhnte, seine Finger schlossen sich zitternd um meine Hand. Ich beugte mich über ihn, und er murmelte etwas, dessen Sinn ich nur erahnen konnte.

»Habt Ihr denn nichts gegen die Schmerzen, was Ihr ihm geben könnt?«, fragte ich den Bader.

»Ich könnte Euch etwas Laudanum verkaufen.«

Cyril blickte auf. »Ihr besitzt Laudanum? Warum habt Ihr das nicht früher gesagt?«

»Ihr habt mich nicht danach gefragt. Aber für einen Shilling gehört es Euch. Notfalls nehme ich auch noch etwas Gold.«

»Ihr habt schon mehr als genug bekommen.«

Nat protestierte lautstark, rückte aber schließlich ein Fläschchen mit einer rotbraunen Flüssigkeit heraus.

»Ich bleibe keine Minute länger hier«, sagte Cyril zu mir und bat mich, den Wagen vorzufahren.

Als er in Begleitung des Bauern herauskam, trug er seinen Bruder wie ein Kind auf den Armen. Ich griff hinter mich und zog einen bereitgelegten Ballen Kaliko aus dem Wagen, streifte noch einen meiner Ringe vom Finger und gab beides dem Bauern.

»Vielen Dank. Für alles.«

Jetzt kam auch Mary aus dem Haus, einen kleinen Korb unter dem Arm. Als sie ihn mir hinaufreichte, griff sie nach meiner Hand und hielt sie fest, und für einen winzigen Moment war mir, als sähe sie direkt in meine Seele.

»Die Heilige Jungfrau beschütze Euch«, flüsterte sie so leise, dass nur ich es hören konnte.

Die Plane zum Kutschbock blieb zurückgeschlagen, damit auch ich einen Teil des Weges sehen konnte. Connell schlief, betäubt vom Schock und dem Laudanum, das ich ihm mit etwas Wasser gemischt eingeflößt hatte.

Ich rückte ein Stück nach vorne und betrachtete die vorbeigleitende Landschaft, ohne sie wirklich wahrzunehmen. »Ob die Bauern geahnt haben, wer wir sind? Nicht einmal der Bader hat danach gefragt.«

»Ihr hättet ihm nicht so viel geben sollen«, war Cyrils einziger Kommentar.

Ich hob die Schultern. »Immerhin hat er Connell geholfen.«

»Geholfen? Dieser Quacksalber hat alles nur noch schlimmer gemacht. Wir hätten besser auf ihn verzichten sollen.«

Das war zu viel für mein ohnehin verunsichertes Selbstvertrauen. Wollte er mir etwa die Schuld für Connells Zustand geben?

»Man könnte meinen, es wäre Euch egal, ob Connell lebt oder stirbt«, fuhr ich ihn an.

Ich war verärgert über seine Selbstgerechtigkeit und fühlte mich mit meinen Ängsten allein gelassen. Trotzdem war es das Letzte, was ich hätte sagen dürfen.

Cyril hielt den Wagen mit einem Ruck an und drehte sich um, seine Augen waren dunkel vor Zorn. »Sagt so etwas nie wieder!«, stieß er hervor. »Nie wieder! Ich werde nicht zulassen, dass er stirbt!«

»Es tut mir leid«, stammelte ich, brennende Röte im Gesicht. »Das habe ich nicht so gemeint, ich wollte damit nur andeuten, dass ...«

Es war sinnlos. Genauso gut hätte ich mit einer Wand reden können. Cyril schlug die Plane zu und trieb das Pferd wieder an.

Betreten zog ich mich in den hinteren Teil des Wagens zurück. Wie hatte ich auch nur so gedankenlos sein können? Hatte ich nicht erst gestern auf Vinegar Hill gesehen, wie er Connell mit seinem eigenen Körper vor den Kugeln geschützt hatte? Wie er ihn unter Einsatz seines Lebens durch das Sperrfeuer der Rotröcke gelenkt hatte? Hinter seinen Worten war eine ohnmächtige Angst zu ahnen, die ich nie erwartet hätte. Aber ich hätte es wissen müssen, hätte ich nur etwas genauer nachgedacht. *Connell ist sich gar nicht darüber im Klaren, wie viel er seinem Bruder bedeutet.* Hatte Molly nicht so etwas gesagt, damals in New Ross?

Connell schlief den ganzen Nachmittag. Das Fieber war gesunken, doch auch die Wirkung der Droge ließ allmählich nach, seine Hände waren eiskalt. Ich breitete eine weitere Decke über ihn, dann machte ich mich über Marys Korb her, in dem ich einige Stücke Käse, zwei dreieckige Kartoffelkuchen und ein paar Streifen Pökelfleisch fand. Noch zweimal hatte ich versucht, mit Cyril ein Gespräch anzufangen, bis ich eingesehen hatte, dass es besser war, ihn in Ruhe zu lassen. Wenn er nicht mit mir reden wollte, dann sollte er seinen Willen haben. Trotzig zog ich einen Streifen Fleisch aus dem Korb und begann, darauf herumzukauen. Ich brauchte doch Cyril nicht für meinen Seelenfrieden.

Am frühen Abend überquerten wir den River Nore an einer

seichten Stelle und folgten einem Seitenarm, bis ich hinter einem Hügel die Umrisse eines Gebäudes erkannte – Jerpoint Abbey. Das Kloster war größer, als ich vermutet hatte, und die sinkende Sonne ließ es im Gegenlicht noch gewaltiger erscheinen. Einige Ahornbäume drängten sich vor den Mauern, über denen ein viereckiger Turm aufragte.

Nachdem Cyril sich vergewissert hatte, dass uns dort keine unliebsame Überraschung erwartete, lenkte er den Wagen in den Klostergarten. Ich kletterte ins Freie. Das alte Gemäuer erweckte eine eigentümliche Scheu in mir und ließ mich völlig regungslos dastehen. Aus der Ferne hatte es fast unbeschädigt gewirkt, aber jetzt erkannte ich die Zeichen der Zerstörung. Einige Mauern und Dächer waren eingefallen, zwischen den Ritzen im Gestein wuchs Unkraut. An beide Seitenschiffe unterhalb des Turms schloss sich eine Reihe von Kammern mit schmalen Fenstern an. Zertretenes Gras, eine durchnässte Halsbinde und verstreutes Feuerholz verrieten, dass sich hier noch bis vor kurzem jemand aufgehalten hatte. Für einen Moment glaubte ich, Stimmen zu hören, aber es war nur der Wind, der sich in den Ästen brach.

Cyril drückte mir wortlos einige Decken und die Wasserflasche in die Hand, dann brachte er Connell in einen Raum in den Seitenflügel, der offenbar schon unseren Vorgängern als Lagerstätte gedient hatte. In der Mitte befand sich eine erkaltete Feuerstelle, daneben lag ein Bündel trockenes Holz. Ich raffte einige der mit Stoffresten gefüllten Säcke zusammen, auf denen Cyril seinen Bruder vorsichtig niederlegte. Er deckte ihn zu und setzte sich neben ihn, während ich mir reichlich überflüssig vorkam.

»Kann ich noch irgendetwas tun?«, fragte ich kleinlaut.

»Ihr könnt das Beten übernehmen, wenn Euch so viel daran liegt«, meinte er bissig. »Wir sind dafür doch am richtigen Ort.«

Ich überhörte den Seitenhieb. »Dann braucht Ihr mich nicht mehr?«

Er schüttelte den Kopf.

Ich ging wieder hinaus, spannte das Pferd aus dem Geschirr und führte es zum Trinken an den Bach, der unterhalb des Klosters floss. Dann band ich es an eine Säule des Kreuzgangs, rieb es mit dem weichen Gras aus dem Klosterhof trocken und ließ es fressen.

Vor einigen hundert Jahren musste Jerpoint Abbey ein bedeutendes Kloster gewesen sein; jetzt wuchs Moos zwischen den Stufen, über die Mauern schlangen sich Efeu und Flechten. Mit dem Turm und den dicken Wänden glich es einer Festung. Das Dach war an vielen Stellen ausgebessert worden, und wo es fehlte, waren Teile notdürftig mit Flechtwerk und Stroh gedeckt worden. Im Zimmer neben dem Turm fand ich neben einem Herd mit offener Feuerstelle auch einen Stapel Torf und trockene Zweige, in einer Ecke lagerten Talgkerzen. Auf dem grob gezimmerten Tisch standen noch immer Teller und zwei Töpfe mit verschimmelten Essensresten. Unsere Vorgänger mussten in aller Hast aufgebrochen sein.

Im Grunde war ich enttäuscht darüber, dass sie fort waren. Nicht einmal nach dem Tod meiner Mutter hatte ich mich so allein gefühlt. Ich sehnte mich danach, mit jemandem zu reden, der mich nicht nur als lästiges Anhängsel seines Bruders empfand. Beschämt stellte ich fest, dass ich mich reichlich undankbar verhielt. Ohne Cyril hätten wir es nie bis hierher geschafft. Ohne ihn wären wir auf Vinegar Hill gestorben. Wir würden in den nächsten Tagen miteinander auskommen müssen. Spontan griff ich mir einen unbenutzten Teller, rieb ihn sauber und ging damit zum Wagen, wo ich aus Marys Korb einen Kartoffelkuchen und ein Stück Käse nahm.

Cyril schaute auf, als ich eintrat und mich räusperte. Erstaunt bemerkte ich, wie schnell es ihm gelungen war, Feuer zu machen. Ich selbst benötigte meist etliche Versuche, bis ich überhaupt erst einmal einen brauchbaren Funken geschlagen hatte.

»Ihr müsst Hunger haben«, sagte ich verlegen und hielt ihm

das Essen hin. Mein Herz schlug mir plötzlich bis zum Hals. »Ihr habt den ganzen Tag noch nichts gegessen.«

Er blickte mich einen Moment lang an, dann nahm er den Teller. »Danke«, sagte er, und ich glaube, er lächelte sogar.

Juni – September 1798

7. Kapitel

Als es dunkel wurde, überzeugte Cyril mich davon, mich hinzulegen, damit wenigstens einer von uns etwas Schlaf bekäme. Er wollte bei Connell bleiben. Und so nahm ich mir ein Talglicht sowie einen der vielen lumpengefüllten Säcke, schob in einer benachbarten Kammer einige Kleidungsstücke zur Seite und wickelte mich in meinen Umhang.

Ich schlief tief und traumlos und erwachte früh am nächsten Morgen. Ein paar Atemzüge lang starrte ich hinauf zu der Steindecke, die unter den ersten Sonnenstrahlen erglühte. Dann sprang ich auf, kämmte meine widerspenstigen Haare mit den Fingern, schlang mir mein Schultertuch um und ging hinüber.

Der Raum roch nach kaltem Rauch und Krankheit. Cyril kniete vor der Feuerstelle. Funken stoben auf und verglühten in der Morgenluft, als er behutsam in die fast erloschene Glut blies.

»Wie geht es ihm?«, fragte ich, als die ersten blauen Flammen aufzüngelten, und zog mein Tuch fester um mich.

»Etwas besser.«

Ich hockte mich neben Connell, um ihm die Hand auf die Stirn zu legen.

»Lasst ihn«, sagte Cyril, während er einen trockenen Zweig ins Feuer schob. »Er hatte hohes Fieber. Es ist gut, dass er endlich schläft.«

»Ich bleibe bei ihm, wenn Ihr Euch hinlegen wollt.«

Er schüttelte den Kopf. »Ich bin nicht müde.«

Gestern Abend hatte ich die Kammer hinter dem Herd nicht gesehen, doch jetzt stieß ich zu meiner Freude dort auf die Vorräte unserer Vorgänger. Ein Leinensack mit Weizen war von ein paar scharfen Zähnen angenagt worden; als ich ihn anhob, rieselten einige Körner aus dem Loch. Ich entdeckte noch weitere Schätze: einen Korb mit Kartoffeln, von denen die ersten schon keimten, ein paar Kerzen aus teurem Bienenwachs, ein kleines Salzfass mit Holzdeckel sowie einige bauchige Tonflaschen. Als ich eine öffnete, um daran zu schnuppern, stieg mir der beißende Geruch billigen Whiskeys in die Nase. Zusammen mit dem Proviant aus dem Wagen ergab dies eine erfreuliche Ausbeute, mit der wir die nächsten Tage überbrücken konnten.

Später teilte ich mir mit Cyril Marys restliche Wegzehrung. Ich hätte es gerne gesehen, wenn auch Connell etwas gegessen hätte, aber er schlief noch immer, und Cyril wollte ihn nicht wecken. Als ich mir Connell genauer ansah, wusste ich, warum: Das war kein Schlaf. Das war tiefe Bewusstlosigkeit.

Den Rest des Tages verbrachte ich in rastloser Geschäftigkeit. Ich stellte das Pferd in einem überdachten Raum unter, vergrub einige verdorbene Lebensmittel hinter einer verfallenen Mauer, trug den Rest unseres Proviants in den Vorratsraum und schrubbte die mit angekrusteten Essensresten bedeckten Teller und Töpfe mit Sand und scharfrandigen Steinen im Bach. Das kalte Wasser ließ meine Haut aufspringen, aber ich ruhte nicht eher, bis nicht alles gesäubert war. Außerdem stellte ich aus einigen schon fast verblühten Kamillepflanzen und ein paar Ringelblumen einen Breiumschlag her, auch wenn ich Cyril ansah, dass er nicht viel davon hielt. Jetzt konnten wir nichts weiter tun, als zu warten. Warten und hoffen, dass Connell stark genug war, das Fieber zu besiegen.

Auf dem Wasser brach sich glitzernd das Sonnenlicht und tanzte als helle Flecken auf dem Grund, zwischen den Steinen versteckten sich Forellen. Ich saß neben den zerfallenen Resten einer Steinbrücke am Ufer des Baches und starrte ins Wasser. Es war ein sonniger Tag, aber er half mir nicht, meine trüben Gedanken zu verjagen.

Ich war hinausgegangen, um Holz zu sammeln, doch in Wahrheit diente es mir nur als Vorwand. Ich musste dem Kloster mit seiner bedrückenden Atmosphäre für eine Weile entkommen und mich ablenken, denn ich wollte nicht nachdenken, wollte nicht ständig an Connell erinnert werden. Ich war erschrocken, wie schlecht er heute Morgen ausgesehen hatte. Sein Gesicht war grau und eingefallen, und seine Lippen hatten fast keine Farbe mehr. Als Cyril vorhin den Umschlag gewechselt hatte, war das Gewebe um den Einschuss herum gerötet und stark angeschwollen gewesen. Die Wunde war ein dunkler, ausgebrannter Krater, der sich mit einer eitrigen Masse gefüllt hatte. Ich war froh, dass Connell nicht bei Bewusstsein war. So blieben ihm wenigstens die Schmerzen erspart.

Seufzend erhob ich mich, klopfte mir einige Blätter vom Kleid und folgte dem Wasserlauf. Blütenstaub stieg auf, die Wiese unter meinen nackten Füßen roch nach Sonne und Frühsommer. Über mir stiegen Vögel mit lautem Gezwitscher in die Luft, frei von den Sorgen dieser Welt.

Wäre Cyril nicht gewesen, ich wäre verzweifelt. Kaum einen Augenblick wich er von Connells Seite, und wenn ich ihm nicht gelegentlich etwas gebracht hätte, hätte er vermutlich überhaupt nichts gegessen. Dass sich Connells Zustand trotz all unserer Anstrengungen nicht besserte, erfüllte mich mit nagender Angst. Dies war schon die zweite Nacht, in der er halb bewusstlos vor sich hindämmerte. In seinen kurzen klaren Momenten klagte er über Schmerzen und brennenden Durst, doch das wenige, das er zu sich nahm, behielt er meist nicht bei sich. Cyril flößte ihm immer wieder löffelweise mit einigen Tropfen Laudanum vermischtes Wasser ein. Es machte mich ganz krank, ihn so zu sehen und ihm nicht helfen zu können. Und obwohl ich versuchte, diesen Gedanken beiseitezuschieben, wurde mir klar, dass er tatsächlich sterben könnte.

Ich hatte gar nicht gemerkt, wie weit ich mich schon vom Kloster entfernt hatte, als mich das dumpfe Geräusch nahender Hufschläge aus meinen Gedanken riss. Der Schweiß brach mir aus, als ich eine Abteilung von fünf berittenen Soldaten auf mich zukommen sah.

Es war zu spät, mich zu verstecken, denn sie hatten mich bereits gesehen. Zitternd atmete ich durch. Sie konnten nicht wissen, wer ich war oder was ich hier tat. Meinen Schmuck, der mich hätte verraten können, hatte ich im Kloster gelassen. Auch mein vornehmes Kleid hatte gelitten; der Stoff war matt und staubig, die Unterröcke zerrissen. Und so ließ ich das wenige Feuerholz, das ich bereits gesammelt hatte, hinter mir ins Gras fallen, raffte mein Schultertuch zusammen und begann, ein paar Blumen zu pflücken.

Die Rotröcke hatten mich schnell erreicht, der erste brachte knapp vor mir sein Pferd zum Stehen. Ich setzte eine arglose Miene auf und nickte zur Begrüßung mit dem Kopf.

»Was hast du hier so allein zu suchen? Woher kommst du?«, fragte der Dragoner barsch.

Er sah nicht so aus, als würde er sich mit einer Ausrede abspeisen lassen. Dennoch lächelte ich freundlich und hielt ihm meine Blumen hin, während ich mich bemühte, seinem Blick standzuhalten. Auf meiner Haut spürte ich kleine Schweißrinnsale hinablaufen, ein einzelner Tropfen kitzelte mich zwischen den Brüsten.

»Woher kommst du?«, wiederholte der Soldat.

Ich ließ meine Blumen sinken und deutete aufs Geratewohl nach vorne, während ich meine Unaufmerksamkeit bitter bereute. Ich war mir wirklich nicht mehr sicher, ob ich bei unserer Ankunft dort einige Häuser gesehen hatte.

»Aus Thomastown?« Offenbar hatte ich richtig gelegen. Der Soldat betrachtete mich kritisch. »Was ist los mit dir? Bist du stumm?«

Ich gab mir alle Mühe, einfältig auszusehen, und nickte.

»Sie ist ziemlich weit von zu Hause fort«, sagte ein anderer, über dessen Bauch sich der scharlachrote Rock spannte. Er stieg vom Pferd, um mich genauer zu begutachten. »Und seht euch ihr teures Kleid an. Bestimmt hat sie es gestohlen!« Er kam auf mich zu und packte mich an den Armen. »Hübsch, die Kleine«, grinste er. »Könnte mir vorstellen, mit ihr meinen Spaß zu haben!«

In meiner Angst nahm ich jede Einzelheit überdeutlich war; seinen starken Schweißgeruch, den gedrehten und gepuderten Zopf, der ihm weit über den Rücken hing, die in der Sonne glänzenden Knöpfe. Gleich würde er mir das Kleid vom Leib reißen und mich hier vor den Augen seiner Kameraden vergewaltigen. Womöglich würden sie auch alle über mich herfallen, einer nach dem anderen ...

»Lass sie los, Billy«, rief ihm der Erste zu. »Siehst du nicht, dass sie eine *croppy*-Hure ist? Oder willst du, dass dir der Schwanz abfällt?«

»Bei allen Teufeln der Hölle – nein!« Angewidert schob Billy mich von sich und spuckte mir vor die Füße. »Verdammte Papistenbrut!« Er rückte seinen Gürtel zurecht, stieg auf sein Pferd und ritt mit den anderen davon.

Ich hörte die Hufschläge wieder stoppen. Sie waren noch immer da.

Zitternd vor Anspannung wanderte ich weiter den Bach entlang, weg vom Kloster, während mir das Hemd unter dem engen Oberteil schweißnass am Körper klebte und ich mich immer wieder nach einer Blume bückte. Die Zeit war zusammengeschrumpft auf eine Welt, die nur mich, die Wiese, den Bach und die Soldaten umfasste. Das Kloster mit den beiden Männern gehörte in eine andere Wirklichkeit.

Als ich es endlich wagte, den Kopf zu heben, waren die Soldaten verschwunden. Meine Knie gaben nach, ich sank zu Boden, unfähig mich zu rühren. Als ich wieder aufstehen konnte, rannte ich zum Kloster zurück, so schnell, als wäre der Leibhaftige hinter mir her.

»Wie schön, dass Ihr uns nicht ganz vergessen habt«, bemerkte Cyril, als ich atemlos bei ihm erschien. Mir war gar nicht aufgefallen, dass ich die Blumen noch immer fest umklammert hielt. »Fragt sich nur, was ich Connell erzählen soll: Dass Ihr nichts Besseres zu tun habt, als stundenlang Blumen zu pflücken?«

»Geht es ihm besser? Ist er wach?«

»Immer nur für kurze Zeit, aber in der hat er ständig nach Euch gefragt.«

Obwohl ich nichts dafür konnte, fühlte ich mich schuldig. In aller Eile erzählte ich Cyril, was vorgefallen war.

»Das war gut«, sagte er. »Wirklich. Ich wusste ja nicht...«

Ich nickte versöhnlich. Nun, da allmählich die Anspannung von mir abfiel, konnte ich großzügig sein. Erst jetzt fiel mir auf, dass Cyril sich seltsam benahm. Er fixierte einen Punkt an der Wand, schloss die Augen für einen Moment, dann öffnete er sie wieder. Als hätte er Schwierigkeiten, richtig zu sehen. Aber bevor ich diesen Gedanken weiterspinnen konnte, war er aufgestanden.

»Könnt Ihr mich kurz ablösen? Ich bin gleich zurück.«

Connell erwachte, als ich neben ihm niederkniete. Seine Augen, riesengroß und fiebrig glänzend, blickten in weite Fernen.

»Ich bin es«, sagte ich. »Wie geht es dir?«

»Weißt du, was danach kommt?«, murmelte er. »Wenn ich gestorben bin?«

Der Boden schien sich unter mir aufzutun. »Connell, bitte«, erwiderte ich hilflos. »Sag doch so etwas nicht.«

Er schien mich überhaupt nicht zu hören. »Ein Engel ... hat es mir erzählt. Die Seele ... schweift umher ...« Seine Stimme war brüchig, aber verständlich. Sie klang, als käme sie nicht von ihm. »Schweift umher ... ganz allein ... in der Dunkelheit ...«

»Du bist nicht allein. Ich bin bei dir.«

Er drehte den Kopf, endlich nahm er mich wahr. »Wirklich?«

»Ich verspreche es«, sagte ich, und ein kaum sichtbares Lächeln glitt über sein Gesicht. Im nächsten Moment war er eingeschlafen.

Ich schluckte die aufsteigenden Tränen hinunter. Es musste das Fieber sein, das aus ihm sprach. Dennoch erfüllten mich seine Worte mit abgrundtiefer Angst.

Als ich aufblickte, sah ich Cyril in der Tür stehen. Mit einer Hand stützte er sich an der Wand ab, als wäre ihm schwindelig, die andere presste er auf seine geschlossenen Lider. Er seufzte leise.

»Was ist denn los?«, fragte ich besorgt. »Fehlt Euch etwas?«

Er blinzelte, als hätte ich ihn aus einem Traum aufgeschreckt, und ließ die Hand wieder sinken. »Nein. Gar nichts.«

Ich sah selbst, dass das nicht stimmte. Er war ungewöhnlich blass, seine Züge überschattet von Müdigkeit. »Ihr solltet Euch etwas ausruhen. Ihr habt seit zwei Nächten nicht mehr geschlafen.«

Er schüttelte schwach den Kopf. »Später. Es geht schon wieder.«

Er nahm seinen Platz neben Connell wieder ein. Während ich mich angeregt mit einem Fleck auf meinem Kleid beschäftigte, blickte ich mehrmals verstohlen zu ihm hinüber. Er hatte die Augen geschlossen und versuchte offenbar, was immer ihn beeinträchtigte, allein durch Willenskraft zurückzudrängen.

Jetzt kehrte die Erinnerung zurück. Der schwere Klumpen aus Angst und Sorge setzte sich wieder in meinem Magen fest und zog mich mit unglaublichem Gewicht nach unten. Eine Frage brannte mir auf der Zunge, aber ich fürchtete mich, sie auszusprechen. Und noch mehr fürchtete ich mich vor der Antwort.

Ich seufzte zum bestimmt zehnten Mal und streckte meine Beine, die vom langen Sitzen schon ganz steif geworden waren. Wenn ich nicht von Zeit zu Zeit aufgestanden wäre, hätte ich schon längst jedes Gefühl darin verloren. Ich fragte mich, wie Cyril seit Stunden fast bewegungslos in der gleichen Position verharren konnte, ohne dass ihm die Füße einschliefen. Auch Connell rührte sich kaum. Das Fieber war zwar wieder etwas gesunken, aber für mein Verständnis lag er viel zu still da. Fast so, als hätte er schon aufgegeben zu kämpfen.

Schon lange hatten Cyril und ich nicht mehr gesprochen, hatten bis auf die kurzen Unterbrechungen von meiner Seite nur dagesessen und die Schatten beobachtet, die über den Boden krochen und immer länger wurden, bis die Sonne unterging und den Raum in ein sanftes Glühen tauchte. Als die Nacht hereinbrach, zündete ich ein paar Talglichter an, die tanzende Schatten auf die Wand zauberten. Im Stillen rief ich alle Engel und Heiligen an, die ich kannte, und betete lautlos einen Rosenkranz nach dem anderen. Der gleichförmige Rhythmus schläferte mich ein, und die Nacht und der flackernde Schein der Lichter gaukelten mir die merkwürdigsten Fabelwesen vor. Langsam fielen mir die Augen zu.

Fast schon im Schlaf hörte ich Connell stöhnen. Cyril war an seiner Seite, noch bevor ich die Augen richtig geöffnet hatte.

Connell hatte die Decke von sich geworfen, der frische Verband war durchnässt und voller Blut. Seine Haut war glühendheiß, dabei trocken wie Pergament. Kein Schweiß.

»O Gott«, murmelte ich erschrocken. »Das hält er nicht durch. Gibt es denn nichts, was wir tun können?«

»Wasser.« Cyrils Stimme klang etwas heiser. »Kaltes Wasser. Wir müssen das Fieber senken.«

Connell öffnete die Augen, als Cyril sein Hemd mit Wasser tränkte, aber er gab kein Zeichen des Erkennens von sich. Ich sah einige Sekunden lang zu, dann kniete ich mich neben den beiden nieder.

»Connell, Liebster«, flüsterte ich, »es wird dir bald besser gehen.« Heilige Brigid, heiliger Patrick, rettet ihn!

Ich weiß nicht, wie lange wir bei ihm wachten, die Zeit spielte keine Rolle mehr. In regelmäßigen Abständen flößte Cyril ihm neben Wasser auch etwas Whiskey ein und befeuchtete das Hemd. Zweimal in dieser Nacht ging ich zum Bach, schöpfte in der von Froschgequake und Grillengezirpe durchdrungenen Dunkelheit Wasser und stolperte wieder zurück. Der Raum sah inzwischen aus wie eine Wäscherei, auf dem Boden schwammen Pfützen, mein Kleid war durchnässt und klamm. Ich fröstelte und wärmte mich am Feuer. Der Whiskey stand, vielleicht sogar absichtlich, ganz in meiner Nähe; auch ich trank einige Schlucke. Nach dem ersten Brennen breitete sich tröstliche Wärme in meinen Eingeweiden aus, umgab federweich meinen Kopf und ließ meinen Kummer zumindest für kurze Zeit nachlassen.

Connells Atem ging mühsam und unregelmäßig, wenn er die Augen mit schweren Lidern öffnete, starrte er blicklos ins Leere. Mitunter redete er im Fieber, stieß wirre Satzfetzen ohne Bedeutung hervor und wollte sich von dem nassen Hemd befreien. Dann sprach Cyril leise mit ihm, rieb seine Hände und versuchte, ihn zu beruhigen. Ich mischte mich nicht ein. Von dieser Vertrautheit war ich ausgeschlossen. Mit Erstaunen bemerkte ich, wie liebevoll, fast schon zärtlich Cyril mit seinem Bruder umging.

Jetzt strich er Connell die zerzausten Haare aus der Stirn. »Komm schon, Kleiner«, murmelte er. »Nicht aufgeben!«

Diese Worte brachten mich brutal zurück in die Wirklichkeit. Die langen Stunden des Wartens und Hoffens waren vergeblich. Connell würde diese Nacht nicht überleben.

Ich wollte nicht weinen, schon gar nicht vor Cyril, aber ich war am Ende meiner Kräfte. Der Klumpen in meinem Magen war hinaufgestiegen und schnürte mir Herz und Kehle mit einem eisernen Reifen ab. Ich konnte nicht sprechen, nicht atmen, bevor ich nicht diesen Ballen von Schmerz und Verzweiflung herausgelassen hatte. Dennoch überraschte es mich, als ich Cyril neben mir spürte. Behutsam, als wäre ich zerbrechlich, legte er seinen Arm um mich und drückte mich ohne ein Wort an sich, und ich vergrub mein Gesicht an seiner Schulter.

Als meine Tränen endlich versiegten, nahm ich andere Dinge wahr. Den groben Stoff seines Rocks, der jetzt ein wenig feucht war, die kaum unterdrückte Anspannung seines Körpers, das Schlagen seines Herzens.

»Ist er ... ist es ... vorbei?«, stammelte ich, während ich mich wieder aufrichtete und mir über das Gesicht wischte.

Cyril schüttelte den Kopf und löste seinen Arm von mir.

Noch nicht. Noch ein wenig Gnadenfrist.

Connell war jetzt ruhiger, sehr ruhig sogar. Seine Augen waren geschlossen, sein Atem kaum zu spüren. Ohne uns abzusprechen, hatten Cyril und ich es aufgegeben, ihn noch länger mit dem kalten Wasser zu traktieren. Er sollte sich nicht mehr quälen. Wahrscheinlich würde er jetzt einfach hinüberdämmern.

Auch ich war entsetzlich müde, ausgelaugt von der stundenlangen Anspannung. Cyril war an meiner Seite geblieben, und obwohl ich es mir nicht erklären konnte, fühlte ich mich so nah bei ihm etwas besser. Am liebsten wäre auch ich hier und jetzt für immer eingeschlafen.

Das Feuer brannte nur noch schwach, leckte in kleinen, züngelnden Flammen, die kaum gegen die Morgendämmerung bestehen konnten, über die Reste einer zusammengefallenen Glut. Ein paar Rußflecken zeugten von heruntergebrannten Talgkerzen, und in den Pfützen auf dem Steinboden spiegelte sich das erste Licht des Tages; ein schillerndes, feuriges Farbenspiel von schwachem Gelb über sonniges Gold.

Cyril verlagerte sein Gewicht ein wenig. Jetzt, am Ende dieser langen Nacht, spürte er die Erschöpfung in allen Knochen. Doch obwohl seine Augen brannten vor Müdigkeit und sein Körper sich nach Schlaf sehnte, erfüllte ihn geradezu unwirkliche Leichtigkeit. Er konnte jetzt nicht schlafen. Nicht jetzt, da er wusste, dass Connell leben würde.

Es wurde Zeit, die frohe Botschaft zu teilen.

»Sharon!« Er schüttelte sie leicht. Sie war irgendwann in dieser Nacht erschöpft eingeschlafen und lehnte jetzt schwer an seiner Schulter. »Wacht auf!«

Doch sie richtete sich nur kurz auf und grunzte leise, um sich dann zusammenzurollen und noch tiefer in Schlaf zu versinken, den Kopf in seinem Schoß.

Für einige Sekunden verharrte Cyril völlig regungslos vor Überraschung. Dann langte er vorsichtig neben sich, zog eine Decke heran und breitete sie über den Körper des Mädchens.

Sie schlief arglos wie ein Säugling. Als Cyril sie im Licht des frühen Morgens betrachtete, die feinen Linien ihres Gesichts studierte, kam er sich vor wie ein Dieb und konnte doch nicht den Blick abwenden von ihr. Im Schlaf, diesem verletzlichsten aller Zustände, waren ihre Züge völlig entspannt. Die Wimpernkränze lagen wie ein rotgoldener Saum auf der milchig blassen Haut ihrer Wangen, über ihren Nasenrücken zogen sich feine Sommersprossen. Ein Sonnenstrahl fiel auf ihr Haar und verwandelte es in brennendes Kupfer. Langsam hob Cyril seinen Arm und ließ ihn dann sinken, bis seine Hand dicht über ihr schwebte. Er spürte ein leichtes Kitzeln, als seine Fingerspitzen auf ein paar Haare trafen, die sich widerspenstig aus dem zerzausten Flammenschopf kräuselten. Eine Berührung, nicht mehr als ein Hauch, unendlich leicht und sanft. Eine warme Woge lief in seiner Mitte zusammen und wanderte dann abwärts.

Nach Deirdres Tod war er jahrelang mit keiner Frau mehr zusammen gewesen, hatte nicht zugelassen, dass irgendjemand ihr Andenken befleckte. Er hatte auch kein Bedürfnis nach Nähe oder Zärtlichkeit gehabt, was nur die alten Wunden wieder aufgerissen hätte. Die Frauen, die danach kamen, waren käuflich, Dirnen, die sich ihm für Geld und oft genug auch ohne Bezahlung anboten. Und er nahm sich, was sie ihm gaben, ohne auch nur das Geringste zu vermissen. Erst Sharon hatte in den vergangenen Tagen etwas in ihm wiedererweckt, das er längst verloren glaubte. Trotz ihrer Jugend vermittelte sie ihm das Gefühl, als könnte er bei ihr die Abwehr aufgeben, die ihn so lange geschützt hatte.

Aber sie war Connells Mädchen. Das machte sie für ihn unantastbar.

Ich tauchte aus den Tiefen des Schlafs empor wie aus einem Abgrund. Träge öffnete ich die Augen, noch immer halb gefangen in einem Traum. Das Licht war weich und noch so schwach, dass es die Schattenecken des Raumes nicht erreichte. Ein Vogel sang, sein einsames Lied durchdrang die Stille wie eine helle Glocke, die zur Morgenmesse rief. Es dauerte einige Sekunden, bis ich begriff, wo ich mich befand. Eine Decke war über meinen zusammengekrümmten Körper gebreitet, und mein Kopf lag auf Cyrils Bein.

»Guten Morgen«, sagte er.

War mir gerade noch ein wenig kalt gewesen, so stieg jetzt eine geradezu unangenehme Hitze in mir auf. »Entschuldigung«, murmelte ich peinlich berührt und schob mich von ihm fort. »Ich wollte Euch nicht belästigen.«

In diesem frühen Licht würde er die flammende Röte nicht sehen können, die mein Gesicht überziehen musste. Sicherheitshalber hielt ich den Kopf gesenkt und fuhr mir hektisch durch die Haare.

»Ich könnte mir erheblich schlimmere Belästigungen vorstellen.« In seiner Stimme schwang eindeutig Belustigung mit. Zögernd wagte ich es, zu ihm aufzuschauen.

Er hatte seinen Hut abgelegt, und das Sonnenlicht glänzte auf seinen hellen Haaren und den kaum dunkleren Bartstoppeln. Was immer ihn gestern Abend belastet hatte, war verschwunden. Die Erschöpfung war ihm anzusehen, aber er lächelte.

Das Wunder, um das ich so sehnlich gebetet hatte, war eingetreten. Connell schlief, aber diesmal war es ein gesunder Schlaf mit ruhigen, kräftigen Atemzügen. Seine Haut hatte die kränkliche graue Färbung verloren und fühlte sich nicht mehr so heiß an. Als ich die Decke zurückschlug, sah ich, dass auch seine Schulter kaum noch geschwollen war.

Bei meiner Berührung bewegte er sich und schlug die Augen auf.

»Du bist da«, flüsterte er mit einer Stimme, die schwer war von Schlaf und Erschöpfung. »Dann ist es kein Traum.« Er holte tief Luft. »Sie wollten mich nicht gehen lassen ... von diesem merkwürdigen Ort. Es war kalt dort und einsam. Und so ... dunkel. Ich wollte nicht bleiben.« Das Sprechen strengte ihn an, er schloss die Augen und war gleich wieder eingeschlafen.

»Er hat es geschafft. Er hat es tatsächlich geschafft. Er wird nicht sterben!«

Die Erleichterung legte sich wie Daunenfedern um meinen Kopf, benebelte mich, als hätte ich Alkohol getrunken. Ich wusste nicht, ob ich weinen oder lachen sollte, und entschied mich schließlich für ein Dankgebet. An Ort und Stelle kniete ich nieder, bedeckte Connells Gesicht mit Küssen und dankte Gott und allen Heiligen für diese wundersame Rettung.

Erst als ich mich wieder aufrichtete, erinnerte ich mich, dass wir nicht allein waren. Cyril hatte sich nicht von der Stelle gerührt und betrachtete mich, als sähe er mich zum ersten Mal. In seinem Blick lag etwas, das ich nicht zu deuten wusste. In meiner überschwänglichen Freude konnte ich mich gerade noch zurückhalten, auch ihm um den Hals zu fallen.

»Seit wann …«

»Vor vielleicht einer Stunde. Er hat mit mir gesprochen und –«

»Warum habt Ihr mich nicht geweckt?«, unterbrach ich ihn. Es sollte sich nicht wie ein Vorwurf anhören, aber genau das tat es.

»Das habe ich versucht. Mit dem Ergebnis, dass Ihr nur noch tiefer eingeschlafen seid und mich dabei als Kopfkissen benutzt habt.« Er streckte sich und fügte genüsslich hinzu: »Wusstet Ihr eigentlich, dass Ihr im Schlaf sabbert?«

8. Kapitel

Das Feuer war zu kalter Asche niedergebrannt, ein paar weiße Flocken trieben wie Schnee durch die Luft. Connell schlief friedlich wie ein Baby, und auch Cyril hatte sich hingelegt. Ich selbst war viel zu glücklich, um noch länger zu schlafen. Leise schlich ich aus dem Raum.

Im Klostergarten pickte eine schwarze Krähe in den Mauerritzen nach Käfern und hielt dann inne, um mich mit schräggelegtem Kopf zu mustern. Erstaunt trat ich näher an die steinernen Säulen des Kreuzgangs. Figuren von fremdartiger Schönheit blickten auf mich herunter: drachenköpfige Fabelwesen, Ritter mit Schild und Schwert, Männer in geistlichen Gewändern. Mit den Fingern fuhr ich über die verwitterten Bilder. Waren dies Gestalten einer längst vergangenen Totenwache? Oder sollten sie einen Schutz für die Lebenden darstellen? Dann hatten sie ihre Aufgabe erfüllt.

Die Krähe war davongeflogen, und ich schlenderte weiter zum halbzerfallenen Kirchenschiff. Allan hatte mir einmal erzählt, dass die meisten Klöster ähnlich aufgebaut waren. Die Wohn- und Vorratsgebäude gruppierten sich um die Kirche im Norden, deren Grundriss einem Kreuz glich. Seit den Tagen Oliver Cromwells war ein Großteil unserer Gotteshäuser zerstört, und obwohl auch dieses hier nur noch eine Ruine war, zog ich mir die Kapuze meines Umhangs über den Kopf, um mein Haar zu bedecken, und tauchte die Finger in das steinerne Bassin, in dem sich einst das geweihte Wasser befunden hatte.

Die Sonne warf durchbrochene Schattenmuster auf die Grabplatten, die den Boden pflasterten. Vor mir, im Herzen der Kirche, erhob sich ein wuchtiger Steinaltar, den Raum unter dem Fenster bewachten zwei Sarkophage. Zum ersten Mal seit unserer Flucht hatte ich das Gefühl, dass alles gut werden würde. Und vielleicht war es nur Einbildung, aber mir war in diesem Augenblick, als spürte ich ganz deutlich die Gegenwart Gottes. Von Ehrfurcht ergriffen kniete ich nieder, und als ich mich wieder erhob, fühlte ich mich gestärkt und voller Zuversicht.

Zwei Seitenkapellen mit spitzen Dachgewölben schlossen sich an den Altarraum an, rechts ging es den Turm hinauf. Die Stufen, ausgetreten von jahrhundertelangem Gebrauch, führten zu einem Raum über dem vorderen Teil des Kirchenschiffs. Ein kleines Fenster ließ Licht und Luft herein und zeigte mir, dass unsere Vorgänger sich nicht die Mühe gemacht hatten, sich auch hier häuslich einzurichten. Außer einigen alten Kleidungsstücken und einem angeschlagenen Krug fand ich nur Spinnweben und Mäusekot.

Neben dem Turmzimmer grenzte ein flaches, mit Gras und Unkraut überwuchertes Dach an, von dem aus ich einen Teil der Gegend überblicken konnte. Grasbewachsene Erhebungen und Ginsterhecken wechselten sich ab mit kleinen Waldstücken, der Bach, der an unserem Kloster vorbeiführte, wand sich durch die Niederungen und verschwand im Schilfrohr. Thomastown musste in der anderen Richtung liegen, verdeckt von Bäumen und einem Hügel. Ein leichter Wind fuhr unter meinen Umhang. Es war warm, und ich schlug meine Kapuze zurück und schloss die Augen, ließ die Luft durch mein Haar blasen und spürte den Gerüchen von sonnengewärmtem Stein und frischer Erde nach.

Ein bohrendes Gefühl in der Magengegend erinnerte mich daran, dass ich seit gestern Vormittag nichts mehr gegessen hatte. Ich stieg wieder hinunter. Im Schatten hinter der Kirche fand ich ein paar Erdbeerpflanzen, deren süße Früchte meinen ersten

Hunger stillten. Aus meinem Rock formte ich eine Schürze und sammelte, so viel ich zu tragen vermochte.

In der Küche legte ich die Beeren auf den Tisch, dann schürte ich die Glut, um die Suppe aus Kartoffeln und Bohnen aufzuwärmen, die gestern niemand von uns angerührt hatte. Ich warf einen begehrlichen Blick auf den Sims über dem Herd. Die Schüssel, die dort stand, hätte ich gut für die Erdbeeren gebrauchen können, doch offenbar war diese Feuerstelle für größere Leute als mich gedacht. Kurzerhand schürzte ich meine Röcke und kletterte auf den gemauerten Rand des Herdes.

»Wollt Ihr das alles allein essen?«, hörte ich hinter mir, als ich mich gerade vorsichtig aufrichten wollte.

Vor Schreck verlor ich fast das Gleichgewicht und wäre um ein Haar ins Feuer gefallen, fing mich aber und rutschte wenig anmutig vom Herdrand.

»Nein, natürlich nicht«, sagte ich so würdevoll, wie es mir unter diesen Umständen möglich war, und klopfte mir die Asche vom Kleid. »Und wenn Ihr schon einmal da seid, könntet Ihr mir die Schüssel von dort oben holen.«

Cyril griff mühelos über mich hinweg und reichte mir das Gewünschte; ich meinte zu sehen, dass er sich dabei ein Grinsen verkniff. Hätte ich nicht gewusst, dass er eben noch geschlafen hatte, ich hätte es kaum vermutet. Er wirkte so wach und erholt, als hätte er eine angenehm lange Nachtruhe hinter sich und nicht höchstens vier Stunden Schlaf. Nur die rauen Bartstoppeln über der inzwischen nicht mehr ganz sauberen Halsbinde zeugten von den zurückliegenden Strapazen.

Schlagartig war ich besorgt. »Ist etwas mit Connell? Es geht ihm doch gut, oder?«

»Es geht ihm sogar so gut, dass er sich schon wieder beschweren kann. Er sagt, er habe einen Bärenhunger. Ich übrigens auch.«

»Nun, es sollte kein Problem darstellen, dem abzuhelfen«,

sagte ich, stolz auf meine gewandte Antwort. Ich hatte einiges wieder wettzumachen. Erst schlief ich vor Erschöpfung auf Cyrils Bein ein, und dann fiel ich vor seinen Augen noch fast ins Herdfeuer. Er musste mich für ein hoffnungslos ungeschicktes Wesen halten.

Ich rührte fahrig zum letzten Mal die Suppe durch. Cyril ließ sich von meiner Ungeduld nicht aus der Ruhe bringen. Tatsächlich machte er ganz und gar nicht den Eindruck, als wäre ihm meine Gesellschaft unangenehm. Er ließ es sich nicht einmal nehmen, mir den schweren Topf bis nach nebenan zu tragen.

Connell war wach und lächelte mich an, als ich mich neben ihm niederließ. Er sah schon viel besser aus, sein Blick war klar, und er hatte wieder etwas Farbe.

»*A stóirín*«, murmelte er. »Und ich dachte schon, ihr wollt mich hier verhungern lassen, nachdem ich nun doch nicht gestorben bin.« In gespielter Entrüstung schüttelte er den Kopf und setzte sich mit meiner Hilfe auf. Er aß nur wenig, und auch das strengte ihn so an, dass er sich gleich danach wieder zurücksinken ließ.

Cyril stellte seinen Teller ab, griff hinter sich und entrollte ein kurzes, dünnes Seil. »Ich bin draußen«, sagte er. »Und Ihr solltet endlich auch etwas essen. Euer Magen knurrt so laut, dass Ihr mir damit noch die Hasen verschreckt.«

»*Aye*, Sir!«, entgegnete ich und füllte mir gehorsam meinen Teller. Selten hatte mir etwas so gut geschmeckt wie diese einfache Suppe, das erneute Aufwärmen hatte sie deutlich verbessert. Aber so hungrig, wie ich war, hätte ich fast alles genossen.

Connell war wieder eingeschlafen. Nur mit Mühe konnte ich mich zurückhalten, ihn zu berühren. Er brauchte seine Ruhe, und doch hätte ich ihn am liebsten gar nicht mehr losgelassen. Ich sehnte mich nach seiner Nähe, wollte seine Haut spüren, seinen Atem fühlen. Seufzend löffelte ich den letzten Rest Brühe aus, dann erhob ich mich und sah durch das Fenster Cyril zu, der dabei war, im hohen Gras der Uferböschung eine Schlingenfalle auszulegen. Er hatte sein Hemd geöffnet und die Haare zurückgebunden, die Sonne glänzte auf den hellen Strähnen. Ich hatte ihn noch nie ohne Hemd gesehen, kam mir plötzlich in den Sinn, und diese Vorstellung reizte mich. Gleich darauf schüttelte ich verstört den Kopf. Was war nur los mit mir?

An diesem Abend ließen wir uns einen jungen Hasen schmecken, die erste Beute, die uns in die Falle geraten war. Ich hatte mir beim Kochen besonders viel Mühe gegeben und das Fleisch mit wilden Kräutern und Zwiebeln gewürzt. Connell schlief; zu schwach, um mehr als nur ein wenig Suppe zu sich zu nehmen, war er nach dem Essen gleich wieder eingedöst.

Ich hatte den Nachmittag dazu genutzt, mich gründlich zu waschen und meine Haare an der Sonne trocknen zu lassen. Jetzt fühlte ich mich fast genauso gut wie nach meinem Bad bei Molly O'Brien, auch wenn ich hier nur einen Rest ausgelassenen Talg mit Lauge gefunden hatte statt echter Seife und schon gar kein Pariser Parfüm. Ein kleines Holzfeuer knisterte vor uns, mit dem Abend war es kühl geworden. Den Bauch angenehm gefüllt mit Hasenfleisch und Erdbeeren, lehnte ich mich zurück und schaute Cyril zu, wie er einen langen Ast für weitere Fallen mit seinem Messer anspitzte. Dass er dabei mit der linken Hand arbeitete, übte einen eigenartigen Reiz auf mich aus. Irgendwie passte es zu ihm.

»Mit welcher Hand schreibt Ihr?«, fragte ich neugierig.

»Mit rechts.« Er legte den Ast zur Seite und nahm den nächsten auf. »Gezwungenermaßen, da ich es nie anders gelernt habe. Aber alles andere geht besser mit links.«

Im Gegensatz zu sonst war er heute Abend wirklich ungewöhnlich gesprächig.

»Ist es schwierig?«

»Kommt darauf an, worum es gerade geht. Die meisten Sachen sind schließlich für Rechtshänder gemacht.«

»Tatsächlich?«

Er reichte mir sein Messer und den Ast. »Versucht es.«

Der Griff war warm, die Waffe lag schwer in meiner Hand. Zaghaft begann ich, an dem Ast herumzuschnitzen. »Es ist stumpf«, beschwerte ich mich nach ein paar missglückten Versuchen.

»So geht es mir mit den meisten Klingen. Es ist nicht stumpf. Die Schneide ist nur auf der anderen Seite, weil sie eigens für mich angefertigt wurde.«

Ich hielt das Messer noch immer in der Hand. Im Schein des Feuers konnte ich einige eingravierte Zeichen erkennen. »So ein Messer habe ich noch nie gesehen.«

»Es ist aus Frankreich«, sagte er. »Von der Armee.« Er nahm das Messer und den Ast und legte beides neben sich. »Könntet Ihr Euch vorstellen, dort zu leben?«

»In der Armee?«

Er lächelte. »In Frankreich. Derzeit werden die Rotröcke kaum hier nach uns suchen, dafür sind wir zu nah an Vinegar Hill. Aber später sollten wir uns bis zur Küste durchschlagen und ein Schiff nach Frankreich nehmen.«

»Ihr wollt tatsächlich nach Frankreich?«

»Aus Eurem Mund hört es sich an, als wäre das etwas Unanständiges.«

»Nein, sicher nicht, es ist nur ...«

Ich schwieg, denn ich wusste nicht, wie ich ihm meine Zweifel erklären sollte. Ich war noch nie über Leinster hinausgekommen, und jetzt sollte ich Irland gleich ganz verlassen? Meine Abenteuerlust hatte sich inzwischen ziemlich erschöpft. Doch was hielt mich noch hier? Meine Familie und die meisten meiner Freunde waren tot, und Connell wäre ich bis ans Ende der Welt gefolgt. Dennoch machte mir der Gedanke Angst, in ein Land fliehen zu müssen, dessen Sprache ich nicht sprach und wo ich niemanden kannte.

»Es bleibt uns kaum etwas anderes übrig. Hier werden wir immer Flüchtlinge bleiben. In Frankreich habe ich Freunde, die uns helfen werden.«

Ich nickte zögernd. Er hatte gut reden. Er war dort schließlich kein Fremder mehr.

»Es wird Euch dort gefallen«, versuchte er mich aufzumuntern. »Das Land hat schlimme Zeiten überstanden, und das nur durch die Macht des Volkes. Es gibt keinen König mehr und keinen Adel. In den Zeitungen werden sogar Auszüge aus Rousseaus Schriften gedruckt.«

»Ich bin nicht besonders gebildet«, bekannte ich verlegen. »Ich kann weder lesen noch schreiben. Und ich spreche kein Wort Französisch.«

»Ihr werdet es lernen, *citoyenne*.«

»*Si-toi-en?*«

Falls es so falsch klang, wie es sich für mich anhörte, so ließ er es sich jedenfalls nicht anmerken. »Gar nicht so schlecht. Ihr müsst es nur auf der letzten Silbe betonen und die Aussprache noch etwas üben. Kennt Ihr den Leitsatz der Revolution?«

»Freiheit, Gleichheit …?«

»Brüderlichkeit. *Liberté, Égalité, Fraternité.*«

Er amüsierte sich, als ich bei dem Versuch, die fremden Laute zu wiederholen, hoffnungslos durcheinandergeriet, aber er gab nicht auf, bis es mir endlich fehlerfrei gelang. Vielleicht war es doch nicht so schwer, in Frankreich zu leben.

»Wie ist es in Paris? Ist es wirklich so groß? Was tragen die Menschen dort?«

Cyril warf mir einen Blick zu, der irgendwo zwischen Belustigung und gespielter Ergebenheit lag. »Warum nur wollen alle Frauen das Gleiche wissen? Kaum haben sie erfahren, dass man in Paris war, geben sie keine Ruhe, bis man ihnen nicht alles darüber erzählt hat.«

»Kennt Ihr denn so viele Frauen?«, fragte ich übermütig.

»Genug, um zu wissen, dass meine Antwort Euch kaum zufriedenstellen wird. Ich war nie lange dort. Zu viele Menschen. Zu viele Intrigen. Und in den ersten Jahren nach der Revolution war die Hauptstadt ein gefährliches Pflaster. Robespierres Wohlfahrtsausschuss war schlimmer als alles, was davor gewesen war. An manchen Tagen wurden bis zu hundert Menschen guillotiniert – mit einer Maschine, die –«

»– den Menschen die Köpfe abschlägt. Ich habe davon gehört. Grauenhaft!«

»Immer noch besser, als gehängt zu werden. Es geht viel schneller, auch wenn es eine ziemliche Schweinerei ist. Die Straßen waren voller Blut. Danton sagte es selbst kurz vor seiner Hinrichtung: ›Die Revolution ist wie Saturn. Sie frisst ihre eigenen Kinder.‹ Aber seit Robespierre tot ist, hat sich vieles verändert. Frankreich ist zurückgekehrt zu seinen Idealen, das alte System existiert nicht mehr. Und die Ideen dieser Revolution tragen weit, überall bilden sich neue Republiken. Den Krieg gegen Österreich haben sie nicht zuletzt dadurch entschieden, weil die Männer überzeugt sind von dem, wofür sie kämpfen.«

»Hört sich an, als wolltet Ihr gerne wieder zurück.«

»Nein«, sagte er und sah mich an. »Eigentlich nicht. Ich hatte gehofft, endlich wieder ... nach Hause zu kommen.«

Ich konnte kaum glauben, dass dies derselbe Mann war, den ich in New Ross kennengelernt hatte. Die meisten meiner Weggefährten hatten mich freundlich oder zumindest mit höflicher Gleichgültigkeit behandelt. Cyril war anders. Er hatte nie versucht, nett zu mir zu sein; dass er es jetzt tat, machte mich glücklich.

Das Feuer strahlte eine angenehme Wärme aus, die Flammen knackten leise. Als Cyril ein paar Zweige nachlegte, zerfiel ein ausgeglühtes Holzscheit und ließ goldene Funken regnen. Das warme Licht machte seine Züge weicher, und mit schmerzhafter Deutlichkeit wurde mir eine Ähnlichkeit mit Connell bewusst, die mir vorher nie aufgefallen war. Die gleiche Linie im Schwung der Brauen, eine ähnliche Form der Wangenknochen. Frisch rasiert und ohne seinen Hut sah er jünger aus – und auf eine beunruhigende Weise attraktiv. Ich schaute in dieses ernste, außergewöhnliche Gesicht und spürte, wie mein Herz laut zu klopfen begann.

In diesem Moment bewegte sich Connell und murmelte etwas im Halbschlaf. Cyril und ich erhoben uns fast gleichzeitig, doch ich ließ ihm den Vortritt. Connells Decke war herabgerutscht; Cyril gab ihm etwas zu trinken, sprach leise mit ihm und richtete die Decke neu. Wie ein Vater mit seinem Kind.

Endlich begriff ich, was Molly in New Ross gemeint hatte. Fast jeder Mensch besaß einen schwachen Punkt. Ich hatte Cyril bisher davon ausgenommen, aber inzwischen wusste ich es besser. Sein schwacher Punkt hieß Connell. Hatte er, der sonst immer so unerreichbar wirkte, nicht stets dann Gefühle gezeigt, wenn es um seinen Bruder ging? Als wir Connell auf dem Bauernhof Nat Reillys schmutzigen Händen überlassen mussten. Als Connell beinahe gestorben war. Und ich hatte ihm Gleichgültigkeit vorgeworfen! Ich konnte nur hoffen, dass er mir diese unüberlegte Äußerung inzwischen verziehen hatte.

»Ihr seid seinetwegen zurückgekommen«, sagte ich, als er sich wieder gesetzt hatte. Es war keine Frage, eher eine Feststellung. »Er muss Euch viel bedeuten.«

Er nahm den Ast wieder auf, hielt ihn aber nur in der Hand, ohne weiterzuarbeiten. »Er ist alles, was ich habe«, erwiderte er, und dieser einfache Satz brauchte keine weiteren Erklärungen.

Seine Aufrichtigkeit machte mich leichtsinnig. »Warum«, stellte ich spontan die Frage, die mir auf der Zunge lag, »seid Ihr dann überhaupt nach Frankreich gegangen?«

Er schaute mich an, als hätte ich von ihm verlangt, einen Mord zu begehen. »Ihr habt einen entscheidenden Fehler. Ihr seid zu neugierig.«

Ohne ein weiteres Wort hatte er mich auf meine Seite zurückgejagt. Meine unbedachte Neugierde hatte mich schon oft in Schwierigkeiten gebracht. Bei einem Menschen wie Cyril hätte ich wissen müssen, dass ich mich damit zu weit vorwagen würde.

»Ich hatte einen Sohn«, sagte er dann.

Ich hielt den Atem an, weil ich mit nichts anderem gerechnet hatte als Schweigen.

»Und eine Frau. Sie sind tot.«

Betroffen biss ich mir auf die Lippe. Nur wenn ich ihn jetzt nicht unterbrach, würde er womöglich noch mehr erzählen.

Mit einem lauten Knacken zerbrach der Ast unter seinen Händen. »Ich spreche nicht darüber. Mit niemandem.« Seine Stimme war ein hartes, kaltes Flüstern, wie bei jemandem, der gelernt hat, seine Gefühle unter allen Umständen zu beherrschen. Dann sagte er noch etwas auf Französisch, und obwohl ich kein Wort davon verstand, wusste ich doch auf nahezu unbegreifliche Weise, was er meinte.

Vielleicht. Eines Tages. Es klang wie ein Versprechen.

In dieser Nacht schlief ich nicht gut. Es drängte mich, mehr über Cyril zu erfahren. Ich wollte wissen, was ihm zugestoßen war, doch ich durfte nicht riskieren, die Tür, die er gerade erst einen winzigen Spalt geöffnet hatte, endgültig zuzuschlagen. Und für einen kurzen Moment hatte ich tatsächlich spüren können, was in ihm vorging, hatte seinen Schmerz fast mit Händen zu greifen vermocht. Diese plötzliche Nähe überraschte und erschreckte mich gleichermaßen.

Aber vermutlich hatte ich mir das alles nur eingebildet.

Der Nebel schien jedes Geräusch zu verschlucken. Allan lauschte angestrengt, versuchte, sich allein auf seine Ohren zu verlassen, da sein Blick sich schon nach wenigen Metern in unscharfen Schleiern verlor. Rechts und links von ihm erhoben sich die Gipfel der Blackstairs Mountains, doch sehen konnte er sie nicht. Das Einzige, was er erkannte, war der Felsen, hinter dem er kauerte; ein rissiger Stein, groß wie ein halbwüchsiges Kind, überzogen von Moos und Flechten.

Als einer der wenigen, die noch über eine funktionstüchtige Schusswaffe verfügten, war Allan zu einem der Männer bestimmt worden, die ihre Verfolger aufhalten sollten. Die Schüsse, die er bis vor kurzem von der Vorhut vernommen hatte, waren verstummt. Jetzt blökte sich nur irgendwo ein Schaf die Einsamkeit aus dem Leib. Allan konnte es ihm nachfühlen. Obwohl er wusste, dass noch mehr Männer wie er hinter Felsen und Vorsprüngen ausharrten, war es ihm, als wäre er völlig allein auf der Welt. Allein in einer weißen, geisterhaften Welt.

Er richtete sich ein kleines Stück auf.

»Warren?«, flüsterte er.

»Ich bin hier!«, kam es ebenso gedämpft zurück. »Sei leise!«

Allan duckte sich wieder hinter den Felsen. Warren war der letzte Freund, der ihm noch geblieben war, seit sie von Vinegar Hill geflohen waren. Alle anderen waren tot, oder es hatte sie ein unbekanntes Schicksal ereilt. Ob wenigstens Connell und Sharon fliehen konnten, verwundet, wie Connell war? Hoffentlich war Cyril bei ihnen. Connells Bruder würde sich um die beiden kümmern. Allan seufzte unhörbar und schickte ein stummes Gebet zum Himmel. Wie weit konnten sie wohl in fünf Tagen gekommen sein?

Nun, ziemlich weit, wenn man davon ausging, bis wohin er selbst mit Father Murphy und den anderen in dieser Zeit gelangt war. Die Gruppe von nahezu zweitausend Mann, die sich nach der Flucht von Vinegar Hill wieder um den kleinen Priester gesammelt hatte, war fast fortwährend in Bewegung gewesen. In diesen endlosen Tagen hatte Allan kaum geschlafen oder gegessen: im Gewaltmarsch durch mehrere Grafschaften bis nach Laois. Dazwischen einige siegreiche Scharmützel mit

Truppen der Krone. Und immer wieder die vergebliche Hoffnung auf weitere Anhänger. Doch bis auf eine kleine Gruppe von Bergleuten aus Castlecomer hatte es niemand gewagt, sich ihnen anzuschliessen. Die Leute fürchteten sich zu sehr vor der Vergeltung der Rotröcke. Auch ihre eigenen Reihen lichteten sich immer schneller, bis sie heute Morgen erkennen mussten, dass ihre neuen Verbündeten ihnen einen Grossteil der Waffen geraubt und das Schiesspulver unbrauchbar gemacht hatten. Und dass sie sich nun nahezu wehrlos einer englischen Übermacht gegenübersahen.

Alles hatte sich wiederholt. Die Kanonade. Der Angriff. Das Sterben so vieler guter Männer. Dann erneut die Flucht, gejagt von den Rotröcken wie ein Rudel erschöpfter Tiere, bis hinein in die Berge.

Der Nebel hüllte Allan ein wie eine weiche, nasskalte Decke und kroch feucht unter seine Kleidung. Er fröstelte, seine Finger waren klamm. Da! Ein Geräusch, etwas wie rieselnde Steine. Allan packte seine Pistole fester, die Nerven aufs Äusserste gespannt. Hufschläge. Das waren Hufschläge. Er spannte den Hahn der Pistole so vorsichtig er nur konnte. Dennoch klang es überlaut in seinen Ohren.

Die Waffe lag in seiner Hand wie ein Fremdkörper. Es war etwas anderes, mit einer Kanone auf eine Abteilung Rotröcke zu schiessen, als mit eigener Hand einen Menschen zu töten. Er war Musikant, kein Soldat. Er wollte niemanden töten. Nicht einmal einen Rotrock.

Die Hufschläge wurden lauter, aus der Nebelwand schälten sich Umrisse und Farben heraus. Rote Uniformjacken. Weisse Hosen und Aufschläge. Dort. Der Mann mit dem Dreispitz und den goldenen Epauletten. Sie sollten sich an die Offiziere halten, hatte es geheissen.

Allan richtete sich aus seiner Deckung auf und zielte. Er hatte nur diesen einen Versuch, und der musste sitzen. Seine Hand zitterte, sodass er auch noch die linke zu Hilfe nehmen musste. Dann schloss er die Augen und drückte ab.

Der Schuss hallte durch das Weiß wie ein Peitschenschlag, fast gleichzeitig ein zweiter, aus Warrens Richtung. Allan sah, wie der Offizier vom Pferd stürzte, dann warf er in plötzlicher Panik seine nutzlose Waffe weg und rannte los, bergauf, in den Nebel hinein. Er rannte um sein Leben, sein Herz hämmerte wild, als er über Steine und Heidekraut stolperte. Nur weg hier. Fort von den Kugeln, die man ihm hinterherschickte. Etwas zischte haarscharf an ihm vorbei und schlug in den Felsen neben ihm ein. Dann traf ein gleißend heller Schlag seine Schläfe, und der Nebel wurde zu Dunkelheit.

Als er wieder zu sich kam, lag er bäuchlings im Moos, seine Kleidung war feucht und verdreckt, und sein Kopf pochte. Ein Querschläger hatte seine Schläfe gestreift, sein linkes Ohr war klebrig von getrocknetem Blut.

Er hob den schmerzenden Kopf. Der Nebel hatte sich kaum gelichtet. Wie lange war er ohnmächtig gewesen? Er horchte angespannt. Nichts zu hören. Weder von den Rotröcken noch von seinen Gefährten. Dennoch – zu rufen wagte er nicht. Es konnte ein Trick sein.

Einige Minuten irrte er orientierungslos umher, bis er eine Felsformation erreichte, die ihm bekannt vorkam. Warren lag hinter dem Felsen, die Hand umklammerte noch immer die Pistole. Sein hagerer Körper war regelrecht von Kugeln durchsiebt worden, und seine Augen starrten blicklos in die undurchsichtige Welt.

Allan sank auf die Knie, zu erschöpft zum Trauern. Der tapfere Warren, der so gut mit dem Messer umgehen konnte. Jetzt war auch er tot.

Er schloss die Augen seines Freundes und sprach ein Gebet für ihn, dann nahm er Warrens Pistole. Wessen Schuss hatte den Offizier wohl getroffen? Und war er tot oder nur verwundet?

Sorgfältig begann er, Warrens Pistole zu laden. Er musste warten, bis sich der Nebel verzogen hatte. Dann erst konnte er versuchen, seine Leute einzuholen. Wenn sie nicht schon längst auf und davon waren.

9. Kapitel

»Zwei Guineas, dreißig Shilling und acht Sixpence.« Cyril breitete die glänzenden Münzen aus der Börse des Kaufmanns auf dem Küchentisch aus. »Macht insgesamt fast vier Pfund. Das dürfte für eine ganze Weile reichen. Und dann haben wir noch Euren Schmuck.«

»Wollt Ihr wirklich gehen? Was macht Ihr, wenn sich in Thomastown Soldaten aufhalten? Oder wenn Euch jemand erkennt?«

Cyril steckte einen Teil des Geldes ein. »Ich finde es ja sehr schmeichelhaft, wie besorgt Ihr um mich seid, aber ich kann ganz gut auf mich aufpassen.«

Im Klostergarten scharrte das Pferd ungeduldig mit den Hufen. Die Aussicht auf einen Ausflug schien dem Tier, das in den vergangenen Tagen nur seine Stallwände gesehen hatte, zu gefallen. Mir hingegen war nicht wohl dabei, Cyril gehen zu lassen. Doch unser Proviant ging beträchtlich zur Neige, und in Thomastown könnte Cyril nicht nur unsere Vorräte auffüllen, sondern auch erfahren, was sich in der Zwischenzeit ereignet hatte. Wir mussten sichergehen, dass uns keine Gefahr drohte.

Während sich die Hufschläge entfernten, knotete ich den Beutel mit den restlichen Münzen zusammen und versteckte ihn wieder im Wagen des Kaufmanns. Mit diesem Geld würden Connell und ich auch allein zurechtkommen. Falls man Cyril verhaftete, sollten wir versuchen, uns ohne ihn nach Frankreich durchzuschlagen. Ich schüttelte energisch den Kopf, als ich die schwarzen Wolken erblickte, die sich im Westen zusammenballten. Das war kein böses Omen. Cyril würde sicher und schnell zurückkommen.

Sonnenschein tauchte den Raum, in dem Connell schlief, in freundliche Farben. Ich räumte die Reste unseres Mittagessens fort, dann kehrte ich zu ihm zurück. Er hatte noch immer Fieber, ein paar feuchte Haarsträhnen lockten sich um Schläfen und Nacken. Mit dem Finger fuhr ich die Form seiner Lippen nach, spürte die fast eine Woche alten, weichen Bartstoppeln. Auch ich fühlte mich fiebrig, aber diese Hitze rührte von keiner Krankheit her. Ich sehnte mich nach seiner Berührung, doch ich wusste, dass meine eigenen Wünsche noch etwas zurückstehen mussten.

Vorsichtig schlug ich die Decke zurück und legte die Hand auf seine Brust, spürte seinen Herzschlag. Ich beugte mich vor, bis ich halb auf ihm lag, schmeckte das Salz auf seiner Haut, fühlte seine leichten Atemzüge. Er roch nach Schweiß, ungewaschener Kleidung und kaltem Rauch. Die Zeit schien stillzustehen, während ich mit geschlossenen Augen dalag und alles andere um mich herum vergaß. Er würde leben.

Hingegossen in diesem vollkommenen Moment fuhr ich erschreckt auf, als er ein halberstiktes Geräusch von sich gab.

»Was?«

»Könntest du«, murmelte er schläfrig, »von meiner Brust heruntersteigen? Es fühlt sich an, als würde ein riesiger *pooka* auf mir sitzen.«

»Natürlich. Entschuldigung. Wie fühlst du dich?«

»Wie eine zerstampfte Kartoffel, die nicht abkühlen will.« Er fuhr sich mit der linken Hand unbeholfen übers Gesicht. »Sei froh, dass du kein Mann bist. Was würde ich jetzt für eine Rasur geben.« Er schaute sich verschlafen um. »Ist Cyril nicht da?«

Ich schüttelte den Kopf. »Wir sind ganz allein.«

»Ach ja?« Er ließ seine Hand unter meinen Rock gleiten, doch schon nach wenigen Augenblicken ließ er sie wieder sinken und seufzte resigniert. »Tut mir leid. Ich gebe heute einen erbärmlichen Liebhaber ab. Außerdem rieche ich wie ein drei Tage alter Hering.«

»Stimmt nicht«, beteuerte ich. »Höchstens wie ein zwei Tage alter.«

Er lachte leise, drehte sich zu mir, so weit es seine Schulter erlaubte, und war im nächsten Moment eingenickt. Ich löste mich von ihm und setzte mich auf. Irgendwie musste ich meine überreizten Nerven beruhigen. Ich würde das Geschirr abwaschen und die Küche aufräumen. Außerdem hätte ich gerne mein Kleid ausgebessert, dessen Rock seit der Flucht von Vinegar Hill einige hässliche Risse aufwies, aber das musste warten, bis Cyril mir Nähzeug mitgebracht hatte.

Cyril. Er war noch keine Stunde fort, und ich vermisste ihn. Die Natur des Menschen war seltsam. Hatte ich mir nicht noch vor wenigen Tagen kaum vorstellen können, auch nur ein paar einfache Sätze mit ihm zu wechseln?

Gegen Abend hatte sich der Himmel völlig zugezogen, aus den tiefhängenden Wolkengebirgen wuchsen leuchtende Strahlenbündel. Ich stand auf dem flachen Dach neben dem Turmzimmer und wartete. Mittlerweile hatte ich aufgeräumt und den Boden blank gefegt, einen Armvoll Holz zusammengetragen, im Bach nach Brunnenkresse gefischt und gemeinsam mit Connell ein spärliches Mahl eingenommen. Cyril war noch immer nicht zurück.

Die ersten Tropfen trafen mich wie feine Nadelstiche, dann setzte fast übergangslos der lang erwartete Wolkenbruch ein. Ich bedauerte, dass ich meinen Umhang nicht mitgenommen hatte, doch obwohl mein Kleid sich sofort mit Wasser vollsog, ging ich nicht hinein. Ein Windstoß blies mir die Haare ins Gesicht und raubte mir den Atem, doch mit zusammengebissenen Zähnen widerstand ich der Versuchung, mich am Herdfeuer aufzuwärmen. Cyril war schließlich auch da draußen. Wie lange konnte der Weg nach Thomastown und zurück dauern? Oder war er den Rotröcken in die Hände gefallen?

Dann, endlich, sah ich ihn hinter einer kleinen Baumgruppe auftauchen. Im strömenden Regen erkannte ich ihn nur an seinem Hut. Glücklich eilte ich die Treppe hinunter und ihm entgegen. Angesichts des hochbeladenen Pferdes in seinem Schlepptau wurde mir klar, warum es so lange gedauert hatte. Er hatte Rock und Weste über die festgezurrten Säcke gelegt, um sie notdürftig vor dem Regen zu schützen, und war ebenso durchnässt wie ich. Der Anblick des nassen Hemdes, das wie eine zweite Haut an ihm klebte, versetzte mir einen befremdlichen Schauer der Erregung.

»Ihr seid spät«, sagte ich, aber es war die Erleichterung, die aus mir sprach.

»Und nass wie ein Wasserfloh«, ergänzte Cyril. »Ihr übrigens auch, wenn ich Euch so ansehe.«

»Ich habe auf Euch gewartet«, erwiderte ich knapp. Ich würde ihm nicht offenbaren, wie lange ich auf dem Dach gestanden hatte.

Als wäre mit Cyrils Rückkehr auch das Wetter zufriedengestellt, ließ der strömende Regen allmählich nach. Cyril hatte in Thomastown zwar keine Rotröcke gesehen, aber es hieß, dass die Truppen der Krone und der Miliz jetzt noch Unterstützung von hessischen Söldnern in Diensten des preußischen Königs bekommen hatten. In Wexford, erzählte er mir, während unsere Schritte durch die nassen Wiesen schmatzten, waren mit Father Philip Roche und Matthew Keogh zwei unserer Anführer gehängt worden. Ihre Leichen hatte man in den Slaney geworfen und ihre abgetrennten Köpfe vor dem Gerichtsgebäude ausgestellt. Auch viele andere Rebellen waren hingerichtet worden. Aber es gab auch Grund zur Freude, denn wenn man den Gerüchten glauben durfte, dann hatte vor allem der heldenhafte Father Murphy erstaunliche Erfolge erzielt. Außerdem hatten sich viele der Überlebenden von Vinegar Hill in die Wicklow Mountains durchschlagen können.

Ich schöpfte neue Hoffnung. Noch war also nicht alles verloren. Und bestand nicht immer noch die Möglichkeit, dass die Franzosen uns zu Hilfe kamen?

Zurück hinter den Mauern des Klosters, befreiten wir das Pferd von seiner kostbaren Last. Einiges von der Gerste war trotz Cyrils Bemühungen nass geworden, wir würden die Körner trocknen müssen, damit sie nicht schimmelten. Während Cyril sich um die schweren Säcke mit Kartoffeln und getrockneten Bohnen kümmerte, machte ich mich über die kleineren Päckchen her. Cyril hatte nicht nur einen Topf mit Schmalz, ein kleines Fass Pökelfleisch und einen Stoß billiger Binsenlichter mitgebracht, sondern tatsächlich an ein Körbchen mit Nähzeug gedacht. Dann packte ich das letzte, in ein Tuch eingeschlagene Bündel aus. Verwundert betrachtete ich die schlanke, grünlich schimmernde Glasflasche, die so ganz anders aussah als die bauchigen Tonflaschen mit Whiskey in unserer Vorratskammer. Auf dem Etikett war die Figur einer fliegenden Elfe mit weiten, moosgrünen Gewändern zu sehen.

»Was ist das?«, wollte ich von Cyril wissen, als er wieder hereinkam.

»Die grüne Fee«, sagte er und nahm mir die Flasche aus der Hand. »Absinth. Ein Kräuterlikör aus Frankreich.«

Ein kalter Windzug fuhr durch den Raum und ließ mich frösteln. Cyrils Blick wanderte an mir empor und streifte meine Brüste, die sich, wie mir plötzlich bewusst wurde, über meinem Mieder feuchtglänzend hochdrückten. Trotz der Kälte wurde mir siedendheiß, ich senkte peinlich berührt den Kopf. Konnte er nicht aufhören, mich so anzuschauen?

Ich räusperte mich verlegen. »Das ... ähm ... Pferd. Ich werde es in den Stall bringen.«

»Das wollte ich gerade übernehmen. Ihr solltet besser die feuchten Sachen ausziehen, bevor Ihr Euch noch erkältet.« Er war verschwunden, bevor ich auch nur nicken konnte.

Ich zog mich in die Vorratskammer zurück. Es dauerte eine Weile, bis ich mich aus dem triefenden Kleid befreit hatte. Meine Haare lagen wie eine Kappe um meinen Kopf, meine Füße waren eiskalt, aber mein Körper glühte noch immer vor Anspannung. Nackt wie ich war, hüllte ich mich in eine Decke, band mir ein Tuch um die Haare, dann wrang ich mein Hemd aus und legte es mit dem Kleid neben das Herdfeuer.

Zufrieden betrachtete ich die frisch aufgefüllte Vorratskammer. Wie in einem Herrenhaus. Aus dem Gemüse würde ich morgen eine Suppe für Connell kochen. Bei diesem Gedanken fiel mir erschreckt ein, wie lange ich nicht mehr bei ihm gewesen war. Ich war schon fast draußen, als mein Blick auf den Hafersack fiel, den Cyril in einer Ecke hatte liegen lassen. Diese Nachlässigkeit passte so gar nicht zu ihm. Nun gut, wenn ich sowieso schon unterwegs war, konnte ich ihm den Weg abnehmen und dem Pferd sein wohlverdientes Futter mitbringen.

Es tropfte von Ästen und Blättern, die Mauern schimmerten nass in der beginnenden Dämmerung. Ein Schwall beißenden Pferdegeruchs hüllte mich ein, als ich den Stall betrat. Cyril war noch dort. Halb verdeckt von dem massigen Pferdekörper drehte er mir den Rücken zu und war dabei, sich das feuchte Hemd auszuziehen. Wahrscheinlich lag es an dem schnaubenden und scharrenden Tier, dass er mich nicht hörte. Meine Augen hatten sich schnell an das schattige Halbdunkel gewöhnt. Während ich noch schwankte, ob ich mich bemerkbar machen oder zurückziehen sollte, lugte ich neugierig an dem Pferd vorbei – und erstarrte mitten in der Bewegung.

Ich kannte die Spuren der neunschwänzigen Katze, hatte sie

oft genug gesehen. Aber diese hier waren zu ausgeprägt, um nur von einer einmaligen Begegnung zu stammen; man musste ihn wieder und wieder geschlagen haben, um solche Narben zu hinterlassen.

Ich keuchte entsetzt auf, und Cyril fuhr so schnell herum, dass das Pferd nervös zurückzuckte.

»Schleicht Ihr Euch immer so von hinten an?«, herrschte er mich an.

»Es ... es tut mir leid. Ich wusste ja nicht ...«

»Natürlich nicht. Glaubt Ihr, ich würde aller Welt davon erzählen?«

Mein Herz hämmerte, als wäre ich gerannt, doch es war nicht nur der Schreck, mich schüchterte auch die Tatsache ein, dass er nur mit einer Hose bekleidet vor mir stand.

»Was wollt Ihr überhaupt hier?«

»Dem Pferd seinen Hafer bringen, den Ihr in der Küche vergessen habt«, sagte ich, während ich mich krampfhaft bemühte, ihn nicht anzusehen. Eilig hängte ich dem Pferd den Haferbeutel um und zog mich dann zurück.

Das Regenwetter war in der Abenddämmerung verschwunden, es roch nach nassem Stein und feuchtem Gras. Ein schwacher, warmer Wind trieb die letzten Wolken vor sich her. Als sie aufrissen, zeigte sich ein riesiger, fast voller Mond, der das Innere des Kirchenschiffs mit einem bläulichen Schimmer übergoss. In Frankreich nannten sie diese Zeit *l'heure bleue*, die blaue Stunde.

Im schwachen Schein des Binsenlichts sah die smaragdgrüne Flüssigkeit in Cyrils Becher aus wie dunkle Tinte.

Natürlich war es gefährlich gewesen, nach Thomastown zu gehen. Aber er hatte keine Wahl gehabt. Von all den anderen Dingen abgesehen brauchte er dringend neues Laudanum. Dass er in der Apotheke dann auch auf Absinth gestoßen war, hatte ihn überrascht. Grün wie eine irische Wiese hatte er ihn angefunkelt, zum Kauf verlockt, ihm köstliche Träume versprochen. Eigentlich hätten die Engländer die grüne Fee schon allein ihrer Farbe wegen in Irland verbieten müssen.

Cyril goss Wasser in den Becher und sah zu, wie sich die Flüssigkeit milchig trübte – schon darin lag ein Zauber. Dann gab er noch einige Tropfen Laudanum dazu. Das würde die Wirkung verstärken. Heute Abend wollte er nicht an das drohende Verhängnis denken, an dessen Ende die Dunkelheit stand.

Er schwenkte den Becher und nahm den vertrauten, würzigen Geruch in sich auf. Für einen Moment fühlte er sich zurückversetzt nach Frankreich, wo er den Trank aus Wermut und Anis schätzen gelernt hatte. Elixier der Träume, hatte Arnaud, sein treuer Freund und Waffengefährte, den Absinth passenderweise genannt, denn seine Wirkung war anders als bei gewöhnlichem Alkohol. Bildreich. Poetisch. Manchmal auch bizarr.

Cyril leerte den Becher in einem Zug und wartete. Die Welt kam zur Ruhe, der Aufruhr in seinem Inneren legte sich, und auch der Druck hinter seinen Augen ließ ein wenig nach. Er fühlte sich, als würde er schweben, gleichzeitig waren seine Sinne wach wie schon lange nicht mehr.

Dunst stieg in Kringeln vom Boden auf und legte sich in geisterhaften Schleiern zwischen die Säulen. Das Kloster war zu einem Schiff geworden, das durch ein einsames Nebelmeer fuhr. Im Nachthimmel jagten die Wolken den Mond in einem Netz aus Spinnweben, fingen ihn ein und ließen ihn wieder entwischen, hin und her, hin und her ...

Schwindelnd von diesem wundersamen Schauspiel fing sich sein Blick in der Flamme des Binsenlichts. Um das türkisblaue Herz loderte es in feurigen, grellgelben Zungen, durchsetzt und gesäumt von lebhaftem Rot ...

Er lächelte versonnen.

So rot wie Sharons Haar.

Ich zog die Decke fester um mich. Meine Haare waren noch feucht, die Näharbeit lag unberührt auf meinem Schoß. Connell war in einen tiefen Schlaf gefallen. Wie er mir vorhin eröffnet hatte, wollte er sich Father Murphys kleiner Streitmacht wieder anschließen, sobald es ihm besser ging. Ich war darüber nicht besonders glücklich. Gerade erst hatte ich mich damit abgefunden, mit den Brüdern nach Frankreich zu gehen, und jetzt sollte sich schon wieder alles ändern.

Doch es waren weniger Connells Pläne, die mich schon den ganzen Abend beschäftigten. Wann immer ich die Augen schloss, sah ich das silbrige Narbengewebe vor mir, die tief ins Fleisch eingegrabenen Spuren der knotigen Lederriemen, die Cyrils ganzen Rücken bedeckten. Was man ihm angetan hatte, war keine einfache Bestrafung gewesen, sondern Folter, vermutlich, um Informationen von ihm zu bekommen. Wie lange hatten sie ihn wohl in ihrer Gewalt gehabt? Die wenigsten Menschen überlebten eine solche Tortur. Meist starben sie am Schock oder am Wundfieber oder wurden hingerichtet, nachdem man genügend Wissenswertes aus ihnen herausgepresst hatte.

Wo steckte er überhaupt? Seit einer Stunde hatte ich ihn weder gesehen noch gehört. War es möglich, dass er auf mich wartete? Erst gestern hatte er gesagt, er würde mit niemandem über seine Vergangenheit sprechen. Wie kam ich dann auf die Idee, dass er es doch tun würde?

Weil ich immer noch diese Worte im Ohr hatte: *Irgendwann vielleicht.*

Connell war in tiefe Fieberträume versunken, er würde es gar nicht bemerken, wenn ich kurz fort wäre. Leise erhob ich mich und schlich hinaus.

Cyril hatte das Essen noch nicht angerührt. Nur seine Sachen lagen neben meinem Kleid am Rande der Feuerstelle, die Feuchtigkeit verdampfte in kleinen Nebeln. Ich ging in den Klostergarten. Dunkle Vogelleiber schliefen dichtgedrängt auf dem Ahornbaum – oder beobachteten sie mich? Ich meinte ihre wispernden Stimmen zu hören, doch vielleicht war es nur das Laubrascheln im Abendwind.

Ich musste nicht lange suchen, und doch hätte ich Cyril beinahe übersehen. Er saß in einer Ecke des Kirchenschiffs, reglos, fast verschmolzen mit den Bogensäulen der westlichen Kapelle. Ein einzelnes, fast heruntergebranntes Binsenlicht flackerte in einer Mauerritze neben ihm.

So leise wie möglich trat ich näher, denn plötzlich hatte ich Bedenken, ihn zu belästigen. Er wollte jetzt sicher keine Gesellschaft, und ich hatte mich schon unbeliebt genug gemacht. Eine Brise wehte ihm eine helle Strähne ins Gesicht, in dem schwachen Licht wirkten seine Züge wie aus Marmor gemeißelt. Seine Augen waren geschlossen, doch um zu schlafen, war die Spannung in seinem Körper viel zu greifbar.

Eine ganze Weile beobachtete ich ihn und überlegte, ob ich wieder gehen sollte, bis seine Stimme, sanft und von täuschender Ruhe, die Stille durchbrach.

»Wie lange wollt Ihr noch da stehen?«

Wie konnte ich nur auf die Idee kommen, er würde mich nicht bemerken? Eine ganze Schafherde wäre unauffälliger gewesen als ich.

»Ich ... wollte Euch nicht stören«, murmelte ich. »Es war ein Fehler. Ich hätte nicht kommen dürfen.«

»Ihr stört mich nicht«, sagte er und öffnete die Augen. »Es muss kühl dort drüben sein.«

Er rückte ein Stück zur Seite. Ich nahm es als Aufforderung und setzte mich unsicher auf den freigewordenen Platz.

Es war angenehm mild in dieser fast windgeschützten Ecke, der Stein unter mir noch warm von seinem Körper. Cyril strahlte eine geradezu unwirkliche Gelassenheit aus; es irritierte mich, ihm so nah zu sein. Offenbar hatte er sich schon mit der grünen Fee angefreundet, denn in einer Nische sah ich neben der

Wasserflasche des Kaufmanns den Absinth stehen. Mein Herz schlug etwas schneller, als mir klar wurde, dass er unter seiner Decke genauso wenig trug wie ich. Angestrengt zwang ich meine Gedanken auf etwas Unverfänglicheres zurück.

»Ich habe Connell von Father Murphy erzählt«, sagte ich. »Und jetzt kann er es kaum erwarten, ihm zu folgen.«

Cyril sah mich mit einem ganz eigenartigen, irgendwie entrückten Blick an. Dann riss er sich los.

»Was glaubt Ihr, wie lange es dauern wird, bis man auch den Rest von ihnen ergreift?«, fragte er und griff nach seinem Becher. »Ich habe Euch nicht alles gesagt. Es ist kaum mehr als ein Strohfeuer. Der Priester und seine Männer stehen auf verlorenem Posten, sie haben kaum noch Unterstützung vom Volk. Überall verfolgt man sie, treibt sie weiter, bis sie keine Kraft mehr haben. Vor allem die hessischen Söldner jagen unsere Leute wie die Hunde einen Fuchs. Wer auch nur im Verdacht steht, Rebellen Unterschlupf gewährt zu haben, wird gnadenlos hingemetzelt.« Cyril drehte den Becher langsam in der Hand. »Aber wenigstens töten sie rasch.«

Da war etwas in seinen Worten, was mich aufhorchen ließ. »Im Gegensatz zu den Rotröcken?«, fragte ich, darauf gefasst, dass er mich erneut zurückweisen würde.

Doch er nickte, und als er weitersprach, war seine Stimme ohne jeden Ausdruck. »Ihre Schergen sind Meister darin, jemanden tagelang am Leben zu halten. Wer ihre Folter überlebt, den erwartet oft der Tod durch den Strang. Die weniger Glücklichen werden zur Flotte geschickt oder in die Strafkolonien nach Neuholland.«

Neuholland. Ein Erdteil am Rande der Welt. Die meisten Sträflinge überlebten schon die Überfahrt nicht.

»Aber Ihr seid noch hier.«

»Ja«, sagte er. »Das bin ich.«

Ich schwieg, um ihm Gelegenheit zu geben weiterzusprechen.

Aber der Augenblick ging vorüber, ohne dass er etwas sagte. Er stellte nur den Becher auf den Boden und schenkte neuen Absinth ein.

»Wieso heißt es ›grüne Fee‹?«, wollte ich wissen.

»Weil sie zaubern kann«, gab er zurück, während er Wasser in den Becher goss. »Sie verwandelt die Wirklichkeit.«

Ich sah ihn mit großen Augen an. Solche Worte hatte ich von Cyril nicht erwartet. Dann sah ich, dass die Flüssigkeit hell geworden war wie Milch, und nahm erstaunt den Becher in die Hand.

»Wie habt Ihr das gemacht?«

Er antwortete nicht. Er sah mich einfach nur an, mit diesem abgründigen Ausdruck, der einen verwirrenden Ansturm von Gefühlen in mir hervorrief.

»Darf ich?« Teils aus Neugier, teils um meine Verlegenheit zu überspielen, steckte ich meine Nase in den Becher und nahm einen vorsichtigen Schluck. Es schmeckte bittersüß und nach Kräutern, mit einem erfrischend säuerlichen Nachgeschmack – bei weitem besser als der scharfe Whiskey. Aus demselben Gefäß wie Cyril zu trinken kam mir plötzlich eigentümlich erregend vor. Ich nahm noch zwei weitere Mundvoll, dann stellte ich den Becher ab.

Das Binsenlicht erlosch, und ich sah dem Rauch hinterher, wie er sich in der Luft drehte und sich kräuselte, bevor er sich ganz auflöste.

»Oh«, sagte ich. Und noch einmal. »Oh.«

Die Nacht erwachte zu geheimnisvollem Leben. Steine erstrahlten in schillernden Farben; silbrig, rubinrot, bernsteingelb funkelte und glänzte es wie aus tausend kleinen Lichtern, und der Mond trug ein Kleid aus Wolkentau.

Mir war etwas schwindelig. Der Boden schien zu schwingen wie eine wippende Brücke, und ich war erleichtert, dass Cyril neben mir saß. Im Mondlicht wirkte er wie ein Geschöpf aus einer anderen Welt. Es hätte mich nicht gewundert, wenn in diesem unwirklichen Glanz plötzlich ein paar Elfen hinter den Steinen aufgetaucht wären. Mit Cyril als ihrem König.

Ich schüttelte den Kopf und kicherte über meine Hirngespinste. Konnte das an dem bisschen Absinth liegen?

Als Cyril den Becher leerte, glitt die Decke, die ihn einhüllte wie ein Mantel, etwas herab, sodass ich ein Stück des narbigen Gewebes an seiner Schulter erkennen konnte. Neun Riemen, die die Haut zerrissen, Hände, die sich um ihre Fesseln krampften, Blut, das zu Boden tropfte …

Cyril bemerkte meinen Blick. Mein Herz hämmerte einen schnellen, harten Takt, ich schluckte. »Tut es noch weh?«

Er schüttelte den Kopf.

»Wie konntet Ihr das nur ertragen?«, murmelte ich.

Cyril ließ den Becher sinken. »Irgendwann spürt man es kaum mehr. Kurz bevor man ohnmächtig wird. Der Schmerz kommt erst später zurück.« Er bedachte mich erneut mit jenem eindringlichen, leicht verhangenen Blick. »Ihr seid eine sonderbare Person. Ihr bringt mich dazu, Dinge zu sagen, die ich sonst niemandem sage.«

Ich nickte, mir war seltsam schwerelos zumute. Und Cyril – so nah bei mir …

Ein glühendes Leuchten breitete sich aus, der Raum um uns zog sich zusammen, schrumpfte auf ein Stück Erde in der Unendlichkeit. Die Sterne stiegen herab und tanzten über meinem Kopf einen Elfenreigen.

Wie sich sein Rücken wohl anfühlen würde? Erwartungsvoll hob ich den Arm, doch bevor ich Cyril berühren konnte, griff er nach meinem Handgelenk. Er hielt mich fest, länger, als nötig gewesen wäre, dann drehte er meinen Unterarm und drückte seine Lippen auf meine Handfläche. Ein köstlicher Schauer durchlief mich und ließ mich aufstöhnen. Cyril umfasste mein Gesicht mit beiden Händen, seine Wimpern, lang und dicht, berührten fast meine Haut. In seinem Blick lag eine ganze Welt.

»Was machst du nur mit mir?«, flüsterte er.

Ich öffnete mich seinem Kuss wie eine Verdurstende, die das rettende Wasser endlich vor sich hat. Die Decke rutschte von meinen Schultern, ich spürte seine Haare über meine Haut streichen. Seine Hand glitt meinen Rücken hinunter, presste meine Hüften an sich, ließ mich sein Verlangen spüren. Mein Körper erkannte das unterdrückte Begehren und reagierte so bereitwillig auf ihn, als hätte er sein lange vermisstes Gegenstück wiedergefunden. Leidenschaft jenseits aller Vernunft setzte mein Innerstes in Brand und überwältigte den letzten Rest meines Verstandes. Es gab keinen Platz mehr für Einsicht oder Wirklichkeit. Es gab nur noch uns beide und diese magische Nacht.

In meinen Ohren rauschte das Blut, als er mich zu sich zog. Eine Flasche fiel um, rollte über den Stein und schlug hart an einer Säule auf. Es kümmerte mich nicht. Mondlicht in seinen Augen, sein Körper, der unter meinen Händen brannte. Sein Gewicht auf mir, seine Wärme, sein Herzschlag in mir. Wo hörte ich auf, wo fing er an? Sein Atem mischte sich mit meinem, ein pulsierendes, farbiges Wogen um mich, er füllte mich aus, trug mich höher und höher, bis ich fiel, nur um erneut hinaufgetragen zu werden in schwindelnde Höhen.

Es hätten Stunden sein können oder auch nur Minuten. Irgendwo schrie ein Käuzchen. Allmählich ebbte der Rausch ab, verschwand in der Dunkelheit und machte einer eigentümlichen Traurigkeit Platz.

Ich öffnete die Augen. War ich eingeschlafen? Das musste ich wohl, denn in einem wirren Traum voller fiebriger Begierde hatte ich mich Cyril hingegeben, ihn rasend vor Lust wieder und wieder in mich aufgenommen. Meine Haut war mit einem klebrigen, getrockneten Schweißfilm bedeckt, ich fröstelte. Über mir versteckte sich der Mond hinter einer Wolke, die den hellen Schimmer in ein trübes Zwielicht verwandelte. Aus dem Halbdunkel erhob sich bedrohlich der Altar. Cyril stand ein paar Schritte entfernt, ein Schatten vor einer Mauer. Ich konnte sein Gesicht nicht sehen.

Hastig griff ich nach meiner Decke, die sich um eine Säule gewickelt hatte, denn ich fühlte mich plötzlich entsetzlich nackt. Wie Eva nach dem Sündenfall. Zwischen meinen Beinen spürte ich klebrige Nässe.

»Was ist geschehen?«, flüsterte ich verstört.

»Was nie hätte geschehen dürfen.« Seine Stimme klang merkwürdig hohl, wie ausgeglüht.

Dann war es kein Traum gewesen. Wir waren übereinander hergefallen wie zwei brünstige Tiere. Ein schreckliches Gefühl des Verlustes und der Schuld wuchs in meiner Brust, bis ich kaum noch atmen konnte.

»O mein Gott«, stieß ich hervor. »Was haben wir nur getan?«

»Gott ist dafür nicht verantwortlich«, gab er zurück.

Er war mir auf einmal fremder als je zuvor. Mit einem Gefühl, als hätte ich einen Mühlstein um den Hals, stand ich auf und schlich mich davon wie ein Dieb in der Nacht.

An der Tür zu Connells Zimmer blieb ich stehen. Das Feuer war niedergebrannt bis auf eine kleine, schwelende Glut, das schwache Licht fiel auf sein schlafendes Gesicht. Seit ich weggegangen war, hatte er sich kaum bewegt.

Mühsam schluckte ich den schlechten Geschmack der Schuld hinunter. Ich hatte ihn betrogen, ihn hintergangen, während er gegen das Fieber ankämpfte. Was war nur geschehen, das uns so weit gebracht hatte? Doch was auch immer dazu geführt hatte – Connell durfte es nie erfahren.

10. Kapitel

Morgenlicht fiel durch das durchbrochene Fenster und malte einen goldenen Fächer auf die Bodenplatten der Kirche. Wie suchende Finger krochen die Strahlen über den Boden, tasteten sich langsam vor und leckten die Schatten fort. Endlich Licht nach dieser unseligen, schlaflosen Nacht. Cyril kniff die Augen zusammen, als ihn ein Sonnenstrahl traf, und versuchte, die hämmernden Kopfschmerzen und das Pochen hinter seinen Augen zu ignorieren. Vielleicht war es diesmal ja nur die Nachwirkung des Absinths, der die Schranke zwischen Wunsch und Verstand aufgehoben und Sharon und ihn in einen Strudel unheilvoller Begierde gestürzt hatte.

Er erinnerte sich erneut an ihre nassen Locken, den Anblick ihrer feuchtglänzenden Brüste, hochgedrückt über dem Korsett. Noch immer hatte er ihren Geruch an sich, glaubte selbst jetzt noch, ihr weiches, warmes Fleisch zu spüren und ihre fordernden Hände, mit denen sie sich an ihn geklammert hatte ... Er stieß seinen Kopf so fest an die Säule hinter sich, dass Funken vor seinen Augen tanzten und ihm schwindelig wurde.

Ein Sonnenstrahl fing sich in einem grünlichen Glitzern, halb verborgen hinter einer Steinsäule. Noch bevor er es erreicht hatte, wusste er, was es war; die zerbrochene Absinthflasche in einer klebrigen Pfütze – Zeichen seiner Schuld, Erinnerung an seine Verfehlung. Ein schwacher Geruch nach Kräutern und Anis stieg aus der getrockneten Flüssigkeit auf und drehte ihm fast den Magen um; er würde die grüne Fee nie wieder genießen können. Angewidert sammelte er das Glas auf und ging zum Bach.

Er hatte die Scherben kaum hinter einen Busch geworfen, als er leichte Schritte hörte. Sharon trat, in eine Decke gehüllt, ans Ufer. Ihre Augen hatten dunkle Schatten, über dem blassen Oval ihres Gesichts leuchtete ihr rotlockiger Schopf. Obwohl Cyril nur wenige Schritte entfernt war, bemerkte sie ihn nicht, als sie jetzt die Decke fallen ließ und sich an der Böschung niederkniete. Im hellen Licht des Tages wirkte ihre Haut wie Milch und Butter.

Sie tauchte einen kleinen Topf in den Bach und übergoss sich mit kalten Wasser. Cyril konnte die Schauer, die sie überliefen, geradezu am eigenen Leib spüren. Und obwohl die Kälte ihre Brustwarzen aufrichtete und sie am ganzen Körper zittern ließ, füllte sie den Topf erneut und wiederholte die Prozedur wieder und wieder. Sie versuchte, sich reinzuwaschen von ihrem Vergehen. Das wurde Cyril klar, als er sah, mit wie viel Inbrunst sie sich wusch.

Als sie sich mit der Decke notdürftig trocken gerieben hatte und fröstelnd in ihr Kleid geschlüpft war, sah er es silbern in ihrer Hand aufblitzen. Sie hatte ihr Messer mitgenommen ...

Ohne länger zu überlegen, verließ er seine Deckung und trat auf sie zu.

Sie hob den Blick und erstarrte.

»Was willst du?« Sie wich einen kleinen Schritt zurück, die Decke wie einen Schutz vor sich gepresst. Die blaugraue Seide ihres Kleides, am Feuer getrocknet, war rau und zerknittert.

»Mich entschuldigen. Auch wenn das, was ich letzte Nacht getan habe, vollkommen unentschuldbar ist.«

»Du gibst dir die Schuld?«

»Wem sonst?«

»Dann ... denkst du nicht, ich würde ... ich wäre nur eine billige kleine Hure? Das bin ich nämlich nicht.« Ihre Stimme bebte, sie stand kurz davor, in Tränen auszubrechen.

»Nein«, sagte er bestürzt, »ganz sicher nicht.« Ihr Kummer rührte ihn, doch als er die Hand hob, um sie zu trösten, fuhr Sharon wie eine Furie auf, das Messer mit beiden Händen fest umklammert. Die Decke sank zu ihren Füßen wie ein totes Tier.

»Fass mich nicht an!«

Die Messerspitze berührte den Stoff seiner Weste, nur wenige Zentimeter von seinem Herzen entfernt. Er schreckte nicht zurück, obwohl er seinen Herzschlag wie einen gefangenen Vogel flattern spüren konnte. Glaubte sie etwa, er wollte sie vergewaltigen?

»Sharon«, sagte er leise. »Was soll das?«

Sie starrte die Waffe an, als wäre sie ihr jetzt erst bewusst geworden, und ließ sie wieder sinken. »Tut mir leid«, murmelte sie kleinlaut. »Es ist nur ... ich habe Angst.«

»Vor mir?«

»Nein ... ja ... ich weiß nicht. Davor, dass es wieder geschieht.«

»Das wird es nicht.«

»Wie kannst du dir da so sicher sein?« Sie lächelte kläglich. »Und davor, dass Connell ...« Sie schluckte, dann straffte sie sich. »Du wirst ihm nichts sagen, nicht wahr?«

Als er nicht antwortete, spiegelte sich blankes Entsetzen auf ihrem Gesicht.

»Du kannst doch auch nicht wollen, dass er es erfährt«, drängte sie. »Ich tue, was immer du von mir verlangst, aber du darfst Connell nichts von dieser ... von dieser Nacht erzählen. Wir werden darüber schweigen, und es wird sein, als wäre es nie geschehen. Bitte, versprich mir das!«

Sollte es so einfach sein? Er wollte sich nicht der Verantwortung entziehen. Doch in Sharons Blick lag so viel pure Verzweiflung, gemischt mit der flehentlichen Bitte um Verständnis, dass er nicht anders konnte, als zu nicken. Dann bückte er sich und reichte ihr die fallengelassene Decke.

Ich hätte nicht gedacht, dass das Leben so normal weitergehen könnte. Doch während die Tage verstrichen und ich hoffte, jene eine Nacht vergessen zu können, stellte sich tatsächlich so etwas wie Regelmäßigkeit in unserem Leben ein. Ich bereitete das Essen zu, holte Wasser aus dem Bach und räumte auf. Außerdem begann ich damit, die Kleider, die unsere Vorgänger zurückgelassen hatten, nach brauchbaren Stücken zu durchsuchen, vom Ungeziefer zu befreien und zu waschen. Bald lag der ganze Klostergarten voller Kleidungsstücke, die ich dort zum Trocknen ausgebreitet hatte. Ein wenig Sorgen bereiteten mir die Mäuse und Ratten, denn fast jeden Morgen fand ich neue Nagespuren an den Kartoffeln und den Säcken mit Hafer und Gerste. Um mir Gedanken darüber zu machen, dass man uns entdecken könnte, war ich viel zu sehr mit mir selbst beschäftigt. Außerdem schritt Cyril jeden Tag die Fallen ab und vergewisserte sich, dass sich niemand unbemerkt näherte.

Connell gefiel es, mich Tag und Nacht um sich zu haben und mich in seiner Nähe zu wissen, wenn er aus einem Fiebertraum aufschreckte. Seine Genesung schritt nur langsam voran. Die Wunde bereitete ihm nach wie vor Schmerzen, wollte sich nicht schließen und eiterte. Cyril wusch sie jeden Tag mit einem Aufguss von Kamille und getrockneter Arnika aus, die er aus Thomastown mitgebracht hatte.

Diese Momente und das gemeinsame Abendessen waren die einzigen Gelegenheiten, an denen Cyril und ich uns sahen. Sonst gingen wir uns aus dem Weg. Von seinen Streifzügen brachte er für gewöhnlich etwas mit: Kaninchen, Wildkräuter oder wenigstens etwas Holz für das Herdfeuer. Und obwohl ich ihn so selten sah, fiel mir auf, dass er manchmal so mitgenommen wirkte, als wäre er krank. Unsere gemeinsame Nacht bedrückte ihn also ebenso sehr wie mich. Ich selbst fühlte mich auch nicht besonders gut, spürte eine gewisse Mattigkeit und ein Ziehen in den Gliedern. Wahrscheinlich hatte ich mit einer Grippe zu kämpfen, die ich mir in jener Nacht eingefangen hatte, als ich völlig ausgekühlt erwacht war. Außerdem schlief ich schlecht, und nach dem Aufwachen erinnerte ich mich nur noch bruchstückhaft an Träume voller ekstatischer Momente im Mondlicht. Ich hasste mich dafür. Weil es mich immer wieder an meinen Verrat erinnerte. Und an mein Verlangen.

Cyrils Bemühungen um seinen Bruder zeigten allmählich Erfolg. Die Wunde begann zu heilen, das Fieber klang ab, und Connell benahm sich bald so, wie es nicht anders zu erwarten war. Er wurde unleidlich und reizbar und nörgelte an allem herum. Ihm war zu warm. Im Zimmer war zu viel Rauch. Seine Wunde juckte. Er hatte Hunger. Er wollte endlich etwas Handfestes essen. Ich schrieb seine schlechte Laune seiner fortschreitenden Genesung zu und tat mein Bestes, seine Wünsche zu erfüllen.

Es war ein Festtag für uns alle, als er zum ersten Mal das Zimmer verlassen und ein wenig umhergehen konnte. Danach war er so erschöpft, dass er fast den ganzen Tag nur noch schlief. Von da an lief er täglich ein paar Schritte mehr und saß anschließend oft im Klostergarten. In den vergangenen Wochen hatte er einiges von seiner unbeschwerten Heiterkeit verloren. Manchmal beobachtete ich ihn, wie er gedankenversunken vor sich hinstarrte oder mit einem Stöckchen linkshändig Figuren in die Erde ritzte. Ich hätte gerne gewusst, über was er so angestrengt nachdachte, aber ich wollte ihn nicht drängen.

»Wie lange war ich eigentlich krank?«

Connell lehnte, den rechten Arm in einer Schlinge, an einer eingefallenen Mauer und schaute mir zu, wie ich mit einer selbstgefertigten Schaufel das Erdreich umgrub. Ich hatte es mir in den Kopf gesetzt, an der Südseite des Klosters, wo der Boden weich war und kaum noch ein Stein auf dem anderen stand, einen kleinen Gemüsegarten anzulegen. Es gab mir das Gefühl, etwas Sinnvolles zu tun. Wilden Thymian und Pimpernelle hatte ich schon gefunden, und vielleicht würde ich sogar ein paar Kartoffeln anpflanzen, obwohl es dafür eigentlich schon zu spät war.

»Fast drei Wochen«, erwiderte ich, während ich mich aufrichtete und mir mit dem Handrücken über die verschwitzte Stirn fuhr. »Viel zu lange!«

Er nickte nachdenklich. »Es war ernst, oder?«

»Du warst nur noch einen Schritt vom Tod entfernt ... Dein Bruder und ich haben befürchtet, dass du es nicht überleben würdest.« Ich hoffte, dass ihm das leichte Zögern in meiner Stimme nicht aufgefallen war. Wann immer es möglich war, vermied ich es, Cyrils Namen zu erwähnen. Jetzt legte ich die Schaufel beiseite und setzte mich neben ihn. »Weißt du noch, was du mir gesagt hast, kurz nachdem wir hier eingetroffen sind?«

Er schüttelte den Kopf. »Das Letzte, woran ich mich noch genau erinnere, ist dieser grässliche Bader. *Da* habe ich wirklich geglaubt, ich müsste sterben.« Er verzog das Gesicht. »Das war die schlimmste Stunde meines Lebens. Alles, was danach kam, ist nur noch verschwommen. Was habe ich denn so Bedeutungsvolles gesagt, dass du es jetzt noch weißt?«

»Es war richtiggehend unheimlich. Es ging darum, was nach dem Tod kommt.« Ich schloss die Augen und versuchte, seinen genauen Wortlaut wiederzugeben. »›Die Seele irrt umher in der Dunkelheit. Ganz allein.‹ So ähnlich hörte es sich an. Ein Engel habe dir das erzählt.«

»Das habe ich gesagt?« Connell grinste. »Ich wusste gar nicht, dass ich Talent zum Mystiker habe.«

»Das ist nicht lustig, Connell! Ich hatte solche Angst, dass du stirbst. Ich habe dir sogar versprochen, dich nie zu verlassen.«

»Meinst du das auch immer noch?«

»Ja, das tue ich. Ich ... ich liebe dich schließlich.«

Ein Lächeln glitt über sein Gesicht. »Wirklich?« Er rutschte auf seinem Platz herum, als würde ihm etwas auf der Seele brennen, von dem er nicht wusste, wie er damit herausrücken sollte. »Ich hatte in den letzten Tagen viel Zeit zum Nachdenken«, fing er endlich an. »So viele gute Männer sind gestorben, aber wir haben überlebt. Ich glaube, der Herrgott hatte etwas ganz Bestimmtes im Sinn, als er uns von Vinegar Hill rettete und hierherbrachte. Wir sollten wirklich nach Frankreich gehen. Cyril, du und ich.«

»Dann willst du dich nicht mehr Father Murphy anschließen?«

Er schüttelte den Kopf. »Es geht jetzt nicht mehr nur um mich. Ich wollte dir schon die ganze Zeit etwas sagen, aber –« Er brach ab und sah mich hilfesuchend an. »Komm schon, Kleines, lass mich nicht so zappeln! Ich habe keine Übung darin.«

»Worin denn?«

»Du legst es darauf an, was? Also gut, ganz offiziell.« Er räusperte sich und holte etwas aus seiner Westentasche, das er in der Hand verbarg. »Ich hätte dir ja lieber etwas wirklich Glanzvolles geschenkt, aber du wirst verstehen, dass ich unter den gegebenen Umständen nicht eben viele Möglichkeiten habe. Ich habe es gestern unter einem Farnwedel gefunden. Es ist nur ein Schneckenhaus, aber ich wollte dir so gerne etwas Schönes geben.« Er öffnete die Hand. Auf seiner Handfläche lag ein kugelförmiges, weiß und dunkel marmoriertes Schneckenhaus, das er poliert hatte, bis es in der Nachmittagssonne glänzte wie ein Edelstein. »*A stóirín*, willst du meine Frau werden?«

»Ist das dein Ernst?«, flüsterte ich. »Du willst mich wirklich heiraten?«

»Ja, das habe ich doch gerade gesagt. Allerdings habe ich dir nicht viel mehr zu bieten als mein Leben und meine Liebe. Ich könnte verstehen, wenn dir das zu wenig ist. He, Kleines, was hast du denn?« Erschrocken legte er seinen gesunden Arm um mich, als ich plötzlich in Tränen ausbrach.

»Nichts«, schniefte ich. »Es ist nur ... damit hätte ich nie gerechnet ... ich freue mich so.«

»Dann heißt das also ja?«

»Ja, ja und nochmals ja. Ich will!« Überglücklich fiel ich ihm um den Hals und küsste ihn.

»Achtung!«, japste er. »Ein wenig mehr Rücksicht, wenn ich bitten darf. Hier sitzt ein armer kranker Mann!« Ich lockerte meine Umarmung etwas, und er seufzte befreit auf. »Für meinen ersten Heiratsantrag war das doch gar nicht schlecht, oder?«

»Was heißt hier ›dein erster‹?«, kicherte ich unter Tränen. »Wie viele Frauen willst du denn noch fragen?«

»Nur dich. Immer wieder, wenn es sein muss.«

Ich schmiegte mich an ihn. Der betäubende Duft von warmem Gras stieg mir in die Nase, neben mir summten die Bienen in einem Ginsterbusch, und in der frisch ausgehobenen Erde suchte eine Amsel nach Würmern. In der Nähe einer großen Esche konnte ich Cyril sehen, der aus trockenen Ästen Bündel von Feuerholz schnürte.

Connells Blick war meinem gefolgt. »Wie bist du eigentlich mit ihm ausgekommen, als ich krank war?«

Mein Herz stockte für einen Schlag. »Wie meinst du das?«, fragte ich betont ruhig.

»Wie ich es sage. Immerhin wart ihr anfangs nicht gerade die besten Freunde, und ich habe den Eindruck, ihr seid es immer noch nicht.«

»Mach dir darüber keine Gedanken«, erwiderte ich leise. »Wir werden schon zurechtkommen.« Das mulmige Gefühl in meinem Bauch wollte nicht zu diesem wunderschönen Sommernachmittag passen. Nachdenklich lehnte ich meinen Kopf an Connells Schulter und spielte mit dem Schneckenhaus in meiner Hand. »Ich werde dir eine gute Frau sein. Ich werde dich bestimmt nicht enttäuschen.«

Connell drückte mich an sich. »Das weiß ich doch. Wenn wir

erst einmal in Frankreich sind, wird es sicher wunderbar. Und bald werden wir auch eine richtige Familie haben, mit einem ganzen Haufen kleiner O'Learys.«

Zum Glück konnte er in diesem Moment mein Gesicht nicht sehen. Ich muss leichenblass geworden sein.

Es gab eine Erklärung für meine anhaltenden Beschwerden.

Connell freute sich wie ein Kind darüber, dass ich seinen Antrag angenommen hatte, und redete den ganzen Nachmittag von nichts anderem als seinen neuen Plänen. Immer wieder betonte er, wie glücklich er sei und dass er es kaum erwarten könne, mich zu heiraten, sobald wir in Frankreich wären. Zwar müssten wir dort auf eine kirchliche Trauung verzichten, da die Franzosen mit der Revolution auch die Religion abgeschafft hatten, aber vielleicht würde sich auch dafür noch eine Möglichkeit ergeben.

Ich nahm seine Ausführungen nur mit halbem Ohr auf, denn ich war zu sehr mit mir selbst beschäftigt. Konnte ich tatsächlich ein Kind erwarten? Warum bei allen Heiligen hatte ich bloß nicht früher an diese Möglichkeit gedacht? An der verwitterten Küchenwand hatte ich kurz nach unserer Ankunft damit begonnen, mit einem Kohlestück die Tage abzuzeichnen. Das Zählen der Wochentage und Monate hatte mir mein Vater beigebracht, weil er der Meinung gewesen war, dieses Wissen könne man immer gebrauchen. Damit hatte er weiß Gott recht gehabt. Und so rechnete ich wieder und wieder die vergangenen Tage und Wochen zurück und kam doch stets zum gleichen Schluss: Seit meiner letzten Blutung waren über fünf Wochen verstrichen.

Connell war bis zum Abend in bester Stimmung. »Was meinst du?«, fragte er mich so laut, dass Cyril es verstehen musste, während ich den Gemüseeintopf auf den Tisch stellte. »Soll ich es ihm sagen?«

Schicksalsergeben entschied ich mich, auf sein Spiel einzugehen. »Er ist dein Bruder. Er sollte es erfahren.«

»Aber möglicherweise will er es gar nicht hören?« Connell genoss es, die Sache in die Länge zu ziehen.

»Was will ich nicht hören?« Cyril hatte unser kurzes Gespräch scheinbar gleichgültig verfolgt.

Connell setzte eine würdevolle Miene auf. »Wir werden heiraten«, verkündete er.

Cyril hatte sich gut in der Gewalt. »Gratuliere.«

»Schön, dass du dich so für uns freust«, stellte Connell ernüchtert fest. »Ich hatte mit etwas mehr Begeisterung gerechnet.«

»Ich bin nur überrascht. Es ist sonst nicht deine Art, dich so festzulegen.«

»Ich hatte ja auch noch nie so eine wundervolle Braut, auch wenn du das vielleicht nicht glauben willst.«

»Connell«, ich zupfte ihn am Ärmel, »lass es gut sein. Das Essen wird kalt.«

Er schob mir seinen Teller hin, und schweigend teilte ich den Eintopf aus. Ich warf Cyril einen verstohlenen Blick zu. Vielleicht war es gar nicht so schlecht, wenn Connell glaubte, dass wir uns nicht verstanden.

An meinem improvisierten Kalender an der Küchenwand reihten sich inzwischen acht Gruppen zu sieben Strichen nebeneinander. Mit dem August hatte endgültig der Sommer Einzug gehalten, die Natur kleidete sich in dunkles Grün. Tagsüber tanzten Schmetterlinge wie betrunken von Blüte zu Blüte, und abends, wenn die Wärme des Tages sich noch lange in den dicken Mauern hielt, begleitete uns das Zirpen der Grillen. Mein kleiner Garten machte sich prächtig. Dank einiger Samen aus Thomastown konnte ich schon die ersten Kräuter und Radieschen ernten, und auch das Kartoffelgrün gedieh prächtig. Es hätte ein wunderbarer Ort sein können, wäre nicht ständig der

Gedanke an eine mögliche Schwangerschaft gewesen. Doch jeden Tag fand meine Angst neue Nahrung. Meine Blutung war bis jetzt ausgeblieben. Ich schlief unruhig und war der Meinung, dass ich zugenommen hatte. Außerdem war mir seit einiger Zeit nach dem Aufstehen oft so übel, dass ich nur mit Mühe mein Frühstück herunterbekam. Dennoch hielt ich an meiner verzweifelten Hoffnung fest, dass es sich nur um ein vorübergehendes Unwohlsein handelte.

Connell dagegen hatte sich fast vollständig von seiner Schusswunde erholt; jetzt hatte er nur noch leichte Schwierigkeiten, den rechten Arm zu heben. Dennoch entwickelte er erstaunliche Fähigkeiten, im Bach, dessen Ufer jetzt von Binsen und den rosa Blütenschirmen des Wasserdost überwuchert war, mit bloßen Händen Forellen zu fangen, was eine überaus angenehme Bereicherung unseres Speiseplans darstellte. Auch sonst war er voller Tatendrang. Mehrfach schon hatte er das Kloster und die nähere Umgebung bis in den letzten Winkel durchstreift. Aber Jerpoint Abbey zu erkunden und Forellen zu fangen reichte ihm bald nicht mehr. Seinen rastlosen Geist hielt es nicht länger im Kloster, und er konnte es kaum abwarten, bis er kräftig genug war, endlich selbst nach Thomastown zu gehen. Es drängte ihn, die Überfahrt nach Frankreich zu organisieren, und ich hatte nicht eher Ruhe gegeben, bis er mir versprochen hatte, mich mitzunehmen. Ich wollte nicht riskieren, mit Cyril allein zu bleiben.

Seit es Connell wieder besser ging, schlief ich bei ihm. In dem Maße, wie er seine Gesundheit wiedererlangte, kehrte auch seine Lust zurück. Anfänglich war er dabei von einer für ihn ungewohnten Zärtlichkeit, aber schon nach wenigen Tagen hatte er seine alte Form wiedergefunden. Ich genoss seine einfallsreichen Aufmerksamkeiten, doch ich hatte die unschuldige Freude daran verloren. Danach überfiel mich oft eine unerklärliche Traurigkeit, und manchmal, wenn Connell schon lange schlief, starrte ich bedrückt in die Dunkelheit. Er hatte befürchtet, mir zu wenig bieten zu können. Dabei war das gar nicht die Frage. Die Frage war, ob ich ihn überhaupt noch verdient hatte.

Ich erwachte in aller Frühe. Mir war sterbenselend. Taumelnd kam ich auf die Beine und schaffte es gerade noch bis an den Rand des Klostergartens, wo ich alles von mir gab, was sich seit gestern Abend in meinem Magen befunden hatte. Eine Brise kühlte meinen Körper, zitternd wischte ich mir die Tränen aus den Augen und sog die frische Luft ein. Morgenlicht flirrte über den Wipfeln, in den Bäumen lärmten die Vögel.

»Ich will es nicht«, flüsterte ich und stieß mir beide Fäuste in den Leib. »Ich will es nicht!«

Es hatte keinen Sinn, sich länger etwas vorzumachen. Ich bekam ein Kind. Ein Kind, das ich nicht wollte, weil es nicht von Connell war.

Molly hatte mit mir nur über Verhütung gesprochen und nicht über Möglichkeiten, eine unerwünschte Schwangerschaft zu beenden. Was ich selbst darüber wusste, war wenig genug. Ich hatte von Kräutern gehört, die eine Fehlgeburt einleiteten: Rainfarn, Haselwurz, Mutterkorn ... Doch wie und in welcher Menge? Nahm ich zu wenig, half es nichts, nahm ich zu viel, konnte auch ich daran sterben. Und auch andere Methoden waren nicht nur unsicher, sondern höchst gefährlich. Schon viele Frauen waren nach einer missglückten Abtreibung unter entsetzlichen Qualen gestorben. Ich hatte viel zu viel Angst vor den möglichen Folgen.

Ein leises Geräusch drang über all dem Vogelgezwitscher zu mir hinüber: das Schnauben des Pferdes. Ich hob den Kopf. Es gab einen Ausweg.

Ich hatte das Tier kaum in den Klostergarten geführt, als ich plötzlich Cyril gegenüberstand. Schlief dieser Mann denn nie? Es empörte mich, mit welchem Ansturm von Gefühlen mein verräterischer Körper auf ihn ansprach, und eher verärgert als erschrocken warf ich den Kopf in den Nacken und wollte wortlos an ihm vorbei.

Cyril dachte nicht daran, sich darauf einzulassen. »Was hast du vor?«

»Ich werde ausreiten«, sagte ich und ärgerte mich über das Zittern in meiner Stimme.

»Soviel ich weiß, hast du noch nie auf einem Pferd gesessen. Und das hier ist kein Reitpferd, sondern ein Lasttier. Ohne Sattel wirst du herunterfallen.«

»Na und?«, erwiderte ich trotzig. »Ich wüsste nicht, was dich das angeht.«

»Es geht mich etwas an.« Er sah mich so eindringlich an, als könnte er direkt in meine Seele blicken. »Sharon, sag mir die Wahrheit. Erwartest du ein Kind?«

Ich starrte ihn fassungslos an. »Du weißt es?«, flüsterte ich, obwohl ich am liebsten geschrien hätte. »Dann weißt du wohl auch, dass du es gezeugt hast? Es ist alles deine Schuld!«

In verzweifelter Wut begann ich, auf ihn einzuschlagen, doch meinen Hieben fehlte die Kraft. Nach ein paar Schlägen fing er meine Hände ab. Widerstandslos ließ ich es zu, dass er den Strick nahm, den ich fallengelassen hatte, und das Pferd zurück in den Stall brachte.

»Warum?«, schluchzte ich. »Warum hast du mich nicht gelassen?« Weinend rutschte ich an einer Säule hinunter, bis ich auf dem Boden saß, das Gesicht in den Händen verborgen.

Ich hörte Cyrils Schritte auf dem Gras, dann spürte ich, wie er sanft meine Hände nahm. Unsere Blicke trafen sich, seine Augen waren wie zwei unergründliche Seen, und in diesem Moment wollte ich nichts weiter als bei ihm Trost finden.

Ich zog meine Finger gerade noch rechtzeitig zurück, als Connell erschien. Sein Haar, noch von keinem Band gehalten, war zerzaust von der Nacht.

»Kann mir jemand erklären, was hier los ist?«, gähnte er,

dann schaute er verwirrt von Cyril zu mir und wieder zurück. »Was macht ihr beide in aller Herrgottsfrühe hier draußen? Und warum weinst du, *a stóirín*? Ist etwas passiert?«

Cyril richtete sich auf. »Sag es ihm«, forderte er mich auf und trat einen Schritt zurück.

Ich sah ihn erbost an. Was fiel ihm ein, mich so in die Enge zu treiben? »Wie kannst du –«

Ich fing einen erstaunten Blick von Connell auf und biss mir auf die Zunge. Natürlich. Da ich bislang vermieden hatte, in seiner Anwesenheit mit Cyril zu sprechen, war mir die vertraute Anrede leichtfertig herausgerutscht.

»Was sollst du mir sagen?«

»Mir war nicht gut«, erwiderte ich ausweichend.

»Das hast du in letzter Zeit aber häufiger«, sagte Connell, plötzlich besorgt. »Bist du krank?«

»Nein«, gab ich entnervt zurück. »Das nicht gerade.«

»Was denn dann?«

»Verstehst du es denn immer noch nicht?«

Connell sah mich begriffsstutzig an, dann schlug er sich mit der Hand vor die Stirn. »Soll das etwa heißen, du ... du bist schwanger?«

Ich nickte, schon wieder kurz vor den Tränen.

Er stieß einen Freudenschrei aus. »Ein Kind! *Bail ó Dhia ort* – Gott segne dich, ich werde Vater! Warum hast du mir bloß nichts davon erzählt?«

»Ich wollte erst sicher sein«, murmelte ich.

»Und damit hast du mich ganz schön hingehalten. Komm her, Mrs. O'Leary, das müssen wir feiern«, sagte er und zog mich so behutsam zu sich hinauf, als wäre ich aus Glas. »Das ist die schönste Nachricht, die du mir geben konntest. Da verzeihe ich dir sogar, dass Cyril es als Erster erfahren hat.«

11. Kapitel

»Hast du dich da drinnen verlaufen?«

»Ich bin ja schon da!« Hastig kletterte ich aus dem Wagen, wobei ich mir fast den Kopf an dem hölzernen Rahmen stieß. In einer Hand hielt ich den Beutel mit Münzen, den ich aus seinem Versteck zwischen Decken und Tuchballen geholt hatte.

Connell wartete im Klostergarten auf mich, das Pferd an seiner Seite. Er trug einen abgewetzten, dunklen Rock aus dem Fundus unserer Vorgänger und einen ebensolchen Hut, den er sich tief ins Gesicht gezogen hatte. Mit seinem mehrere Tage alten Stoppelbart war er kaum noch wiederzuerkennen; eine gute Voraussetzung für den heutigen Markttag in Thomastown.

»Darf ich bitten, Mylady? Oder soll ich sagen: Mrs. O'Leary?«

»Nur wenn du mir versprichst, dich zu unserer Hochzeit besser anzuziehen.«

»Dabei habe ich mir so viel Mühe gegeben. Sehe ich nicht aus wie ein armer katholischer Pächter?«

»Eher wie ein gestrandeter Seeräuber. Wenn ich nicht wüsste, dass du es bist, könnte ich um meine Unschuld fürchten.«

Unter der Hutkrempe funkelten seine dunklen Augen vor Vergnügen. »Ich wüsste nicht, was an dir noch unschuldig sein sollte. Aber mit dem Seeräuber liegst du gar nicht mal so falsch. Hast du gewusst, dass in meinen Adern das Blut spanischer Seeleute fließt? Irgendwann erzähle ich dir mal die Geschichte.«

»Aha«, machte ich wissend, »dann bin ich also deine Piratenbraut?«

»Nicht in dem Aufzug«, sagte er mit einem Kopfschütteln. »Willst du wirklich immer noch mitkommen?«

»Ganz sicher.«

»Du hast es nicht anders gewollt.«

Ich stieß einen Schrei aus, als er mit einem entschlossenen Ruck die feine Spitze vom Ausschnitt meines Kleides riss. »Was machst du denn?«

»Ich sorge nur dafür, dass du nicht mehr so vornehm aussiehst. Jetzt noch ein altes Tuch um Kopf und Schultern gebunden, dann wird schon niemandem der feine Stoff auffallen.«

Er wartete, bis ich zu seiner Zufriedenheit hergerichtet war, dann half er mir aufs Pferd, schwang sich hinter mich und griff nach den Zügeln. Ich rutschte auf dem breiten Pferderücken ein paarmal hin und her, bis ich die richtige Position gefunden hatte. Wir hatten zwar keinen Sattel, aber mit zwei festgezurrten Decken hatte Connell etwas Vergleichbares gebaut, um mir nicht zuzumuten, die ganze Strecke zu Fuß zu gehen. Seine Fürsorge war rührend. Seit er von meiner Schwangerschaft erfahren hatte, verwöhnte er mich, wo er nur konnte, brachte mir Blumen und kleine Geschenke und war von einer Liebenswürdigkeit, die ich mit Freuden genossen hätte, wenn ich mich nicht so schäbig gefühlt hätte.

Als sich das Pferd in Bewegung setzte, klammerte ich mich mit beiden Händen an der Mähne fest. Ich brauchte eine Weile, um mich an das stete Schaukeln zu gewöhnen. Noch immer hoffte ich, dass das Pferd mich abwerfen und ich dadurch das Kind verlieren würde, auch wenn das mit Connell so dicht hinter mir kaum möglich war.

Er pfiff leise vor sich hin, während wir dem Lauf des Baches folgten, der in sanften Windungen in Richtung Thomastown dahinfloss. Zwischen dem Schilfdickicht trieben die dunkelgrünen

Blätter von Brunnenkresse, am Ufer wuchsen Weidenröschen mit Samenständen wie kleine Wollbüschel. Als die Sonne durch die Wolken brach, ließ sie die niedrigen Hügel in sattem Grün und Gelb erstrahlen. Zwei Kaninchen verschwanden in ihrem Schlupfloch zwischen den Wurzeln. Einige zerzauste Dornbüsche standen wie ein Spalier von Soldaten, und auf halber Strecke konnte man bis zu den Wicklow Mountains schauen. Wie viele unserer Leute inzwischen wohl dort waren?

Hinter der nächsten Biegung mündete der Bach in einen größeren Fluss; ich erkannte die Stelle wieder, denn bis hierhin war es der gleiche Weg, den ich auf der Flucht vor den Soldaten gelaufen war. Die Erinnerung ließ mich frösteln, und plötzlich erschien mir die Vorstellung, nach Thomastown zu gehen, nicht mehr so verlockend.

Rings um das Rathaus wimmelte es von Menschen. Connell band das Pferd an einem der wenigen noch freien Plätze an, wo schon mehrere Pferde und Esel schnaubend und stampfend auf ihre Besitzer warteten.

»Benimm dich, Douglas«, klopfte er dem Tier zum Abschied liebevoll auf die Kruppe.

»Douglas?«, wiederholte ich erstaunt.

»So habe ich ihn heute Morgen getauft. Auch ein Pferd sollte einen Namen haben. Und Douglas hieß der Wallach, auf dem ich reiten gelernt habe.«

Connell, der nur darauf gewartet hatte, wieder Menschen um sich zu haben, stürzte sich entzückt ins Getümmel. Während er mich von einer Gasse zur nächsten zog, hielt ich seine Hand fest umfangen, staunend über die Vielfalt der angebotenen Waren. Vor den Hauswänden drängten sich Verkaufsstände, viele Läden hatten ihre Auslagen auf der Straße aufgebaut. Auf einem Tisch waren Karotten, Lauch, Zwiebeln und Bohnen zu kunstvollen Gebilden aufgetürmt, daneben lagen Dutzende von Eiern in einem riesigen Korb. Ein anderer Händler verkaufte Töpferwaren und Kerzen, gegenüber bot jemand Tuch und farbige Bänder an. Beim Anblick der vielen Stoffballen musste ich an Mister Bannister denken, den Kaufmann, dem wir den Wagen gestohlen hatten.

»Töpfe, Kessel!«, tönte es von einer Seite, und »Heiße Fleischtaschen!« von der nächsten. Nach den Wochen, die ich in Stille und Abgeschiedenheit verbracht hatte, war ich solchen Umtrieb nicht mehr gewöhnt. Essensgerüche vermischten sich mit den Ausdünstungen schwitzender Körper. Obwohl ich gut gefrühstückt hatte, wurde mir flau im Magen.

»Connell«, rief ich schwach, »mir ist schwindelig.«

»Ich bin dir ein schöner Bräutigam«, bekannte er zerknirscht, nachdem ich mich in den Schatten des Stadtbrunnens gesetzt hatte. »Renne umher wie ein Eichhörnchen auf Futtersuche und vergesse völlig, dass du in anderen Umständen bist. Du bist ja ganz blass. Soll ich dich zurückbringen?«

»Es geht schon wieder. Lass mich nur einen Moment ausruhen.«

»Dann warte kurz, ich bin gleich zurück.«

Es dauerte keine zwei Minuten, bis er einen Zinnbecher voll Cider anbrachte. Dankbar trank ich, der kühle Apfelwein belebte meine Sinne.

»Gut?«

»Hhm«, murmelte ich, das Gesicht tief im Becher vergraben. »Sehr gut.«

»Was hältst du davon, wenn du hier sitzen bleibst? Dann kann ich mich umsehen, und du ruhst dich noch etwas aus.«

Ich nickte zögernd. »Bleib nicht zu lange fort.«

Er strich eine vorwitzige Locke meines Haares wieder unter das Tuch. »Mein süßer Rotschopf«, sagte er, »ich werde meine Braut doch nicht warten lassen. In einer halben Stunde bin ich wieder zurück. Und das« – er holte zwei Münzen aus dem Geldbeutel – »ist nur für den Fall der Fälle. Dann gehst du auf direktem Weg zurück zu Cyril. Er wird wissen, was zu tun ist.« Er gab mir noch einen liebevollen Kuss, dann verschwand er so schnell, dass ich keine Möglichkeit mehr hatte, ihm zu widersprechen.

Der Brunnen war mit einem Gitter abgedeckt; ich stellte den Becher auf den Brunnenrand und setzte mich daneben. Meine Kopfhaut juckte, ich schwitzte unter dem Tuch, aber ich wagte nicht, es abzunehmen. Unter den vielen braunen und dunkelblonden Haaren würden meine roten Locken zu sehr auffallen. Ich durfte nicht riskieren, dass mich jemand wiedererkennen würde.

Auch wenn der Himmel verhangen war und eine drückende Schwüle herrschte, fühlte ich mich an den Markttag in New Ross erinnert, als ich Connell zum ersten Mal begegnet war. Ich drehte die Münzen in meiner schweißnassen Hand. Damals war alles noch so einfach gewesen. Wehmütig lauschte ich den vielfältigen Geräuschen, dem Geschrei eines Bauern, der seine Kartoffeln anpries, Schweinegrunzen, dem Summen eines Scherenschleiferrades. Einige Meter entfernt weinte ein kleines Mädchen nach seiner Mutter.

Ich stöhnte leise. Körperlich ging es mir wieder besser, doch die Verzweiflung breitete sich in mir aus wie langsam steigendes Hochwasser.

»Guten Tag, mein hübsches Kind.«

Erschrocken schaute ich auf. Neben mir stand eine Frau unbestimmbaren Alters, die sich jetzt vertrauensselig zu mir auf den Brunnenrand setzte. Sie war seltsam gekleidet: Von ihren ausgewaschenen, ehemals bunten Röcken baumelten ausgefranste Quasten, die stumpfen braunen Haare hatte sie zu einem unordentlichen Knoten aufgetürmt, ihre Augen waren dunkel umrandet.

»Guten Tag.« Eine Wahrsagerin konnte ich nun wirklich nicht gebrauchen.

Sie ließ sich von meiner Einsilbigkeit nicht abschrecken. »Ich sehe«, sie rückte noch ein wenig näher, »dass Ihr in Schwierigkeiten seid. Vielleicht kann ich Euch helfen.«

»Ich wüsste nicht, wie.«

»Ich habe Euch beobachtet. Euch belastet etwas. Dieser nach innen gekehrte Blick, die traurigen Augen ... Der junge Mann, der Euch hierhergebracht hat, war sehr um Euch besorgt, doch« – sie warf einen Blick auf meine Hand – »er ist nicht Euer Ehemann. Ist er der Vater?«

Bestürzt starrte ich sie an. Standen mir meine Gedanken denn so deutlich ins Gesicht geschrieben?

»Glaubt mir, ich habe schon viele Frauen in Eurer Situation gesehen«, fuhr sie fort. »Noch sieht man Euch nichts an, Ihr könnt nicht weiter als im dritten, vierten Monat sein. Ich kann Euch helfen, das Kind loszuwerden. Wie viel Geld hat er Euch dagelassen?«

»Zwei Shilling«, murmelte ich wie betäubt.

»Das ist gut.« Sie erhob sich und reichte mir eine Hand mit langen, spitz zugefeilten Nägeln. »Folgt mir. Es ist nicht weit.«

»Wie ist Euer Name, Mistress?«

»Namen, wer fragt nach Namen? Habe ich nach Eurem gefragt? Ihr könnt mich Margaret nennen. Oder auch Madge, wenn Ihr wollt.«

Mistress Margaret. Das klang nach Krötensuppe und Fliegenschleim. Vielleicht konnte ich von ihr die richtigen Kräuter bekommen ...

Sie führte mich in eine enge Seitengasse und dort durch eine Öffnung an der Rückseite eines zweigeschossigen Wohnhauses. Ihre Behausung bestand aus einem einzigen, muffigen kleinen Raum mit zwei Fenstern, durch die das trübe Sonnenlicht kaum eindringen wollte. An den Wänden bogen sich Regale unter Töpfen und Tiegeln, in einem offenen Eckschrank lagerten Gefäße mit vergilbten Aufschriften. In der Mitte des Raumes stand ein schmaler Tisch.

»Das Geld.« Mistress Margaret schloss die Tür hinter mir. »Gebt es mir.«

Ich hatte kein gutes Gefühl dabei, schließlich hatte Connell mir die Shilling nur für einen Notfall gegeben. Aber genau genommen war das hier auch ein Notfall, und so zählte ich ihr die beiden Münzen in die Hand.

Ihre Finger schlossen sich gierig darum. »Dann wollen wir mal ein Engelchen aus Eurem Kind machen. Dorthin«, wies sie mich an und deutete auf den Tisch. »Legt Euch auf den Rücken und schiebt den Rock hoch.«

»Hier?! Könnt Ihr mir nicht ein paar Kräuter geben?«

Sie lachte auf. »In welcher Welt lebt Ihr? Meint Ihr, ich hätte Zeit, den ganzen Tag in Wald und Feld herumzukriechen und nach Kräutern zu suchen? Nein, nein, das hier geht viel schneller.«

Ich stand wie erstarrt, mein Herz klopfte laut gegen meine Rippen. Eingeschüchtert sah ich zu, wie die Engelmacherin mein Geld in eine Schublade legte und aus einem anderen Fach einen langen, am Ende leicht gebogenen Stab mit einer schmalen Klinge herausholte. Unerfreuliche Erinnerungen an Nat Reilly, den Bader, stiegen in mir auf.

»Wird es ... weh tun?«

»Weh tun?« Schon ihr Lachen schmerzte. »Kindchen, was glaubt Ihr, wovon ich hier rede? Ihr seid hier nicht zum Vergnügen. Natürlich wird es weh tun. Ihr werdet den Mann, der Euch das Balg angehängt hat, dafür verwünschen. Hättet Euch eben früher überlegen müssen, was dabei herauskommen kann.«

Diese Frau hatte kein Recht, über mein Leben zu urteilen, doch für eine bissige Erwiderung hatte ich viel zu viel Angst. Ich fürchtete mich vor der matt schimmernden Klinge und vor den Schmerzen. Aber wenn ich jetzt nicht handelte, würde ich nie wieder den Mut aufbringen.

Gedanken tanzten durch meinen Kopf. Ob ich gleich danach

aufstehen konnte? Ich musste wenigstens bis in die Nähe des Brunnens gelangen. Dann könnte ich Connell erzählen, dass ich starke Schmerzen bekommen, mich mit letzter Kraft fortgeschleppt und hinter einem Stapel Gerümpel eine Fehlgeburt gehabt hätte. Das würde auch die Blutung und die Schmerzen erklären.

»Je schneller ich anfange, desto schneller ist es vorbei«, unterbrach Mistress Margaret meine fieberhaften Überlegungen. »Aber Ihr müsst Euch schon hinlegen, anders kann ich das Kleine nicht wegmachen.«

Bei diesen Worten geschah etwas in mir. Plötzlich erfüllte mich das überwältigende Bedürfnis, dieses kleine, neue Leben in mir zu beschützen, vor diesem todbringenden Spieß zu bewahren. Es war mein Kind, und ich würde es behalten. Und bestand nicht zumindest eine winzige Möglichkeit, dass Connell sein Vater war?

Der Raum schwankte, die Wände mit ihren Regalen schienen sich über mich zu beugen und nach mir zu greifen. »Nein«, stieß ich hervor. »Lasst mich durch.«

Grob schob ich die Frau zur Seite und wäre fast gestürzt, so eilig hatte ich es, aus diesem schrecklichen Raum zu entkommen.

»Verfluchtes Miststück!«, hörte ich Mistress Margaret hinter mir kreischen. »Dann sieh doch zu, wie du es loswirst!«

Das Grauen über das, was ich fast getan hätte, würgte mich. Ich taumelte hinter den nächstbesten Schuppen und übergab mich, wieder und wieder, bis ich das Gefühl hatte, nur noch aus bitterer Galle zu bestehen.

»Verzeih mir«, flüsterte ich unter Tränen, eine Hand auf meinen Bauch gepresst. »Verzeih mir!«

Als mir bewusst wurde, dass ich das Geld bei der Engelmacherin gelassen hatte, schluchzte ich erneut auf. Ich würde nicht noch einmal zu ihr gehen.

Connell war noch nicht am Brunnen. Suchte er mich womöglich? Sollte ich hier warten und darauf hoffen, dass er noch kam? Oder musste ich befürchten, dass man ihn festgenommen hatte? Bisher hatte ich noch keine Soldaten gesehen, und auch sonst war es recht unwahrscheinlich, dass man unter seiner Verkleidung einen flüchtigen Rebellencaptain vermuten würde.

Ich kehrte zurück an die Stelle, wo wir das Pferd angebunden hatten. Vor dem Rathausplatz wedelte sich Douglas, wie Connell ihn getauft hatte, in Gesellschaft anderer Tiere mit dem Schweif die Fliegen ab. Bei ihm standen zwei Männer, von denen der eine wortreich auf den anderen einredete. Er kam mir bekannt vor, und vorsichtig trat ich näher. Feine Spitzen fielen auf seine fleischigen Hände, sein Rock war aus teurem hellblauem Samt, darüber thronte eine weißgepuderte Perücke.

»Und ich sage es Euch noch einmal, das hier ist mein Pferd!«, konnte ich gerade verstehen. Als er sich mit einem Taschentuch den Schweiß vom Gesicht wischte, hätte ich beinahe laut aufgeschrien. Der Kaufmann! Bannister! Nur wegen der Perücke hatte ich ihn nicht gleich erkannt. Ich wandte mich hastig ab und tat, als würde ich mein Kopftuch richten. Ein unglücklicher Zufall hatte ihn gerade an diesem Tag hierhergeführt. Aber zu einem Markt wie diesem strömten schließlich Kaufleute aus der ganzen Gegend zusammen.

»Mein Pferd, das mir diese Bande von katholischen Strauchdieben mitsamt meinem Wagen gestohlen hat!«, fuhr er erregt fort. »Sie haben mich niedergeschlagen, gefesselt und mir meine gesamten Wocheneinnahmen geraubt. Ich verlange, dass Ihr umgehend nach ihnen sucht!«

Verstohlen warf ich einen Blick auf den anderen Mann. Er trug keine Uniform und wirkte eher wie ein städtischer Büttel als wie ein Soldat, doch er nickte bedächtig. »Dann sollten wir am besten warten, bis sie hier auftauchen, Mister …«

»Bannister. Theobald Bannister. Das kann Stunden dauern.

Gebt mir zwei Männer, und ich mache mich selbst auf die Suche. Zumindest den einen würde ich wiedererkennen.«

Ich hatte genug gehört. Langsam drehte ich mich um und entfernte mich mit ruhigen Schritten, doch sobald ich um die Ecke gebogen war, begann ich zu laufen. Ich musste Connell finden, bevor sie es taten.

Noch einmal zurück zum Brunnen. Dort war er nicht. Durch die Gassen des Stadtkerns, vorbei an Handwerksläden und Gemüseständen. Zwischen Karren und Pferdewagen hindurch. Das Gedränge war so dicht, dass ich kaum durchkam. Hinter einer vorspringenden Häuserecke wäre ich fast über ein Tier gestolpert, das mir zwischen die Füße geriet. Mit einer unfreundlichen Bemerkung auf den Lippen trat ich zurück.

»*A stóirín*«, hörte ich Connell sagen. »Was machst du denn hier? Du bist ja völlig außer Atem.« Eilig schob er mich in den nächsten Hauseingang. »Du siehst aus, als wärst du dem Tod begegnet. Warum bist du nicht am Brunnen?«

»Bei unserem Pferd«, keuchte ich, »steht Bannister und will uns suchen lassen.«

»Bannister?«

»Der Kaufmann, dem wir in Enniscorthy den Wagen weggenommen haben«, erklärte ich, mein Atem ging pfeifend.

»Der ist hier?« Connell fluchte. »Warum zum Teufel muss er ausgerechnet jetzt auftauchen? Kann dieser *bastún* von einem protestantischen Hurensohn nicht woanders seinen Geschäften nachgehen? Ich sollte hier gleich jemanden treffen, der uns vielleicht zu einer Passage nach Frankreich verhelfen kann!«

»Connell, bitte, dafür ist jetzt keine Zeit mehr. Sie könnten uns schon längst auf den Fersen sein.«

Er atmete tief aus. »Du hast ja recht. Nimm das hier, ich habe schon genug zu tragen.«

Er drückte mir einen groben Strick in die Hand. Jetzt sah ich erst, worüber ich beinah gefallen wäre. »Eine *Ziege*?!«

»Genau. Ich dachte, sie wäre gut für dich. Sie gibt Milch, ist leicht zu halten, und irgendwann kann man sie auch schlachten.«

»Können wir sie denn nicht zurücklassen?«

»Kommt gar nicht in Frage, schließlich habe ich fast ein halbes Pfund dafür bezahlt. Außerdem ist sie eine hervorragende Tarnung. Wer würde schon nach zwei Menschen mit einer Ziege suchen?«

Da konnte ich ihm nicht widersprechen. »Wohin jetzt?«

»Keine Ahnung, ich kenne mich hier doch auch nicht aus. Versuchen wir es dort entlang.«

Ich warf einen Blick in die nächste Einmündung und prallte zurück.

»Da vorne«, flüsterte ich. »Das ist er. Und er ist nicht allein.«

Wir hasteten zurück. Allmählich stieg Panik in mir auf. Wenn wir nicht bald hier wegkamen, würden wir Bannister noch direkt in die Arme laufen.

»Dorthin!«

Connell zog mich zu einer großen Menschentraube an einer Kreuzung der Hauptstraße. Im Schutz der vielen Körper drängten wir uns auf die andere Straßenseite. Als ich einen schmerzerfüllten Schrei hörte, gefolgt von schadenfrohem Gelächter, ging mir auf, dass sich uns hier das immer wieder beliebte Schauspiel eines Zahnreißers bei der Arbeit bot – beliebt jedenfalls bei denjenigen, die nicht bei ihm Platz nehmen mussten. Ich hoffte nur, dass er heute genug Beschäftigung fand, damit wir ungesehen verschwinden konnten.

»Wer will als Nächstes?«, rief der Zahnreißer. »Wer braucht noch einen starken Arm? Bei mir werdet ihr eure kranken Zähne los.«

»Und unser Geld«, brüllte einer der Umstehenden.

Erneutes Gelächter folgte, dann kam Bewegung in die Menge,

als sich ein Mann mit sichtbar angeschwollener Wange nach vorne schob. Ich atmete auf. Unsere Flucht schien gesichert.

»Ich werde nie begreifen, was die Leute daran finden, so etwas zu einer öffentlichen Vorstellung zu machen«, sagte Connell, während der nächste gurgelnde Schrei in den Straßen hinter uns verhallte. »Das ist ja wie bei einer Hinrichtung.«

Immerhin sah es so aus, als wären wir auf diese Weise unseren Verfolgern entwischt. Es war mühselig, mit der störrischen Ziege durch die Stadt zu laufen, doch wir gelangten unbehelligt an das Ende von Thomastown, das dort in flaches Weideland überging. Auch dann noch stapfte Connell schweigsam neben mir her.

»Es tut mir leid, dass du den Mann verpasst hast«, sagte ich. »Aber ich kann doch nichts dafür, wenn dieser Bannister plötzlich hier auftaucht!«

»Was? Ach so. Ich bin doch nicht böse auf dich. Es ist nur ...« Connell sah mich bedrückt an. »Father Murphy ist tot. Sie haben ihn in Tullow gehängt.«

»Gott sei seiner Seele gnädig«, murmelte ich betroffen – und gleichzeitig unendlich froh darüber, dass Connell seine ursprünglichen Pläne, sich dem Priester anzuschließen, nicht weiterverfolgt hatte.

»Ist dir aufgefallen«, fragte Connell, als wir die letzten Hütten erreicht hatten und uns wieder in die andere Richtung wandten, »dass ich mit dir jetzt schon zum zweiten Mal ungewöhnliche Erfahrungen auf einem Marktplatz gemacht habe?«

»Beim ersten Mal hatten wir aber keine Ziege dabei«, nörgelte ich und zerrte an dem Strick. Das Tier wollte an jedem Grashalm stehen bleiben und fressen.

Connell nahm mir den Strick ab und drückte mir das Päckchen in die Hand, das er schon die ganze Zeit mit sich herumschleppte. »Damit sich deine Laune ein wenig bessert.«

Als ich das verschnürte Sackleinen öffnete, fielen zwei flache, grob genagelte Halbschuhe aus braunem Leder heraus.

»Ich kann doch meine Frau nicht länger barfuß durch die Gegend laufen lassen«, sagte Connell, als ich die Schuhe verwundert drehte. »Sie müssten passen, ich habe Maß genommen. Deine Füße sind ungefähr einen Zoll länger als meine Hände. Dann kannst du endlich auch die Strümpfe anziehen, von denen der vermaledeite Mr. Bannister so viele in seinem Wagen liegen hat.«

Ich war gerührt. Noch nie hatte mir jemand Schuhe geschenkt, und wenn ich bisher welche getragen hatte, dann nur im Winter; es waren zumeist grobe Holzpantinen gewesen und nur einmal Stiefel, die jemand weggeworfen hatte, mit etlichen Löchern und viel zu groß. Ich hatte mir ständig Blasen gelaufen und war froh gewesen, als es wieder etwas wärmer wurde und ich die Schuhe endlich loswerden konnte.

»Das ist sehr lieb von dir. Aber du solltest nicht so viel Geld für mich ausgeben.«

»Wieso nicht? Du sollst es doch gut haben bei mir.« Er setzte den Hut ab und schüttelte den Kopf, bis seine Haare in alle Richtungen abstanden. »Wo du gerade das Geld erwähnst: Ich hätte gerne die zwei Shilling zurück, die ich dir gegeben habe.«

Ich schluckte. In der ganzen Aufregung hatte ich mein Erlebnis mit der Engelmacherin völlig vergessen. »Die sind fort«, murmelte ich.

»Fort? Zwei Shilling? Einfach so?«

Von seinem anklagenden Ton fühlte ich mich unter Druck gesetzt, die Worte flogen mir zu, ohne dass ich lange überlegen musste.

»Ja, ganz richtig«, sagte ich gereizt. »Ich hatte sie noch in der Hand, als ich nach dir gesucht habe. Es ist bestimmt passiert, als du mir den Strick mit der Ziege gegeben hast und wir kreuz und quer durch Thomastown gelaufen sind.«

Ich fühlte mich nicht gut dabei, ihn dafür verantwortlich zu machen, doch ich konnte ihm kaum verraten, wo die Münzen wirklich gelandet waren.

»Oh, jetzt gib bitte nicht mir die Schuld! Du hättest einfach besser darauf aufpassen müssen.« Er schaute mich verärgert an. »Ich fasse es nicht. Weißt du überhaupt, was man mit zwei Shilling alles machen kann? Davon hätten wir einen Teil des Fährgelds nach Frankreich bezahlen können!«

Oder ein Kind abtreiben, ergänzte ich im Stillen.

Wir schwiegen, bis wir Jerpoint Abbey erreicht hatten, wo sich Connell sofort zurückzog. Abgesehen von seinem Groll über das verlorene Geld wirkte er erschöpft. Dies war seine erste größere Anstrengung, seit er wieder gesund war, und unsere Flucht, der lange Weg und die schwüle Wärme hatten ihm mehr zugesetzt, als er zugeben wollte.

Auch Cyril war nirgends zu sehen; ich nahm an, dass er auf einem seiner Streifzüge war. Die Gefühle, die mich bei der Engelmacherin wie ein Sturzbach überfallen hatten, beschäftigten mich. Das Kind war jetzt nicht mehr nur ein unerwünschter Eindringling in meinem Körper. Mit einem Schlag war es zu einem eigenständigen Wesen geworden, noch unsichtbar und kaum fassbar, doch es war da, ganz nah bei mir, und gleichzeitig von einer Fremdheit, die mich verstörte. Ich musste für eine Weile nachdenken.

Den Altarraum in der Kirche mied ich seit jener Nacht, an die ich nur voller Scham und Reue zurückdachte, aber das Turmzimmer schien mir ein geeigneter Platz, um ungestört grübeln zu können. Ich löste das schäbige Tuch um meinen Kopf und fuhr mir mit den Händen durchs Haar, dann stieg ich die ausgetretene Steintreppe hinauf.

Der Raum hatte sich seit meinem letzten Besuch verändert. Er wirkte deutlich aufgeräumter, die Spinnweben und alten Kleidungsstücke waren verschwunden, dafür sah ich Decken, Feuerholz und ein Zunderkästchen. In einer Ecke lagerten einige Vorräte, daneben ein Wasserkrug. Offenbar war dies Cyrils Reich.

Ich wollte mich gerade wieder zurückziehen, als ich zusammenzuckte. Ich hatte erwartet, hier allein zu sein, doch jetzt vernahm ich einen Ton wie ein schwaches Seufzen.

Cyril war nicht fortgegangen. Sein Hut lag neben ihm, er saß mit angezogenen Knien an der Wand, den Kopf auf einen Arm gestützt, und rührte sich nicht.

Jäh aufwallende Angst schnürte mir den Hals zu. »Cyril?«, flüsterte ich so leise, dass ich mich selbst kaum hören konnte.

Ich beugte mich zu ihm. Er atmete flach und gepresst, wie unter großen Schmerzen. War er verletzt? Oder krank? Beunruhigt streckte ich die Hand aus und berührte ihn an der Schulter.

Das war ein Fehler. So schnell, dass ich vor Überraschung nicht einmal aufschreien konnte, hatte er mich auf den Rücken geworfen und sich über mich gekniet, sein Unterarm wie eine Waffe auf meiner Kehle.

»Auf…hö…ren!«, krächzte ich zu Tode erschrocken.

»Sharon?« Er ließ sich kraftlos zurücksinken und versenkte den Kopf wieder in den Händen. Alle Spannung war aus seinem Körper gewichen, er zitterte. Dieser Angriff hatte seine letzten Reserven aufgebraucht. »Entschuldige. Ich … wollte dir … keine Angst machen. Hast du … dich verletzt?« Seine Stimme war merkwürdig rau.

Hustend setzte ich mich auf und betastete meinen Hals. Auch ich bebte, mein Herz raste. »Nein, ich denke nicht. Aber wenn du noch fester zugedrückt hättest, würde ich dir nicht mehr antworten können. Was um Himmels willen ist in dich gefahren?«

»Ihr seid … zu früh«, flüsterte er. »Ich hatte nicht damit gerechnet, dass du es bist.«

»Du hast gedacht, ich wäre ein Fremder? Aber du musst mich doch erkannt haben!« Es ergab einfach keinen Sinn.

Ich konnte sein Gesicht nicht sehen, aber ich merkte, wie angestrengt er versuchte, sich wieder unter Kontrolle zu bekommen.

»Cyril«, sagte ich, »bitte, sieh mich an!«

Er drehte abwehrend den Kopf zur Seite. »Lass mich allein.«

»Erst wenn ich weiß, was dir fehlt. Oder ist es dir lieber, wenn ich Connell hole?«

»Nein!«

»Ich denke aber schon, dass er wissen sollte, wenn du krank bist.«

Cyril seufzte leise. »Es geht gleich wieder.«

»Sicher? Ich werde doch besser Connell rufen.«

»Nicht – bitte!«, hielt mich Cyril zurück, als ich mich aufrichten wollte. »Connell … er darf es nicht erfahren!«

Ich setzte mich wieder. »*Was* darf er nicht erfahren?«

Cyril machte keine Anstalten, mir zu antworten.

»Ich werde ihm schon nichts sagen, das verspreche ich dir.« Es wäre schließlich nicht das erste Geheimnis, das wir beide vor Connell hätten.

»Schwöre es!«

»Was?!«

»Schwöre, dass du Connell nichts davon erzählst.« Cyrils Stimme klang dumpf, da er noch immer nicht aufblickte.

»Mein Wort reicht dir nicht?«

Er antwortete nicht, saß nur da, das Gesicht von mir abgewandt. Neugier und Besorgnis rangen in mir um die Oberhand. Ein Eid war etwas anderes als ein bloßes Versprechen. Aber wenn Cyril sich nicht einmal seinem Bruder anvertrauen konnte, musste es sich um etwas wirklich Schlimmes handeln. Etwas, das es wert war, dafür sogar einen Eid zu leisten.

»Also gut«, lenkte ich ein, bevor ich es mir noch anders überlegen konnte. »Was immer es auch ist: Ich schwöre, dass ich es Connell nicht verraten werde. Bei … bei allem, was mir heilig ist«, setzte ich noch dazu. Sagte man das so? Ich war mir nicht sicher. »Und jetzt sag mir endlich, was los ist mit dir.«

Er hob den Kopf und drehte ihn zu mir. Ein paar Haarsträhnen fielen ihm ins Gesicht, sein Blick irrlichterte über meine Gestalt und schien durch mich hindurchzusehen. Ganz so, als wäre ich gar nicht da. Seine Pupillen waren dunkel und starr und von einem eigenartig trüben Schleier überdeckt.

Langsam hob ich die Hand und schwenkte sie vor seinen Augen. »Du kannst nichts mehr sehen!«, stellte ich bestürzt fest.

»Das wird gleich vorbei sein.«

»Gott sei Dank, ich dachte schon ...«

»Wenigstens war das bisher immer so. Bis zum nächsten Mal.«

»Es kommt wieder? Wann?«

Er hob die Schultern. »Morgen, in drei Tagen, in zwei Wochen? Ich weiß es nicht. Manchmal lässt es sich abwenden.«

»Wie lange geht das schon?«

Es dauerte, bis er antwortete. »Einige Monate. Ich hatte gehofft, es würde nicht so schnell fortschreiten.«

»Fortschreiten? Was ... was bedeutet das?«

»Dass ich blind werde«, sagte er, und diesmal war seine Stimme vollkommen beherrscht.

»O mein Gott«, flüsterte ich. »Aber wie ... warum ...«

»Es ist eine Krankheit«, flüsterte er heiser, »die den Sehnerv zerstört.«

»Und davon weiß Connell nichts?«

Er schüttelte den Kopf.

»Aber er muss es unbedingt erfahren!«

Er langte nach mir und bekam meinen Arm zu fassen. »Nein!«, stieß er zwischen zusammengebissenen Zähnen hervor. »Du hast es geschworen ...!«

»Weil du mir keine Wahl gelassen hast! Warum um alles in der Welt darf Connell es nicht wissen? Eines Tages wird er es ohnehin herausbekommen.«

Cyril löste seinen Griff, alle Kraft war von ihm abgefallen. »Ich werde ... es ihm schon noch sagen«, murmelte er mit geschlossenen Augen. »Lass mir ... lass mir einfach noch etwas Zeit damit.« Kalter Schweiß bedeckte seine Haut, er sah aus, als wäre er kurz davor, sich zu übergeben. »Aber jetzt solltest du besser gehen.«

12. Kapitel

Am nächsten Morgen, der uns erneut mit Sonnenschein und blauem Himmel begrüßte, hatte Connell seine gute Laune wiedergefunden. Er hatte Halsbinde und Weste ins Gras des Klostergartens gelegt, saß entspannt und mit halbgeöffnetem Hemd auf einem Mauerrest und ließ sich von seinem Bruder rasieren.

»Der Priester ist also tot?« Cyril schwenkte die Klinge durch eine Schüssel mit Wasser und reichte Connell ein Tuch. Wenn ich es gestern nicht selbst mitbekommen hätte, wäre ich nie auf die Idee gekommen, dass ihm etwas fehlte. »Weißt du, was passiert ist?«

Connell nickte. »Das war nicht allzu schwer. Inzwischen kennt jedes Kind in Thomastown die Geschichte.«

Father Murphys Tod bot Stoff für Legenden. Auf der Flucht vor den Rotröcken hatten sich der Priester und ein Freund in den Blackstairs Mountains verirrt und sich anschließend im Haus eines Verwandten versteckt. Dort entdeckte sie die Miliz und brachte sie nach Tullow, wo man ihnen noch am selben Tag den Prozess machte. Beide Männer wurden öffentlich ausgepeitscht, weil sie sich weigerten, ihre Namen zu nennen, und dann gehängt. Father Murphys Kopf wurde gegenüber der katholischen Kirche ausgestellt und sein Körper in einem großen Teerfass verbrannt. Angeblich hatte man die Bewohner eines nahegelegenen katholischen Hauses gezwungen, die Fenster zu öffnen, um so den ›heiligen Rauch‹ eindringen zu lassen.

Connell seufzte. »Dieser Priester war sicher kein Heiliger. Aber er war ein außergewöhnlicher Mann. So einen Tod hat er nicht verdient.«

»Dann ist unsere Revolution also vorbei?«, fragte ich.

Er schüttelte den Kopf. »Vorbei ist es erst, wenn man aufgibt, und das werde ich nicht. Nicht, solange ich atme. Und ich werde mich ganz sicher nicht ausruhen, wenn wir erst in Frankreich sind.«

Wie zur Bekräftigung stieß die Ziege, die ich gerade zu melken versuchte, ein heiseres Meckern aus. Ich wandte mich wieder meiner Arbeit zu, umfasste die Zitzen unter dem schwach behaarten Euter und fuhr mit dem Melken fort.

»Ich kann es kaum erwarten«, sagte ich, während ich das Tier davon abhalten musste, an meinem Rock zu knabbern oder den Eimer umzustoßen, »bis wir endlich dort sind und ich dieses Mistvieh nicht mehr sehen muss. Oder willst du es etwa mitnehmen?«

»Warum eigentlich nicht?« Connell grinste mich unter seinem dunklen Haarschopf an. »Nein, natürlich nicht, aber was haltet ihr davon, wenn uns Molly begleiten würde?«

Ich war entzückt. »Molly O'Brien? Das ist eine wundervolle Idee.«

»Nach allem, was ich jetzt erfahren habe, müssen wir einen größeren Umweg in Kauf nehmen, wenn wir nach Frankreich wollen. Da können wir auch gleich in New Ross vorbeischauen. Wenn dieser dämliche Bannister nicht gewesen wäre, hätte ich bestimmt schon etwas über eine Passage erfahren können. Und wir hätten immer noch unseren Douglas. Damit wäre alles etwas leichter gewesen.«

Connell hatte es mir heute Morgen erklärt: Der nächste Hafen, von dem Schiffe, überwiegend Paketboote, nach Frankreich ausliefen, befand sich in Rosslare am östlichen Zipfel der Südküste. Aber das wusste auch die Krone. Wir mussten davon ausgehen, dass dort besonders genau nach flüchtigen Rebellen gesucht wurde. Von anderen Häfen wie Waterford oder Cork legten meist nur Schiffe nach Amerika ab. Blieb als dritte Möglichkeit nur noch ein Schmugglerboot, das weit vor der Küste ankern würde. Doch dafür brauchte es etliches an Kontakten und Bestechungsgeldern, denn diese Überfahrten standen in keinem Fahrplan.

»Ich kann mir nicht vorstellen, dass Molly sich darauf einlassen würde«, warf Cyril ein. »Sie ist keine junge Frau mehr. Außerdem könnten wir sie mit unserem Erscheinen in ziemliche Gefahr bringen.«

»Die Rotröcke werden sicher Besseres zu tun haben, als gerade auf uns zu warten.«

»Connell, du bist kein einfacher Mitläufer, du bist einer unserer Captains. Und mein Name ist auch nicht ganz unbekannt.«

Connell stierte vor sich hin und kickte einen Stein fort. »Seit der Schlacht bei Vinegar Hill hat sie nichts mehr von uns gehört. Sie muss uns für tot halten.«

»Vielleicht ist das besser so. Dann macht sie sich wenigstens keine falschen Hoffnungen. Wir werden sie benachrichtigen, sobald wir in Frankreich sind.«

»Das ist ein bisschen wenig, findest du nicht? Wen hat sie denn außer uns noch? Sie war wie eine Mutter für uns. Meinst du nicht, dass es sie freuen würde, mit uns zu kommen? Ein neues Leben anzufangen? Unsere Kinder aufwachsen zu sehen?«

Cyril zögerte nur einen winzigen Moment. »*Unsere* Kinder? Wie darf ich denn das verstehen?«

»Na ja.« Es geschah selten, dass Connell verlegen wurde. »Deirdre ist seit sechs Jahren tot. Ich denke, dass du irgendwann wieder heiraten wirst …«

Ich senkte den Kopf über den Eimer und tat sehr beschäftigt, während ich auf jedes Wort lauschte. Es ging hier nicht um mich, auch wenn ich das zuerst befürchtet hatte. Es ging um Cyrils

Vergangenheit, und die interessierte mich brennend. Bisher hatte Connell noch nie in meinem Beisein mit seinem Bruder darüber gesprochen.

»Und ich denke«, sagte Cyril mit einer gewissen Schärfe in der Stimme, während er das Rasiermesser zusammenklappte, »dass das immer noch meine Angelegenheit ist.« Er steckte das Messer ein und ließ uns allein.

»O weh«, stellte ich fest. »Da hast du wohl etwas Falsches gesagt.«

Connell sah ihm hinterher. »Nein, das habe ich nicht. Irgendwann muss er darüber hinwegkommen. Ich dachte, dass er allmählich so weit ist.«

Mit der Ziege war ich fertig. Ich stellte den halbvollen Eimer mit der Milch in den Schatten und wusch meine Hände in der Schüssel mit dem Seifenwasser, um mich von dem Ziegengeruch zu befreien.

»Wirst du es mir erzählen?« Ich stellte mich hinter Connell und begann, seine Haare mit den Fingern zu kämmen. »Warum er nach Frankreich ging, meine ich. Ein bisschen weiß ich ja schon von ihm selbst.«

»Tatsächlich? Was denn?«

Ich fischte in der Tasche unter meinem Rock nach einem Band. »Dass er einen Sohn und eine Frau hatte und dass sie beide tot sind. Und ich habe die Narben auf seinem Rücken gesehen.«

Connell wandte sich so unvermittelt um, dass mir die eben zusammengefassten Locken wieder aus den Fingern glitten. »Du hast sie *gesehen*?«, wiederholte er. Mir entging nicht der misstrauische Ton in seiner Stimme. »Er zeigt sie niemandem, nicht einmal mir!«

»Es war wirklich nichts als ein dummer Zufall«, beteuerte ich, eine heiße Röte stieg mir ins Gesicht. »Damals, nach dem Unwetter, als er aus Thomastown zurückkam, nass bis auf die Haut. Ich wollte in den Stall, um dem Pferd Hafer zu bringen, und da habe ich es gesehen. Das war alles. Er war deswegen ziemlich ungehalten.«

»Das kann ich mir vorstellen.« Connell drehte sich wieder um. Ich hatte den Eindruck, als zweifelte er an meiner Erklärung.

Endlich gelang es mir, das schmale Lederband um seine Haare zu knoten. »Du musst es mir nicht erzählen, wenn du nicht willst.«

»Doch«, sagte er nachdenklich. »Doch, ich denke, das sollte ich. Schließlich gehörst du jetzt auch zur Familie. Bist du fertig? Dann komm her, neben mich. Hier lässt es sich besser reden.« Er sprang von der Mauer und setzte sich ins Gras, die Steine als Lehne benutzend. »Wo soll ich anfangen?«

»Bei Cyrils Mutter«, schlug ich vor und nahm neben ihm Platz. »Der ersten Frau deines Vaters.«

»So früh? Also gut.« Er räusperte sich. »Ich habe dir nicht die ganze Wahrheit gesagt. Es stimmt, dass Cyril mein Halbbruder ist. Es stimmt nicht, dass seine Mutter die erste Frau meines Vater war.«

»Sie war nicht mit ihm verheiratet?«

Connell schüttelte den Kopf. »Dad war zu dem Zeitpunkt schon der Ehemann meiner Mutter. Du verstehst, was ich meine?«

Ich nickte betroffen. »Dann ist Cyril ...«

»... der uneheliche Sohn meines Vaters«, ergänzte Connell. »Ich habe es lange Zeit auch nicht gewusst. Das meiste davon habe ich erst später von Molly erfahren, schließlich war ich zu diesem Zeitpunkt noch lange nicht geboren. Mollys Mann Daniel war zu jener Zeit bei meinem Vater angestellt, und sie selbst war mit meiner Mutter befreundet.«

Connells Eltern hatten jung geheiratet, sein Vater, Sean O'Leary, besaß einen Tischlerbetrieb in New Ross, den er von seinem Vater übernommen hatte und dieser von seinem. Connells Mutter Moírín Kelly war eine schöne Frau mit pechschwarzen Haaren.

»Zu Hause habe ich ihr Porträt in einem Anhänger; vielleicht kann ich es dir irgendwann einmal zeigen.« Connell ließ einen Grashalm durch seine Finger gleiten. »Kennst du die Legende von der spanischen Armada, die vor zweihundert Jahren an unserer Küste gestrandet ist und deren Seeleute sich dann mit den Einheimischen vermischt haben? Meine Mutter war eine ihrer Nachkommen.

Die Geschäfte liefen recht gut, denn Möbel wurden immer gebraucht. Alles, was noch fehlte, war ein Erbe. Moírín wurde nicht schwanger. Dann kam diese Frau nach New Ross, Fiona NíMahon, die schon bald von meinem Vater schwanger wurde und schließlich einen Sohn gebar, den sie Cyril nannte. Du kannst dir sicher vorstellen, was das für ein Skandal war.«

»Und Cyril war als vaterloser Bastard verrufen. Das muss schlimm sein für ein Kind.«

»Nein, nicht vaterlos«, berichtete Connell. »Nur unehelich. Mein Vater war so glücklich über seinen Sohn, dass er ihn öffentlich als sein Kind anerkannte. Er wollte ihn auch zu sich nehmen, aber das war der einzige Punkt, in dem sich die beiden Frauen einig waren. Cyril sollte bei seiner Mutter bleiben. So weit, so gut. Aber Moírín wurde nicht schwanger. Sie behauptete, dass ein Fluch auf ihr laste, und machte Fiona dafür verantwortlich.« Er beugte sich ein wenig vor. »Fiona war nämlich eine Hexe.«

»Eine Hexe?!«, wiederholte ich erschrocken und widerstand nur schwer dem Impuls, mich zu bekreuzigen.

»Na ja, zumindest sagten das manche. Andere sahen in ihr eine weise Frau und eine Heilerin. Sie hatte einen Laden, in dem sie Heilkräuter und Salben verkaufte, und man rief sie, wenn Gebärende in den Wehen lagen, wenn man dem Doktor nicht vertraute oder wenn man einen Liebestrank brauchte.« Connell zog einen Grashalm aus der Erde und strich damit über seine Handfläche. »Ich denke, es war das Geheimnisvolle, was meinen Vater so an ihr fesselte. Er ging zu ihr, um sie um einen Trank zu bitten, weil meine Mutter keine Kinder bekam, und dann muss es passiert sein.«

»War sie wirklich eine Hexe?«, fragte ich beunruhigt.

»Das glaube ich nicht. Aber sie hatte schon ein paar Fähigkeiten, die den Menschen Angst machen konnten. Sie nahm Dinge wahr, die andere nicht sehen konnten, wie Verstorbene oder Menschen in ihrer Todesstunde. Außerdem hatte sie das Zweite Gesicht. Und mit ihrem hellen Haar und den rätselhaften Augen muss sie ausgesehen haben, als wäre sie gerade einem Feenhügel entstiegen. Molly meint, Cyril hätte viel von ihr.«

»Ach ja?«, sagte ich schwach und legte in einer unbewussten Geste die Hand auf meinen Bauch, wo das neue Leben schlummerte. Cyrils Kind.

Fiona starb, als Cyril acht Jahre alt war. Connells Vater nahm Cyril dann an Kindes statt bei sich auf. Und als wäre der Fluch gebrochen, wurde Moírín schwanger. Mit Connell hatte sie endlich ihren ersehnten Sohn und Erben und konnte es ihrem Mann sogar verzeihen, dass er sie hintergangen hatte. Nur mit Cyril kam sie nicht zurecht. Bei jeder Gelegenheit ließ sie ihn spüren, dass er der Bastard ihres Mannes war. Auch die Tatsache, dass er Linkshänder war, stellte für sie ein Ärgernis dar. Vermutlich fürchtete sie sich sogar ein wenig vor ihm. Connell hatte selbst oft genug mitbekommen, wie sie ihn beschimpfte.

»Du kennst doch die alten Sprüche«, sagte er. »›Die linke Hand gehört dem Teufel‹, oder dass er ein von den Feen zurückgelassener Wechselbalg sei und dieser ganze Unsinn. Als Kind habe ich ihr das geglaubt.«

Moírín hatte es anfangs auch nicht eingesehen, dass ihr Mann Cyril in die Heckenschule schickte – den Unterricht während der Zeit der Strafgesetze, als es noch verboten war, katholische Schüler zu unterrichten. Wer dabei erwischt wurde, musste mit Geldstrafen oder Gefängnis rechnen. Viele Leute, die es sich leisten konnten, bezahlten dennoch fahrende Schulmeister und ermöglichten ihren Kindern damit eine Schulbildung. Es war vor allem Molly O'Brien zu verdanken, die ihrer Freundin ins Gewissen redete, bis Moírín ihren Widerstand aufgab und den Schulbesuch zuließ.

»Warst du auch dort?«, fragte ich. Connells unbeschwerter Plauderton hatte mich meinen ersten Schrecken vergessen lassen. »Von der Schule habe ich immer geträumt, aber meine Eltern brauchten jeden Shilling zum Leben.«

Er nickte. »Als Kind kam es mir vor wie ein einziges großes Abenteuer. Unterrichtet wurden wir in alten Hütten und zerfallenen Gebäuden außerhalb der Stadt, manchmal auch hinter einer dichten Hecke. Einer von uns Schülern musste immer Wache stehen, falls die Rotröcke sich näherten, und dann packten wir unsere Sachen und verschwanden, um später an einem anderen Ort fortzufahren.«

»Habt ihr dort viel gelernt?«

»O ja. Lesen, Schreiben und Rechnen natürlich, aber auch Geschichte, Geographie und den Katechismus. Ich habe von Heckenschulen gehört, in denen sogar Latein und Griechisch geübt wurde. Der Reiz des Verbotenen ist ein guter Lehrmeister.

Ohne Molly hätte Cyril allerdings einen schweren Stand gehabt. Ich kann mich noch gut an die abgemagerten Gestalten der Lehrer erinnern, die Daniel und sie von Zeit zu Zeit beherbergten. Solange der Schulmeister bei ihnen wohnte, musste mein Vater nämlich nichts für den Schulbesuch bezahlen, und Molly fand es sehr wichtig, dass Cyril etwas lernte. Sie hat immer gesagt, er hätte das Zeug zum Studieren. Später hat sie sogar versucht, unseren Vater zu überzeugen, ihn dazu aufs Festland zu schicken. Aber mein Vater wollte ihn nicht gehen lassen, weil er ihn brauchte, und Cyril selbst zog es auch nicht ins Ausland. Also fing er an, bei unserem Vater zu arbeiten und war ihm bald eine große Hilfe. Sonst hielt er sich meistens bei Daniel und Molly O'Brien auf.«

Moírín war das nur recht. Weniger recht war ihr allerdings, dass es auch Connell immer öfter dorthin zog, wo er nebenbei auch mit Schusswaffen umzugehen lernte – mit Waffen, die Cyril gemeinsam mit den O'Briens offenbar schon seit geraumer Zeit aus Frankreich einführte.

1782 starben Connells Eltern kurz hintereinander. Seine Mutter war schon seit Wochen krank gewesen und eines Morgens nicht mehr aufgewacht, und keine zwei Monate später stürzte sein Vater von einer Leiter und brach sich das Genick. Cyril, den nur noch ein Monat von seinem einundzwanzigsten Geburtstag trennte, wurde zu Connells Vormund bestimmt. Obwohl in diesem Jahr endlich die Strafgesetze aufgehoben wurden, gab es die Heckenschulen weiterhin, und so bestand er darauf, dass sein Bruder weiter dorthin ging, während er selbst zusammen mit Dan O'Brien das Geschäft ihres Vaters fortführte. Doch für ihn war klar, dass dies nur vorübergehend sein sollte. Cyril mochte die Stadt mit ihren vielen Menschen nicht. Sie war ihm zu laut, zu voll und zu hektisch. Schon seit einiger Zeit trug er sich mit dem Gedanken, New Ross zu verlassen. Sobald Connell alt genug wäre, für sich selbst zu sorgen, wollte er ein Stück Land erwerben und ein Haus bauen.

»In den nächsten Monaten«, fuhr Connell fort, »hat Cyril Tag und Nacht geschuftet, um neben dem Schulgeld auch noch etwas für sich zurücklegen zu können. Ich habe ihn oft spät am Abend noch arbeiten gehört, wenn ich schon lange im Bett lag. Vermutlich hat ihn auch die Liebe zu Deirdre angespornt.«

»Aha«, horchte ich auf. »Darauf habe ich schon die ganze Zeit gewartet.«

»Molly hat es natürlich zuerst mitbekommen – Frauen haben ein Gespür dafür. Deirdre war die Tochter eines Uhrmachers aus Rosbercon, für den wir eine Reihe von Vitrinen anfertigen sollten. Sie hat ihren Vater bei seinen Besuchen in unserer Werkstatt oft begleitet. Die beiden haben ihr Verhältnis ziemlich lange geheim gehalten. Ich hatte mir nie vorstellen können, dass mein Bruder sich je verlieben würde – nachdem ich doch selbst gerade die Vorzüge des anderes Geschlechts entdeckt hatte. Vor allem ein Mädchen aus der Nachbarschaft hatte es mir da besonders angetan ... Aber dieses Thema sollten wir hier nicht näher vertiefen.«

»Ach nein? Das würde mich aber schon interessieren.«

Connell grinste mich spitzbübisch an. »Kann ich mir vorstellen.«

Als Connell mit fünfzehn Jahren bei Dan eine Lehre begann, konnte Cyril endlich auch einmal an sich denken. Deirdre und er heirateten und kauften ein Stück Land zwischen Lacken und Old Ross, einige Meilen östlich von New Ross, auf dem sie ein Haus bauten und ein kleines Feld bestellten. Ein gutes Jahr nach der Hochzeit kam Brendan zur Welt. Es gab eine ziemliche Aufregung damals, denn die Hebamme traf erst ein, als die Geburt beinahe vorüber war, und so wurde Brendan fast ohne ihre Hilfe geboren.

Brendan, ein lieber kleiner Kerl mit weizenblonden Haaren, blieb ihr einziges Kind. Connell fühlte sich wohl im Kreise der kleinen Familie. Sonntags traf er sich mit Freunden bei ihnen, wo Father McNeven, ein befreundeter Priester, die Messe abhielt. Zu dieser Zeit lernte Connell auch einen jungen Kerl von siebzehn Jahren kennen: Allan O'Donegue.

»Der gute Allan«, seufzte Connell. »Wir haben uns damals so manche Nacht um die Ohren geschlagen. Was würde ich darum geben, wenn ich wüsste, dass er in Sicherheit ist.«

Connell war sich lange nicht sicher, womit Cyril sich sonst noch beschäftigte. Selbst Molly wusste nicht Bescheid, denn seit Cyril fortgezogen war, hatten sie das Schmuggelgeschäft aufgegeben. Es war Deirdre, die sich eines Tages Connell anvertraute und ihm von den geheimen Umtrieben ihres Mannes erzählte; den heimlichen Treffen, den nächtlichen Feldzügen – Aktionen der Defenders. Connell kannte einige der Namen, die Deirdre ihm nannte, meistens Handwerker und Kleinbauern aus der Umgebung.

»Das war das letzte Mal, dass ich mit ihr gesprochen habe«, sagte Connell und warf einen Blick hinter sich, um zu sehen, ob wir noch allein waren. Die nächsten Sätze kamen stockend. »Es war an einem Montagmorgen im Mai zweiundneunzig, einen Tag nach Pfingsten. Ich wollte mit Cyril sprechen, doch ich kam zu spät. Es liegt jetzt schon so lange zurück, aber ich sehe es noch heute so deutlich vor mir, als wäre es gestern gewesen: das Haus niedergebrannt bis auf ein paar verkohlte Reste, der Boden von vielen Pferdehufen aufgewühlt ... Im Hof fand ich die Leichen von Deirdre und dem kleinen Brendan. Diese Bilder werde ich nie vergessen. Sie lagen auf der nassen Erde wie zwei Puppen, die man achtlos weggeworfen hat, mit eingeschlagenem Schädel, der Regen spülte das Blut in roten Streifen fort. Deirdre hatte noch einen Arm nach Brendan ausgestreckt, als wollte sie ihn schützen. Er wurde nur sechs Jahre alt.« Die letzten Worte hatte Connell nur noch geflüstert, ich merkte, wie er sich zusammenreißen musste, um die Fassung zu bewahren.

Auch ich schluckte mehrmals angestrengt, um den Kloß in meinem Hals zu entfernen. »Wie entsetzlich«, murmelte ich mit belegter Stimme. »Und Cyril?«

»War spurlos verschwunden. Den vielen Pferdespuren nach hatten die Rotröcke ihn mitgenommen, dorthin, wo sie ihn so lange verhören konnten, bis er reden würde. Du kannst mir glauben, dass Molly, Dan und ich daraufhin Himmel und Hölle in Bewegung gesetzt haben, um herauszufinden, wohin man ihn gebracht hatte. Molly ging furchtlos sogar bis zu unserem Garnisonshauptmann, bis sie erfahren hatte, dass man ihn in Fort Duncannon festhielt.«

Fort Duncannon. Neben New Ross der einzige größere Stützpunkt der Krone im Südosten Irlands, strategisch günstig an der

Hafenmündung von Waterford gelegen; gleichbedeutend mit Folter, Verurteilung und Tod. Wenn Cyril überhaupt noch etwas aus diesem Höllenloch würde retten können, dann war es Geld, viel Geld. Deswegen besuchte Connell all diejenigen, von denen Deirdre gesprochen hatte, dazu noch sämtliche ihrer Kunden und Freunde, bat und flehte und bettelte so lange, bis er die sagenhafte Summe von vierundneunzig Guineas zusammenhatte und sich mit Dan auf den Weg machen konnte. Als sie in dem sternförmigen, von einem tiefen Wassergraben umgebenen Fort eintrafen, waren vier Tage verstrichen, und Connell befürchtete bereits das Schlimmste.

Nachdem man die beiden Männer schier endlos hatte warten lassen, wurden sie zum Kommandanten geführt. Und dann kam Daniel O'Briens große Stunde. Durch seine Geschäfte mit den Schmugglern war er für den Kommandanten des Forts kein Unbekannter, hatte er diesen doch in der Vergangenheit des Öfteren mit französischem Wein und Tabak versorgt. Verbunden mit der Aussicht auf einen Haufen goldener Münzen und eine Ladung besten französischen Burgunders bewirkte diese Tatsache, dass man sie anhörte. Cyril lebte, wenn vielleicht auch nicht mehr lange. Zwei Schergen warfen ihn den beiden vor die Füße wie einen nassen Sack, mehr tot als lebendig, mit einem blutigen Hemd um seine Schultern, um die Spuren ihrer Folter zu verbergen. Weil die Rotröcke davon ausgingen, dass er die nächsten Tage sowieso nicht überstehen würde, hatten sie sich noch nicht einmal die Mühe gemacht, ihn zu verurteilen.

»Aber er hat nichts verraten, oder?«

»Nein, hat er nicht. Er wäre eher gestorben, als irgendetwas preiszugeben, und das haben diese Verbrecher ja auch beinahe geschafft. Ich weiß nicht, was sie ihm noch alles angetan haben in diesen vier Tagen, außer ihn fast totzuschlagen. Er spricht niemals darüber.«

Mit dem alten Pferdekarren, den sie sonst zur Auslieferung

ihrer Möbel benutzten, brachten sie Cyril zurück nach New Ross, in sein Elternhaus. Molly hatte die letzten Tage nur geweint, doch jetzt trocknete sie ihre Tränen und holte mit Doktor Kennedy einen der wenigen katholischen Ärzte, die im Ausland studiert hatten und jetzt in Irland praktizierten.

»Cyrils Hemd war so mit Blut verkrustet, dass wir es mühevoll abweichen mussten.« Connell schüttelte sich. »Glaub mir, ich habe mir schon einiges ansehen müssen, aber das war ganz sicher das Schlimmste. Da war nur noch rohes Fleisch, als hätte man ihn gehäutet und dann noch weitergemacht. Eine genauere Beschreibung werde ich dir besser ersparen.«

In den ersten Tagen war es ungewiss, ob Cyril durchkommen würde, und der Doktor machte ihnen keine große Hoffnung. Aber Molly gab ihn nicht auf. Sie wachte viele Nächte bei ihm, bis er über den Berg war, versuchte, ihn von den Schmerzen abzulenken, wenn der Doktor seine Wunden versorgte, und kümmerte sich um ihn, wenn das Fieber ihn schüttelte. Er war lange krank, nicht nur am Körper, sondern auch an der Seele. Er wollte nicht mehr leben, war wie erstarrt vor Schmerz, sprach mit niemandem und zog sich immer mehr in sich zurück.

»Für eine Weile«, sagte Connell leise, »habe ich wirklich um seinen Verstand gefürchtet. Wenn Molly nicht gewesen wäre … Er hat versucht, sich das Leben zu nehmen.«

Ich keuchte erschrocken auf. »Aber das ist eine Todsünde!«

»Ich denke nicht, dass Cyril das so sieht. Nicht mehr. Alles, was ihm einmal wichtig gewesen war, hatte schlagartig seine Bedeutung verloren: sein Glauben, seine Überzeugung, sein Leben. Wir haben sogar Father McNeven zu ihm geschickt, doch Cyril hat nicht einmal mit ihm geredet. Das waren schwere Wochen, für uns alle.«

Als Cyril nach langen Monaten endlich wieder gesund war, lehnte er Connells Vorschlag ab, mit ihm und Dan zusammenzuarbeiten. Er wollte nur noch fort, weg von allem, was ihn an das erinnerte, was er verloren hatte. Frankreich war seit der Revolution ein begehrtes Land. Die *Irish Brigade*, die jahrzehntelang irische Freiwillige für die französische Armee rekrutiert hatte, gab es zwar nicht mehr, aber Soldaten wurden immer gebraucht.

»Sobald sein Entschluss feststand«, fuhr Connell fort, »konnte ihn nichts mehr aufhalten. Wenn Cyril sich etwas in den Kopf gesetzt hat, dann zieht er es auch durch, das kann manchmal richtiggehend beängstigend sein. Als er ging, hatte er mit allem abgeschlossen, und ich habe ernsthaft befürchtet, ihn nie wiederzusehen. Tja, aber mein Bruder ist ein zäher Bursche. Er erzählt nicht viel von sich. Ich weiß nur, dass er eine recht beachtliche Laufbahn in der französischen Revolutionsarmee hinter sich hat. Er hat es dort bis zum Offizier gebracht.

In diesen fünf Jahren, in denen er bei den Franzosen war, ist einiges geschehen. Dan starb im Winter an einer Lungenentzündung, und jetzt waren nur noch Molly und ich übrig. Ich habe mit zwei Gehilfen Vaters Geschäft weitergeführt und nebenbei gewissermaßen Cyrils Nachfolge bei den Defenders angetreten. Bald gab es kaum noch einen Katholiken in New Ross, der nicht unseren Eid geleistet hatte. Frankreich war unterdessen auch nicht untätig. Sagt dir der Name Wolfe Tone von den United Irishmen etwas? Tone war damals als Vermittler in Paris, um unsere Sache voranzutreiben. Cyril hat sich mit ihm getroffen und auch bei einem Gespräch mit den französischen Heerführern teilgenommen, da Tone zu diesem Zeitpunkt nur sehr wenig Französisch sprach.«

»*Der* Wolfe Tone?«

Er nickte. »Im Dezember sechsundneunzig sah es dann ja fast danach aus, als würde es glücken mit unserer Revolution. Du weißt, was daraus wurde.«

»Die Winterstürme kamen dazwischen«, bestätigte ich. »Die Franzosen konnten nicht landen und mussten umkehren.«

»Du bist bei Allan in eine gute Schule gegangen«, nickte Connell anerkennend. »Im Februar kam Cyril dann zurück. Er hatte sich sehr verändert. Gefühle zeigt er eigentlich niemandem außer mir, und das auch nur höchst selten. Na ja, und vielleicht noch Molly.«

Nein, schoss es mir durch den Kopf. Nicht nur euch beiden.

»Hat er dir wirklich von Deirdre und Brendan erzählt?«, fragte Connell, als hätte er soeben meine Gedanken gelesen. »Dann kann er dich doch besser leiden, als ich angenommen habe. Du wirst sehen, ihr werdet schon miteinander auskommen.« Er schnippte einen Käfer von seiner Hose und richtete sich auf. »Jetzt weißt du also Bescheid. Ich denke, ich – o nein!« Mit einer halblauten Verwünschung lief er hinüber zu der Ziege. »Dieses verfluchte Vieh hat gerade meine Halsbinde gefressen!«

13. Kapitel

»Ich wünschte, er wäre schon wieder zurück«, seufzte Sharon und wandte sich ab, nachdem Connell hinter einer Baumgruppe verschwunden war. »Vielleicht hätte ich doch mit ihm gehen sollen.«

Cyril wedelte eine vorwitzige Fliege fort. »Er wird schon auf sich aufpassen. Und du siehst nicht so aus, als hättest du Lust auf einen längeren Fußmarsch. Ganz abgesehen von der anschließenden Zecherei.«

Sharon war blass, doch trotz aller Unannehmlichkeiten, die die Schwangerschaft mit sich brachte, strahlte ein inneres Leuchten aus ihrem jungen, frischen Gesicht, ihr Blick war klar. Zum ersten Mal seit einer Woche war Cyril alleine mit ihr, denn Connell war unterwegs nach Thomastown, um sich noch einmal unauffällig umzuhören, wer ihnen zu einer Überfahrt nach Frankreich verhelfen könnte.

Der Himmel war bedeckt und mit einem Grauschleier überzogen. Der Herbst war nicht mehr fern. Hinter der zerfallenen Mauer der Westseite waren Brombeeren reif geworden, und die ersten Pilze steckten unter dichtem Farn ihre Köpfe aus dem Boden. An der Südwand rankten sich neben Kapuzinerkresse ein paar Heckenrosen empor, ihre roten Blüten leuchteten auf dem Stein wie Blutstropfen.

Ein Windhauch trug den Geruch von Ziegenmist heran. Sharon rümpfte die Nase, dann presste sie den Handrücken auf den

Mund und atmete tief ein, ihr Gesicht hatte eine gelblich-grüne Färbung angenommen. Ihr Körper kämpfte mit dem Kind in ihr. Seinem Kind.

»Komm«, sagte er schuldbewusst, »setz dich.«

Sie ließ es zu, dass er sie zu einem der steinernen Sarkophage im Kirchenschiff führte, dem erstbesten Sitzplatz in Reichweite. Er ließ sie los, sobald sie saß, darauf bedacht, sie nicht länger zu berühren als unbedingt nötig. Er würde sich keinen zweiten Fehler mehr erlauben.

Als sie die Augen wieder öffnete und den Altar neben sich sah, der wie ein Mahnmal vergangener Sünden neben ihnen aufragte, flackerte in ihrem Blick Erschrecken auf. Hier war geschehen, was nie hätte geschehen dürfen. Dennoch blieb sie sitzen.

»Müsste diese Übelkeit nicht langsam aufhören?«, fragte er, um sie auf andere Gedanken zu bringen.

»Keine Ahnung«, antwortete sie kläglich. »Ich war noch nie schwanger.«

»Ich auch nicht«, sagte er und legte so viel Nachdruck in diese Antwort, dass Sharon glucksend zu lachen anfing. Sie strahlte dabei so viel Heiterkeit aus, dass auch ihm leicht ums Herz wurde.

»Ich wusste gar nicht, dass ich dich zum Lachen bringen kann«, bemerkte er. »Du bist viel gelöster als noch vor kurzem. Was ist passiert?«

Sie zögerte und sah zu ihm auf, wie er dastand, mit dem Rücken an eine der schweren Säulen gelehnt.

»Ich war bei einer Engelmacherin«, sagte sie in die gespannte Ruhe hinein.

»Was?!«

»Es ist nichts geschehen«, schickte sie schnell nach. »Aber ich war so verzweifelt, so allein. Ich wusste nicht, was ich tun sollte. Und dann kam diese Frau zu mir, während ich auf Connell wartete, und ich ging mit ihr.« Die Worte sprudelten nur so aus ihr heraus. Atemlos erzählte sie immer weiter, von einer Mistress Margaret und ihrer düsteren Wohnung, von ihren schrecklichen Werkzeugen und davon, wie Sharon plötzlich das Gefühl gehabt hatte, dieses kleine Wesen schützen zu müssen – und wie sie mit dieser Erkenntnis geflohen war.

Als sie geendet hatte, sah er sie noch immer an, ungläubig und voller Zorn. »Du wolltest mein Kind *umbringen*?«

»Ich habe es ja nicht getan«, flüsterte sie. »Es tut mir leid.«

»Was tut dir leid? Was du fast getan hättest? Oder dass du es mir erzählt hast?«

»Ich dachte, du würdest mich verstehen.«

»Und dir womöglich die Absolution erteilen? Wer glaubst du eigentlich, wer du bist? Herrin über Leben und Tod?«

»Ich habe dieses Kind nicht gewollt!«

»Das gibt dir noch lange nicht das Recht, über sein Leben zu entscheiden! Lehrt dich dein Katechismus nicht, dass es Sünde ist, ein Kind abzutreiben?«

»Keine größere Sünde, als sich selbst zu töten«, warf sie ihm trotzig entgegen.

In seinem Inneren erstarb der empörte Sturm und wurde zu einer bloßen Brise; so leise, dass er seinen eigenen Herzschlag hören konnte. Konnte sie wissen …?

»Wie darf ich das verstehen?«

»Na ja.« Sie wand sich förmlich vor Verlegenheit. »Connell hat mir ein bisschen von damals erzählt, ich meine, von der Zeit, als … als Deirdre und Brendan gestorben sind …«

Sein Körper verkrampfte sich, als hätte sie ihm ins Gesicht geschlagen. Selbst heute noch, nach so langer Zeit, konnte er es nicht ertragen, wenn jemand den Namen seines Sohnes aussprach.

»Das«, sagte er, nach außen vollkommen ruhig, »ist etwas völlig anderes. Und was immer Connell darüber gesagt hat – es ist vorbei. Ich will nie wieder darüber reden.« Er stieß sich von der Säule ab.

»Dann geh doch«, stieß sie hervor. Und so leise, dass es nur für sie selbst bestimmt war, setzte sie hinzu: »Geh nur und lauf weg vor all den Dingen, die dir unangenehm sind. Das ist ja auch viel einfacher, als sich darauf einzulassen.«

Aber er hatte ein feines Gehör. Er blieb stehen und setzte schon zu einer Antwort an, dann schluckte er die Worte wieder hinunter.

Sie würde es doch nicht verstehen. Genauso wenig, wie sie verstehen würde, dass er nicht vorhatte, Connell jemals über seine drohende Erblindung aufzuklären. Aber wieso sollte er auch noch seinen Bruder beunruhigen, wenn doch sowieso bald alles vorüber wäre?

Da saß ich nun, kämpfte die Tränen nieder und fragte mich, was um Himmels willen ich falsch gemacht hatte. Ich hatte auf Cyrils Verständnis gehofft, stattdessen überhäufte er mich mit Vorwürfen. Wie konnte er nur so ungerecht, so selbstherrlich sein?

Aber was hatte ich eigentlich erwartet? Ich konnte doch nicht ernsthaft mit seiner Unterstützung rechnen, wenn ich ihm eröffnete, dass ich fast sein Kind abgetrieben hatte. Er hatte seinen Sohn verloren. Ich musste endlich lernen, nachzudenken und nicht gleich mit der Tür ins Haus zu fallen. Mein Zorn brach in sich zusammen. Ich schlug die Hände vors Gesicht, um mein Schluchzen zu ersticken, und weinte leise. Was hatte ich nur wieder angerichtet?

»Jetzt ist es mir also auch noch gelungen, dich zum Weinen zu bringen«, hörte ich Cyrils Stimme nach einer Weile in meiner Nähe. Vor Schreck versiegten meine Tränen fast augenblicklich. »Zu meiner Entschuldigung kann ich höchstens anbringen, dass ich den Umgang mit euch Frauen nicht mehr gewöhnt bin.«

Zu meinem Erstaunen setzte er sich neben mich auf den Stein.

»Nein«, murmelte ich, wischte mir angestrengt die Tränen fort und zog die Nase hoch. »Ich muss mich entschuldigen. Es war mein Fehler. Was ich getan habe. Und was ich gesagt habe.«

Es war eigenartig, ihn so nah neben mir zu wissen. Ganz anders als damals, und dennoch schlug mein Herz schneller, als es der Schreck über sein überraschendes Auftauchen rechtfertigen konnte. Ich wandte den Kopf ein wenig ab, damit er mein verweintes Gesicht nicht sah.

»Es ist wegen Brendan, nicht wahr?«

Aus dem Augenwinkel sah ich, wie er fast unmerklich erstarrte.

»Ich wollte dir einen Vorschlag machen«, überging er meine Frage dann so beiläufig, als hätte er sie überhaupt nicht gehört. »Dir und Connell. Was hältst du davon, wenn ihr beide anfangen würdet, Französisch zu lernen?«

Erstaunt schaute ich auf. »Französisch? Du meinst, du willst es uns beibringen?«

»So ist es. Du wirst es sowieso lernen müssen, da kann es nicht schaden, wenn du jetzt schon damit anfängst.«

»Aber ... ich kann doch noch nicht einmal schreiben. Traust du mir das denn zu?«

»Andernfalls hätte ich dich nicht gefragt. Wie ist deine Antwort?«

»Ich kann nur für mich sprechen, aber ja, ich würde es sehr gerne versuchen.«

»Gut. Dann müssen wir nur noch Connell fragen.«

Ich stützte mich auf meine Arme und hob die Beine vom Boden, denn meine Füße wurden mir zunehmend schwerer. Es machte mich froh und auch stolz, dass Cyril mir zutraute, eine fremde Sprache zu lernen. Und sein Angebot konnte doch nur bedeuten, dass er mir die Sache mit der Engelmacherin nicht länger nachtrug.

Versöhnlich gestimmt, wagte ich einen weiteren Vorstoß. »Darf ich dich auch etwas fragen?«

»Du wirst dich kaum davon abhalten lassen.«

»Wie geht es deinen Augen? Hattest du noch ... war es noch einmal so wie neulich?«

Er nickte langsam. »Vorgestern. Obwohl es sich diesmal in Grenzen hielt.«

»Das muss doch schrecklich für dich sein.«

»Wenn es nur die Schmerzen wären – die könnte ich ertragen.« Er hob die Schultern in einer Geste, die eher Resignation als Lässigkeit ausdrückte. »Die meiste Zeit gelingt es mir ganz gut, nicht daran zu denken.«

»Und man kann wirklich gar nichts machen?«

»Nein. Gar nichts.«

»Aber es gibt Möglichkeiten«, beharrte ich. »Als ich mit Allan unterwegs war, habe ich einmal einen Starstecher gesehen. Er stach einem Blinden mit einer schmalen Lanzette den Star, und danach konnte der Mann wieder sehen, wenigstens auf dem einen Auge. Es war wie ein Wunder. Wenn du –«

»Sharon«, unterbrach Cyril meinen Wortschwall. »Das ist es nicht. Glaubst du nicht, dass ich nicht auch schon daran gedacht hätte? Aber bei mir geht es nicht darum, eine getrübte Linse zu entfernen. Die französischen Ärzte gehören zu den besten der Welt, und ich habe mit zweien von ihnen gesprochen. Für mich gibt es keine Heilung. Sonst müssten sie sich schon sehr irren. Und jetzt würde ich dieses unerfreuliche Thema gerne beenden.«

Ich nickte betroffen, doch so einfach ließ ich mich nicht abspeisen. »Wann wirst du mit Connell reden?«

»Noch nicht.«

»Was ist so schwer daran? Du musst nur zu ihm gehen und es ihm sagen.«

»Denkst du, das macht es besser? Denkst du, wenn er es erfährt, hört es auf?«

»Nein, das nicht. Aber manche Sachen werden durch Schweigen nur schlimmer. Wenn man darüber redet, lassen sie sich leichter hinnehmen.«

Er bedachte mich mit einem langen, abwägenden Blick. »Wie alt bist du – sechzehn? Siebzehn?«

»Siebzehn.«

»Ich könnte dein Vater sein. Willst du mir wirklich weismachen, du wüsstest, was am besten für mich ist? Ich weiß, dass du es gut meinst. Aber überlass mir den richtigen Zeitpunkt.« Er schüttelte den Kopf. »Ich hätte dich nicht damit belasten dürfen.«

»Ja, mach nur alles mit dir selbst aus. Wahrscheinlich brauchst du überhaupt niemanden auf der Welt.«

»Das ist nicht wahr«, erwiderte er tonlos. »Es ... ist nicht so einfach, wie ich dachte.«

Da war es wieder, dieses wortlose, unerklärliche Verstehen, das mich die ohnmächtige Verzweiflung hinter seinen Worten erkennen ließ. Ich hob die Hand, scheute erst vor der Berührung zurück und legte sie schließlich doch auf die seine.

Er drückte meine Hand, ohne mich anzuschauen. Dann, als wäre ihm so viel Nähe unangenehm, entzog er mir seine Finger und erhob sich.

»Du schaffst es immer wieder, dass ich zu viel über diese Dinge nachdenke.«

Ich rührte gedankenverloren in dem großen Topf und summte vor mich hin. Beim Kochen konnte ich meine Gedanken besser ordnen.

Ich glaubte zu wissen, warum Cyril so lange zögerte, Connell etwas zu sagen. Er wollte kein Mitleid. Ich konnte nur vermuten, was es für jemanden wie Cyril bedeuten musste, sein Augenlicht zu verlieren. Ein Leben in lichtlosem Dunkel, unfrei und angewiesen auf die Hilfe anderer. Solange er es Connell verschwieg, konnte er dieses Schicksal verdrängen und sich zudem ein Hintertürchen offenlassen. Aus seinen Worten hatte ich die winzige Hoffnung herausgehört, dass die Ärzte sich irren mochten. Dass es doch aufzuhalten sei.

Auch wenn ich es nicht guthieß, konnte ich Cyril sogar verstehen. Und ich konnte es Connell schon gar nicht sagen. Nicht nur, weil ich es geschworen hatte. Cyril war schließlich der Sohn einer Hexe. Wer wusste, ob er nicht etwas von den Zauberkräften seiner Mutter geerbt hatte?

Ich gab einen Schluck Ziegenmilch in den Topf. Die Milch verlieh den Kartoffeln einen sahnigsüßen Beigeschmack und machte den Eintopf sämig, doch jetzt musste ich aufpassen, dass nichts anbrannte. Nach ein paar Runden mit dem Löffel nahm ich den Topf vom Feuer.

Ich würde einfach abwarten müssen. Irgendwann würde er es seinem Bruder schon sagen. Falls Connell es nicht irgendwann selbst merkte.

Connell fand sich am späten Abend wieder ein, aufgedreht wie schon lange nicht mehr und einen Geruch von Whiskey, Bier und kaltem Torfrauch verbreitend.

»Du hast ja erstaunlich gute Laune«, stellte ich fest.

»Ich habe ja auch erstaunlich gute Neuigkeiten. Wo ist Cyril? Ich will nicht alles zweimal erzählen.« Ich hatte ihm kaum das aufgewärmte Mittagessen hingestellt, als er mich auch schon von den Füßen gezogen und auf seinen Schoß gesetzt hatte. »Andererseits hätte ich große Lust, mich ein bisschen mit dir zu vergnügen.«

Ich versenkte die Nase in seinem Haar. »Du riechst«, beschwerte ich mich kichernd, »wie ein ganzes Wirtshaus. Und getrunken hast du auch.«

»Ich kann wohl kaum in einen Pub gehen und nur Milch bestellen.« Er tätschelte zärtlich meinen Bauch. »Wie war dein Tag? Ich will doch hoffen, dass mein Bruder gut auf euch beide aufgepasst hat.«

»Hat er. Und er möchte uns Französisch beibringen«, platzte ich heraus. »Was sagst du dazu?«

»Nun, ich sage, das wird nicht mehr nötig sein.«

»Wieso nicht?« Cyril war fast lautlos eingetreten.

Connell stellte mich wieder auf die Füße und verschränkte die Arme hinter dem Kopf. »Weil«, erklärte er mit kaum zu überhörendem Triumph in der Stimme, »die Franzosen an der Westküste gelandet sind.«

Mein Unterkiefer klappte auf, ich schnappte geräuschvoll nach Luft. Selbst Cyril war für einen Moment sprachlos.

»Nein«, sagte ich.

»Doch.« Connell weidete sich sichtlich an unserer Überraschung. »Vor acht Tagen. Oben in der Grafschaft Mayo. Sie haben Killala eingenommen und danach Ballina und Castlebar, so schnell, dass die Rotröcke mit wehenden Fahnen bis nach Athlone liefen. Sie nennen es ›das große Rennen von Castlebar‹. Halb Mayo ist inzwischen in ihrer Gewalt, und in Ballina weht jetzt eine irische Flagge.«

Ich ließ mich langsam auf die hölzerne Bank sinken. »Das ist wundervoll«, hauchte ich. »Einfach wundervoll.«

»Wie viele sind es? Wie viele Schiffe?«, wollte Cyril wissen.

»Drei, glaube ich, drei große Fregatten, mit über tausend Mann, unter einem General Hubert oder Humbug.«

»Humbert«, sagte Cyril. »Der Nachfolger von General Hoche, mit dem Wolfe Tone vor zwei Jahren nach Irland segelte.« Er setzte sich. »Nur tausend Mann? Das ist viel zu wenig. Tone kam mit einer Flotte von fast Fünfzehntausend.«

»Meinetwegen kann er so viele Männer an Bord gehabt haben wie er will – wichtig ist nur, dass sie diesmal auch gelandet sind!« Connell verdrehte die Augen. »Ich wusste, dass du wieder etwas auszusetzen hast. Wer war es denn, der ständig gesagt hat, die Franzosen würden kommen? Jetzt sind sie da, und du bist immer noch nicht zufrieden.«

»Darum geht es nicht. Ich frage mich nur, wie sie sich vorstellen, mit gerade einmal tausend Mann die englische Krone besiegen zu wollen. Dazu braucht es mehr als nur drei Schiffe. Die Rotröcke werden alle verfügbaren Truppen nach Mayo schicken.«

»Diese drei Schiffe waren bestimmt nur die Vorhut. Es sollen noch mehr kommen, mit Tone höchstpersönlich an Bord. Außerdem haben sich bereits viele unserer Landsleute den Franzosen angeschlossen, und das werden sie auch weiterhin tun. Und dann ist da noch Michael Dwyer. Du kennst ihn doch noch von Vinegar Hill, Cyril? Er war auch einer der Captains. Inzwischen soll er in den Wicklow Mountains Hunderte von Männern um sich versammelt haben, mit denen er die Truppen der Krone zum Narren hält. Nach und nach wird sich das ganze Land wieder erheben!« Mit einer entschlossenen Bewegung schob er den Teller mit seinem Essen beiseite. »Und das, kurz nachdem Lord Cornwallis eine Generalamnestie ausgerufen hat. Pah, Amnestie. Der gute Lord glaubt doch nicht, dass ich mich freiwillig stelle. Oder was meinst du, Cyril? Wollen wir uns vielleicht doch ergeben?« Ihm war anzusehen, wie erheiternd er diesen Gedanken fand.

Cyril lächelte verhalten. »Amnestie? Wohl kaum für die Defenders. Uns würden sie zweifellos hängen.«

»Na, da sind wir uns doch wenigstens einmal einig. Bevor ich der Krone die Treue schwöre, laufe ich lieber zu Fuß den Franzosen entgegen.« Connell stützte den Kopf in die Hände, als würde er nachdenken. »Vielleicht sollten wir das wirklich tun. Sharon könnte zu Molly gehen, und wir beide machen uns so bald wie möglich auf den Weg. Mit zwei schnellen Pferden könnten wir in vier bis fünf Tagen in Castlebar sein.«

»Und dabei womöglich den Rotröcken direkt in die Arme laufen. Nein«, widersprach ich erschrocken. »Das dürft ihr nicht. Ich lasse euch beide nicht so einfach in euer Verderben rennen!«

Hilfesuchend sah ich Cyril an, doch dieser schüttelte amüsiert den Kopf. »Er spielt nur mit dir.«

»Ich würde gehen, wenn ich allein wäre«, bestätigte Connell. »Aber ich werde doch meine kleine Braut nicht allein lassen. Wir werden abwarten, wie sich alles entwickelt. Dann können wir immer noch dazustoßen. Und bis dahin – lasst uns feiern.« Er holte drei Becher und goss jedem etwas Whiskey ein. »*Vive la France!*«

Ich nippte daran, dann stellte ich meinen Becher zurück. »Versteht mich nicht falsch«, wandte ich ein, »aber können wir nicht trotzdem Französisch lernen? Für alle Fälle?«

»Das kannst du von mir aus auch gerne tun«, sagte Connell. »Ich sehe allerdings nicht ganz ein, warum ich mich damit abplagen sollte, während unser Land von dieser englischen Pest befreit wird. Nicht mehr lange, und wir sind endlich frei. *Then old Ireland shall be free, from the centre to the sea, and we'll call it liberty*«, sang er und kippte seinen Whiskey in einem Zug hinunter.

Ein paar Tritte in die Seite rissen Allan aus dem Schlaf.

»Ich habe einen!«, hörte er eine Stimme. Noch bevor er richtig wach war, hatte man ihn auch schon hochgezogen und ihm die Hände auf den Rücken gefesselt.

Nachdem er in den vergangenen Tagen fast ununterbrochen unterwegs gewesen war, war Allan gestern erschöpft auf einem Lager aus Blättern und Moos zusammengesunken und hatte geschlafen wie ein Stein. Was er jetzt vor sich sah, reichte allerdings, um ihn hellwach werden zu lassen; eine Abteilung Rotröcke hatte ihn umringt, hinter ihnen erkannte er die kargen Bergflanken.

Ein Offizier baute sich vor ihm auf. »Du bist einer von Michael Dwyers Leuten, habe ich recht? Wo hält sich dieser Hurensohn versteckt?«

Allan schluckte. »Ich kenne keinen Dwyer«, murmelte er.

Sein Herz raste. Sie würden ihm nicht glauben, auch wenn es die Wahrheit war. Na ja, vielleicht nicht die ganze Wahrheit.

»Er wird schon noch reden«, sagte der Offizier gelassen. »Hängt ihn auf.«

Allans Magen zog sich vor Entsetzen zusammen, als zwei Rotröcke den beweglichen Galgen, eine Vorrichtung aus zwei senkrechten Balken, zwischen die ein starkes Tau gespannt war, heranrollten. Sie schleiften ihn zum Galgen, warfen einen Strick über das Tau und legten ihm die Schlinge um den Hals. Allan versuchte, sich an irgendein Gebet zu erinnern, das ihm jetzt Kraft geben würde, aber in seinem Kopf war nur kalte, grauenhafte Angst. War das die Strafe für seine Sünden?

»Zieht ihn hoch!«

Allan merkte, wie sich die Schlinge um seinen Hals zuzog, und versuchte verzweifelt, seine auf dem Rücken gefesselten Hände zu befreien. Er spürte, wie sein Hals immer länger wurde, dann verlor er den Boden unter den Füßen, und ein fürchterlicher Druck schnürte ihm die Kehle zu. Er wollte schreien, schnappte nach Luft, doch nichts davon erreichte seine Lunge. In Panik trat er um sich, hörte die Soldaten über seine Verrenkungen lachen und spürte, wie es sich warm in seine Hose ergoss. In seinen Ohren rauschte es, sein Herz pumpte wie irrsinnig, vor seinen Augen zuckten Lichtblitze. Seine Lunge drohte zu platzen, er brauchte Luft, mehr als alles brauchte er Luft …

Und dann – nichts mehr.

Hustend und nach Atem ringend kam er wieder zu sich, Wasser lief ihm über das Gesicht und in die Augen, und seine Lungen füllten sich mit köstlicher, frischer Luft. Ein paar Sekunden lag er nur da und genoss das unbeschreibliche Gefühl, wieder atmen zu können.

»Na, wirst du jetzt gesprächiger sein?«, drang die Stimme des Offiziers durch sein benebeltes Hirn. »Wo also hält sich dieser Dwyer versteckt?«

Allan wurde auf die Füße gezerrt. Seine Hände waren noch immer gefesselt, die Schlinge lag locker um seinen Hals.

»Ich weiß es nicht«, keuchte er fast ohne Stimme. Sein Hals schmerzte fürchterlich, die gequetschte Kehle wollte ihm kaum gehorchen. »Ich kenne den Mann nicht.«

»Wie du meinst. Nochmal!«

Und das entsetzliche Spiel begann von Neuem. Sie zogen ihn hoch, ließen ihn zappeln und um sein Leben ringen, bis er erneut das Bewusstsein verlor.

Und noch ein drittes Mal. Danach verriet er ihnen alles, was er wusste. Es war wenig genug. Nur, dass er einer der Rebellen war und seit Tagen auf der Suche nach Michael Dwyer, dem *Wicklow Chief*, um sich ihm anzuschließen.

»Sir, was machen wir jetzt mit dem *croppy*?«

Der Offizier zuckte mit den Schultern. »Lasst ihn baumeln, bis er tot ist. Dann ziehen wir weiter.«

Allan war zu schwach, um sich noch länger zu wehren, und als ihn diesmal endlich das Dunkel umfing, ergab er sich ihm wie einem Freund.

Als ein Schwall Wasser sein Gesicht traf, klammerte er sich an die Dunkelheit, wie er sich vorher an das Leben geklammert hatte. Nicht noch einmal diese Qual!

Aber irgendetwas war diesmal anders. Hände tätschelten sein Gesicht, rissen sein Hemd auf und fingerten an dem Band herum, an dem Allan seine Flöte hängen hatte.

»Ein Musikant! Na komm schon, *mo ghille*, atme! Ich will noch hören, wie du die Flöte spielst!«

Die Stimme klang alt und freundlich. Und sie gehörte ganz sicher zu keinem Rotrock.

»Sie haben gedacht, du wärest schon hinüber, aber so einfach machen wir es ihnen nicht, nicht wahr, *mo ghille*? Da ist noch Leben in dir.«

Mühsam öffnete Allan die Augen. Über sich gebeugt, den

Kopf von wirren grauen Haaren umgeben, sah er ein Gesicht, von Schmutz und Runzeln überzogen wie verwitterte Baumrinde.

»Trink«, sagte das Gesicht. Schmerzhaft und belebend zugleich rann das Wasser Allans geschundene Kehle hinunter. »Ich habe alles mit angesehen. Und wenn du immer noch zu Michael Dwyer willst, dann kann ich dich zu ihm bringen.«

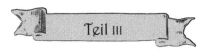

November 1798 – März 1799

14. Kapitel

Im Innenhof des Klosters ließ ein heftiger Regen das harte Wintergras ertrinken. Schwere Tropfen trafen klatschend auf dem Boden auf und hinterließen winzige Krater im Schlamm. Ich hielt die Decke, die wir vor der Küchentür aufgehängt hatten, um die Kälte abzuhalten, zur Seite. Es war kühl, aber nicht so kalt, dass es mich wieder hinein in die stickige Küche gezogen hätte, wo mein bescheidener Kalender schon fast die halbe Wand einnahm. Mittlerweile schrieben wir Ende November. Wir waren noch immer in Jerpoint Abbey.

Ich schob den rechten Jackenärmel nach oben und hielt meinen nackten Unterarm in den Regen. Das Wasser prasselte auf meine Haut und auf meine geschwollenen Finger, von denen ich längst die Ringe gezogen hatte, lief mir den Arm hinunter und durchnässte den dicken Wollflanell, doch ich störte mich nicht daran. Vor kurzem hatte Connell mir neue Kleider mitgebracht; ein langes Hemd aus weichem Musselin, eine kurze graue Jacke, einen wollenen Unterrock und einen einfachen Rock in gedecktem Braun, wie ihn viele Dienstmägde trugen. Mit dem weit geschnittenen, vorne zu schnürenden Leibchen stellte diese Aufmachung eine erhebliche Erleichterung für mich und meinen wachsenden Leib dar. Jetzt war ich dankbar für die Schuhe, die Connell mir gekauft hatte. Aus den Waren des Kaufmanns hatte ich mir außerdem ein Paar lange Strümpfe herausgesucht und sie mit blauen Strumpfbändern über dem Knie festgebunden.

Aus vollen Zügen sog ich die Gerüche ein: feuchte Luft, nasser Stein, verrottendes Laub. Mit dem Herbst waren Kälte und tanzende Blätter gekommen, die großen Ahornbäume hatten ihr Laub verloren und ragten schweigsam in den verhangenen Himmel. Mein kleiner Gemüsegarten lag inzwischen größtenteils brach, einzig ein paar Zwiebeln und Karotten fristeten noch ein bescheidenes Dasein. Vor einigen Tagen hatten wir die Ziege geschlachtet und einen großen Teil des in Streifen geschnittenen Fleisches eingesalzen. Kaninchen und Hasen ließen sich nur noch selten blicken, und sogar von den Ratten waren wir in den zurückliegenden Wochen größtenteils verschont geblieben. Nur die allgegenwärtigen Krähen waren noch da und belagerten die kahlen Bäume wie Vorboten der Nacht.

Es war den Franzosen unter General Humbert nicht gelungen, an ihren ersten Erfolgen festzuhalten. Anfang September hatten sie sich der englischen Übermacht von Lord Cornwallis ergeben, und schon bald war Killala wieder fest in der Hand der Krone. Neue Hoffnung lebte auf, als im Oktober eine weitere französische Flotte von zehn Schiffen, eines davon mit dem legendären Wolfe Tone persönlich an Bord, im äußersten Norden Irlands eintraf. Doch diesmal waren die Rotröcke vorbereitet. Sie fingen die Franzosen noch vor der Küste ab und lieferten sich mit ihnen eine erbitterte Seeschlacht, in deren Verlauf die Truppen der Krone sieben feindliche Fregatten erbeuteten. Tone wurde mitsamt seiner französischen Mannschaft festgenommen und nach Dublin gebracht. Er bat vergeblich darum, wie ein Offizier behandelt und erschossen zu werden; wegen Hochverrats wurde er zum Tode durch den Strang verurteilt. Wenig später schnitt er sich im Kerker mit einem Federmesser die Kehle durch. Es dauerte eine Woche, bis er endlich starb.

Connell hatte sich lange nicht eingestehen wollen, dass alles vergebens gewesen sein sollte. Der Tod Wolfe Tones, dieses unermüdlichen Streiters für unsere Sache, sowie das Scheitern unserer französischen Verbündeten erschütterten ihn. Die Franzosen waren seine letzte Hoffnung gewesen; ihre Niederlage bedeutete für ihn, die Aussicht auf einen Triumph über die Engländer endgültig aufzugeben. Er hatte so fest mit einem Sieg über die englischen Besatzer gerechnet, dass er sich nur schwer mit der Vorstellung anfreunden konnte, Irland zu verlassen.

Es war ruhiger geworden im Land. Fast alle Rebellen waren inzwischen gefasst und hingerichtet oder deportiert worden. Nur in den Wicklow Mountains harrte noch immer Michael Dwyer mit einer wachsenden Zahl von Männern aus. Jetzt wäre die richtige Zeit gewesen, um nach Frankreich zu flüchten. Doch dieses Vorhaben gestaltete sich schwieriger als erwartet. Ohne selbst an der Küste zu sein, war es fast unmöglich, ein Schiff zu organisieren, und ein vertrauenswürdiger Mittelsmann ließ sich auch nicht finden. Woche um Woche verging, während es immer fraglicher wurde, ob wir noch vor dem Einsetzen der Winterstürme übersetzen könnten. Und so übte ich mich in Geduld, war zufrieden, mein Kind wachsen zu spüren und weiterhin Französisch zu lernen.

Hatten die ersten Stunden noch in der Küche stattgefunden, so bat uns Connell bald, unseren Unterricht an einem anderen Ort abzuhalten. Von Cyrils Angebot, selbst daran teilzunehmen, wollte er nichts wissen. Er fühlte sich von uns gestört und behauptete, er habe keine Lust, sich die komische Sprache der Froschfresser früher anhören zu müssen als unbedingt nötig. Ich ahnte, warum er so reizbar war. Ihm fehlte eine Aufgabe, die ihn zufriedenstellte, und seit Wochen in diesem kargen Kloster festzusitzen trug nicht dazu bei, seine Laune zu bessern. Die erzwungene Einsamkeit war nichts für ihn, er brauchte Menschen um sich herum. Er ging oft nach Thomastown, wo er sich als Händler ausgab, der vorhatte, sich dort niederzulassen. Um an Geld zu kommen, nahm er dann Haar- oder Strumpfbänder aus dem Wagen des Kaufmanns oder ein paar selbstgeschnitzte Kleinigkeiten mit und verkaufte sie. Außerdem wusste ich, dass er mit den Handwerkern und Kaufleuten des Ortes um Geld spielte. Schon mehrmals war er mitten in der Nacht angetrunken zurückgekommen, die Taschen voll mit einer Mischung von kupfernen Münzen, Knöpfen aus Zinn und Silber und vollgekritzelten Schuldscheinen.

Nach Connells Bitte hatten Cyril und ich uns für den täglichen Unterricht in das Turmzimmer zurückgezogen. Anfangs hatte ich befürchtet, viel zu ungebildet zu sein, um eine fremde Sprache zu lernen, und die wenigen Brocken Gälisch, die ich beherrsche, konnte man kaum als Fremdsprache bezeichnen. Das Französische war für mich zu neu und zu ungewohnt, als dass ich schnelle Fortschritte gemacht hätte. Aber Cyril war ein guter Lehrer. Obwohl ich in den ersten Tagen schier verzweifeln wollte, weil es mir nicht gelang, auch nur eine Silbe richtig auszusprechen, verlor er nie die Geduld mit mir. Und ich biss mich durch, schließlich hatte ich mir vorgenommen, ihn nicht zu enttäuschen.

Die Vorstellung, nach Frankreich zu gehen, hatte dank Cyrils Unterricht für mich seinen Schrecken verloren. Ich mochte es, wenn er mit mir Französisch sprach. Dann bekam seine Stimme einen ganz anderen, weicheren Tonfall, und auch wenn ich zunächst kaum etwas verstand, lauschte ich aufmerksam den fremden, wohlklingenden Worten und übte mein Ohr an den immer vertrauter werdenden Lauten, die sich vom Englischen so völlig unterschieden. Jeden Tag lernte ich ein paar neue Worte, und nach einiger Zeit konnte ich schon kleinere Gespräche führen. Mein Lerneifer ließ sich kaum aufhalten. Sogar beim Kochen oder beim Ausbessern der Kleidung übte ich die neuen Sätze.

Cyril hatte Connell noch immer nichts über seine drohende Blindheit erzählt. Allerdings gab es dafür auch keinen Grund, denn soviel ich wusste, lag der letzte Anfall mit all seinen quälenden Begleiterscheinungen schon eine geraume Zeit zurück. Diese lange Unterbrechung erfüllte mich mit Freude und Zuversicht. Vielleicht hatte Gott ihn genug geprüft.

Abends nutzte Cyril die Gelegenheit, Connell und mir etwas über das Leben in Frankreich zu erzählen. Seit der Revolution hatte sich viel geändert. Die christliche Religion war durch den Kult des *Être suprême*, des höchsten Wesens, ersetzt worden, die kirchliche Heirat einer zivilen Eheschließung gewichen. Um den Einfluss der Kirche zu brechen, hatten die Revolutionäre sogar den Kalender verändert: 1792 war zum Jahr Eins der neuen Zeitrechnung erklärt worden, man hatte die Zehntagewoche eingeführt und die Monate neu benannt, und der Jahreswechsel fand jetzt im Herbst statt. Ich konnte mir nicht vorstellen, dass ich mich jemals daran gewöhnen würde, und selbst Cyril gab zu, damit gewisse Probleme zu haben.

Andere Sachen hingegen hörte ich mit Begeisterung. Ich erfuhr von den modernen, mit Leuchtgas gefüllten Lampen, die seit kurzem die Straßen von Paris erhellten, von den großen Gärten vor den Toren der Stadt und lachte über die Beschreibung der ausgefallenen Mode der *incroyables*. Für diese Einzelheiten interessierte sich sogar Connell, der spätestens bei der Erwähnung des Pariser Gesellschaftslebens aufhorchte. Die vielen Theater, Spielsalons und Kaffeehäuser der Hauptstadt versöhnten ihn ein wenig mit seinem zukünftigen Exil.

Als ich aus dem Augenwinkel eine schnelle Bewegung erhaschte und den kleinen Körper einer Ratte oder Maus weghuschen sah, ging ich hinein und folgte dem Tier. Unsere Speisekammer war ausreichend gefüllt; auf einem in der Wand eingelassenen Brett lagerten Kartoffeln, daneben Zwiebeln, selbstgezogene Karotten und ein paar runzelige Äpfel auf einem Bett aus getrockneten Farnen. Auf dem Boden standen zwei Säckchen mit getrockneten Bohnen und einer mit Gerste, über meinem Kopf hingen, vor Ratten und Eichhörnchen geschützt, einige Streifen gesalzenes Ziegenfleisch. Ein Topf mit Schmalz und ein weiterer mit Salz vervollständigten unseren Bestand.

Ich schob einen Sack mit Bohnen beiseite. An der Wand saß

eine Maus, die mich verängstigt aus schwarzen Knopfaugen anstarrte. Ich hatte eben ein grosses Holzscheit gefunden, mit dem ich das Tier erschlagen wollte, als ich innehielt. War ich nicht selbst im Begriff, Leben zu schenken? Wie konnte ich da ein anderes zerstören? Ich liess das Scheit sinken und verscheuchte die Maus mit dem Fuss. Es gab genug zu essen; eine Maus mehr oder weniger würde da nicht viel ausmachen.

Mit dem befriedigenden Gefühl, eine gute Tat getan zu haben, liess ich mich auf die Holzbank in der Küche sinken und lockerte die Schnüre meines Leibchens. Befreit wölbte sich mein Bauch in einer Halbkugel nach vorne, während ich ganz still dasass und die Bewegungen der winzigen Füsse in mir spürte, die mich von innen traten und stiessen. Die Bewegungen dieses kleinen Wesens in mir, das zu mir gehörte und gleichzeitig doch so fremd war, erstaunten mich jeden Tag aufs Neue.

In nicht allzu ferner Zeit würde ich ein Kind in meinen Händen halten. Sofern ich mich richtig an das lehrreiche Gespräch mit Molly O'Brien erinnerte, dauerte eine durchschnittliche Schwangerschaft vierzig Wochen. Wenn das Kind in jener Nacht mit Cyril gezeugt worden war, würde es also in den letzten Märztagen geboren werden. Sollte Connell der Vater sein, wäre es zwei Wochen früher. Wobei diese Möglichkeit für mich fast ausgeschlossen war. Getreu Mollys Ratschlägen hatte ich mich auf Vinegar Hill nämlich nicht darauf verlassen, dass Connell wusste, was er tat, sondern hatte versucht, mit Hilfe eines kleinen, mit Essig getränkten Stück Stoffs selbst entsprechende Vorkehrungen zu treffen. Was natürlich nicht immer möglich gewesen war. Dennoch war ich mir ziemlich sicher, dass das Kind nur von Cyril sein konnte. Doch Gewissheit würde ich erst dann haben, wenn das Kind herangewachsen und die Ähnlichkeit mit seinem Erzeuger nicht mehr zu übersehen war.

Wenn ich bis dahin noch lebte. Je näher der Zeitpunkt meiner Niederkunft rückte, desto ängstlicher wurde ich. Eine Geburt war immer gefährlich. Eine falsche Kindeslage, unstillbare Blutungen, das gefürchtete Kindbettfieber – es gab so vieles, was passieren konnte. Und wo würde ich wohl entbinden? Hoffentlich waren wir bis dahin schon in Frankreich, denn ich hatte wenig Lust, dabei womöglich auf Mistress Margaret angewiesen zu sein. Mit Schaudern dachte ich an unsere Begegnung zurück, und für einen kurzen Moment bereute ich meinen damaligen Entschluss. Wenn ich an jenem Tag die Abtreibung gewählt hätte, müsste ich jetzt nicht die Gefahren einer Geburt fürchten.

Aber diese Zweifel dauerten nur einen winzigen Augenblick. Ich hatte mich für das Leben entschieden. Es würde alles gut werden.

»Was hältst du von Aidan?«

Connell legte einen Arm hinter den Kopf, was die aufgehäuften Blätter unter ihm zum Rascheln brachte. »Aidan O'Leary? Hört sich nicht gut an. Nein, mein erster Sohn wird Sean heißen, nach meinem Vater. Sean Vincent O'Leary.«

»Und wenn es ein Mädchen wird?« Ich rutschte ein Stück weiter unter die Decke. Die Dämmerung des frühen Dezemberabends war vom Flussbett hinaufgekrochen und hatte eine klamme Kälte mitgebracht, die ein kleines Feuer aus Torf und Holzresten zu vertreiben suchte. Wir hatten einige Zimmer mit Lehm aus dem Flussbett, Gras und kleinen Zweigen notdürftig abgedichtet und Decken vor Türen und Fenster gehängt. Dennoch drang die feuchte Kühle durch die kleinsten Ritzen. »Megan wäre doch ein hübscher Name. Oder Lilian. Wie die Mutter meiner Mutter.«

»Ein Mädchen? Ich dachte, du wirst mir einen Sohn schenken. Einen Sohn, der meinen Namen weiterführen wird, wenn ich einmal nicht mehr bin.« Connell drehte sich zu mir, das Feuer warf Schatten auf seine Züge. »Was glaubst du, wie es ist zu sterben?«

»Das will ich nun wirklich nicht so genau wissen.«

»Aber ich. In letzter Zeit muss ich ständig darüber nachdenken.« Er strich nachdenklich über meine Wange. »Ich weiß nicht, ob ich es fertigbringen könnte, mich selbst zu töten. So, wie Wolfe Tone es getan hat. Andererseits, wenn ich mir vorstelle, gehängt zu werden ... Denn das würde Cyril und mir bevorstehen. Öffentliche Hinrichtung wegen Hochverrat.«

»Hör auf«, bat ich. »Ich mag es nicht, wenn du vom Sterben redest. Das macht mir Angst.«

»Mir auch«, sagte er leise. »Das ist schon seltsam, oder? Heißt es nicht, wer dem Tod nahe war, der fürchtet ihn nicht mehr?«

»Dann verstehe ich nicht, warum du so oft nach Thomastown gehst. Damit forderst du dein Schicksal doch geradezu heraus.«

Er schüttelte den Kopf. »Ich kann nicht einfach hier sitzen und warten. Wenn die Rotröcke mich erwischen sollen, dann werden sie das auch, ob ich nun hier bin oder in Thomastown. Seiner Bestimmung kann man nicht entfliehen. Man kann nur versuchen, sie ein bisschen hinauszuzögern.« Er richtete sich ein wenig auf und lehnte sich auf seinen Ellbogen. »Und wenn es so wäre und sie uns tatsächlich hinrichten würden: Um wen würdest du dann mehr trauern – um Cyril oder um mich?«

Alles in mir versteifte sich. »Was ist denn das für eine merkwürdige Frage?«

»Wenn ich daran denke, wie du ihn manchmal ansiehst, finde ich die Frage gar nicht so merkwürdig.«

»Wie ich ihn ansehe?«, echote ich verblüfft. »Wie denn?«

»Ich weiß nicht, irgendwie anders eben. So hast du ihn früher jedenfalls nicht angeschaut.« Connells Augen waren zwei dunkle Höhlen, ich fragte mich, welchen Ausdruck sie zeigen mochten. »Wenn er will, kann er ziemlich charmant sein, nicht wahr?«

»Ich dachte, du wolltest, dass wir uns besser verstehen.«

»Du musst es ja nicht gleich damit übertreiben.« Er ließ sich wieder zurücksinken. »Inzwischen verbringst du bald mehr Zeit mit ihm und diesem albernen Unterricht als mit mir.«

Daher wehte also der Wind. Verletzter Stolz und gekränkte Eitelkeit. Wahrscheinlich hatte er meine Begeisterung für das Französische nur für ein Strohfeuer gehalten, das schnell niederbrennen würde.

»Das ist kein alberner Unterricht«, widersprach ich. »Du weißt so gut wie ich, dass ich ernsthaft Französisch lerne. Es wird für uns alle von Nutzen sein, wenn wir erst in Frankreich sind, das solltest du wirklich wissen.«

»Weiß ich ja auch«, lenkte er ein. »Allerdings wirst du wohl bald eine Weile auf ihn verzichten müssen.«

»Wieso?«

»Ach, hat er dir das noch nicht gesagt?« Täuschte ich mich, oder hörte ich in Connells Stimme tatsächlich so etwas wie Genugtuung? »Cyril wird an die Südküste reisen.«

»Was?!« Mich durchzuckte ein jäher Anflug von Panik.

Connell hob die Schultern. »Er meint, dass es an der Zeit ist, sich selbst um eine Überfahrtgelegenheit zu kümmern. Schließlich kennt er in der Gegend von Waterford eine ganze Menge Leute von früheren ... nun ja – Geschäften.«

»Schmuggler?«

»Zum Beispiel.«

Für eine Weile sprach niemand von uns.

»Hast du ihn auf diese Idee gebracht?«, fragte ich schließlich.

»Ich? Nein, das hat er ganz allein entschieden. Obwohl ich nicht abstreiten will, dass diese Lösung etwas für sich hat. Bei den Kontakten, die Cyril früher hatte, wird er sicher noch jemanden auftreiben, der uns weiterhelfen kann. Und dann können wir endlich von hier verschwinden.«

Ich nickte wortlos.

»Sag mal, was ist denn los mit dir?«, fragte Connell. »Man könnte meinen, du wolltest auf einmal nicht mehr nach Frankreich. Oder wäre es dir lieber, wenn *ich* mich auf den Weg an die Küste mache?«

»Nein, natürlich nicht. Es ist nur ...« Ich wusste selbst nicht, was mich plötzlich so erschreckte. »Ist es nicht zu gefährlich?«

»Glaubst du, auf Dauer ist es hier sicherer? Nein, ich halte das für gar keine schlechte Idee.« Ein Harztropfen zerplatzte knisternd im Feuer und übersprühte den Raum mit einem Funkenregen goldenen Lichts. »Habe ich dir schon gesagt, dass du immer schöner wirst?« Connell legte eine Hand auf meinen deutlich gerundeten Bauch. »Du bist mir übrigens noch eine Antwort schuldig.«

»Was ich täte, wenn sie dich hinrichten würden? Ich glaube nicht, dass ich um dich trauern würde.«

Seine Hand, die eben noch zärtlich meine Haut gestreichelt hatte, verharrte mitten in der Bewegung. »Ach nein?«, fragte er kühl. »Dann ist es mit deiner Liebe ja nicht sehr weit her.«

Ich hob meinen Arm und fuhr mit dem Finger über seine Augenbraue. »Du Kleingläubiger«, murmelte ich. »Ich könnte gar nicht trauern, weil nämlich im selben Moment mein Herz stehenbleiben würde.«

Cyril brach kurz nach Weihnachten auf. Spätestens Anfang Februar wollte er zurück sein. Wenn er bis dahin nicht wieder bei uns eingetroffen wäre, müssten wir davon ausgehen, dass ihm etwas zugestoßen war. Dann lag es an Connell, allein mit mir die Flucht nach Frankreich zu wagen.

»Er wird doch vorsichtig sein?«, fragte ich, als ich mit Connell in der vom Herdfeuer behaglich erwärmten Küche saß. Brodelnde Suppe erfüllte die Luft mit dem Duft von Kohl, Kartoffeln und Ziegenfleisch, Rauch schwebte in einer dunstigen Glocke im Raum.

Connell hatte die Füße auf den Tisch gelegt und versuchte, mit ein paar Kieselsteinen einen Topf zu treffen. »Natürlich wird er das. Du darfst schließlich nicht vergessen, dass er Soldat war. Er ist nicht zum ersten Mal allein unterwegs.«

Aber da hat er auch noch genug gesehen, lag es mir auf der Zunge, doch ich schluckte es hinunter. Was, wenn er Rotröcke oder Miliz zu spät bemerkte? Wenn sie ihn festnehmen würden? Bei dieser Vorstellung wurde mir geradezu schlecht vor Angst. Wenigstens hatte er das Laudanum mitgenommen.

Connell wog einen weiteren Stein in der Hand. »Ich hasse diesen Ort. Es ist kalt, es ist ungemütlich, und wir sind schon viel zu lange hier.«

»Aber in der Küche ist es doch warm.«

Der Stein traf scheppernd den Topf. »Ich habe aber keine Lust, mich nur in der Küche aufzuhalten. Ich bin schließlich keine Schabe.« Er warf das letzte Steinchen aus dem Fenster. »Letzte Nacht habe ich davon geträumt, für den Rest meines Lebens in diesem Kloster festzusitzen. Der reinste Albtraum.«

»*Étranges rêveries ...*«, murmelte ich.

Er schaute überrascht auf. »Was?«

»Seltsame Träumereien«, übersetzte ich. »Das stammt aus einem französischen Gedicht, das mir ... Cyril beigebracht hat.« Mein Zögern war kurz, aber wahrnehmbar. Ob ich es wollte oder nicht, ich kam immer wieder auf ihn zurück.

»Er bringt dir Gedichte bei?«

»Nur zwei oder drei. Es hilft, sich an den Klang der Worte zu gewöhnen. Aber ich habe noch eine ganze Menge mehr gelernt.«

»Ach ja? Was denn?« Er hob die Hände in gespielter Unschuld. »Du musst mich gar nicht so argwöhnisch ansehen. Es interessiert mich wirklich.«

»Na ja«, sagte ich, »was man eben so braucht. Wie man nach dem Weg fragt. Oder wie man sich über das Wetter unterhält. Oder was man sagt, wenn einem das Essen nicht schmeckt.«

»Zeig es mir. Frag nach einem Zimmer für uns«, forderte Connell mich auf. »Ich denke, das dürfte eine der ersten Fragen sein, die wir in Frankreich stellen müssen.«

Ich holte tief Luft. »*Je cherche un ... une chambre ... pour la nuit ... pour trois personnes*«, stückelte ich zusammen.

Er nickte anerkennend. »Und weiter? Wenn man uns fragt, ob wir bezahlen können?«

»*Certainement, citoyen, nous ... pouvons payer*. Es heißt jetzt *citoyen*, nicht mehr *monsieur*«, erklärte ich und bemühte mich, das schwierige Wort richtig auszusprechen, »auch wenn sich *monsieur* für mich vornehmer anhört.«

»Für mich hört sich alles gut an, was du eben gesagt hast«, meinte Connell galant. »Auch wenn ich kaum etwas verstanden habe.«

»Ich könnte es dir beibringen«, schlug ich vor. »Wenigstens ein bisschen. Damit könnten wir Cyril überraschen, wenn er wiederkommt.«

Connell lächelte geheimnisvoll. »Das wäre bestimmt keine schlechte Idee, wenn wir in Frankreich bleiben würden. Aber ich habe mir etwas anderes überlegt, und dafür brauchen wir keine fremde Sprache zu lernen. Wir müssen nur ein wenig länger übers Meer fahren.«

Ich schaute ihn verständnislos an. »Du willst nicht nach Frankreich?«

»Doch, zuerst schon. Wir werden allerdings nur so lange dortbleiben, bis das Kind geboren ist und wir das Geld für die Überfahrt zusammenhaben.«

»Für welche Überfahrt denn?«

Connell nahm die Füße vom Tisch und setzte sich aufrecht hin. »Nach Amerika.«

»Amerika?«, wiederholte ich verblüfft. Dieses Land war so unvorstellbar weit weg für mich, dass es gut und gerne auf dem Mond hätte liegen können. »Sind das nicht englische Kolonien?«

»Nicht mehr. Jetzt sind sie unabhängig. Sie haben gegen England Krieg geführt und gewonnen.«

»Aber ich hatte gedacht, wir würden nach Frankreich gehen und dort ein neues Leben anfangen ...«

»Das können wir doch auch in Amerika. In Frankreich würden wir beide uns immer fremd fühlen. Und in Amerika braucht man uns, einmal ganz abgesehen davon, dass man dort auch noch Englisch spricht. Es gibt dort Land im Überfluss, und jeder kann dort reich werden.« Seine Begeisterung wirkte ansteckend. »In Thomastown habe ich einen Mann getroffen, der mir von seinem Schwager in Virginia erzählt hat. Es gibt eine ganze Menge Iren, die dort drüben ihr Glück gemacht haben. Und wer weiß«, sagte er mit einem beiläufigen Achselzucken, »vielleicht werde ich eines Tages sogar Präsident.«

Ein altes Jahr ging, ein neues begann. Der Januar zog sich dahin in einer endlosen Folge gleichförmiger Tage. Regenwolken tauchten die Welt in graue Eintönigkeit. Die dicken Steinwände schluckten jedes Geräusch, und bis in den Vormittag hinein trieben Wolkenschleier über dem Gras. Dann kam es mir vor, als wäre das Kloster in dieser eigentümlichen Stille völlig allein auf dieser Welt. Ein einsamer Felsen in einem Meer aus Nebel. An manchen Tagen war es so dunkel, dass ich nur mit ein paar Binsenlichtern genug Helligkeit zum Nähen und Ausbessern hatte. Manchmal saß ich auch nur ganz still da, Röcke und Umhang fest um mich geschlungen, eine Hand auf den Bauch gelegt, und spürte den lebhaften Bewegungen in meinem Inneren nach, während Connell aus Aststücken kleine Schachfiguren schnitzte, die er in Thomastown verkaufen wollte.

Jetzt war ich es, die das Warten nicht länger ertragen konnte. Ich träumte vom Frühling, von Veränderung, vom Ende der Unsicherheit. Meine Welt hatte sich reduziert auf diese kalten Mauern, durch die nachts der Wind mit tausend Stimmen pfiff.

Ich wollte mit Connell zusammen sein, und doch sehnte ich mich gerade in diesen Tagen nach weiterer Gesellschaft. Mir fehlte die Musik, der Klang von Harfe, *bodhrán* und Flöte. Um mich zu beschäftigen, wanderte ich im Kloster umher oder schnitt für mein ungeborenes Kind Wickeltücher aus den Tuchballen des Kaufmanns zu. Ich konnte es kaum erwarten, mein Kind endlich im Arm zu halten, und wünschte mir sehnlich, die Geburt schon hinter mir zu haben.

Connell war von geradezu grenzenloser Fürsorge. Da mir der Weg durch die nassen Wiesen zum Bach zu unbequem wurde, hatte er das Wasserholen übernommen. Er kümmerte sich darum, dass genug Brennholz und Torf vorhanden war, brachte mir warme Steine zum Aufwärmen und massierte mir die geschwollenen Füße, und an einem regnerischen Nachmittag präsentierte er mir voller Stolz eine Überraschung.

»Sie ist noch nicht fertig, aber ich wollte nicht mehr warten. Gefällt sie dir?«

Ich war sprachlos. Vor mir stand eine Wiege aus roh geschliffenen Brettern, erst halb fertig und grob geschnitzt, doch schon jetzt konnte ich erkennen, wie viel Mühe er sich damit gegeben hatte. Für eine ganze Weile betrachtete ich das Bettchen in stummem Entzücken, strich gerührt über das Holz und umarmte ihn dann lange.

»Ich liebe dich.«

»Das«, erwiderte Connell grinsend, »war die Antwort, die ich hören wollte.«

Seit es nur noch eine Frage der Zeit war, wann wir Jerpoint Abbey verlassen würden, hatte er seine Rastlosigkeit fast völlig verloren. Er ließ mich immer nur kurz allein und ging lediglich ein einziges Mal nach Thomastown, um ein paar Vorräte zu besorgen. Mit kaum zu bremsender Leidenschaft konnte er stundenlang davon reden, welche Möglichkeiten sich in Amerika für uns eröffnen würden und was er mir alles bieten würde. Er wollte sich in Carolina oder Virginia niederlassen, wo es mehr Land gab, als ich mir vorstellen konnte. Wir könnten dort kirchlich heiraten, nicht nur zivil wie in Frankreich. Er würde ein Haus für uns bauen und noch viele Kinder zeugen.

Ich freute mich über seine Begeisterung, auch wenn ich sie kaum teilen konnte. Amerika war so furchtbar weit weg; wir würden zwei Monate mit dem Schiff unterwegs sein. Oder noch länger, wenn das Wetter nicht mitspielte. Stürme, Piraten, Seeungeheuer – ich wollte mir lieber nicht ausmalen, was auf dem Weg dorthin passieren konnte …

Auch sonst war ich nicht glücklich. Mich verfolgte ein seltsam ungutes Gefühl, eine vage Ahnung oder Angst. Erfüllt von innerer Unruhe schlief ich schlecht, schreckte nachts oft auf und grübelte dann stundenlang. Ich konnte nicht sagen, wovor ich mich fürchtete, doch manchmal schien es mir, als versuchte diese Angst, mich vor einer schattenhaften Bedrohung zu warnen. Vielleicht hing es mit den allgegenwärtigen Krähen zusammen. Oder mit Cyrils Abwesenheit. Ohne ihn war es einsamer geworden im Kloster. Auch wenn wir selten über ihn sprachen, wusste ich, dass auch Connell in Gedanken bei ihm war, wenn er von seiner Arbeit aufblickte und für eine Weile in die zuckenden Flammen der Binsenlichter starrte.

Es regnete schon wieder. In langen, grauen Fäden tropfte das Wasser zu Boden und ließ die Welt wie hinter einem Vorhang verschwinden. Nebel kroch durch das Dickicht wie ein körperloses Tier, der Wald roch modrig und nach verrottendem Laub. In das Rauschen des Regens mischte sich das Plätschern des Baches, die Tropfen kräuselten das schlammige Wasser.

Cyril faltete die Landkarte, die vom vielen Gebrauch fleckig und feucht war, wieder zusammen und sah hinauf zum wolkenverhangenen Himmel. Die kahlen Zweige hielten den Regen kaum ab. In Frankreich hieß diese Zeit seit einigen Jahren *plu-*

viose, Regenmonat – ein wahrhaft passender Name für diese Tage, die nur aus Wasser und Nebel zu bestehen schienen.

Er musste das Tageslicht ausnutzen. In der Nacht würde es ihm kaum mehr möglich sein, den Weg zu finden. Die Dunkelheit war das Schlimmste an dem allmählichen Nachlassen seiner Sehkraft, ein Vorgeschmack auf die Blindheit. Denn trotz der erstaunlich langen beschwerdefreien Zeit konnte doch niemand sagen, wie lange dieser Zustand anhalten würde.

Er hustete. Die Nacht war kalt gewesen, kalt und feucht, und er sehnte sich nach einem wärmenden Feuer, doch diese Wohltat erlaubte er sich nur nachts, wenn die Dunkelheit den dichten Qualm verbarg. Und so zog er den Hut noch weiter ins Gesicht, schlug den Mantelkragen höher und wandte sich nach links, wo ein Trampelpfad am Ufer entlangführte.

Das Laufen wärmte ihn wieder etwas auf. Zumindest schützte ihn der Mantel, den er von Eddie bekommen hatte, vor dem Regen, auch wenn seine Kleidung darunter sich klamm und feucht anfühlte. Wahrscheinlich sah er aus wie ein Landstreicher – und dann musste er selbst über diesen Anflug von Eitelkeit lächeln. Er legte es schließlich nicht darauf an, jemandem zu begegnen.

Der Boden war uneben, matschig und mit spitzen Kieseln übersät. Weiter abseits verlief noch ein breiter, ungepflasterter Weg, doch in Zeiten wie diesen tat man gut daran, sich von den großen Wegen fernzuhalten. Er wollte nicht riskieren, der Miliz oder den Rotröcken in die Arme zu laufen.

Er machte sich keine Illusionen darüber, was ihn dann erwarten würde. Denn sie würden ihn nicht einfach nur hängen.

Sie würden ihn schlagen, wieder und wieder, bis er nicht mehr stehen konnte, sein Rücken eine einzige blutige Masse, von der sich die Haut in Fetzen löste …

Er schüttelte heftig den Kopf, um dieser Erinnerung zu entkommen.

Nicht mehr nachdenken. Allem entfliehen, was ihn verfolgte.

Genau wie damals. Als er nach Frankreich gegangen war, hatte er nur gehofft, dort einen schnellen und ehrenvollen Tod zu finden. Er war ein guter Soldat gewesen, den man für seine Tapferkeit ausgezeichnet und schnell befördert hatte. Es war leicht, tapfer zu sein, wenn man sterben wollte.

Er hatte versucht zu vergessen, nicht mehr zurückzuschauen, dem Schmerz über Deirdres und Brendans Verlust zu entkommen, einem Schmerz, der sich nicht äußern konnte und der sich nach innen fraß wie ein Geschwür. Er hatte die schrecklichen Bilder verdrängt, sie so lange bekämpft, bis sie ihn nur noch in seinen Träumen heimsuchten.

Der Regen hörte so plötzlich auf, wie er angefangen hatte, die Wolkendecke riss auf und schickte gleißende Strahlen zur Erde. Früher hätte er das Sonnenlicht auf den zitternden Tropfen als göttliches Zeichen verstanden. Jetzt aber beschleunigte er nur seine Schritte. Wenn nichts dazwischenkam, könnte er seinen Bruder schon bald wiedersehen. Und Sharon. Er versuchte, die aufkeimende Freude zu unterdrücken. Er durfte nicht zulassen, dass er sich zu sehr an das Mädchen gewöhnte. Sharon gehörte zu Connell. Für ihn, Cyril, gab es keine Zukunft.

15. Kapitel

»Steh auf«, hörte ich eine Stimme an meinem Ohr. »Jetzt mach schon!«

Ich wusste, dass es Connell war, doch ich hielt fest an meinem Traum, wollte mich nicht trennen vom Schlaf.

»Komm schon, ich muss dir etwas zeigen!«

»Kann das nicht warten?« Ich verkroch mich noch tiefer in meinem Deckenstapel. »Ich bin todmüde. Das Kind hat die halbe Nacht gestrampelt. Wahrscheinlich bin ich innerlich voller blauer Flecken. Kannst du es mir nicht einfach sagen?«

»So leicht kommst du mir nicht davon. Du kannst nachher schlafen, so viel du willst, aber jetzt musst du aufstehen.« Unbarmherzig zog er den Deckenhaufen fort, den ich über mir aufgetürmt hatte.

Missgelaunt setzte ich mich auf. »Ihr Männer solltet auch Kinder bekommen, dann wüsstet ihr, dass man so nicht mit Schwangeren umgeht.«

Durch das verhängte Fenster drang kein Licht, ich konnte nicht erkennen, ob es schon dämmerte. Obwohl Connell kaum mehr als ein dunkler Schatten vor mir war, spürte ich seine Ungeduld. Ich warf mir den schweren Umhang über und schlüpfte umständlich in meine Schuhe.

»Ich bin so weit. Was jetzt?«

Er griff nach meiner Hand. »Mach die Augen zu. Ich habe eine Überraschung für dich.«

Eine Überraschung? Hatte er noch etwas für mich gemacht? Aber damit hätte er ruhig noch etwas länger warten können ... Schlaftrunken schloss ich die Augen.

Er führte mich einmal rechts herum, und noch einmal, dann spürte ich die behagliche Wärme des Herdfeuers.

»Und nun«, sagte er feierlich, »Augen auf!«

Ich öffnete gehorsam die Augen – und stieß einen entzückten Schrei aus. »Cyril! Bist du das wirklich?«

Im ersten Moment war ich mir tatsächlich nicht sicher, da er gerade das Feuer schürte und sich seinen Hut über dem hochgestellten Kragen so tief ins Gesicht gezogen hatte, dass ich kaum etwas von ihm sehen konnte. Er trug einen langen Mantel mit doppeltem Überwurf, der seine Gestalt fast gänzlich verhüllte.

Bei meinen Worten richtete er sich auf.

»*À votre service, citoyenne.*« Er schüttelte den Kopf, als ich nicht reagierte. »War ich so lange fort, dass du dein ganzes Französisch schon wieder vergessen hast?«

Beim vertrauten Klang seiner Stimme verschwamm die Küche für einen Augenblick, mein Herz stolperte. Als er jetzt auch noch den Hut abnahm, konnte ich mich kaum bremsen, ihm um den Hals zu fallen.

Auch Connell strahlte bis über beide Ohren. »Na«, meinte er spitzbübisch, »bist du jetzt wach?«

Die Sorgen der vergangenen Wochen fielen von mir ab, als wäre ich ein schweres Gewicht losgeworden. Jetzt hatten alle anderen Fragen Zeit bis auf diese eine: »Geht es dir gut?«

»Natürlich geht es ihm gut«, sagte Connell vergnügt. »Schließlich ist er heil und in einem Stück zurückgekommen. Oder etwa nicht?«

Cyril legte den Hut auf den Tisch und begann, den Mantel aufzuknöpfen. »So könnte man es ausdrücken. Jedenfalls vermisse ich kein wichtiges Teil.«

Ich lachte etwas zittrig und setzte mich auf die hölzerne Bank. Die Erleichterung machte mich plötzlich ganz schwach.

»Wohl ganz im Gegenteil, wenn ich mir dich so ansehe«, stellte Connell fest und musterte seinen Bruder wohlwollend. »Kommt nach Wochen zurück und ist gekleidet wie ein vornehmer Herr. Wo zum Teufel hast du das teure Stück her?«

»Von Eddie«, sagte Cyril, der eben dabei war, besagtes Stück auszuziehen. »Eddie Nolan, du müsstest ihn noch von früher kennen. Und Eddie hat ihn von der Witwe eines seiner zahlreichen Geschäftspartner. Er hat ihn aufgehoben, um ihn jemandem zu geben, der ihn gebrauchen kann.«

»Warum hat er ihn denn nicht selbst genommen?«, fragte ich, erstaunt über diese Großzügigkeit.

Connell grinste. »Weil der gute Eddie noch kleiner ist als du, *a stóirín*. Er würde bestimmt ständig über den Saum fallen.«

»Ach so.« Ich nickte verständnisvoll und rutschte ein Stück zur Seite, als Cyril sich setzte. Die Strapazen der vergangenen Wochen waren nicht spurlos an ihm vorübergegangen. Er wirkte ein wenig erschöpft, und er hatte sich seit Tagen nicht mehr rasiert.

»Ich habe so fest geschlafen, dass ich gar nichts gehört habe. Waren sie hinter dir her? Was hast du alles erfahren? Hast du ein Schiff gefunden? Wann können wir hier weg?«

»Er verschwindet bestimmt gleich wieder, wenn du ihn noch weiter mit deinen Fragen löcherst«, unterbrach Connell meinen Redefluss. »Ich bin mindestens so gespannt wie du, aber vielleicht sollten wir zuerst etwas essen? Wäre doch schade um die schönen Sachen.«

Im schwachen Licht erkannte ich eine Vielzahl Köstlichkeiten: einen Käse, Speck, Brot und getrocknete Würste, zu denen sich ein paar Zwiebeln und Schmalz aus unserer Speisekammer gesellten. Mein Magen begann vernehmlich zu knurren.

Die fünf Wochen, die Cyril unterwegs gewesen war, waren

zu Anfang wenig ergiebig gewesen. An manchen Tagen hatte er sich nur von einem Versteck zum nächsten bewegt, denn große Teile des Küstengebiets von Waterford wurden inzwischen von Truppen der Krone kontrolliert, darunter auch viele der ehemals sicheren Anlegestellen der Schmugglerschiffe. Die meisten von Cyrils früheren Kontaktleuten waren verschwunden; manche waren festgenommen worden, andere ausgewandert oder schon lange aus dem Geschäft ausgestiegen. Schließlich hatte er Eddie Nolan gefunden, einen der letzten unerschrockenen Schmuggler in diesem Gebiet.

»Eddie ist also immer noch im Geschäft?«, erkundigte sich Connell.

Cyril nickte. »Als einer der Letzten. Und er redet noch immer jeden in Grund und Boden. Sogar die Rotröcke. Er hat mir erzählt, dass sie ihn einmal erwischt haben, als er gerade Schmuggelware aus den Dünen holen wollte. Sie wollten ihm schon die Teerkappe aufsetzen, aber er konnte sie tatsächlich dazu überreden, ihn laufen zu lassen. Seitdem haben sie eine Art Abkommen. Er gibt ihnen einen Anteil seiner Ware, dafür lassen sie ihn in Ruhe. Inzwischen verdient er ganz gut daran, Wein und andere Dinge aus Frankreich einzuführen und auch mal den ein oder anderen Passagier zu vermitteln. Uns zum Beispiel.«

»Das sind doch mal gute Nachrichten.« Connell nahm sich noch ein Stück Käse. »Jetzt lass dich nicht so feiern und rück schon raus damit: Wann geht es los?«

»Anfang März. Dann erwartet Eddie das erste Frachtschiff nach den Winterstürmen. Bis dahin haben wir noch einen Monat Zeit.« Er warf mir einen prüfenden Blick zu. »Meinst du, das wird gehen?«

»Sicher.« Ich nickte zuversichtlich, auch wenn mir gar nicht danach war. Cyril hatte schon genug auf sich genommen, um uns diese Überfahrt zu ermöglichen; es war nicht seine Schuld, dass es nicht sofort so weit war. »Obwohl ich lieber heute als morgen aufbrechen würde«, konnte ich mich dennoch nicht zurückhalten.

Cyril streckte sich ausgiebig wie eine Katze nach dem Schlaf. »Ich dagegen«, sagte er, »hätte absolut nichts gegen einige Tage Ruhe einzuwenden.«

»Die hast du dir auch redlich verdient«, sagte Connell anerkennend. »Die paar Wochen werden wir noch durchhalten. Und dann auf nach Frankreich. Und noch weiter.« Er blinzelte mir verschwörerisch zu und wandte sich wieder an seinen Bruder. »Was hältst du von Amerika?«

Ich hatte gehofft, dass mit Cyrils Rückkehr auch meine unerklärlichen Ängste verschwinden würden. Doch Cyril war zurück, und die Ängste waren noch immer da. Sobald ich allein war, besetzten sie mein Denken und ließen für nichts anderes mehr Platz. Vielleicht mochte dies mit meiner fortschreitenden Schwangerschaft zusammenhängen. Ich konnte nicht mehr richtig durchatmen, mein Rücken schmerzte, und überall in meinem Körper zog und zwickte es. Bisweilen wünschte ich mir tatsächlich, dass das Kind noch in Irland zur Welt kommen würde, damit ich die anstrengende Reise nicht in diesem Zustand antreten müsste.

Noch fehlte es vor allem an Geld für die Überfahrt. Wenn wir alles zusammenlegten, was wir hatten, kamen wir auf genau fünf Pfund und drei Shilling. Das französische Paketboot verlangte zwei Pfund für jede Person, und Eddie Nolan erwartete auch einen Anteil. Neben Verpflegung mussten wir auch noch ein Pferd besorgen, das Connell einige Tage vor unserem Aufbruch in Thomastown kaufen wollte. An der Küste würden wir dann Pferd samt Wagen wieder zu Geld machen.

Connell zeigte sich bei der Lösung dieses Problems ausgesprochen einfallsreich. Nachdem er so lange nicht mehr in

Thomastown gewesen war, konnte er es kaum erwarten, an die Spieltische zurückzukehren. Er spielte immer nur mit kleinen Einsätzen und brachte es schon am ersten Abend zu einem respektablen Gewinn. Außerdem hatte er einen kompletten Satz seiner geschnitzten Schachfiguren an einen Händler verkaufen können.

Cyril und ich setzten unseren Unterricht fort. Nach der mehrwöchigen Unterbrechung hatte ich einiges vergessen und musste mich anstrengen, um meine Versäumnisse wieder aufzuholen. Cyril ging jetzt dazu über, mich selbst wählen zu lassen, worüber ich in meinem unbeholfenen Französisch reden wollte, und half mir nur, wenn ich zu sehr ins Stocken geriet. Daneben erzählte er mir von Robespierre und Danton und machte mich mit den Schriften der Aufklärer sowie den Ideen der Revolution vertraut. Das Konzept der Demokratie klang gut in meinen Ohren: Jeder Mensch ist frei. Niemand sollte über den anderen herrschen. Ein freies Volk sollte über sich selbst bestimmen können. Und obwohl ich Cyril nicht immer ganz folgen konnte, war ich stolz darauf, dass er mir überhaupt zutraute, mich mit solch schwierigen Themen wie der Natur des Menschen oder der menschlichen Vernunft zu befassen.

Ich hörte Cyril gern zu und wurde nicht müde, ihn über Frankreich auszufragen. Doch trotz der vielen Zeit, die ich mit ihm verbrachte, blieb er mir ein Rätsel. Etwas hatte sich verändert. Ich konnte nicht mehr zu ihm vordringen. Selbst wenn wir allein waren, vermied er es, zu vertraulich zu werden. Er war freundlich, aber zurückhaltend, und er sprach nie von sich. Als würde er das wortlose Verständnis zwischen uns beiden absichtlich unterdrücken. Daher erzählte ich ihm auch nichts von meinen Ängsten und Albträumen, fragte ihn nicht, wie seine Frau ihre Schwangerschaft erlebt hatte. Genauso wenig wusste ich, was er tatsächlich von Connells Plänen, nach Amerika auszuwandern, hielt. Bisher jedenfalls hörte er sich Connells Ausführungen geduldig an, auch wenn ich manchmal den Eindruck hatte, als wäre er mit seinen Gedanken gar nicht bei der Sache.

Ein paar Torfbrocken zischten leise im Feuer, von draußen drangen die Geräusche des frühen Abends herein. Cyril hatte das Tuch vor dem schmalen Fenster seitlich festgebunden und ließ kühle Nachtluft ins Turmzimmer einströmen. Der Abend war klar, dennoch wirkte es für ihn, als zöge Nebel herauf. Der Mond, groß und golden wie flüssiger Honig, schien umgeben von einem Hof aus farbigen Kreisen, die zu tanzen begannen, sobald Cyril den Kopf bewegte.

Vier Monate. Achtzehn Wochen. So lange hatte er Zeit gehabt, sich törichten Hoffnungen hinzugeben und anzunehmen, es hätte aufgehört. Lange genug, um zu glauben, auf neues Laudanum verzichten zu können und das Geld lieber für die Überfahrt nach Frankreich aufzusparen.

Er umklammerte das tröstliche Gewicht in seiner Hand, spürte den Stahl kühl und schwer zwischen seinen Fingern. Die Waffe gab ihm Halt, jetzt, da sein Körper sich erneut gegen ihn auflehnte. Ihm war schwindelig, und sein Magen war ein einziger rebellierender Knoten. Das Abendessen würde heute ausfallen – der bloße Gedanke an Essen widerte ihn an.

Mit geschlossenen Lidern lehnte er sich gegen die Mauer und hob die freie Hand an sein linkes Auge. Es fühlte sich an, als wäre es aus Stein. Der dumpfe Schmerz dahinter, mit dem es immer begann, war ihm vertraut wie ein langjähriger, verhasster Feind. Er konnte spüren, wie sich der Druck immer weiter aufbaute, bis sich sein Schädel anfühlen würde, als würde er platzen.

Als es ihn vor über einem Jahr in Frankreich zum ersten Mal niedergeworfen hatte, geschüttelt von Übelkeit und rasenden Kopfschmerzen, die ihn kaum noch etwas sehen ließen, hatte er noch geglaubt, er sei vergiftet worden. Bis der Armeearzt seine bittere Diagnose gestellt hatte. Akuter Glaukomanfall. Unheilbar. Über kurz oder lang würde der Druck auf den Sehnerv zur Erblindung führen.

Er zwang sich, die Lider wieder zu öffnen. Vor seinen Augen waberten türkisfarbene und bläuliche Schleier, drehten sich langsam in einem gespenstischen Reigen, auf und ab, hin und her. Trotz der Wärme im Raum überlief es ihn kalt – Vorbote des Fiebers. Und die Nacht fing gerade erst an.

Er löste die Schnur, ließ das Tuch vor das Fenster sinken und legte die Pistole zurück hinter einen Stapel Torf, wo er sie leicht wiederfinden würde. Wenn er Glück hatte, würde er morgen noch immer sehen können. Wenn nicht – nun, er war sich schon lange darüber klar, welchen Weg er dann gehen würde.

Zögernd blieb ich vor der Decke stehen, die die Tür des Turmzimmers vor der Zugluft schützte. Bis auf das Flüstern des Windes zwischen den Steinen war alles ruhig. Seit gestern Nachmittag hatte ich Cyril nicht mehr gesehen. Connells Aussage, dass sein Bruder ihm erklärt habe, kein Bedürfnis nach Gesellschaft zu verspüren und lieber allein sein zu wollen, hatte mich am Vortag noch überzeugen können. Aber Cyril hatte sich auch heute noch nicht blicken lassen, und ich ahnte den Grund dafür.

Der Geruch nach kaltem Rauch, abgestandenem Schweiß und Fieber schlug mir entgegen. Durch das verhängte Fenster drang genug Licht, dass ich die mit einer Ascheschicht überzogenen Torfreste eines niedergebrannten Feuers und ein Deckenlager erkennen konnte. Dort schlief er, den rechten Arm über dem Gesicht. Eine eiskalte Hand krampfte sich um meinen Magen. Ich wollte ihn nicht wecken, nur etwas frische Luft hereinlassen, und schlich ans Fenster, um das Tuch zurückzuschlagen.

»Kein Licht!«, drang seine Stimme, nicht mehr als ein raues Flüstern, durch die Stille.

»Entschuldige. Ich wollte dich nicht wecken.«

»Ich habe nicht geschlafen.« Er nahm weder die Hand herunter, noch machte er Anstalten aufzustehen.

»Ich habe mir Sorgen gemacht«, erklärte ich. Und dann, leiser: »Ist es das, wofür ich es halte?«

Bis auf seine flachen Atemzüge bewegte er sich kaum. »Ja«, sagte er schwach.

»Das ... es tut mir so leid.«

»Wieso? Du bist nicht dafür verantwortlich.«

»Aber ich hatte so sehr gehofft ...«

»Ja«, flüsterte er, »ich auch.«

Betroffen berührte ich das im Wind wehende Tuch vor dem Fenster. Ich hätte ihm so gerne Trost gespendet, aber es gab nichts, was ich hätte sagen können.

Endlich nahm er den Arm vom Gesicht und öffnete vorsichtig die Augen, um sie gleich wieder zu schließen. Seine wächserne Blässe erschreckte mich, er sah so mitgenommen aus wie jemand nach tagelangem Fieber.

»Ist es noch sehr schlimm? Wie fühlst du dich?«

Er blinzelte erneut. »Im Vergleich zu heute Nacht geradezu großartig. Immerhin kehrt mein Sehvermögen allmählich wieder zurück. Oder das, was noch davon übrig ist.«

Ich hätte weinen mögen bei diesen Worten, doch ich schluckte meinen Kummer hinunter. Meine Tränen würden ihm nicht helfen. »Hat das Laudanum denn nicht gewirkt?«

»Es ist leer.«

»Warum hast du nichts davon gesagt? Connell ist erst vor kurzem aufgebrochen. Er hätte dir etwas aus Thomastown mitbringen können.«

»Das hier hätte es auch nicht verhindern können.«

»Kann ich denn gar nichts für dich tun?«

»Doch«, murmelte er. »Du könntest mich allein lassen.«

Ich schluckte. Nur noch eine Sache musste ich loswerden. »Jetzt wirst du es Connell erzählen, nicht wahr?«

Er hatte die Augen geöffnet, doch er sah mich nicht an, sondern starrte blicklos nach oben.

»Cyril?«

»Wolltest du nicht gehen?«

»Das ist keine Antwort.«

»Und du wirst jetzt auch keine von mir bekommen. Ich hatte«, sagte er, und ich sah ihm an, wie viel Anstrengung es ihn kostete, »eine ziemlich erbärmliche Nacht, und ich habe noch immer das Gefühl, als würde eine riesige Hand mir die Augen aus dem Kopf pressen. Ich würde es wirklich sehr zu schätzen wissen, wenn du mit deinen Fragen bis morgen warten könntest.«

Ich nickte betreten. Wie hatte ich nur so rücksichtslos sein können? »Natürlich. Dann ... gehe ich jetzt wieder. Soll ich nachher noch einmal nach dir sehen?«

Er schüttelte kaum merklich den Kopf. »Sharon«, hielt er mich zurück, als ich schon fast zur Tür hinaus war.

»Ja?«

»Danke, dass du gekommen bist. Das war ... sehr nett von dir.«

»Gern geschehen«, gab ich bedrückt zurück und ließ ihn allein.

Connell kehrte noch vor der Abenddämmerung durchgefroren und in denkbar schlechter Stimmung zurück. Irgendjemand, den er unweit von Thomastown hatte treffen wollen, war nicht erschienen, sodass er völlig umsonst stundenlang in der frostigen Kälte gewartet hatte. Dass von dem Whiskey, mit dem er sich aufwärmen wollte, nur noch ein winziger Schluck da war, trug ein Übriges zu seinem Unmut bei. Jetzt saß er in der Küche, hatte seine Finger um einen mit heißer Suppe gefüllten Teller gelegt und erging sich in bösen Phantasien darüber, was er dem Säumigen alles antäte, wenn er ihn je erwischte.

Ich hörte ihm kaum zu. Meine Gedanken kreisten um Cyril,

der sich bis jetzt nicht gezeigt hatte. Ob ich nicht doch noch einmal zu ihm gehen sollte?

Bevor ich es mir anders überlegen konnte, stand ich auf und füllte einen Teller mit dem dampfenden Eintopf. »Ich komme gleich wieder.«

»Was soll das denn werden?«, fragte Connell ungehalten. »Willst du nicht mehr mit mir essen?«

»Du isst doch gar nicht. Außerdem ist das für deinen Bruder.«

In Connells Blick trat ein lauernder Ausdruck. »Du bist schon den halben Tag bei ihm, und jetzt bringst du ihm auch noch sein Essen? Könntest du mir das vielleicht erklären?«

Vielleicht war das ein Wink des Himmels. Connell sollte sich selbst ein Bild davon machen, was seinem Bruder fehlte. Ich musste ihn nur noch auf den richtigen Weg bringen.

»Es geht ihm nicht gut«, antwortete ich mit Bedacht.

»Tatsächlich? Mir hat er gestern gesagt, dass er nicht gestört werden will. Solche Phasen hatte er schon immer. Glaub mir, ich kenne ihn um einiges länger als du.« Connell sah mich argwöhnisch an. »Du bist auf einmal so erstaunlich besorgt um ihn.«

»Ich sagte doch gerade –«

»Jetzt tu doch nicht so! Deine Schwärmerei für ihn ist doch offensichtlich. Kannst du es nicht einmal ein paar Stunden ohne ihn aushalten?«

»Dann sieh doch nach!«, gab ich entrüstet zurück. »Geh zu ihm und sieh nach, wenn du mir nicht glaubst!«

Connell sah mich wortlos an.

»Setz dich hin«, sagte er dann. »Ich gehe später zu ihm.«

Wir aßen schweigend, bis der Vorhang vor der Küchentür angehoben wurde und ein Windstoß durch den Raum fuhr.

»Schon zurück?«, fragte Cyril beiläufig. »Irgendwelche Neuigkeiten?«

Ich sah ihn verblüfft an. Nichts verriet, was er seit gestern

Abend durchgemacht hatte, so bemerkenswert gut hatte er sich erholt. Dann war es wohl doch nicht so schlimm, wie ich befürchtet hatte.

»Nein, keine«, antwortete Connell ungewohnt knapp. »Wie ich sehe, geht es dir ausgezeichnet.«

Cyril gab einen vagen Laut der Zustimmung von sich und setzte sich neben ihn. Ich schob ihm den gefüllten Teller hin und funkelte ihn eindringlich an. Es lag an ihm, dieses Missverständnis aufzuklären. Doch seine Augen lagen im Schatten seiner Hutkrempe, ich wusste nicht, ob er meinen Blick überhaupt bemerkte. Wollte er nicht oder konnte er nicht?

Der Hunger war mir vergangen, und ich musste mich zwingen, etwas zu essen. Die Sache lief auf einmal in eine Richtung, die mir nicht gefiel.

Ich erwachte mit einem Ruck aus unruhigen Träumen, als ein Windhauch wie ein eisiger Finger über mein Gesicht strich. Meine Decke war ein Stück herabgerutscht, ich zitterte vor Kälte. Ich zog die Decke hoch, rollte mich auf die Seite und schmiegte mich an Connell.

Mein Bauch störte mich, ich kam mir vor wie eine trächtige Kuh. Gerade strampelte es in mir so heftig, dass mein ganzer Körper unter den Stößen erzitterte. Connell drehte sich mit einem Grunzen von mir weg. Er war erst spät in der Nacht zurückgekehrt und würde sicher noch lange schlafen.

Mir war immer noch kalt, und ich hatte Hunger. Vielleicht sollte ich mir etwas zu essen und einen heißen Stein aus dem Herdfeuer holen. Mit einem Lappen umwickelt, würde er eine herrliche Wärmequelle abgeben und auch noch meine Rückenschmerzen lindern. Ich blieb noch einen Augenblick liegen, dann kämpfte ich mich hoch, schlang mir Umhang und Schultertuch um und trat hinaus in die morgendliche Dämmerung.

Die Welt hatte sich über Nacht in eine Märchenlandschaft verwandelt, und vor Staunen vergaß ich für einen Moment, weshalb ich aufgestanden war. Mauern, Hecken, Gräser und Bäume – so weit ich blicken konnte, war alles mit weißglitzerndem Raureif bedeckt, als hätte eine riesige Hand eine Puderdose ausgestreut. An den kahlen Bäumen sprossen fransige Kämme aus gefrorenem Nebel, weiß auf den fast schwarzen Ästen.

Ich atmete tief durch. Die frische Morgenluft füllte kühl und klar meine Lungen, mein Atem entwich in frostigen Wolken. Dies war der richtige Zeitpunkt für ein Gebet.

Im Kirchenschiff verharrte ich einen Augenblick vor dem Altar, der am Kopfende thronte, mächtig in seiner steinernen Schlichtheit. Seit jener schicksalsträchtigen Nacht hatte sich dieser Ort für mich verwandelt, war von einem geheiligten Raum zu einem Platz der Schuld geworden. Obwohl über sieben Monate seit damals vergangen waren, konnte ich es noch immer nicht über mich bringen, hier zu beten. Zur Andacht zog es mich stattdessen an einen niedrigen Steintisch in der Seitenkapelle, auf dem ein paar Wachsreste von meinen früheren Besuchen zeugten.

Ich holte einen weiteren Kerzenrest aus meinem Vorrat. Es brauchte einige Versuche, bis ich mit meinen klammen Fingern mit Hilfe von Stahl und Feuerstein einen Funken geschlagen und die Kerze angezündet hatte, und auch dann flackerte die Flamme schwach und unstet in einem leichten Zug.

An wen sollte ich mich wenden? Den heiligen Michael, Schutzpatron gegen Dämonen? Den heiligen Columban? Die heilige Brigid? Nein, ich würde den Allmächtigen selbst anrufen. Gewohnheitsmäßig bekreuzigte ich mich, sprach ein Vaterunser und konzentrierte mich auf die kleine Flamme.

Seit drei Tagen hatte ich den Unterricht ausfallen lassen. Ich wollte alles vermeiden, was Connell Grund zur Eifersucht geben könnte. Doch der Keim des Misstrauens war gesät; es würde schwer sein, ihn auszurotten. Und Connell ahnte noch immer nichts von Cyrils Problemen. Hätte ich nicht gewusst, was Cyril fehlte, hätte auch ich nichts bemerkt. Nur manchmal bildete ich mir ein, dass sich etwas in seinem Verhalten, seinen Bewegungen geändert hatte; eine kaum wahrnehmbare Unsicherheit, ein kurzes Zögern – Kleinigkeiten, die nur im Zusammenhang an Bedeutung gewannen. Möglicherweise trog mich aber auch nur meine Einbildung, denn meist beließ ich es bei flüchtigen Blicken unter gesenkten Wimpern.

Es wäre alles so viel einfacher gewesen, wenn ich offen zu Connell hätte sein können. Aber das war leider unmöglich.

»Was passiert, wenn man einen Schwur bricht?«, hatte ich gestern von Connell wissen wollen.

»Einen Schwur? Ich weiß nicht. Ich würde es jedenfalls nicht riskieren«, gab er zurück. »Als ich ein Kind war, hieß es immer, dann sei man verflucht. Ich habe mal von einem Mann gehört, der einen Meineid geschworen haben soll, keine Ahnung, weswegen. Und kurz darauf ist er gestorben. Aber das ist wohl nicht ganz dasselbe.« Er drehte sich zu mir um. »Wieso fragst du? Gibt es einen bestimmten Anlass?«

»Nein«, hatte ich hastig und mit gesenktem Blick erwidert. »Nein, ich wollte es einfach nur so wissen.«

Bitte, betete ich jetzt. Sag mir, was ich tun soll.

Ich bezweifelte jedoch, dass Gott mir zuhörte. Und als hätte eine himmlische Macht sich tatsächlich von mir abgewendet, erlosch die Flamme vor mir und hinterließ nur noch einen dünnen Rauchfaden, der sich schnell in der kalten Luft verlor.

Ich fröstelte, zog mein Schultertuch fester um mich und erhob mich.

Meine Schuhe hinterließen schwache Abdrücke im gefrorenen Gras, als ich durch den Klostergarten ging. In der Küche schürte ich das zusammengefallene Herdfeuer, dann fiel mir eine silbrig glänzende Taschenuhr auf, die auf dem Tisch lag. Connell musste sie gestern beim Spielen gewonnen haben.

Ich setzte mich. Das Frühstück hatte noch Zeit. Ich hatte ohnehin keinen Hunger mehr. Die Zeiger der Taschenuhr waren stehengeblieben, und ich drehte eine ganze Weile an den Knöpfen und versuchte, die Uhr wieder zum Laufen zu bringen, aber es half nicht. Sie war kaputt. Seufzend legte ich sie zurück.

Ich weiß nicht, wie lange ich dort saß und in die Luft starrte, als ich leise Schritte hörte und Cyril hereinkam. War es das schlechte Gewissen, das mein Herz so laut pochen ließ?

»Du bist früh auf«, sagte er.

»Ich konnte nicht schlafen. Willst du etwas essen?«

Er schüttelte den Kopf, lehnte sich an die Tischkante und griff nach der Uhr. »Ist alles in Ordnung?«

»Fragst du das mich oder die Uhr?« Es wunderte mich selbst, dass ich zu Scherzen aufgelegt war. »Ich habe schon alles versucht. Sie funktioniert nicht.«

Cyril schüttelte die Uhr leicht und hielt sie an sein Ohr. »Wieso kommst du nicht mehr zum Unterricht?«

Ich wollte schon antworten, aber im letzten Moment hielt ich inne. Plötzlich war es mir peinlich zuzugeben, dass Connell eifersüchtig war. Cyril hätte das sicher einfach nur lächerlich gefunden, und so unnahbar, wie er sich seit seiner Rückkehr wieder gab, wollte ich nicht riskieren, noch mehr in seiner Achtung zu sinken. Wäre da nicht das Kind gewesen, das unübersehbar in meinem Bauch heranwuchs, hätte ich fast glauben können, dass es unsere gemeinsame Nacht nie gegeben hatte. Dieser Gedanke versetzte mir einen eigentümlichen Stich, und ich ertappte mich dabei, dass ich daran denken musste, wie sich seine Hände auf meiner Haut angefühlt hatten ...

Diese Hände, die jetzt so sanft über das Gehäuse der Uhr strichen, als wäre sie ein lebendes Wesen.

»Es ist alles so ... kompliziert«, druckste ich herum. »Und so viele Sachen sind ungesagt.«

»Du machst dir zu viele Gedanken.«

»Tue ich das?« Ich sah ihn an, dann gab ich mir einen Ruck.

»Connell muss endlich wissen, was mit deinen Augen los ist. Wenn du es ihm nicht sagen willst oder kannst, dann lass mich es für dich tun. Ich weiß, ich habe es geschworen, aber du könntest mich doch von dem Schwur entbinden.«

Cyril schüttelte den Kopf. »Er wird es noch früh genug erfahren. Von mir.«

Er legte die Uhr zurück auf den Tisch. Ich starrte ihn mit offenem Mund an, als ich hörte, dass sie leise zu ticken begonnen hatte.

»Natürlich«, murmelte ich, schwankend zwischen Faszination und abergläubischer Furcht.

Der Februar brachte weiteren Regen. Von den Dächern tropfte es, im Klostergarten standen breite Pfützen. Der Bach war mittlerweile so angeschwollen, dass er fast über die Ufer trat. Die Kleidung blieb klamm und feucht, und das nasse Feuerholz erzeugte dicke Qualmwolken in der Küche und ließ die Augen tränen. Die einzige Abwechslung in diesen trüben Tagen war der Unterricht, zu dem ich nach der kurzen Unterbrechung zurückgekehrt war. Es war schließlich zu unser aller Vorteil, sagte ich mir. Und ich fühlte mich dadurch weniger einsam.

Die Krähen blieben unsere einzigen Begleiter, an manchen Tagen wagten sie sich bis in die Küche. Ich begann allmählich, mich vor ihnen zu fürchten. Am Tag machte mich ihr heiseres Krächzen nervös, und abends, wenn sie eng zusammengedrängt den kahlen Ahornbaum zum Schlafen besetzten, erschienen sie mir wie unheimliche Wesen aus der Anderswelt, die mich mit ihren kalten Augen verfolgten. Wie stumme Zaungäste einer Vorstellung beobachteten sie mich, wenn ich meine Wege ging: durch den Kreuzgang, vorbei an den Räumen der Ostfront, durch die zerfallenen Nebengebäude, in denen sich knöcheltiefes Laub gesammelt hatte, und wieder zurück.

Es war meine seltsame Angst, der ich auf diese Weise zu entkommen versuchte. Am meisten fürchtete ich mich vor der Nacht. Und vor meinen Träumen.

Ich träumte, ich sei allein im Kloster. Eisige Winde fegten über das Land, und Laub häufte sich in den Ecken. Mein Bauch war wieder flach und leer. Ich sah in jedes Zimmer, und dort, in der hintersten Ecke eines leeren Raums, stand die Wiege, die Connell gemacht hatte. Glucksende, kindliche Laute drangen daraus hervor. Ich trat näher, und als ich hineinsah, grinste mich die verzerrte Fratze eines Kobolds an.

Ich träumte von den Vögeln. Großen, schwarzen Krähen, die mich wissend beäugten. Sie saßen auf einem Baum, der sich einsam auf einem Hügel erhob. Unter ihnen hing die Leiche eines Gehängten. Beim Näherkommen erkannte ich den Toten. Es war Connell.

Wenn ich dann aus einem solchen Traum auffuhr und auf mein klopfendes Herz lauschte, presste ich die Hand auf meinen wachsenden Bauch und brauchte lange, um mich wieder zu beruhigen.

Ich wünschte, ich hätte mich jemandem anvertrauen können, einem Menschen, der nicht Teil des Problems war. Jemandem wie Molly O'Brien. Wie gerne hätte ich jetzt mit ihr geredet, mir ihren Rat angehört. Ich hätte viel darum gegeben, sie wiederzusehen. Aber sie war nicht hier. Und so versuchte ich, meine Ängste zu unterdrücken, lief weiterhin meine Runde und hoffte jeden Tag, dass der nächste besser werden würde.

16. Kapitel

»Hoppla!« Überrascht stützte ich mich an der Wand ab, als ich eine gleitende Bewegung in meinem Inneren spürte.

Cyril schaute auf. »Was ist los?«

Es war Mittagszeit; wir hatten zusammen gegessen, und ich war gerade aufgestanden, um abzuräumen.

Ich lauschte in mich hinein. »Es fühlt sich plötzlich ganz anders an. Ich glaube, das Kind hat sich gedreht.« Ich lachte nervös. »Für einen Moment hatte ich schon befürchtet, es würde jetzt schon losgehen. Aber ich hoffe doch, das Kleine lässt sich noch ein wenig Zeit. Es soll schließlich erst auf französischem Boden zur Welt kommen.«

»Setz dich«, sagte Cyril und stand auf, um mir Platz zu machen.

Dankbar setzte ich mich und legte meine Füße auf die Bank. Jetzt erst merkte ich, wie sehr mein Rücken schmerzte. Ich ließ meinen Blick durch die Küche mit ihren lehmverputzten Wänden schweifen. Die Decke vor der Tür war hochgeschlagen, denn zum ersten Mal seit Wochen war es wieder etwas wärmer. Sonnenschein brach von Zeit zu Zeit durch die Wolken, erhellte die frisch gefegten Ecken und ließ eine erste Ahnung vom Frühling herein, ein paar Vögel sangen in den noch kahlen Sträuchern. Mit erstaunter Wehmut musste ich erkennen, dass ich das alles hier vermissen würde.

In wenigen Tagen würden wir von hier fortgehen. Connell

war bereits in Thomastown, um ein Pferd zu kaufen, das uns mit dem Wagen an die Küste bringen würde.

»Kennst du das«, fragte ich versonnen, »dass man weiß, man träumt, und kann doch nicht aufwachen?«

Cyril nickte wortlos und wartete, dass ich weiterredete.

»Manchmal träume ich schreckliche Dinge. Dass ich verfolgt werde, doch ich weiß nicht, von wem. Oder von Hexen und Kobolden. Oder vom Tod. Es macht mir Angst.« Ich seufzte und verlagerte mein Gewicht. »Bisweilen denke ich, ich werde verrückt.«

Er schenkte mir ein schwaches Lächeln. »So schnell wird man nicht verrückt. Es ist ganz normal, dass du dir in deinem Zustand solche Gedanken machst.«

Es tat mir gut, mit Cyril zu reden, und erstmals seit langem hatte ich den Eindruck, dass auch er sich mir wieder etwas öffnete. Ohne Umschweife ergriff ich die Gelegenheit.

»Hatte Deirdre ... hatte deine Frau denn auch solche Träume, als sie schwanger war?«

Es war bemerkenswert anzusehen, wie sich sein Ausdruck veränderte. Von einer Sekunde auf die nächste wurde sein Gesicht zu einer Maske der Abwehr. Ich hatte an etwas Unantastbares gerührt.

»Bitte. Ich muss es wissen.«

»Warum?«

»Weil ... Ich muss wissen, ob es ... mit dir zusammenhängt.« Meine Stimme hatte sich zu einem drängenden Flüstern herabgesenkt.

Er sah mich nicht an, als er schließlich antwortete. »Albträume. Fast jede Nacht. Ein namenloser Schrecken, der sich von deinen Ängsten ernährt und immer größer wird. Du versuchst wegzulaufen, doch du kannst dich nicht bewegen.«

»Genau! Dann hatte Deirdre also auch solche Träume?«

»Nein«, sagte er. »Ich. Und sie waren völlig grundlos, schließlich ist bei der Geburt alles gutgegangen. Und das wird es auch bei dir.« Er stand in der Türöffnung und blickte in die Ferne. »Brendan ist fast von ganz allein auf die Welt gekommen.«

Sollte es mir tatsächlich wieder gelungen sein, ihn zum Reden zu bringen? »Connell hat mir davon erzählt. Aber ich nehme doch an, dass du deiner Frau etwas dabei geholfen hast.«

Er hob die Schultern. »Es war eine leichte Geburt, fast wie von selbst. Ich konnte gar nicht viel falsch machen. In Frankreich habe ich dann einiges darüber gelesen. Zumindest in der Theorie kenne ich mich jetzt ganz gut aus.«

»Wie tröstlich. Dann kann ich dich ja als Hebamme beschäftigen.«

Ich lachte selbst über meinen Scherz. Meine Sorgen waren jetzt wie unter einer schützenden Decke verborgen, wo sie mich nicht stören konnten. Allerdings erstaunte mich die Unbefangenheit, mit der Cyril plötzlich über diese Dinge redete. War dies womöglich die Nachwirkung einer Dosis Laudanum?

Als die Wolkendecke aufriss und ein Sonnenstrahl sein Gesicht traf, senkte er geblendet die Lider. Er trug keinen Hut; das Sonnenlicht tanzte auf seinen Haaren und verlieh ihnen einen schimmernden Goldton. Dazwischen, kaum auszumachen in dem hellen Blond, erkannte ich vereinzelt silbrige Strähnen. In den vergangenen Wochen hatte ich ihn nur im Halbdunkel gesehen; jetzt, bei Tageslicht, fiel mir erneut auf, was für ein ungewöhnlich attraktiver Mann er war. Ich schluckte verlegen und konnte doch den Blick nicht abwenden. Immerhin war dieser Mann höchstwahrscheinlich der Vater meines Kindes. Ich fragte mich, ob das Kleine ihm ähnlich sehen würde, und stellte beunruhigt fest, dass ich genau darauf hoffte. Dabei musste ich doch um alles in der Welt verhindern, dass Connell etwas von jener Nacht erfuhr.

Es mochte an seinen halbgeschlossenen Augen liegen, dass er so abwesend wirkte, doch ich vermutete noch mehr dahinter.

»Hast du Schmerzen?«

»Es ist auszuhalten.«

»Ich habe Connell gesagt, er soll mir Laudanum mitbringen. Gegen Zahnschmerzen.«

Cyril nickte, auf eine Weise, der ich ansah, dass er mir gar nicht richtig zuhörte.

»Wann wirst du endlich mit ihm reden?«, fragte ich.

»Du lässt mir keine Ruhe damit, nicht wahr?«

»Versteh doch, es wäre wirklich besser, wenn er –«

»In Frankreich«, fiel er mir ins Wort. »Ich werde es ihm sagen, sobald wir in Frankreich sind.«

Ich atmete auf. »Das ist gut. Du wirst sehen, dein Bruder wird dich schon nicht im Stich lassen. Und in Amerika wird es ganz sicher wundervoll werden.« Ich hörte mich schon genauso an wie Connell. Vor meinem inneren Auge sah ich mich bereits als Herrin einer Farm, umgeben von vielen Kindern und Tieren, die Ernte eines fruchtbaren Ackerlandes einfahrend. »Du musst dir wirklich keine Sorgen machen, was aus dir wird. Wir werden uns um dich kümmern.«

»Ach, tatsächlich? Darf ich vielleicht die Schweine hüten, oder was hast du für mich vorgesehen?« Sein Sarkasmus war verletzend. »Wer bist du? Die heilige Brigid von Virginia? Ich kann für mich selbst sorgen. Ich brauche niemanden, der sich um mich kümmert!«

Das hatte ich nun davon. Berauscht von meiner eigenen Großherzigkeit hatte ich das Pferd dummerweise von hinten aufgezäumt. Es war lange her, seit ich ihn das letzte Mal so aufgebracht erlebt hatte.

Ich versuchte es erneut. »Ich verstehe ja, dass du nicht von uns abhängig sein willst. Aber verrate mir bitte, wie du dir dein Leben in Amerika vorstellst. Was wirst du denn tun, wenn du nichts mehr sehen kannst?«

Ein Schatten huschte über sein Gesicht. »Macht es dir eigentlich Spaß, mich zu quälen?«

»Das tue ich doch gar nicht!«, gab ich empört zurück. »Aber du musst dir doch Gedanken darüber gemacht haben, wovon du leben willst.«

Er hob die Schultern. »Ich kann ja zu den Eingeborenen gehen. Es heißt, sie würden Blinde als weise Männer schätzen.«

»Mach dich nicht lustig über mich! Ich wollte eine vernünftige Antwort von dir hören.«

»Ich kann dir aber keine geben. Bis es so weit ist, habe ich noch genug Zeit, darüber nachzudenken.«

Ich öffnete den Mund, um etwas zu erwidern, dann schloss ich ihn wieder. Da war etwas in seinen Worten, seinem Tonfall, das mich stutzig werden ließ. Diese Unschlüssigkeit wollte einfach nicht zu seinem sonst so überlegten Vorgehen passen. Cyril konnte zynisch sein und manchmal entsetzlich selbstgerecht. Aber er konnte nicht lügen.

Ganz langsam nahm ich die Füße von der Bank und setzte mich aufrecht hin. »Du wirst nicht mitkommen«, sprach ich meinen Verdacht aus. »Wenn Connell und ich nach Amerika gehen, wirst du in Frankreich bleiben.«

Er versuchte gar nicht erst zu widersprechen. Meine schönen Vorstellungen waren innerhalb eines Wimpernschlags zu einem Häufchen Asche verbrannt. Cyril würde uns nicht begleiten. Mir war, als hätte man mir den Boden unter den Füßen fortgerissen. Und obwohl ein Teil von mir bereits wusste, dass dies wahrscheinlich die beste Lösung war, weigerte ich mich, es zu akzeptieren.

»Und das nach allem, was wir zusammen durchgemacht haben?«

»Ja. Gerade deswegen.«

»Was soll das heißen?«

»Ich habe schon genug gesagt. Es ist mein Leben. Ich bin dir keinerlei Rechenschaft schuldig.«

»So?«, sagte ich, »das sehe ich aber etwas anders. Du hast

dem Kind gegenüber eine Verpflichtung. Und deinem Bruder. Ich dachte, Connell würde dir so viel bedeuten. Wenn du ihn jetzt allein lassen willst, kann es nicht weit her sein mit deiner Liebe.«

Cyril sah mich mit einem ganz eigenartigen Blick an. »Liebe«, sagte er, »bedeutet manchmal auch Verzicht.«

Ich schluckte. Mein Herz schlug auf einmal schneller, aber es gelang mir, diese Anwandlung zu überspielen.

»Ich frage mich, was Connell dazu sagen wird, wenn er erfährt, dass du nicht –«

»Er weiß es«, unterbrach Cyril mich.

»Was?«

»Ich habe ihm gesagt, dass wir uns in Frankreich trennen werden. Ihr werdet ohne mich in die Neue Welt reisen.«

Ich weiß nicht, was mich mehr bestürzte: dass Cyril uns nicht nach Amerika begleiten würde oder dass Connell mir nichts davon gesagt hatte. Eine ganze Weile schwieg ich und suchte nach Worten.

»Dann wirst du dein Kind nicht aufwachsen sehen«, versuchte ich es ein letztes Mal.

»Das könnte ich sowieso nicht«, gab er mit düsterer Logik zurück. Er drehte sich um und ging die wenigen Schritte zurück an den Tisch. »Ich glaube nicht, dass es noch lange dauern wird, bis mich meine Augen endgültig im Stich lassen.«

Langsam setzte er sich zu mir und lehnte den Kopf mit geschlossenen Augen gegen die Wand. Ich sah ihm an, dass es ihm nicht gut ging, trotz des Laudanums.

»Wie schlimm ist es schon?«, fragte ich leise.

Er öffnete die Augen. »Ich sehe dich«, sagte er nach einer Weile. »Und ich sehe auch den größten Teil der Küche, wenn auch ziemlich dunkel. Aber von dem, was sich weiter außerhalb befindet, kann ich kaum etwas erkennen. Als würde ein großes Messer nach und nach immer mehr von den Rändern abschneiden. Bis alles verschwunden ist.« Er wandte sich ab und schlug so unvermittelt mit der geballten Faust gegen die Wand neben sich, dass ich erschrocken zusammenzuckte.

»Nicht!« Ich stand auf.

So schnell, wie dieser Ausbruch gekommen war, so schnell hatte er sich auch wieder unter Kontrolle. Vorsichtig nahm ich seine misshandelte Linke in meine Hand, denn der Schlag war so heftig gewesen, dass ich befürchtete, er könnte sich ein paar Finger gebrochen haben. Glücklicherweise hatte ich mich umsonst gesorgt.

»Du musst gut zu deinen Händen sein«, sagte ich leise. »Sie werden dir deine Augen ersetzen.«

Seine Hand lag groß und warm in der meinen, wo er gegen den Stein geschlagen hatte, war die Haut aufgeschürft. Mit dem Daumen fuhr ich über seine Handfläche und empfand plötzlich eine überbordende Zärtlichkeit für diese geschundene Hand. Ohne darüber nachzudenken, hob ich seine Finger an meine Lippen und küsste sie.

Cyril rührte sich nicht, machte keine Anstalten, mir seine Hand zu entziehen. Seine Augen, leicht verschleiert und dunkel durch die vom Laudanum geweiteten Pupillen, waren auf mich gerichtet, glitten über mein Gesicht, als wollten sie es sich für immer einprägen, bevor es dafür zu spät war.

»Sieh, was sie fühlen können«, flüsterte ich mit belegter Stimme.

Einhändig knöpfte ich meine Jacke auf und legte seine Hand auf meinen prall gespannten Bauch. Nur noch mein Hemd war zwischen uns, und ich erbebte unter seiner Berührung. Seine Finger tasteten über den weichen Stoff. Das Kind, das meine Gefühle zu spüren schien, regte sich in mir. Erstaunen trat auf Cyrils Züge, als er die kräftigen Tritte bemerkte, dann lächelte er. Dein Kind, lag mir auf der Zunge zu sagen, doch ich wollte die Intimität dieses Augenblickes nicht durch plumpe Worte zerstören.

»Lass sie sofort los!«

Ich stöhnte erschrocken auf. Cyril zog seine Hand zurück, als hätte er sich verbrannt.

»Connell!«, brachte ich mühsam hervor. »Du bist schon zurück?«

»Offensichtlich«, entgegnete dieser. Sein Blick wechselte zwischen Cyril und mir, und seine Stimme hatte einen gefährlichen Unterton. »Was soll das?«

»Es ... das ... es ist nicht so, wie es aussieht«, stammelte ich. Mein Gott, wie verräterisch sich das sogar in meinen Ohren anhörte! Bestürzt wurde ich mir meiner geöffneten Kleidung bewusst und wandte mich ab, um sie zu richten. »Wirklich nicht. Wir haben uns nur ... unterhalten.«

»Ach, so nennt man das jetzt? Dann hoffe ich, dass ich nicht allzu sehr dabei gestört habe!«

Dafür, dass Connell kurz davor stand zu explodieren, hatte er sich bemerkenswert gut im Griff. Peinlich berührt kämpfte ich mit den Knöpfen meiner Jacke, die mir immer wieder aus den zitternden Fingern rutschten.

»Hast du ein Pferd bekommen?«, fragte ich, um ihn auf andere Gedanken zu bringen.

Ein rascher Wechsel von Gefühlen huschte über Connells Züge – Wut, Enttäuschung, Eifersucht.

»Komm mit«, fauchte er, noch bevor ich mit meiner Garderobe fertig war, und packte mich grob am Handgelenk.

Cyril war aufgestanden. »Connell, ich denke nicht, dass –«

»Halt dich da raus! Das ist eine Sache zwischen ihr und mir.«

Er zerrte mich aus der Küche, und ich stolperte ihm hinterher, quer durch den Klostergarten. Bruchstückhafte Gedanken schossen durch meinen Kopf wie Splitter, aber ich konnte kaum richtig denken. Was um Himmels willen hatte ich da ausgelöst? Was hatte er vor?

»Was tust du? Connell, was soll das?«

Er antwortete nicht, zog mich nur weiter, hinein in die halbverfallene Kirche bis vor zum Altar. Dort verstärkte er seinen Griff, bis ich vor Schmerz aufstöhnte und auf die Knie sank.

»Du tust mir weh!«

Er ließ mich los. »So«, sagte er. »Und jetzt wirst du mir die Wahrheit sagen.«

Die Sonne malte blasse Schatten auf den Boden. Seit jener Nacht, die es nie hätte geben dürfen, hatte ich vermieden, mich hier vorne aufzuhalten, an diesem Ort, wo alles stattgefunden hatte. Ich zitterte und kam mir entsetzlich klein und unbedeutend vor. Mein ganzer Körper vibrierte vor Anspannung, mein Mund war völlig trocken. Ich hatte schreckliche Angst vor dem, was jetzt kommen würde.

»Welche Wahrheit?«, flüsterte ich.

»Was da zwischen euch läuft.«

Ich lachte auf, mit aller Entrüstung, zu der ich fähig war, aber es hörte sich reichlich verunglückt an.

»Da ist nichts«, sagte ich, so bestimmt ich nur konnte. Mein Herz klopfte so laut, dass es mir in den Ohren dröhnte. »Gar nichts. Ich wollte ihn doch nur … das Kind spüren lassen.«

»Was ich gerade gesehen habe, war alles andere als nichts. Und du hast ihn dabei angeschaut, als … ach, verdammt!« Seine nächsten Worte kamen gefährlich ruhig. »Schläfst du mit ihm?«

»Was?!«

»Das war eine ganz einfache Frage. Und die Antwort ist genauso einfach: Ja oder nein.« Connell baute sich vor mir auf, die Hände auf den Altar gestützt. »Und wage es nicht, mich anzulügen. Nicht hier, vor dem Angesicht Gottes!« Die letzten Worte brüllte er fast. »Also?!«

Ich wich vor ihm zurück, die lodernde Wut in seinen Augen erschreckte mich zutiefst. Meine Lippen bewegten sich, meine Kehle formte Worte, bevor ich sie daran hindern konnte.

»Es war nur einmal«, flüsterte ich fast ohne Stimme.

Connell erstarrte, als hätte man ihm ein Messer in den Leib gerammt. »Sag, dass das nicht wahr ist!«

»Aber das liegt schon so lange zurück ... Ich wollte es nicht. Wirklich nicht.« Ich sank zurück auf die Knie, und dann brach es aus mir heraus. »Es war ... kurz nachdem wir hier ankamen. Ich ... ich wusste nicht, was ich tat ... wir beide wussten es nicht ...«

Ich redete noch weiter, und wie ich da vor ihm kniete, zitternd und tränenüberströmt, fühlte ich mich trotz aller Angst seltsamerweise besser. Erleichtert. Fast schon befreit. Der furchtbare Druck der letzten Monate war von mir abgefallen.

Connell hingegen sah richtiggehend krank aus.

»Ist es sein Kind?«, fragte er tonlos.

Diesmal war ich es, die erstarrte, verstummt vor Schreck.

»Antworte mir!«

»Ich weiß es nicht!«, schluchzte ich. »Es ... es könnte sein. O Connell, bitte, ich ... es tut mir so leid!«

Er sah mich an, als hätte ich mich vor seinen Augen in ein Monster verwandelt, fassungslos und voller Abscheu. Dann drehte er sich um und stürmte aus der Kirche.

»Nein«, flüsterte ich dumpf. O mein Gott, was hatte ich nur getan? »Connell!« Ich stolperte, als ich ihm hinterherstürzte, schlug hart gegen eine steinerne Umrandung und schürfte mir das Knie auf. »Bitte, hör mir zu, ich –«

»Kein Wort! Ich will kein Wort hören!«

Er lief in den Raum, in dem er in den vergangenen Wochen immer wieder gearbeitet hatte, und fegte dort die Decke beiseite, mit der er sein Werk geschützt hatte.

Ich folgte ihm. »Nicht die Wiege! Bitte nicht ...!«

Ein scheußliches Geräusch ertönte, als Holz und Stein gewaltsam zusammentrafen, einige Vögel flogen erschreckt auf. Connells Atem dampfte, während er die von ihm so liebevoll gefertigte Wiege gegen eine Säule des Kreuzgangs schlug, wieder und wieder. Jedes Mal splitterte dabei Holz, brachen einzelne Stücke fort. In stummem Entsetzen sah ich ihm zu, zuckte zusammen bei jedem Schlag, der dumpf durch die kalte Luft hallte, als würde er meinen Körper treffen.

Als nur noch Bruchstücke übrig waren, ließ Connell die letzten Reste fallen und stützte schwer atmend die Hände auf die Knie. In seinem Gesicht erkannte ich ohnmächtigen, verzweifelten Zorn.

»Geh mir aus den Augen!«, keuchte er.

Ich schüttelte hilflos den Kopf, meine Kehle war wie zugeschnürt. Angestrengt klammerte ich mich an einer Säule fest, der Boden unter mir schien zu schwanken. Mein Herz schlug wie ein Schmiedehammer, laut und so kräftig, dass ich jeden einzelnen Schlag bis hinauf in meinen Hals spüren konnte. Irgendwo wieherte ein Pferd.

»Lügen, nichts als ... Lügen! Du schläfst mit meinem Bruder. Und dann wolltest du mir auch noch euren verdammten Bastard unterschieben!« Er richtete sich auf, seine Worte kamen stoßweise. »Ich hätte an jedem Finger ... zehn Frauen haben können, aber ich habe dich gewollt! Ich habe dir ... mein Herz zu Füßen gelegt, und du hast darauf herumgetrampelt. Du bist nichts weiter als eine ... eine gottverdammte kleine Hure! Und dich wollte ich heiraten! Mein Gott, was war ich nur für ein Narr!« Seine Wut erlosch wie eine Kerzenflamme, ich sah Tränen in seinen Augen. »Warum?«, flüsterte er. »Warum musstest du mir das antun?«

»Bitte.« Das Sprechen fiel mir entsetzlich schwer, meine Stimme hörte sich an, als hätte ich Wolle im Mund. »Bitte, lass es dir erklären ...« Ich musste etwas sagen, irgendetwas, auch wenn ich keine Ahnung hatte, wie ich es ihm begreiflich machen konnte. Mein Kopf war so leer wie ein ausgetrockneter See.

Connell schüttelte den Kopf und blinzelte angestrengt. »Ich wüsste nicht, was man da noch erklären muss.«

Er wandte sich ab, die Fäuste auf die Holzwand des Wagens gestützt. Ich sah, wie sich seine Nägel in seine Handflächen gruben, wie er verbissen gegen die Tränen ankämpfte. Sein Schmerz und seine Enttäuschung waren fast körperlich greifbar, so sehr, dass ich es kaum ertragen konnte.

Als er sich wieder umdrehte, war sein Blick kalt und klar. »Jetzt sind die Verhältnisse wenigstens geklärt«, stellte er fest, während er begann, den Wagen zu durchsuchen. »Meinetwegen kannst du ein ganzes Dutzend Kinder von ihm bekommen. Nur auf mich wirst du dabei leider verzichten müssen.«

»Was? Was soll das heißen?«

»Ganz einfach: Ich verschwinde.« Er holte eine Decke hervor und rollte sie zusammen. »Und zwar sofort. Du erwartest doch nicht ernsthaft, dass ich auch nur eine Sekunde länger hierbleibe.« Er nahm den Geldbeutel des Kaufmanns aus seinem Gürtel und zählte einige Münzen ab. »Zwei Pfund lasse ich euch. Den Rest brauche ich selbst.«

»Das kannst du nicht tun«, wandte ich angsterfüllt ein, als er die Geldstücke in den Wagen warf und den Beutel einsteckte.

»Wieso nicht? Du hast mich belogen und betrogen und verraten. Nenne mir einen Grund, weshalb ich bleiben sollte.«

»Ich liebe dich!«

Er schnaubte verächtlich, verschwand im Stall und führte gleich darauf ein Pferd heraus. Das Tier, ein zweifarbiger Schecke mit langer Mähne, schüttelte sich, es spürte die Aufregung.

»Connell, nein, bitte nicht, lass uns noch einmal darüber reden …!« Ich klammerte mich an seinen Arm. »Du darfst mich nicht verlassen!«

»Lass mich los! Zwing mich nicht, dich zu schlagen!«

Er verstummte, als Cyril neben mir erschien. Hatte ich bis eben nur Wut und Enttäuschung in Connells Augen gesehen, so erkannte ich jetzt unverhohlenen Hass darin.

»*Mo sheacht mallacht!*«, stieß er hervor. Sei verflucht! »Mein

Bruder, mein eigener Bruder hat mich verraten. Wer zum Teufel gab dir das Recht ... nein, sag nichts, ich will es nicht hören. Ich wollte bei Gott, du wärst tot!«

Diese Verwünschung ließ mich erschrocken nach Luft schnappen. Aber Cyril verfügte über eine bewundernswerte Selbstbeherrschung.

»Wir werden später über diese Sache reden. Jetzt beruhige dich und bring das Pferd zurück.«

»Ich bin keiner von deinen Soldaten!«, fuhr Connell auf. »Du hast mir überhaupt nichts zu sagen!«

Ohne sich daran zu stören, dass ich ihm nachlief, führte er das Pferd bis vor die Klostermauern.

Cyril, der uns gefolgt war, griff nach dem Pferdegeschirr. »Jetzt sei vernünftig und komm wieder zurück! Du weißt doch gar nicht, wohin du sollst.«

»Ach nein?« Mit einem gewandten Satz schwang sich Connell auf den Pferderücken. »Ich denke, bei Michael Dwyer wird man mich mit offenen Armen empfangen.«

Ich sah mit schreckgeweiteten Augen zu ihm auf. »Du willst in die Wicklow Mountains?«

»Wie klug du doch sein kannst. Wenigstens wird man dort einen guten Mann noch zu schätzen wissen.«

»Aber ... die Rotröcke ... sie werden dich töten!«

»Ach, auf einmal kümmert es dich, was aus mir wird?« Er blickte angewidert auf uns herunter. »Was für ein schönes Pärchen«, stellte er fest. »Meine Frau eine Hure, und mein Bruder ein Verräter.«

Der Satz schwebte in der Luft, jedes Wort ein eisiger Tropfen der Bitterkeit.

»Werdet glücklich in Frankreich. Mich seht ihr jedenfalls nie wieder.« Connell zog an dem Zügel, sodass das Tier den Kopf zurückriss und Cyril das Geschirr losließ, dann stieß er dem Pferd die Fersen in die Flanken und galoppierte davon.

»Nein!« Ich stürzte ihm hinterher. »Bleib bei mir! Du darfst mich nicht verlassen! Connell!«

Ich schrie es mit aller Kraft, die ich hatte, wieder und wieder. Vergebens. Er war zu schnell für mich. Ich rannte weiter, so rasch es mir möglich war, immer weiter, ihm hinterher, bis ich über eine Wurzel fiel. Ich rappelte mich wieder auf, hinkte weiter, schrie seinen Namen, bis er und das Pferd zwischen den Bäumen einer Talsenke verschwunden waren.

»Connell!«

Unvermittelt durchzuckte mich ein stechender Schmerz, der mich stöhnend zu Boden sinken ließ. Ein starkes Ziehen breitete sich in meinem Becken aus, dann spürte ich es warm an meinen Beinen hinablaufen. Ich bekam kaum noch Luft, alles drehte sich um mich. Nahe daran, in eine Ohnmacht wegzugleiten, vernahm ich nur eine Stimme, seltsam entfernt, wie unter Wasser. Ich schwamm in einer großen Welle, wurde davongetrieben in einem Strudel, der mich immer weiter nach unten zog.

»Sharon, hörst du mich? Hast du dich verletzt?«

Langsam tauchte ich empor, hielt mich an Cyrils Stimme fest wie an einem Anker.

»Ich ... weiß nicht. Etwas ... stimmt nicht«, keuchte ich. »Es fühlt sich an, als wäre etwas ... gerissen.« Mit aller Kraft versuchte ich, den Schmerz niederzukämpfen. Connell war jetzt wichtiger als alles andere. »Du musst ihn aufhalten! Er darf nicht gehen! – Was ... was tust du?«, fragte ich, als Cyril unter meine Röcke griff und die klebrige Spur an meinem Bein entlangfuhr. »Du musst ihm nach!«

Cyril zog die Hand unter meinen Röcken hervor. Sie glänzte nass. »Nicht jetzt. Du verlierst Fruchtwasser. Die Geburt hat begonnen.«

Ich sah ihn verständnislos an. »Jetzt?! Aber ... das kann nicht sein! Ich habe doch noch vier Wochen Zeit!«

»Manchmal kommen sie früher.«

»Nein!«, schluchzte ich, als Cyril seine Arme unter meinen Körper schob und mich hochhob. Mein Unterrock klebte nass an meinen Beinen. »Er darf mich nicht verlassen!«

Die Küche umfing mich mit tröstlicher Wärme, als Cyril mich behutsam auf der Holzbank absetzte.

»Bleib liegen«, sagte er, als ich mich aufrichten wollte. »Du solltest dich jetzt nicht mehr viel bewegen.«

Das konnte ich auch gar nicht, denn in mir schwoll der Schmerz an gleich einer langsam rollenden Welle. Stark, doch nicht unerträglich. Ich konnte es aushalten, wenn ich dagegen ankämpfte und oberflächlich atmete. Die folgende Stille wurde nur unterbrochen von meinen hastigen, verkrampften Atemzügen.

Cyril hatte recht. Das Kind kam.

»Du musst mich nach Thomastown bringen«, weinte ich. »Zu einer Hebamme. Und dann musst du dir ein Pferd besorgen und Connell folgen!«

Ich stöhnte, als die Wehe ihren Höhepunkt erreichte, und griff nach Cyrils Hand.

»Worauf wartest du?«, keuchte ich, als der Schmerz abebbte und Cyril noch immer keine Anstalten machte, sich zu erheben. »Wir müssen los!«

Aber er schüttelte den Kopf. »So viel Zeit haben wir nicht. Die Fruchtblase ist bereits geplatzt, und die Wehen sind jetzt schon ungewöhnlich stark. Die Gefahr für dich und das Kind wäre viel zu groß. Ich fürchte, wir müssen das allein hinkriegen.«

»Aber –«

»Ich habe so etwas schon einmal gemacht. Und inzwischen habe ich eine ganze Menge mehr Wissen als damals.« Er richtete sich auf. »Ruh dich ein bisschen aus, ich bin gleich wieder zurück. Einverstanden?«

»Ja«, hauchte ich, ohne wirklich zu begreifen. Das Einzige, was für mich zählte, war, dass Connell fort war. Ich weinte, bis die nächste Wehe meinen Körper ergriff und alle anderen Gedanken plötzlich nebensächlich wurden. Ächzend krümmte ich mich zusammen und schloss die Augen, während die Krämpfe sich durch meinen Unterleib wühlten.

Als ich die Augen wieder öffnete, schrak ich zusammen. Auf dem Tisch saß eine große Krähe wie ein schattiger Geist und funkelte mich mit schräggelegtem Kopf wissend an. Urplötzlich ergriff mich Furcht vor den folgenden Stunden.

»Geh weg!«, murmelte ich. Zu oft hatte ich von Frauen gehört, die im Kindbett gestorben waren oder sich tagelang vergeblich gequält hatten. Und ich hatte nicht einmal eine Hebamme!

Der Vogel flatterte fort, als Cyril zurückkam und das Tier verscheuchte.

»Die Krähe«, flüsterte ich. »Es bringt Unglück, wenn sie bei einer Geburt über das Haus fliegt!«

»Habe ich dich noch immer nicht von diesem törichten Aberglauben befreit?« Cyril legte einige Decken auf den Tisch. »Die Krähen sind schon länger hier als wir, und sie werden immer noch da sein, wenn wir schon längst fort sind. Das ist alles.«

»Aber ich habe Angst. Es ist zu früh! Und müssten die Wehen nicht viel langsamer kommen?«

Der kurze Moment, den er zögerte, zeigte mir, wie besorgt er tatsächlich war. »Dann wirst du es auch schneller hinter dir haben. Es wird wie von selbst gehen, du wirst es kaum merken.«

»Kaum merken …!« Mein hysterisches Lachen ging in ein Seufzen über, als mich die nächste Wehe packte. Schmerzgepeinigt klammerte ich mich an ihn und atmete in kurzen, flachen Stößen.

»Du kannst nicht auf der Bank liegenbleiben.« Cyril löste sich von mir, sobald die Wehe vorüber war. Er breitete die zerschlissenen Decken auf dem Boden vor dem Herd aus, dann half er mir darauf. Als er meine Kleidung lockerte, spürte ich die Anspannung hinter seiner scheinbaren Ruhe.

Ich sah ihm zu, wie er einen Topf mit Wasser aufsetzte und

mehr Holz ins Herdfeuer legte, bis die nächste Wehe in mir anschwoll. Dann erreichte der Schmerz in meinem Unterleib eine vernichtende Stärke, wurde der Druck in meinem Becken unerträglich. Heulend krallte ich mich an meine Röcke, und überrascht von einem unwiderstehlichen Drang zog ich meine Beine an und begann zu pressen.

»Noch nicht!« Cyril ließ das letzte Stück Holz fallen und kniete sich neben mich. »Du bist zu schnell! Du musst es noch zurückhalten!«

Ich schlug meine Zähne in seinen Ärmel und widersetzte mich dem Druck, während er mich festhielt. Als der Schmerz endlich abklang, war ich schweißgebadet.

»Bleib bei mir!«, murmelte ich. »Lass mich nicht auch noch allein.«

»Alles wird gut. Ich bin da.«

Ich schloss die Augen und lehnte mich an ihn, spürte die Wärme des Feuers, den groben Stoff der Decken, seine tröstenden Hände auf meinem Haar.

Für die nächsten Wehen gelang es mir, mich zusammenzureißen, dann hielt ich es nicht länger aus.

»Es tut so weh!«, stöhnte ich.

Denn unter Schmerzen sollst du Kinder gebären ... Etwas drückte unerbittlich von innen gegen mich, weitete mich, öffnete mich, bis der Druck und die Schmerzen aufs Neue unerträglich wurden. In einem Rundumschlag beschimpfte ich lautstark alle Männer und das, was sie den Frauen damit antaten, bis Cyril mich losließ und sich zwischen meine geöffneten Beine kniete.

»Es dauert nicht mehr lange. Du hast es bald hinter dir.«

Vermutlich hatte er recht. Ich wusste, dass es zu schnell ging, dass ich noch nicht bereit war, aber ich konnte nicht länger ankämpfen gegen die erbarmungslose Qual. Die Laute, die ich von mir gab, schienen nicht mehr von mir zu stammen, ich presste, ich schrie, ich japste nach Luft und presste wieder. Jedes Mal spürte ich, wie sich etwas ins Freie drängte und doch immer wieder zurückglitt, während es warm zwischen meinen Beinen hinablief.

»Nochmal, komm schon!«

»Ich kann nicht«, flüsterte ich. »Ich schaffe es einfach nicht.«

»Natürlich schaffst du es. Hör auf zu schreien und nimm deine Kraft zusammen. Und jetzt komm, noch einmal!«

Wimmernd gehorchte ich, und endlich, endlich, mit einer letzten gewaltigen Anstrengung, die mich schier zerriss, schob sich der kindliche Kopf hinaus.

»Weiter so, Mädchen, du machst das großartig!«

In einem Schwall Flüssigkeit glitt der kleine Körper aus mir heraus. Geschwächt ließ ich mich zurücksinken, Tränen strömten über mein Gesicht. Mein ganzer Unterleib pulsierte vor Schmerzen, ich fühlte mich wie entzweigerissen. Dann hörte ich einen Schrei, den Schrei eines Neugeborenen. Wie betäubt vor Erschöpfung, aber erfüllt von einem tiefen Glücksgefühl hob ich den Kopf.

Cyril legte mir ein winziges, mit einer schmierigen Schicht bedecktes Etwas auf den Bauch.

»Wir haben«, sagte er, und seine Stimme hörte sich eigenartig erstickt an, »eine Tochter.«

17. Kapitel

Der Hahn der Pistole rastete mit einem leisen Knacken ein. Cyril saß mit dem Rücken an die Küchenwand gelehnt und hatte beide Hände um die Waffe gelegt. Es klickte, als er den Hahn wieder löste. Und wieder spannte. Wie ein Spiel. Ein todernstes Spiel mit den Möglichkeiten. Löste. Spannte. Leben. Tod.

Connells Fortgang hatte alles geändert. Mit einem Mal war der Weg, der bislang so klar vor ihm gestanden hatte, zu einer Gabelung geworden, die eine Entscheidung von ihm forderte. Für das Leben. Für Sharon und das Kind. Und damit auch für die Blindheit.

Oder für ein Ende des Leidens.

Sharon bekam von diesen Spekulationen nichts mit. Erschöpft vom Blutverlust und unter der Wirkung einiger Tropfen Laudanum schlief sie auf einem Deckenlager. Auch Cyril war am Rande seiner Kraft. Vor seinen Augen tanzten flimmernde Lichtpunkte, der Raum war wie von einem dunklen Schleier überzogen. Sein Blickfeld hatte sich noch mehr verengt; seit gestern konnte er mit dem linken Auge kaum noch etwas erkennen.

Neben ihm quäkte das Neugeborene – es war wieder Zeit zum Trinken. Er sicherte die Pistole und steckte sie in seinen Hosenbund, dann hob er das Kind behutsam aus seinem Korb, hielt es mit einer Hand und stützte mit der anderen den von einem weichen Tuch bedeckten Kopf. Durch den Stoff hindurch spürte er am Scheitel den kräftigen Puls.

Er hatte so lange versucht, dieses Kind als Connells anzusehen, dass er die verwirrende Vielfalt von Gefühlen beim Anblick dieses kleinen Wesens kaum einordnen konnte. Er lockerte die Schnur, die Sharons Ausschnitt hielt, öffnete ihr Hemd und legte den Säugling neben die entblößte Brust. Der kleine Mund schloss sich zielsicher um die Brustwarze.

Sorgsam zog Cyril die Decke um Mutter und Kind, dann gestattete er sich einen weiteren Tropfen Laudanum, aufgelöst in einem Becher Wasser. Einen einzigen Tropfen, mehr nicht. Gerade genug, um die stärksten Schmerzen zu unterdrücken und ihn handlungsfähig zu lassen. Mit dieser Dosierung hielt er sich schon seit Tagen aufrecht. Er setzte sich nah neben Sharons behelfsmäßige Bettstatt, um darauf zu achten, dass sich die Decke nicht verschob. Säuglinge musste man warm halten.

Allmählich ließ das Pochen hinter seinen Augen nach. Er war entsetzlich müde. Langsam ließ er seinen Kopf auf die Bank sinken und beobachtete Sharon aus nächster Nähe. Das zumindest war ihm mit dem kleinen Sehfenster, das ihm geblieben war, noch möglich. So genau wie in den vergangenen Tagen hatte er sie lange nicht mehr betrachten können. Selbst im schwachen Licht der Feuerstelle glänzten ihre Locken in flammendem Kupfer, und auf ihrer weißen Haut hoben sich die Sommersprossen deutlich ab. Sie wirkte unendlich jung und verletzlich.

Das Kind trank schnaufend und prustend, als befürchtete es, die Quelle könnte vorzeitig versiegen. Auf Sharons schlafendem Gesicht erschien ein winziges Lächeln. Als Deirdre Brendan gestillt hatte, hatte sie auch manchmal so gelächelt.

Nein. Er durfte nicht daran denken.

Sie hatten den Jungen vor seinen Augen erschlagen. Sie hatten Deirdre die Hände auf den Rücken gedreht und ihr die Kleider vom Leib gerissen.

Er würde ihren Blick nie vergessen können, diesen panischen

Blick, den Deirdre ihm zuwarf, bevor die Soldaten über sie herfielen.

Er hätte es wissen müssen. Spätestens als er an jenem Morgen den gespenstischen Schrei der *banshee* gehört hatte, hätte er es wissen müssen. In den alten Geschichten war es die *banshee* gewesen, die den Tod ankündigte. Aber er hatte es nicht wahrhaben wollen, obwohl es ihm Schauer des Entsetzens über den Rücken gejagt hatte. Er hatte es auf den Wind geschoben und auf seine Einbildung. Ob er sie sonst hätte retten können?

Das Rot der Uniformen und das des Blutes vermischte sich zu einer einzigen Wahrnehmung, als er ohnmächtig mit ansehen musste, wie sie erst sein Kind und dann seine Frau töteten. In diesem Moment war etwas in ihm unwiederbringlich erloschen. Einen Gott, der dies zuließ, konnte es nicht geben.

Er drückte sein Gesicht in den rauen Stoff der Decke.

Es war nicht vorbei. Das würde es nie sein. Nicht, solange er lebte.

Die Versuchung, wieder nach der Pistole zu greifen, war fast übermächtig. Das kühle, glatte Eisen in die Hand zu nehmen und einfach abzudrücken.

Aber er rührte sich nicht. Er war jetzt nicht mehr nur für sich selbst verantwortlich.

Draußen hatte es wieder zu regnen begonnen, er konnte das Rauschen hinter dem Vorhang hören. Wo die Tropfen auf Stein trafen, klang es fast wie Peitschenhiebe.

Seine Peiniger verstanden ihr Handwerk. Schon unter den ersten Schlägen war seine Haut aufgeplatzt.

Er hatte sich nicht gewehrt, nicht um Gnade gebeten, als sich die neun mit Knoten und Eisen verstärkten Riemen in seine Haut gruben und seinen Rücken in loderndes Feuer verwandelten, hatte die entsetzliche Qual fast lautlos ertragen und bloß noch den Tod herbeigesehnt. Wie oft sie ihn geschlagen hatten, wusste er nicht. Er hatte aufgehört zu zählen in diesen endlosen

Stunden, die nur aus dem Klatschen der schweren Peitsche, aus Blut und Schweiß bestanden.

Nur einmal hatte er versucht, sich mit der letzten Kraft, die noch in ihm war, zu widersetzen.

Sie waren nachts gekommen, namenlose Gestalten in der Dunkelheit, mit groben Händen, die ihn bäuchlings in das faulige Stroh der Zelle drückten und ihm einen schmutzigen Knebel zwischen die Zähne schoben.

Halb bewusstlos vor Schmerzen und Fieber hatte er erst begriffen, was sie vorhatten, als sich warmes Fleisch an ihn drängte und er keuchenden Atem in seinem Nacken spürte. Seine verzweifelten Versuche, sich diesem Übergriff zu entziehen, hatten sie nicht aufhalten können. Dies war nur der letzte Akt in dem erbarmungslosen Spiel gewesen, seinen Willen zu brechen, der älteste Weg, einen besiegten Feind zu unterwerfen.

Er schreckte durch eine Bewegung des Kindes auf, holte sein Denken gewaltsam in die Wirklichkeit zurück. Seine Glieder fühlten sich bleischwer an, aber er musste wach bleiben, musste wieder klar werden. Schwerfällig nahm er seine Tochter an sich und erhob sich. Ihr Körper, süß und zart und so zerbrechlich, lag warm in seinen Armen, und ihn durchströmte ein jähes Gefühl von Zärtlichkeit und Fürsorge zu diesem hilflosen Wesen, seinem eigen Fleisch und Blut. Seine Tochter.

Langsam lief er mit ihr in dem kleinen Raum auf und ab, bis sie aufgestoßen hatte und er sie wieder hinlegen konnte. Er schob den schweren Vorhang vor der Tür zur Seite und ließ regenfeuchte Luft herein. Der frische Hauch tat ihm gut und klärte seinen übermüdeten Geist.

Hinter ihm bewegte sich Sharon im Schlaf. Bald würde sie aufwachen. Bis dahin musste er sich entschieden haben.

Ich schwebte dahin auf purpurnen Wolken, leicht wie ein Vogel und ganz ohne Sorgen. Es war Sommer, die Luft war warm und voller Düfte, ein Blütenmeer wogte unter mir. Wenn ich den Kopf drehte, sah ich Connell neben mir, seine Lippen formten lautlos einen Satz. Alles ist gut. Das waren seine Worte.

Nur der Durst riss mich immer wieder zurück. Brennender Durst, der schluckweise gestillt wurde mit herrlich kühlem Wasser. Dann nahm ich verschwommene Eindrücke einer weiteren Existenz wahr, winzig und zerbrechlich und doch unendlich lebendig; ein Geruch, milchig und süß, ein Wimmern wie von einem verlassenen Kätzchen, ein erstaunlich kraftvolles Ziehen an meiner Brust.

Stunden? Tage? Wochen? In diesem zeitlosen Zustand zwischen Traum und Wirklichkeit glitt ich in friedlichem Vergessen dahin. Doch nach und nach verschwand der purpurne Nebel aus meinem Geist, ließ Raum für klarere Gedanken und holte mich zurück in meinen schmerzenden Körper.

Versuchsweise öffnete ich die Augen einen Spalt, erblickte schemenhafte Umrisse und schlug sie ganz auf. Da waren keine rosigen Wolken, die mich umgaben, kein duftendes Blütenmeer. Ich sah nur eine gemauerte, rauchgeschwärzte Decke, die Luft war dunstig und von Qualm erfüllt. An der Wand neben mir erkannte ich die Striche meines Kalenders. Ich befand mich in der Küche des Klosters, auf einem Lager aus Decken und Strohmatratzen, die bei jeder Bewegung knisterten.

Bei mir lag ein Säugling, ordentlich in eine Decke eingewickelt, aus der nur das Gesicht herausschaute. Meine Tochter. Ich war voller Staunen, dass ich dieses kleine Wunder in mir getragen hatte. Vergessen waren die Schmerzen der Geburt, die Beschwernisse der zurückliegenden Wochen. Mit ihrer zarten Haut, den langen dunklen Wimpern war sie einfach wunderschön. Die Form ihrer Augen hatte sie von Cyril, doch ihre waren von einem dunklen, abgründigen Blau. Aufmerksam sah sie mich an, als ob sie wartete, was ich ihr zu sagen hatte.

»*Fáilte*«, flüsterte ich. »Willkommen im Leben.«

Man erzählte sich, dass jeder Mensch am Anfang seines Lebens das Wissen der ganzen Welt in sich trage. Wenn ich dieses kleine Wesen ansah, zweifelte ich nicht daran. In ihrem Blick lag Weisheit. Sie hatte schon einen langen Weg hinter sich.

Ungeschickt begann ich, an ihrer Decke zu nesteln.

»Du musst nicht nachsehen«, sagte jemand ganz in meiner Nähe. »Sie ist ein gesundes, makelloses kleines Mädchen.«

Wie Cyril da neben mir auf dem Boden saß, wirkte er reichlich übermüdet. Vorsichtig setzte ich mich auf und nahm den Becher, den er mir reichte. Ich fühlte mich wund und aufgerissen, nicht richtig krank, aber noch sehr schwach.

In großen Schlucken trank ich von dem heißen Tee. »Wie lange habe ich geschlafen?«

»Fast zwei Tage. Du hast viel Blut verloren, auch noch nach der Geburt.« Mit einer Kopfbewegung wies er in den Raum. »Ich dachte, es wäre besser, dich hierzulassen und nicht unnötig herumzutragen.«

»Und während ich geschlafen habe, hast du sicher kein Auge zugemacht.«

Es fiel mir schwer, mich zu konzentrieren, ich konnte immer nur einen Gedanken nach dem anderen fassen. Und doch lauerte da eine Erinnerung knapp unter der Oberfläche meines Bewusstseins, ein flüchtiger Schatten am Rande meiner Wahrnehmung.

Dann fiel mir etwas ein.

»Unser Schiff!«, stieß ich erschrocken hervor. »Unser Schiff nach Frankreich! Wir müssen –«

»Wir haben noch genug Zeit. Du musst erst wieder zu Kräften kommen. Sobald es dir besser geht, werden wir aufbrechen.«

Ich nickte erschöpft und ließ mich zurücksinken.

Cyril nahm mir den Becher aus der Hand und stellte ihn auf den Boden. »Soll ich die Kleine wieder zurücklegen, damit du schlafen kannst?«

»Nein, lass sie mir noch eine Weile.«

Liebevoll betrachtete ich das kindliche, ernste Gesicht. Ein Gedanke huschte durch mein Bewusstsein, so schnell, dass er schon wieder fort war, bevor ich ihn greifen konnte. Es hatte mit dem Kind zu tun.

Auch Cyril schien etwas sagen zu wollen, zögerte aber. »Weißt du schon, wie du sie nennen willst?«, fragte er nur.

»Lilian, denke ich. Aber das muss Connell entschei...«

Ich blickte auf, als die Erinnerung über mir zusammenstürzte wie ein morscher Schuppen.

»Wo ist er?« Ich schrie fast vor Panik. »Warum ist er nicht bei mir?«

Cyril erhob sich so schwerfällig, als hätte auch er eine Geburt hinter sich. »Weißt du es denn nicht mehr?«

»Ist er ... ist er nicht zurückgekommen?«

Cyril schüttelte den Kopf. Mehr nicht.

Dann stimmte es also. Connell war fort. Die Panik erlosch und machte einer unnatürlichen Ruhe Platz. Wortlos krümmte ich mich unter meinen Decken zusammen. Ich wollte nichts mehr sehen und nichts mehr hören.

Connell hatte mich verlassen. Ich konnte genauso gut tot sein.

Obwohl das Herdfeuer brannte und die Decke vor der Türöffnung die Zugluft abhielt, wollte mir nicht warm werden. Zitternd krümmte ich mich um den mit Tüchern umwickelten heißen Stein, der mein Lager wärmte, und trauerte um mein verlorenes Glück. Schlaf bedeutete das einzige Entkommen aus meinem Elend. Nur im Traum war Connell wieder bei mir, teilte mein Leben, schenkte mir seine Liebe.

Die unbestimmte Furcht, mein ständiger Begleiter der vergangenen Wochen, hatte mich nicht getäuscht. Es war jedoch nicht die Geburt gewesen, die ich hätte fürchten sollen. Alles, was ich erhofft, alles, was ich erträumt hatte – zunichte gemacht in wenigen Minuten. Connell war fort. Fort, fort, fort, hämmerten meine Gedanken unablässig, füllten mich aus bis in den hintersten Winkel und ließen nichts zurück als abgrundtiefe Verzweiflung.

Auch Cyril litt unter Connells Weggang, anders als ich, doch nicht weniger stark. Ich bezweifelte, dass er in den letzten Tagen überhaupt geschlafen hatte. Schon in den Stunden vor Lilians Geburt hatte ich gemerkt, dass es ihm nicht gut ging, und die zurückliegenden Ereignisse hatten diesen Zustand bestimmt nicht verbessert.

Zu jedem anderen Zeitpunkt hätte ich erstaunt beobachtet, wie schnell meine Tochter sich beruhigte, sobald er sie auf den Arm nahm. Jetzt aber interessierte mich das alles nicht. Teilnahmslos sah ich zu, wenn er sie wickelte, ließ seine Fürsorge stumm über mich ergehen und sprach überhaupt nur das Nötigste mit ihm. Im Grunde meines Herzens wusste ich, wie ungerecht ich war, doch ich brauchte jemanden, auf den ich meinen Kummer und meine Enttäuschung richten konnte. Ich war noch nicht bereit, einen Teil der Verantwortung selbst zu übernehmen.

Nur Lilian machte mir Freude, und meine früheren Ängste erschienen mir jetzt geradezu lächerlich. Sie hatte nicht das Geringste von einem Kobold an sich mit ihrem zahnlosen Rosenmund und den großen, blauen Augen. Später würde das Blau wahrscheinlich in eine andere Farbe übergehen, vielleicht grün oder grau. Nur Connells tiefdunkles Braun würden sie wohl nie annehmen.

Connell ... Komm zurück!

Mein nächster Schlaf war tief und traumlos. Als ich erwachte, erfüllte das rosige Licht der Abenddämmerung die Küche. Die Decke, die die Kälte abhalten sollte, war zur Seite gebunden. Der Raum wirkte um vieles freundlicher, und auch ich fühlte mich besser, ausgeruhter und zuversichtlicher als bislang.

Noch ein wenig wackelig auf den Beinen stand ich auf und

ging zu Lilian. Sie lag in einem Korb aus dem Wagen des Kaufmanns, ausgekleidet mit einer dicken Lage weichen Tuchs. Vorsichtig nahm ich sie auf den Arm. Entgegen dem gängigen Brauch, Säuglinge fest einzuwickeln, trug sie über ihrer Windel nur zwei der viel zu großen Kittel übereinander, die ich für sie genäht hatte, und konnte sich frei bewegen. So hielten es immer mehr Leute in Frankreich, hatte Cyril mir erzählt.

Mit unsicheren Schritten trat ich an die Tür. Die zersplitterten Reste der Wiege waren aus dem Innenhof verschwunden, und jetzt sah ich dort nur noch den Wagen, mit dem wir morgen aufbrechen wollten. An den kahlen Ästen des Ahornbaums waren schon die ersten Knospen zu ahnen, und darunter steckten Krokusse ihre Köpfe durch das Gras – Zeichen des Frühlings und des Neubeginns. Nur weit im Osten ballten sich ein paar dunkle Wolken; möglicherweise würde es in den Bergen noch einmal schneien. Ob Connell jetzt dort war? Und während die milde Luft meine Lungen füllte und ich einem fliegenden Vogel hinterhersah, keimte in mir ein Gedanke.

Es war noch nicht zu spät. Connell war impulsiv. So überstürzt, wie er vor wenigen Tagen davongeritten war, so plötzlich konnte er es sich auch wieder anders überlegt haben. Was, wenn er gar nicht bis in die Wicklow Mountains gekommen war, sondern vorher umgedreht hatte, um sich auf den Weg zur Küste zu machen? Schließlich kannte er Eddie. Und er kannte den Abfahrtstermin.

Dann könnte er dort sein.

Erfüllt von neuer Hoffnung drückte ich Lilian an mich. »Ja«, flüsterte ich in ihr winziges Ohr. »Das wird er.«

18. Kapitel

In den Wicklow Mountains pfiff der Wind um die Mauern des langgestreckten Cottages und rüttelte an Tür und Fenstern wie ein Geist, der Einlass begehrte. Der unerwartete Schneesturm, der sie in dieser Nacht hier hatte Schutz suchen lassen, hatte kaum nachgelassen. In einer mittlerweile zur Gewohnheit gewordenen Geste griff sich Allan an seine Halsbinde, unter der er die schlecht verheilten Spuren des Strangs verbarg. Die alte Frau, die ihn nach seinem verhängnisvollen Zusammentreffen mit den Rotröcken gefunden hatte, hatte sich gut um ihn gekümmert, doch es waren Narben geblieben. Wenigstens hatte seine Stimme keinen bleibenden Schaden davongetragen.

Sie waren zu sechst in der Hütte. Von Savage und Costello kannte er kaum mehr als ihre Namen, denn sie waren erst vor kurzem zu ihnen gestoßen. Sam McAllister aus Antrim. Der berühmte Michael Dwyer. Allan selbst. Und Connell.

Es war tatsächlich Connell gewesen, der vorgestern bei ihnen aufgekreuzt war, mit kaum etwas im Gepäck und erfüllt von einer grenzenlosen Wut. Allan hatte seinen Freund noch nie so erbittert erlebt.

»Sie bekommt ein Kind von ihm!« Das war alles gewesen, was Connell über Sharon und Cyril hatte sagen wollen, und Allan hatte ihn seitdem nicht weiter bedrängt. Es war auch so ersichtlich, dass er tief verletzt war.

»Dwyer, ergebt Ihr Euch?«, scholl es jetzt von draußen.

Michael Dwyer, barfuß und nur mit einem langen Hemd bekleidet, seit man ihn aus dem Schlaf gerissen hatte, blickte in die Runde. Alle, einer nach dem anderen, schüttelten den Kopf.

»Niemals«, murmelte Connell.

»Wir kämpfen, bis wir sterben«, rief Dwyer in die winddurchstiebte Nacht.

»So sei es«, tönte es zurück.

In den Monaten, die Allan jetzt schon bei Dwyer und seinen Männern war, hatte er den *Wicklow Chief* als unbeugsamen Kämpfer kennengelernt. Ein Dorn im Fleisch der Engländer, denen es noch immer nicht gelungen war, Dwyer zu fangen. Sie lebten im Verborgenen, versteckten sich in einer Höhle tief im Glen, in verlassenen Scheunen oder schlüpften bei Bauern unter. Die Unterstützung durch die Bevölkerung erstaunte Allan noch immer. Ohne die vielen Helfer, die dafür sorgten, dass sie Essen oder ein Dach über dem Kopf hatten, hätten sie es nie geschafft, so lange durchzuhalten. Der Winter konnte hart sein in diesen Bergen, über deren kahle Gipfel nachts der Wind pfiff und die kaum Schutz vor dem Schnee boten.

In diesem Cottage hatten sie erst vor wenigen Stunden Zuflucht gefunden. Aber jetzt hatte sie jemand verraten. Jemand, der in diesem Schneetreiben bis in die nächste Garnison gelaufen war, um die Rotröcke zu holen.

Die fast erloschene Glut in der Feuerstelle ließ die Einrichtung des schlichten Raums nur erahnen. Ein Tisch, mehrere Stühle, eine Bank. Dahinter schloss sich eine einfache Schlafstube an. Wenigstens hatten die Rotröcke die Familie, die ihnen für diese Nacht Obdach gegeben hatte, auf Dwyers Bitte hin ziehen lassen.

»Was werden sie tun?«, fragte McAllister, aber niemand antwortete.

Stumm und lauschend standen sie da, die Gesichter angespannt. Als ob alle gemeinsam den Atem anhalten würden.

Die Geräusche waren plötzlich überlaut. Ein Schlucken an Allans Seite. Sein eigener Herzschlag, der plötzlich den ganzen Raum auszufüllen schien. Wie in einem schlechten Traum. Schweiß trat ihm auf die Stirn und lief ihm in die Augen; er hob die Hand und fuhr sich übers Gesicht. Draußen war nur das Heulen des Schneesturms zu hören. Doch da: Ein leises Knistern über ihren Köpfen, als ob jemand Papier zerknüllte. Dann fraßen sich die ersten gelben Flammen durch das strohgedeckte Dach.

Irgendjemand stöhnte auf. Savage griff nach dem Wasserkrug und versuchte, das Feuer damit zu löschen. Vergeblich.

»Helft mir hoch!«, sagte Dwyer. Er stellte sich auf Costellos und McAllisters Schultern, hielt sich an einem Dachsparren fest und schob seinen Kopf durch das qualmende Stroh.

»Es sind zu viele«, sagte er, als er sich atemlos und mit rußgeschwärztem Gesicht wieder nach unten fallen ließ. »Bestimmt an die hundert Mann. Sie haben das ganze Cottage umstellt.«

Es brauchte wenig Worte. Jeder griff nach seiner Waffe. Als McAllister die Tür aufriss, wirbelte ein Schwall von Kälte, Dunkelheit und Schnee herein, dann feuerten sie alle gleichzeitig ihre Pistolen und Musketen ab. Als Antwort hallte eine Salve durch die eisige Winternacht, fast verschluckt vom röhrenden Sturm.

McAllister warf sich von innen gegen die Tür.

»Ich bin getroffen«, keuchte er und umklammerte seinen rechten Arm. Eine Kugel hatte ihm die Knochen des Unterarms zerschmettert, Allan konnte gezackte Knochensplitter aus dem Fleisch ragen sehen.

Dwyer zerrte McAllister von der Tür weg. Er hustete. Die Flammen hatten schon fast das gesamte Dach ergriffen, und brennende Funken schwebten auf den festgestampften Boden und brannten winzige Löcher in ihre Kleidung. Die Dachsparren glühten bereits. Bald würde das Dach über ihnen einstürzen.

»Nicht!« Savage hielt Connell zurück, als dieser nach seinem Beutel mit dem Schießpulver griff, um seine Pistole neu zu laden. »Bei dem Funkenflug könnte alles hier in die Luft fliegen!«

»Na und?«, gab Connell zurück, ließ den Beutel aber sinken. »Sie werden uns sowieso töten.«

Jetzt, da es ausgesprochen war, erfüllte atemloses Schweigen den Raum.

»Ja, das werden sie«, sagte Dwyer schließlich. Er sah jeden Einzelnen von ihnen an. »Dann lasst uns aufrecht und in Würde sterben. Für Irland.«

Allan blickte in die vom Feuer beleuchteten Gesichter der anderen, und Grauen kroch in ihm hoch und legte sich wie ein Ring um seine Brust. Erneut spürte er die Schlinge um seinen Hals, die sich zuzog und ihm den Atem nahm. Bis zu diesem Moment hatte er nicht wirklich an den Ernst der Lage geglaubt, hatte auf Dwyer vertraut und dessen oft bewiesenes Geschick, jeder Gefahr zu entkommen. Aber aus dieser Falle gab es keine Rettung. Nur den Tod.

Er nahm die Geräusche um sich herum mit geschärften Sinnen wahr, als würden seine Ohren jetzt, da sein Leben gleich vorbei wäre, noch einmal alles aufbieten; der Wind, der ein wenig abflachte und dann wieder auflebte, um wie mit tausend Stimmen um die Mauern zu streichen; das Knistern und die Hitze des Feuers über ihnen, das das Atmen erschwerte und einen immer stärkeren Funkenschauer über sie regnen ließ.

Allan biss die Zähne zusammen und zwang sich, seine Gefühle zu beherrschen. Die anderen verfielen schließlich auch nicht in Panik.

Dann legte sich eine Hand auf seine Schulter.

»Ich bin froh, dass du bei mir bist«, flüsterte Connell mit einer Stimme, die heiser war vom Rauch. Oder vor Angst.

Allan wollte etwas erwidern, aber er konnte kaum sprechen. Seine Lippen fühlten sich ganz taub an.

»Es ... es war mir eine Ehre, Captain«, brachte er schließlich heraus. Mehr fiel ihm beim besten Willen nicht ein.

Connell nickte. Trotz des Widerscheins des Feuers wirkte er ziemlich blass.

»Aber wenigstens«, Connell versuchte zu grinsen, auch wenn es ihm nicht ganz gelingen wollte, »verderben wir ihnen den Spaß, uns hängen zu sehen.« Er drehte sich um und griff erneut nach dem Schießpulver. »Lasst uns Rotröcke erschrecken!«

Wir waren zwei Tage unterwegs, hielten uns abseits der großen Wege und legten Lilian und mir zuliebe viele Pausen ein. Die meiste Zeit verbrachte ich im Wagen, versuchte zu schlafen, was bei den vielen Schlaglöchern allerdings kaum möglich war, und kümmerte mich um mein Kind. Mein Bauch, der zuletzt so groß gewesen war, dass ich meine Füße nicht mehr hatte sehen können, war weich und schwammig geworden. Hin und wieder zogen noch leichte, wehenartige Schmerzen durch meinen Unterleib, und meine Brüste, voll und schwer von der einschießenden Milch, spannten unangenehm. Aber Lilians Appetit erleichterte mich. Offenbar musste ich mir keine Sorgen darüber machen, dass sie zu früh geboren worden war.

Ich weigerte mich, in Verzweiflung zu verfallen. Meine anfängliche Hoffnung war zu einer Überzeugung geworden, die mich aufrechterhielt, und ich klammerte mich mit aller Kraft an diesen Gedanken: Es war noch nicht zu spät. Connell würde bei Eddie sein. Das sagte ich mir immer wieder vor. Er würde dort sein und mir vergeben. An dieser Aussicht hielt ich mich fest wie an einem rettenden Seil. Anders hätte ich diese Unsicherheit nicht ertragen können.

Ich wusste nicht, ob Cyril ähnliche Gedanken hegte. Wir sprachen nicht darüber. Eigentlich sprachen wir so gut wie überhaupt nicht miteinander. Er war noch schweigsamer, als ich es sonst von ihm gewöhnt war, und ich hatte genug mit mir und Lilian zu tun.

Es war schon dunkel, als wir an der Küste eintrafen. Ein kräftiger Wind wehte und riss an meinen Haaren. Ich zog mir die Kapuze über den Kopf und presste Lilian, die ich in eine Decke eingewickelt hatte, fest an mich. Das Meer lief in langen Wellen am Strand aus, in der Bucht klatschte Wasser gegen Felsen. Auf der anderen Seite der Bucht machte ich das Signalfeuer eines Leuchtturms aus, und in der Nähe konnte ich schemenhaft die grasbewachsenen Rücken einiger Dünen erkennen. Dort, so hatte Cyril mir erzählt, versteckten die Schmuggler oft ihre Schmuggelware.

Ich war noch nie am Meer gewesen, und in jeder anderen Situation hätte ich die vielen neuen Eindrücke sicherlich begeistert in mich aufgesogen. Aber an diesem Abend war nur eines wichtig.

Bitte, betete ich lautlos. Bitte, lass ihn hier sein!

Ein Wirtshaus stand auf der Böschung über dem Strand, Lichtschein drang aus den Fenstern. Hier sollten wir Eddie Nolan treffen, unseren Verbindungsmann. Als wir eintraten, streifte ich die Kapuze ab und richtete mir mit einer Hand notdürftig die zerzausten Haare. Nach der frischen Luft war es mir, als liefe ich gegen eine Wand aus Gerüchen und Geräuschen: ungewaschene Körper, Küchendünste, Lärm. Das Wirtshaus war voll, fast jeder Tisch war belegt. Binsenlichter an den Wänden und auf den Tischen verbreiteten einen düsteren Schimmer, und hier und da erscholl Gelächter oder das Gegröle eines Betrunkenen.

Ich hielt mich dicht hinter Cyril, während mein Blick über die Anwesenden flog. Die meisten von ihnen waren raue Gesellen mit wettergegerbten Gesichtern. Seeleute. Händler. Schmuggler. Connell war nicht darunter.

»Ja, hol mich doch der Teufel!«, sagte dann jemand. »Cyril O'Leary!«

Es war unschwer zu erkennen, dass es sich bei dem Mann, der jetzt auf uns zueilte, um Eddie Nolan handeln musste, denn er reichte Cyril höchstens bis zur Schulter. Er trug einen mehrfach geflickten Rock und hatte ein breites, offenes Gesicht.

Cyril stellte uns einander kurz vor, dann gab es für Eddie kein Halten mehr.

»Nein, so eine Freude, euch zu sehen! Dabei hatte ich überhaupt nicht mehr mit euch gerechnet! Ich wollte eure Plätze schon vergeben.« Er musterte mich und Lilian neugierig. »Wie seid ihr so schnell hierhergekommen? Ich dachte, ihr wärt alle mit Connell in den Wicklows.«

»Dann habt Ihr ihn also gesprochen?«, fragte ich hoffnungsvoll.

Eddie bekam große Augen, dann wechselte sein Ausdruck zu etwas, das ich nicht zu deuten wusste. Hilflosigkeit? Betroffenheit?

»Äh – nein … Das nicht.«

»Woher weißt du dann, dass Connell in den Wicklows ist?«, stellte Cyril die naheliegende Frage.

»Na, wegen der Sache mit Michael Dwyer. Es stand doch alles in der Zeitung. Das hättest du wohl nicht gedacht, dass der alte Eddie Nolan lesen kann, nicht wahr? Kann er aber!« Er nickte wichtigtuerisch. Erst dann bemerkte er mein verwirrtes Gesicht. »Sagt bloß, ihr habt noch nichts davon gehört? Das halbe Land spricht davon!«

Cyril schüttelte den Kopf, er wirkte plötzlich angespannt.

Angst wollte sich um mein Herz legen, doch ich schob sie beiseite wie ein lästiges Insekt. Es durfte einfach keinen Grund zur Sorge geben.

Eddie wand sich wie ein Fisch an der Angel. »Warum nur muss ausgerechnet ich es sein, der die schlechten Nachrichten verbreitet? Kann denn nicht –«

»Eddie«, unterbrach Cyril ihn. »Was ist passiert?«

»Setzen wir uns doch erst einmal.« Eddie zog uns an den letzten freien Tisch und begann, seine zahlreichen Taschen zu durchsuchen. »Ich hab's aufgehoben. Dwyer ist schließlich einer der letzten irischen Helden. Davon kann ich meinen Enkelkindern noch erzählen.«

Seine Worte waren bis zum Nebentisch gedrungen, wo sich ein Mann erhob und ein Lied anstimmte. »Schlafe nicht, tapferer Löwe von Wicklow, sondern sei wachsam! Schärfe die Klinge und halte die Kugeln bereit, denn die Soldaten kennen heut' Nacht dein Versteck!«

Eddie unterbrach seine Suche und wies mit dem Kopf auf den Mann. »Da hört ihr es. Es gibt schon die ersten Lieder über Dwyer und seine unglaubliche Flucht.« Er beugte sich vertraulich vor. »Mit Hunderten von Soldaten sind sie angerückt, um einen einzelnen Mann zu fangen. Aber Dwyer konnte sich auf wundersame Weise retten. Der Mann hat übernatürliche Kräfte. Kelly, der Wirt, schwört, dass Dwyer sich in einen Vogel verwandelt hat und davongeflogen ist.«

»Was ist mit Connell?«, fragte Cyril langsam.

»Wartet.« Eddie kramte erneut in seinen Taschen herum. Es dauerte eine schier endlose Weile, bis er schließlich eine fleckige, mehrfach zusammengefaltete Zeitungsseite zutage förderte, die er auffaltete und sorgfältig auf dem Tisch glattstrich. Sein Zeigefinger glitt suchend über die bedruckten Spalten.

»Hier«, sagte er schließlich und legte Cyril die Seite hin. »Das *Freeman's Journal*. Sieh selbst.«

Cyril schüttelte den Kopf. »Lies vor«, sagte er und drehte die Seite wieder um.

Eddie seufzte und fuhr die Zeilen mit dem Finger nach, während er stockend vorlas.

»Am frühen Samstagmorgen gelang es den Truppen seiner Majestät, eine Gruppe von Rebellen aufzuspüren, die sich in einer Hütte in den Bergen verschanzt hatte. Während die Hütte bis auf die Grundmauern niederbrannte, konnte der gesuchte Rebellenführer und Gesetzlose Michael Dwyer entkommen.

Alle anderen, die sich mit Dwyer in der Hütte befanden, wurden erschossen oder kamen in den Flammen um. Unter den Getöteten befinden sich John Costello, ein Hufschmied, Samuel McAllister, ein United Irishman, Connell O'Leary, ein Captain der Defenders ...«

Eddie hielt inne und hob den Kopf. »Es tut mir leid«, murmelte er unbeholfen.

Ich begann zu zittern. Erst an den Händen, dann an den Armen, dann am ganzen Körper.

»Nein«, murmelte ich wie betäubt. »Er wird noch kommen. Wir müssen nur noch etwas warten. Er wird kommen.«

Ich hörte meine eigene Stimme wie durch Wasser. Meine Ohren klangen, die Geräusche um mich herum veränderten sich, zerflossen zu einem wabernden Brei. Der Raum begann sich um mich zu drehen, die Wände schienen auf mich zuzukommen, als gäbe es kein Oben und kein Unten mehr. Ich versuchte noch, Lilian festzuhalten, dann verschlang mich der Abgrund.

Dunkelheit.
Wind.
Wellenrauschen.

Das Heben und Senken des Schiffsrumpfs unter mir, über mir der unendliche, düstere Himmel. Eine Welt voller Grautöne. Selbst die kleine Laterne am Bug des Schiffes verbreitete ein fahles, stumpfes Licht. Ein einsamer Fixpunkt in der Finsternis. Wie eine verlorene Seele.

Wie viele Farben hat die Nacht? Welche Farbe trägt der Tod?

Allein in der Dunkelheit. Schon lange hatte ich keine Sonne mehr gesehen; seit jener schrecklichen Nachricht befand ich mich außerhalb des Lichts. Die vergangenen drei Tage hatte ich in einer engen Kajüte verbracht, eine Zeit, die ich nur mit Hilfe starker Gaben von Laudanum überstanden hatte. Erst an diesem Abend hatte ich meine Tochter, gut gesichert durch ein paar

Bänder, in der Kajüte zurückgelassen und mich im Schutz der Dunkelheit zum ersten Mal an Deck gewagt.

Am Himmel türmten sich Wolkenberge. Ein paar dicke Tropfen fielen auf die Schiffsplanken. Wie Tränen. Ich selbst konnte nicht mehr weinen. Ich hatte drei Tage lang geweint. Jetzt hatte ich keine Tränen mehr.

Connell war tot, der Glanz seiner Augen für immer erloschen. Er, dessen überschäumende Lebenskraft sich von keinem Hindernis hatte aufhalten lassen, würde nie wieder mit mir lachen.

Der Wind drang schneidend unter meine Kleidung, doch ich beachtete es kaum. Auch in mir war es kalt. Ich war innerlich erstarrt, zu Eis gefroren wie ein See im Winter. Meine Seele war tot, und nur mein Körper lebte weiter.

Mein Herz war nicht stehengeblieben, so, wie ich es einst behauptet hatte. Aber es war gebrochen, zersplittert in Tausende gezackter Scherben, die sich nie wieder zusammenfügen lassen würden.

Hieß es nicht, Gott lade uns niemals eine Bürde auf, die wir nicht tragen können? Und doch hatte Gott mich grausam geprüft.

»Gib ihn mir zurück«, flüsterte ich. »Gib ihn mir zurück!«

Ob ich wohl je Vergebung finden konnte? Denn ich war schuld an Connells Tod. Es machte keinen Unterschied, dass ihn die Engländer auf dem Gewissen hatten. Ich hätte ihn genauso gut mit meinen eigenen Händen töten können.

Ich starrte in das dunkle Wasser unter mir, wo eine perfekt gekrümmte Bugwelle die Oberfläche teilte. Es wäre so einfach. Ein kleiner Schritt nur, ein Sprung in die eisigen Fluten, ein kurzer Todeskampf, dann wäre es vorüber.

Ob Connell sich gefürchtet hatte, bevor er starb? War das Ende schnell gekommen, oder hatte er leiden müssen? Ich wollte mir diese quälenden Fragen nicht stellen, und doch konnte ich an nichts anderes denken. Wie musste er sich wohl gefühlt haben in seinen letzten Minuten, dort in der brennenden Hütte, den sicheren Tod vor Augen und verraten von allen, die er geliebt hatte?

Nein, nicht von allen. Allan war bei ihm gewesen. Allan O'Donegue, unser beider Freund, hatte ihn auf seinem letzten Weg begleitet. Auch er lebte nicht mehr. Sein Name hatte ebenfalls unter den Toten gestanden. Das wusste ich von Cyril, dem Eddie die Zeitungsseite überlassen hatte.

Wind frischte auf, über mir ächzte die Takelage. Eine Böe nahm mir den Atem und benetzte meine Haut mit salzigem Nebel. Ich drehte mich um, als ich ein Geräusch hörte und sich eine Gestalt aus dem Dunkel löste. Es war Cyril. Hatte er schon die ganze Zeit dort gestanden?

Er lehnte sich neben mir an die Reling. »Wenn der Wind hält, sind wir morgen in Frankreich«, sagte er nach einer Weile.

Über uns blähten sich die Segel, trieben das Schiff voran und ließen die Taue knarren. Mit jeder Minute entfernten wir uns weiter von Irland. Ich fühlte mich wie dieses Schiff: getrieben von unsichtbaren Kräften, mitten im Niemandsland, und plötzlich erfasste mich lähmende Angst.

Was tat ich hier? Wie sollte ich fern meiner Heimat zu Hause sein, in einem Land, das mir fremd war? Als ledige Mutter? Wie sollte ich dort für mein Kind sorgen? Und für mich? Und wie nur, wie sollte ich ohne Connell leben? Mit seinem Tod waren all unsere Pläne dahin. Für mich gab es keinen Grund mehr, nach Frankreich zu gehen, geschweige denn nach Amerika. Ich hätte gar nicht erst an Bord gehen dürfen, doch zu diesem Zeitpunkt war ich nicht in der Lage gewesen, auch nur einen vernünftigen Gedanken zu fassen.

»Ich hätte in Irland bleiben sollen«, sagte ich stockend in das Schweigen hinein. »Was soll ich in einem Land, dessen Sprache ich nicht richtig spreche? Wo ich niemanden kenne? Noch dazu mit einem unehelichen Kind?« Ich stieß einen trostlosen Seufzer aus. »Am liebsten würde ich sofort wieder umkehren.«

Cyril bewegte sich neben mir.

»Heirate mich«, sagte er.

Ich drehte mich um und starrte ihn an. Wahrscheinlich sah ich ausgesprochen einfältig aus, auch wenn er in der Dunkelheit mein Gesicht sicher kaum sehen konnte.

»Ich fürchte«, brachte ich schließlich hervor, mit einer Zunge, die sich anfühlte, als wäre sie aus Blei, »ich habe dich eben nicht richtig verstanden.«

»Ich habe dir vorgeschlagen, mich zu heiraten.« Im Gegensatz zu seinen Worten war seine Stimme völlig ausdruckslos. »Wenn du darauf bestehst, kann ich auch vor dir niederknien, aber das wäre der Situation wohl kaum angemessen.«

»Lass deinen Spott!«

»Es ist mein voller Ernst.«

Der Regen wurde stärker, die Tropfen drangen allmählich durch mein Schultertuch. Ich sah Cyril noch immer an, obwohl ich seine Züge kaum erkennen konnte, und ein schwacher Hoffnungsschimmer drang durch das Dunkel meiner Verzweiflung.

Mir lagen so viele Fragen auf der Zunge, aber es reichte nur zu einer einzigen: »Das würdest du für mich tun?«

»Für uns alle.« Er hob zögernd die Hand, als wollte er über meine Wange streichen, doch er ließ sie sinken, bevor er mich berührte. »Lass dir Zeit. Es ist eine wichtige Entscheidung.«

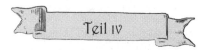

*Germinal VII – Brumaire VIII
April – November 1799*

19. Kapitel

Ein Wimmern weckte mich: Lilian verlangte erneut nach mir. Noch halb im Schlaf richtete ich mich auf, um Cyril nicht zu stören. Ich hätte mir ruhig Zeit lassen können. Cyril war nicht im Zimmer; wie schon in den vergangenen Tagen war er früh aufgestanden, ohne mich zu wecken. In den drei Tagen, die wir jetzt schon in diesem billigen Gasthof in Rennes waren, hatte ich ihn überhaupt nur selten zu Gesicht bekommen. Wenn ich hinunter in die Gaststube ging, hatte er schon gefrühstückt und war fort.

Während ich Lilian stillte, warf ich einen Blick aus dem Fenster. Es wurde allmählich hell, Regen trommelte gegen die Scheibe und putzte die Straßen blank. Hinter den Häusern konnte ich Bäume und Felder mit niedrigen Hecken erkennen. Dieser Teil Frankreichs unterschied sich gar nicht so sehr von den grünen Hügeln Irlands, und doch war alles anders als zu Hause. Die Gerüche, die Geräusche und natürlich die Sprache. Man redete sich mit *citoyen* oder *citoyenne* – Bürger oder Bürgerin – an und schmückte sich mit den Farben der Republik. Auch die neuartige Einteilung des Kalenders bereitete mir Schwierigkeiten. Wie die neue Währung, der *franc*, beruhte alles auf der Zahl Zehn: Ein Tag hatte zehn Stunden und eine Woche zehn Tage. Das Jahr begann am 22. September, dem Jahrestag der Revolution, und wir befanden uns jetzt im Jahr VII, sieben Jahre nach Abschaffung der Monarchie.

Im Grunde war all das so unbedeutend, so unwichtig. Betäubt über Connells Tod und noch geschwächt durch die Geburt hatte ich die zurückliegenden drei Wochen – oder auch nur zwei, wenn man die republikanische Zählweise nahm – wie durch einen barmherzigen Schleier erlebt. Die Überfahrt auf dem Handelsschiff, die Ankunft in Roscoff an der bretonischen Küste, die schier endlose Fahrt in den schwankenden, engen Postkutschen, aus denen ich jeden Abend wie zerschlagen ausstieg – all das erschien mir wie ein einziger langer Albtraum, an dessen Einzelheiten ich mich kaum erinnern konnte. Und immer wieder sah ich Connell vor mir, hörte seine Stimme, sein Lachen …

Einmal, vor langer Zeit – in einem anderen Leben, so schien es mir –, hatte er behauptet, dass man seiner Bestimmung nicht entfliehen könne. War es ihm vorherbestimmt gewesen, in einer brennenden Hütte in den Wicklow Mountains zu sterben? Und selbst wenn es so war: Minderte das meine Schuld? Und was war dann meine Bestimmung?

Vorerst überließ ich Cyril die Sorge um unsere Zukunft. Auch heute würde er wahrscheinlich bis abends fort sein. Ich wusste, dass er jeden Tag auf dem Postamt nach Nachrichten von einem Freund aus seiner Armeezeit fragte, dem er vor kurzem geschrieben hatte, um unseren Besuch anzukündigen. Doch ob er sonst noch irgendetwas Sinnvolles tat oder einfach nur die Einsamkeit suchte, das wusste ich nicht. Er erzählte es mir nicht, und ich fragte ihn nicht. Aber jeden Abend führte er gewissenhaft seinen Unterricht mit mir fort. Sobald wir auf französischem Boden angekommen waren, hatte er einige Bogen Papier und Tinte besorgt und brachte mir seitdem das Schreiben bei. Wenn er dann meine Hand umfasste, um mir zu zeigen, wie ich die Feder führen musste, waren wir uns zumindest körperlich nah.

Ich wünschte, er würde seine Trauer auf irgendeine Art zeigen. Dann hätten wir unser Leid vielleicht gemeinsam tragen, uns gegenseitig Trost spenden können. Doch dazu war er nicht in der

Lage. Ich hätte ihn gerne gefragt, wie er mit diesem unsäglichen Schmerz leben konnte. Und der Schuld. Wie er damals den Verlust seiner Familie bewältigt hatte. Aber ich fragte ihn nicht. Ich hätte ja doch keine Antwort bekommen.

Konnte ich diesen Mann heiraten? Jemanden, der Gott abgeschworen hatte? Und – was empfand ich für ihn? Ich wusste es nicht. Das Einzige, was ich spürte, war Trauer, Leere und Schuld. Für etwas anderes war kein Platz.

Eine Heirat würde zumindest vieles zum Guten wenden. Cyril hätte jemanden an seiner Seite, sobald er vollständig erblindet war, ich würde eine ehrbare Frau werden, und Lilian hätte einen Vater. Was konnte ich mehr verlangen?

Lilian war satt. Ich wartete, bis sie aufgestoßen hatte, dann legte ich sie zurück auf das Bett mit der fleckigen Decke, mit dem unser winziges Zimmer fast schon ausgefüllt war. Eine Wiege gab es hier nicht; Lilian und ich teilten uns das Bett, während Cyril sich nachts mit einem abgenutzten Sessel begnügte. Ich goss Wasser in die Waschschüssel, wusch mich flüchtig und zog mich an. Dann setzte ich mich auf den Hocker vor dem wackeligen Tisch und nahm das Blatt Papier zur Hand, auf dem Cyril mir das gesamte Alphabet aufgeschrieben hatte; sechsundzwanzig Buchstaben, die ich zeilenweise schreiben üben sollte.

Ich war dankbar für die Ablenkung, die diese Aufgabe für mich darstellte. Dennoch starrte ich für eine ganze Weile untätig auf die Lettern, die immer wieder vor meinen Augen verschwammen, bevor ich mich aufraffte und mich mit unsicherer Hand an meine Übungen machte. Ich hatte Mühe, die Feder richtig zu halten, kleckste mit der Tinte und war erleichtert, als die erste Zeile voller ungelenker Krakeln fertig war, von denen keiner dem anderen glich. Von gleichmäßigen Buchstaben, wie Cyril sie erwartete, konnte wirklich nicht die Rede sein. Es sah eher aus, als wären Ameisen über das Blatt gelaufen.

Nach etwa einer Stunde tat mir die Hand weh, und mein Magen knurrte. Ich nahm die schlafende Lilian und ging mit ihr hinunter in die Gaststube, wo mir unsere Wirtin ein altbackenes Stück Baguette und etwas Milch vorsetzte. Nach meinem kargen Frühstück kehrte ich wieder auf unser Zimmer zurück, nahm erneut die Feder auf und schrieb weiter, bis meine Finger verkrampften und mein Rücken steif war.

Eine blutrote Abenddämmerung senkte sich über die Stadt. Ich stand am Fenster unseres Zimmers und sah hinaus, doch ich konnte mich nicht an dem prächtigen Farbenspiel freuen. Mit dem Daumen meiner linken Hand fuhr ich über den Ring an meinem Finger – dem letzten der Schmuckstücke, die Connell mir auf Vinegar Hill geschenkt hatte. Wenigstens bestand nicht die Gefahr, dass ich mich demnächst davon trennen müsste. Noch besaßen wir etwas Geld, denn in Irland hatte Eddie Nolan uns das Pferd und den Wagen zu einem guten Preis abgekauft und nicht einmal seinen Anteil haben wollen. Das sei er Connell schuldig, hatte er gesagt.

Connell ... Wo bist du jetzt?

»Denkst du an ihn?«, fragte Cyril leise.

Ich nickte. »Immerzu.« Ich drehte mich um und sah ihn fast schon anklagend an. »Hört es auf? Hört es irgendwann auf, so weh zu tun?«

Cyril saß neben Lilian auf dem Bett, sein Blick war eigenartig leer. »Nein«, murmelte er. »Man gewöhnt sich nur daran.«

Ich wischte mir die Tränen aus dem Gesicht und sah zu, wie Lilian mit ihren winzigen Händen seine Finger umklammerte und glucksend daran zu saugen versuchte.

»Ihr erstes Wort wird bestimmt *daddy* sein«, sagte ich mit einem traurigen Lächeln. »Oder *papa*. Sie mag dich.«

»Das wird sich ändern, sobald sie begriffen hat, dass ich keine Milch gebe.« Er hatte den Blick noch immer unverwandt auf

Lilian gerichtet. »Darf ich deine Aussage so deuten, dass du dich entschieden hast?«

Ich sah ihn verwirrt an. »Entschieden wofür?«

»Meine Frau zu werden.«

»Oh, das ...« Ich spielte nervös an einer Locke. »Ja, ich ... ich bin einverstanden. Allerdings würde ich gerne noch einige ... Dinge klären, die diese ... Sache betreffen.«

Insgeheim hoffte ich, er wüsste, worauf ich hinauswollte, aber er nickte nur und löste seine Hand aus Lilians Umklammerung.

Ich gab mir einen Ruck. »Wieso?«, fragte ich. »Wieso willst du mich heiraten?«

Seine Antwort kam schnell. »Ich dachte, das hätten wir geklärt. Weil es das Beste für uns alle wäre.«

Natürlich. Mit so etwas hätte ich rechnen müssen. Wie konnte ich auch erwarten, dass mehr dahintersteckte? Diese Heirat wäre nichts weiter als ein Handel. Eine reine Zweckgemeinschaft. Nun gut. Es wurden schon Ehen unter schlechteren Voraussetzungen geschlossen.

Ich musste mich zwingen, die nächste Frage zu stellen.

»Und wie ... wie stellst du dir das vor ... mit uns? Als ... ähm ... Eheleute?« Ich war froh, dass er mich nicht ansah, denn ich musste bei diesen Worten rot geworden sein bis unter die Haarspitzen.

»Das ist es, was dir Sorgen macht?« Allmählich glaubte ich, dass er meinem fragenden Blick bewusst auswich. »Ich werde nichts von dir verlangen und nichts von dir erwarten.«

»Oh.«

Was ich zu hören gehofft hatte, weiß ich nicht, aber diese Antwort kränkte den letzten Stolz, der mir noch geblieben war. Sie konnte nur bedeuten, dass er nichts, absolut gar nichts für mich empfand.

»Das ist«, warf ich so beherrscht wie möglich ein, »sehr anständig von dir. Dann willst du mich also aus reinem Pflichtbewusstsein heiraten?« Und weil ich dir nützlich sein kann, fügte ich in Gedanken dazu. Ansonsten bin ich dir völlig gleichgültig.

Unversehens verlor er etwas von seiner gewohnten Selbstsicherheit. »Aus reinem Pflichtbewusstsein?«, wiederholte er, und endlich sah er mir in die Augen. »Glaubst du wirklich, ich hätte keine anderen Gefühle für dich?«

»Nun, offenbar nicht. Schließlich hast du gerade gesagt ...«

»Ich habe nur gesagt, dass ich dich nicht anrühren werde, wenn du das nicht willst. Falls du jedoch befürchtest, dass mir ... dass mir nichts an dir liegt, dann ...« Er holte tief Luft, »... dann irrst du dich. Du weißt gar nicht, wie sehr.«

Er senkte den Kopf, und vielleicht war es nur der Widerschein der Dämmerung, aber ich glaubte zu sehen, wie eine leichte Röte sein Gesicht überzog.

Ich schnappte nach Luft. »Könntest du dich etwas deutlicher ausdrücken?«

»Habe ich das nicht schon?«

»Du meinst ... dann willst du damit wirklich andeuten, dass du ...«

»Ja«, sagte er einfach.

Der Raum schien sich plötzlich um mich zu drehen, und rasch setzte ich mich auf den Hocker. »Aber ... warum hast du nie etwas gesagt?«

»Wem hätte das auch nur irgendetwas genützt? Connell ...« Seine Stimme stockte. »Er hat dich geliebt. Was für ein Mensch wäre ich, wenn ich versucht hätte, meinem Bruder die Frau wegzunehmen?«

Ich schwieg betroffen, während meine Finger das Tintenfass umfingen. Deswegen hatte er uns nicht nach Amerika begleiten wollen ...

»Du bist«, sagte ich, »ein wirklich guter Mensch.«

»Nein«, erwiderte er überraschend aufgebracht. »Das bin ich nicht!« Er erhob sich. »Das bin ich ganz sicher nicht.«

Ich schaute auf. Seine Stimme klang etwas gepresst, und er rieb sich mit zwei Fingern über die Stirn. Es war ihm anzusehen, dass er sich nicht wohlfühlte. Wahrscheinlich war er deswegen schon am Nachmittag in den Gasthof zurückgekehrt. Kündigte sich da etwa ein weiterer Anfall an?

»Geht es dir nicht gut?«

»Es geht schon.« Er wies auf das Papier vor mir. »Und jetzt nimm die Feder und schreib ›O'Leary‹.«

»Das kann ich nicht!«, protestierte ich.

»Du hast es ja noch nicht einmal versucht. Immerhin wirst du demnächst auch diesen Namen tragen. Komm schon, womit fängt O'Leary an?«

»Mit ... O.«

»Na also. Dann schreib es hin.«

Ich seufzte. Cyril war ein guter, aber auch ein strenger Lehrer, schließlich hatte er keine Zeit mehr zu verlieren.

Als ich meinen zukünftigen Namen mehrmals zu seiner Zufriedenheit geschrieben hatte, steckte ich die Feder zurück ins Tintenfass. »Ich wünschte, ich könnte jetzt auch schon lesen.«

Cyril zog ein zusammengefaltetes Papier hervor. »Du könntest hiermit anfangen«, schlug er beiläufig vor und legte das Schreiben vor mich auf die Tischplatte.

»Ein Brief? Warum hast du nichts davon gesagt?«

Er lächelte, das erste Lächeln seit Wochen, und lehnte sich gegen die Tischkante. »Ich wollte sichergehen, dass du vorher etwas lernst.«

»Was steht drin? Sind es gute Nachrichten?«, wollte ich wissen, während ich das erbrochene Siegel betrachtete, auf dem ich die Reste eines stilisierten Apfelbaums erkennen konnte. Ich kramte in meinem Gedächtnis nach dem richtigen Namen. »Ist er von ... von Armand?«

»Arnaud«, berichtigte Cyril und nickte. »*Capitaine* Arnaud Dupont.«

»*Capitaine*«, wiederholte ich beeindruckt, dann verstummte ich. Connell war Captain gewesen, zumindest bei den Defenders, auch wenn man das wohl nicht ganz miteinander vergleichen konnte. Ich zwang diesen Gedanken zurück in einen verborgenen Winkel und schaute Cyril an. »Du warst auch *capitaine*, nicht wahr?«

Er nickte geistesabwesend. Über seine Zeit in der Armee wusste ich nur wenig, und trotz meiner Nachfragen hatte ich kaum mehr erfahren können, als dass dieser Arnaud irgendwie in Cyrils Schuld stand. Arnaud, so hatte Cyril mir auf einer dieser endlosen Fahrten in der Postkutsche erzählt, war Cidrebauer mit einer kleinen Apfelbaumplantage nicht weit von Rennes, doch nachdem die Revolution ganz Frankreich in einen Rausch von Freiheit und Gleichheit gestürzt hatte, hatte auch er seinen Beitrag leisten wollen und war in die Armee eingetreten. Aufgrund einer schweren Beinverletzung hatte er dann vor zwei Jahren aus dem Dienst ausscheiden müssen, nicht ohne Cyril seine Unterstützung zuzusichern, sollte er je seine Hilfe brauchen. Ich hoffte, dass er ein Mann war, der zu seinem Wort stand.

»Sag schon«, drängte ich. »Was schreibt er?«

Es sei ihm eine Ehre und ein Vergnügen, übersetzte Cyril mir Arnauds etwas blumige Worte, uns in seinem Haus willkommen heißen zu dürfen. Er freue sich auf unseren Besuch und könne es kaum erwarten, Cyrils Frau kennenzulernen.

»Das ist doch … gut, oder?«, fragte ich verunsichert, als Cyril geendet hatte, denn er machte nicht gerade einen erfreuten Eindruck.

»Ja«, murmelte er und ließ den Brief sinken. »Sehr gut. Wir werden gleich morgen … fahren.«

Er stöhnte leise und legte seine freie Hand über sein linkes Auge. Der Brief entglitt seinen Fingern, doch er schien es nicht zu bemerken. Er war fast so blass wie das Papier.

»O nein«, sagte ich betroffen. »Warte, ich hole das Laudanum.«

Mit fliegenden Fingern suchte ich das Fläschchen mit der rotbraunen Flüssigkeit aus unserem Gepäck heraus und stellte es auf den Tisch. Cyril nickte kaum merklich.

»Und jetzt geh. Bitte.«

»Bist du sicher?«, fragte ich besorgt, und er nickte noch einmal.

Ich hob den Brief vom Boden auf und legte ihn auf den Tisch, gleich neben das Laudanumfläschchen. Ich zögerte, hob den Arm, um Cyril zu berühren, und ließ es dann doch sein. Es gab ja doch nichts, was ich hätte tun können. Und so drehte ich mich um und nahm Lilian an mich.

»Ruh dich aus«, sagte ich und ging mit unserer Tochter nach unten.

Ich war immer wieder erstaunt, wie schnell Cyril sich nach diesen Anfällen zu erholen schien. Am nächsten Tag war er so weit wiederhergestellt, dass wir nach dem Mittagessen aufbrechen konnten. Auch wenn ich kaum geschlafen hatte, da diesmal ich die Nacht in dem reichlich unbequemen Sessel verbracht hatte, war ich nicht müde. Ich war neugierig auf den Mann, den Cyril als einen Freund bezeichnete.

Die Straße wurde schlechter, nachdem wir Rennes hinter uns gelassen hatten. Es war ein sonniger Frühlingstag, und während Lilian trotz des Gerüttels der Kutsche die meiste Zeit friedlich auf meinem Arm döste, betrachtete ich die blühende Landschaft mit ihren Feldern und schmalen Flussläufen, über denen sich die Wolken ein Wettrennen lieferten.

Was würde uns bei Arnaud erwarten? Was würde aus uns, aus mir werden? Und aus Lilian? Die Ungewissheit machte mir zu schaffen. Dennoch spürte ich auch wieder so etwas wie Leben in mir. Vielleicht hing es mit Cyrils gestrigem, ein wenig widerwilligem Geständnis zusammen, doch ich merkte, dass die dumpfe Erstarrung, die mich seit der Nachricht über Connells Tod ergriffen hatte, allmählich einer schwachen Zuversicht wich.

Ganz anders dagegen Cyril. In der engen Kutsche saßen wir nah zusammen, unsere Körper berührten sich bei jedem Schlagloch, und doch hatte ich das Gefühl, dass er gar nicht richtig anwesend war. Er sah weder aus dem Fenster, noch beteiligte er sich an der leisen Unterhaltung der anderen beiden Reisenden, die uns gegenübersaßen und uns hin und wieder in ein Gespräch zu verwickeln versuchten.

Ich betrachtete ihn unter gesenkten Augenlidern. Die zurückliegende Nacht war nicht spurlos an ihm vorübergegangen. Heute Mittag hatte er fast nichts gegessen, doch obwohl er noch immer Schmerzen hatte, weigerte er sich, noch mehr Laudanum zu nehmen. Er wollte Arnaud nicht halb betäubt gegenübertreten. Genauso wenig wollte er sich dazu äußern, wie viel er noch sehen konnte. Er hatte es aufgegeben, mir etwas vorzuspielen. Seine drohende Erblindung schwebte wie ein Schreckgespenst über uns, und unerbittlich rückte der Zeitpunkt näher, an dem er sein Augenlicht verlieren würde. Ich wusste nicht, wer von uns diesen Tag mehr fürchtete.

Ich griff nach seiner Hand und drückte sie, und er erwiderte den Druck und zwang sich zu einem schwachen Lächeln.

Die Sonne versank schon hinter den Baumspitzen des nahegelegenen Waldes, als wir St. Aubin-du-Cormier erreichten. Wie so viele andere Orte hatte auch dieses Dorf nach der Revolution seinen Heiligennamen ablegen müssen und hieß seitdem Montagne-la-Fôret – was die meisten Einwohner, so hatte mir Cyril erzählt, allerdings nicht davon abhielt, ihre Heimat weiterhin bei ihrem alten Namen zu nennen. Gedrungene Häuser aus Granitsteinen säumten die schlammige Hauptstraße wie eine Kette grauer Perlen, aus einem Fenster flatterte eine verblichene Trikolore, und in der Mitte des Dorfplatzes erhob sich ein mit blauen, weißen und roten Bändern geschmückter Freiheitsbaum.

Wir waren kaum aus der Kutsche gestiegen, als auch schon ein Junge von neun oder zehn Jahren auf uns zugeschossen kam und Cyril in einer Mischung aus kindlicher Schüchternheit und Wiedersehensfreude begrüßte; es war unschwer zu erraten, dass die beiden sich kannten. Er sei früher schon zweimal hier gewesen, erklärte Cyril mir kurz und stellte mir den Jungen als Jean-Pierre, Arnauds Ältesten, vor. Jean-Pierre, der vor Stolz über seine wichtige Aufgabe fast zu platzen schien, führte uns eine der vom Kirchplatz abzweigenden Straßen entlang bis zu einem zweistöckigen Haus mit blau gestrichenen Fensterläden. Aus einem hölzernen Anbau drang säuerlich-fruchtiges Apfelaroma.

Ich war so aufgeregt, dass ich kaum mehr als einige gestotterte Silben herausbrachte, als *capitaine* Arnaud Dupont, ein großer, kräftiger Mann, dessen dunkles Haar an den Schläfen bereits grau wurde, uns herzlich begrüßte und uns dann seine Frau Sylvie vorstellte. Erstaunt registrierte ich, dass sie Cyril umarmte und ihm für etwas zu danken schien, bevor sie sich mir zuwandte.

Sylvie war reizend und nahm mir schnell die Befangenheit, indem sie mit mir plauderte und sich entzückt über meine kleine Lilian zeigte. Obwohl sie nur ein einfach geschnittenes, hellblaues Kleid aus fließendem Musselin trug, unter dessen hoher Taille sich die Wölbung einer fortgeschrittenen Schwangerschaft zeigte, kam sie mir unglaublich elegant vor. Ihre mit einem blauen Band verzierte Haube saß tadellos, und trotz ihres Zustandes bewegte sie sich leichtfüßig wie eine Feder. Neben ihr fühlte ich mich reichlich plump. Auch Arnaud, dunkel und würdevoll mit Spazierstock und schwarzem Rock, an dem eine dreifarbige Kokarde prangte, ging etwas schwerfällig; als wir die Treppe in den ersten Stock hinaufstiegen, bemerkte ich, dass sein rechtes Bein steif war.

In dem Zimmer, das für uns vorgesehen war, hatten früher Arnauds Eltern gelebt; seit ihrem Tod wurde es als Gästezimmer genutzt. Es war geräumig und enthielt ein breites Bett, eine große Truhe mit feinen Schnitzereien und einen Tisch mit zwei Stühlen. An den Wänden hingen einige Haken für Kleidungsstücke. Sylvie hatte sogar an eine Wiege für Lilian gedacht.

»*Merci*«, sagte ich und fasste gerührt an die sonnengelben Narzissen, die im Waschkrug angerichtet waren. »*Merci beaucoup.*«

Wenig später zogen verlockende Essensdüfte durch die Räume. Ich half Sylvie, das Abendessen aufzutragen, wobei auch Jean-Pierres jüngerer Bruder Louis wie aus dem Nichts auftauchte, dann setzten wir uns zu Tisch. Es schmeckte herrlich. Die Fischsuppe war heiß und würzig, das frisch geröstete Brot duftete nach Knoblauch, der Cidre perlte süß und herb zugleich auf meiner Zunge. Arnaud erzählte währenddessen von seinen Apfelplantagen außerhalb des Dorfes, die er uns morgen zeigen wollte, und von anderen Plänen, von denen ich kaum etwas begriff. Dann wandte er sich geradezu feierlich an mich.

»Ihr könnt stolz sein auf Euren Mann, *citoyenne*«, sagte Arnaud; er sprach langsam, damit ich ihn auch wirklich verstand. »Dass ich noch lebe, habe ich nur ihm zu verdanken. Hat er Euch davon erzählt? Nein? Das sieht ihm ähnlich.«

Gestenreich und durch viele Erklärungen ausgeschmückt berichtete Arnaud von irgendeiner größeren Schlacht, bei der ihm eine Kugel die rechte Kniescheibe zerschmettert hatte. Er wäre umgekommen, hätte Cyril nicht sein eigenes Leben riskiert, um Arnaud aus der Gefahrenzone zu tragen.

Ich war nicht dabei gewesen, ich hatte nichts damit zu tun, und doch flackerte tatsächlich etwas wie Stolz in mir auf – ein gutes Gefühl, nachdem ich so lange wie eingefroren gewesen war. Cyril selbst schien die Sache allerdings eher unangenehm zu sein, und nachdem wir alle auf sein Wohl getrunken hatten und Sylvie sich erneut bei ihm bedanken wollte, lenkte er das Gespräch wieder in andere Bahnen.

Beim Nachtisch, hauchdünnen *crêpes* mit Äpfeln und Calvados, kam die Sprache dann auf das Thema, auf das ich schon die ganze Zeit wartete. Cyril wollte den Duponts gegenüber von Anfang an offen sein, was ihn nicht daran hinderte, nur das Nötigste von dem zu berichten, was hinter uns lag. Soweit ich es verstehen konnte, fiel nicht einmal Connells Name. Dafür sprach er über andere Sachen, und er, der sich stets geweigert hatte, Connell auch nur mit einer Silbe von seiner bevorstehenden Erblindung zu unterrichten, blieb jetzt bewundernswert gelassen, als er Arnaud und Sylvie seine Situation darlegte: Dass wir fürs Erste eine Unterkunft bräuchten. Dass er für seine Frau und sein Kind sorgen müsse und jede Arbeit annehmen würde, die ihn und seine Familie ernährte. Und dass er binnen kurzem erblinden würde.

Ein harter Klumpen ballte sich in mir zusammen, als ich ihn so freimütig reden hörte. Wieso jetzt? Wieso hatte er mich in Jerpoint Abbey einen heiligen Eid schwören lassen, seinem Bruder nichts zu verraten, wenn er jetzt darüber sprechen konnte? Warum hatte er sich nur bei Connell so standhaft geweigert? Meine Augen brannten vor unterdrückten Tränen, und meine Hand krampfte sich um meinen Löffel, der mit einem hässlichen Geräusch über den Teller schabte.

Es war Sylvie, die meinen Gefühlsaufruhr bemerkte und tröstend meine Hand ergriff. Und obwohl sie meine Erschütterung falsch deuten musste, tat mir ihr Zuspruch gut. In den vergangenen Wochen hatte ich mit wenig Trost auskommen müssen.

Arnaud verhielt sich wie ein Ehrenmann. Er stehe tief in Cyrils Schuld und würde sich glücklich schätzen, wenn wir für die nächste Zeit bei ihnen wohnen würden. Gerade jetzt könne er Hilfe gut gebrauchen, und sobald es wärmer sei, wollte er, wenn ich richtig verstand, irgendwelche neuen Felder anlegen. Als er dann anfing, über etwas zu sprechen, das meinen begrenzten Sprachkenntnissen zufolge etwas mit Geld, Ernte und Gewinn zu tun hatte, begann mir der Kopf zu schwirren. Ein leichter Schmerz hatte sich in meinen Schläfen ausgebreitet, und das schnelle Französisch, das zwischen den Männern gewechselt wurde, überstieg meine Fähigkeiten. Der Tag war lang gewesen und anstrengend. Obwohl ich versuchte, dem Gespräch zu folgen und aufmerksam von einem zum anderen blickte, verlor ich bald endgültig den Faden. Aber offenbar verlief es gut, denn ich merkte, wie Cyril allmählich etwas gelöster wurde.

Es war ein Anfang. Ein kleiner Schritt vorwärts.

20. Kapitel

Die Morgensonne hatte die dichten Wolken der vergangenen Tage fortgeblasen und ließ alles in hellem Glanz erstrahlen. Es war *Décadi*, der letzte Tag einer Zehntagewoche Ende *Germinal* des Jahres VII neuer Zeitrechnung. Im Rest der Welt war es der zwanzigste April 1799.

Ich saß vor Sylvies Ankleidetisch, nippte an meinem Morgenkaffee und studierte nervös meinen Anblick. Kaum konnte ich glauben, dass ich es war, die mir da aus dem Spiegel entgegenblickte, und fasste vorsichtig an meine Haare. Sylvie hatte sie zu einem verschlungenen Kunstwerk hochgesteckt, und die breiten grünen Bänder, die sie darin eingeflochten hatte, schmeichelten meiner Blässe. Die französische Damenmode orientierte sich neuerdings an der Antike, und so trug ich nur ein einfaches, dünnes Unterkleid und kein Korsett. Das geliehene Kleid aus hellem Musselin fiel unter einer hohen Taille locker bis auf den Boden, den Ausschnitt umschloss ein Tuch. Ein breites, grünes Seidenband knapp unterhalb der Brust vervollständigte meine Garderobe. Ich sah sehr hübsch aus, gerade so, wie man sich eine glückliche junge Braut vorstellte, doch in meinem Herzen saß das Leid wie ein hungriges Tier. Ich fühlte mich leer, nicht vollständig, als fehlte der wichtigste Teil meiner Seele. Dieser Teil war mit Connell gestorben. Mit Connell, der jetzt irgendwo in einem unbekannten Grab lag …

Die Kehle wurde mir eng, doch ich zwang die Tränen zurück.

An diesem Tag wollte ich nicht weinen. Nicht am Tag meiner Hochzeit.

»*Slán leat, a stor mo chroi*«, flüsterte ich und strich über das marmorierte Schneckenhaus, mit dem Connell einst um meine Hand angehalten hatte. Leb wohl, Schatz meines Herzens. »Ich werde dich nie vergessen.«

Von unten erklang Gelächter und die helle Stimme von Jean-Pierre, dann hörte ich ein Pferd wiehern und Räder knirschen. Leichte Schritte kamen die Treppe hinauf.

»Bist du fertig, *chérie*?«, fragte Sylvie vor der Tür. Ich konnte Lilian auf ihrem Arm quäken hören. »Ihr müsst los. Die *diligence* ist da.«

Ich rief ihr eine Antwort zu, schlug das Schneckenhaus wieder in ein Tuch und legte es zurück in die Truhe. Dann ging ich nach unten in mein neues, ehrbares Leben.

Cyril hätte seiner Braut gerne einen schöneren Tag bereitet, schließlich musste schon sein Antrag reichlich armselig in Sharons Ohren geklungen haben – als wollte er ein Stück Vieh kaufen. Aber leider war auch die Ziviltrauung im Rathaus von Rennes eine wenig feierliche Angelegenheit. Nach neuem Gesetz mussten Ehen in der Kantonshauptstadt geschlossen werden, weshalb sie sich an diesem Morgen zu viert – Sharon und er sowie Arnaud und der Kutscher der gemieteten *diligence*, der gleichzeitig als zweiter Trauzeuge fungierte – auf den Weg nach Rennes gemacht hatten. In diesem Punkt gab es keine Ausnahme. Denn Ausnahmen gab es schon genug. Da Sharon noch nicht die neuerdings für eine Vermählung erforderlichen einundzwanzig Jahre alt war, durfte sie eigentlich noch gar nicht heiraten. Allerdings standen Cyril als ehemaligem Offizier der Revolutionsarmee besondere Rechte zu, und auch Arnaud hatte seine Beziehungen spielen lassen und dafür gesorgt, dass einer Hochzeit nichts mehr im Wege stand.

Bürgermeister Parcheminier, ein dicker Mann mit rotem Gesicht, nahm ihre Daten und die ihrer Eltern und Großeltern auf – ein langwieriges Verfahren, da keine Akten darüber vorlagen –, dann sprach er einige dürre Worte auf die Republik und erklärte sie schließlich zu Mann und Frau. Bei diesen Worten erbebte Sharon ein wenig, doch sie ließ es zu, dass Cyril sie küsste. Einen kurzen, köstlichen Moment nur, dann löste sie sich von ihm, ihr Gesicht bis unter die Haarspitzen von flammender Röte überhaucht.

Auf dem Rückweg schwieg sie die meiste Zeit, die Heiratsurkunde fest in ihrer Hand. Cyril sah, wie sie die Tränen fortblinzelte, und ahnte, dass ihre Gedanken jetzt wieder seinem Bruder galten. Ihm war klar gewesen, dass es schwer werden würde, sich der Last der Verantwortung zu stellen. Er hatte nur nicht gewusst, wie schwer. Seine eigene Trauer hielt er tief in sich verborgen, verschlossen in einer geheimen Kammer, an die niemand herankam. Auch er selbst nicht. Er brauchte seine ganze Kraft, um weiterleben zu können. Um sich nicht dem Schmerz hinzugeben, der ihn zerbrochen hätte. Er hatte sich für das Leben entschieden. Jetzt musste er es auch aushalten, mit all seinen Konsequenzen.

Als sie am späten Nachmittag in St. Aubin ankamen, hellte sich Sharons Miene auf. Sylvie hatte das Haus mit Zweigen und Blättern festlich geschmückt und etliche Nachbarn und Freunde eingeladen. Cyril stöhnte in Gedanken auf, als er die begeisterte Menge sah, die sich bei ihrer Ankunft um die Kutsche drängte. Wenn sie hier leben wollten, so war jedenfalls Arnauds Meinung, dann müssten sie den Leuten auch Gelegenheit geben, sie kennenzulernen. Und was war dazu besser geeignet als eine Hochzeit? Cyril war nach der mehrstündigen Fahrt allerdings nicht gerade nach Feiern zumute. Aber da er niemanden vor den Kopf stoßen wollte und Sharon die Aussicht auf eine Feier aufzuheitern schien, fand er sich damit ab, für die nächsten Stunden im

Mittelpunkt der Aufmerksamkeit zu stehen und wenigstens so zu tun, als würde er sich amüsieren.

Dieser Vorsatz wurde auf eine harte Probe gestellt, als Arnaud seinen Gästen zur Feier des Tages ein ganz besonderes Getränk ausgab. In Cyril krampfte sich etwas zusammen, als er die grasgrüne Flüssigkeit sah, die sich milchig trübte, als Wasser darüber gegossen wurde. Im nächsten Moment fing er Sharons erschrockenen Blick auf.

»Trink!«, ermutigte Arnaud ihn. »Das ist der beste, den ich bekommen konnte!«

Cyril schüttelte den Kopf, seine Halsbinde schien plötzlich viel zu eng zu sein.

»*Pas d'absinthe*«, murmelte er, auch auf die Gefahr hin, seinen treuen Freund zu verletzen. Keinen Absinth.

Arnaud wirkte leicht verstimmt, als auch Sharon nur flüchtig an ihrem Likör nippte und ihr Glas dann hastig wegstellte, vergaß die Sache jedoch schnell, als Sylvie das Büfett eröffnete. Die meisten Gäste hatten etwas zu essen mitgebracht; im Wohnzimmer standen verschiedene *tartes* und *pâtés*, Kuchen, Brot und Käse neben Krügen voller Rotwein und Cidre.

Nach all den Tagen der Trauer wirkte Sharon endlich wieder ein bisschen fröhlicher. Zwischen diesen Leuten ging sie auf wie eine Blume, versuchte sich ab und an im Gespräch mit einem Nachbarn, lachte über einen Scherz und ließ sich von dem kleinen Jean-Pierre sogar zu einer *Anglaise* auffordern. Sie war ihm nie schöner als an diesem Tag erschienen. Rotwein und Aufregung hatten ihre Wangen gerötet und brachten ihre Augen zum Glänzen, aus ihrem hochgesteckten Haar hatte sich beim Tanz eine einzelne Strähne gelöst. Der feine Stoff ihres im griechischen Stil gearbeiteten Kleides schmiegte sich um ihre Brüste und betonte reizvoll ihre weiblichen Formen. Er spürte wohlige Wärme in sich aufsteigen; es würde nicht leicht werden, dieser Versuchung zu widerstehen.

Als später am Abend ein Teil der Gäste gegangen und es etwas ruhiger geworden war, flüsterte Sharon kurz mit Sylvie, dann richtete sie sich auf, gähnte übertrieben und räusperte sich.

»*Merci beaucoup*«, sagte sie mit rotem Kopf in die Runde, die sie erwartungsvoll ansah. Sie war es nicht gewohnt, vor Publikum zu sprechen, schon gar nicht in einer fremden Sprache. »Vielen Dank. Es hat uns sehr gefallen. Mein Mann und ich ... wir werden uns nun ... zurückziehen.«

Das also hatte Sylvie ihr vorgesagt. Es gefiel ihm, dass Sharon Initiative entwickelte. Sie würde ohnehin bald lernen müssen, selbst zu entscheiden.

Verständnisvolles Gelächter folgte dieser Ankündigung, und mit den besten Segenswünschen und frivolen Andeutungen entließ man das Brautpaar nach oben.

»Warte einen Augenblick«, sagte Sharon, als sie ihr Zimmer erreicht hatten, und schlüpfte mit der brennenden Kerze an ihm vorbei. »Ich habe eine Überraschung für dich.«

Als sie die Tür wieder öffnete, schlug ihm warme Helligkeit entgegen, und im ersten Moment blendete ihn der Lichterglanz. Überall flackerten und züngelten kleine Flammen; auf der Truhe, dem Tisch, der Fensterbank – Sharon hatte Dutzende von Kerzen und Talglichtern verteilt. Es sah aus wie in einem Theater.

»Hilfst du mir mit den Knöpfen?«, fragte sie schüchtern und drehte ihm den Rücken zu.

Als er die winzigen Knöpfe geöffnet hatte, die ihr Kleid im Nacken schlossen, sog er ihren schwachen Duft nach Wein und Parfüm ein und küsste sie sanft auf den Haaransatz. Sie seufzte leise.

»Noch nicht«, flüsterte sie und drehte sich von ihm weg. »Sieh mir ... sieh mir einfach nur zu.«

Er hörte sie schlucken, als sie einen Kamm aus ihrem Haar zog. Eine flammend rote Locke fiel auf ihre Schulter und kräuselte sich über dem geöffneten Ausschnitt.

»Das musst du nicht tun«, sagte er mit belegter Stimme.

»Ich weiß«, erwiderte sie leise und nahm weitere Kämme aus ihrem Haar. »Ich möchte es aber.«

Von ihrem Halt befreit, lockte sich eine Kaskade kupferroter Wellen um ihre Schultern. Das Licht der Kerzenflammen spiegelte sich in ihren Augen und tanzte über ihren Körper, als sie jetzt begann, sich zu entkleiden.

Deshalb die vielen Kerzen. Sie wusste, dass er Licht brauchte, um noch richtig sehen zu können. Das hier war ihr Hochzeitsgeschenk an ihn – dieser Anblick, bevor es für immer dunkel um ihn wurde. Ihm wurde warm, doch diese Wärme kam nicht allein von den kleinen Feuern. Er genoss es, einfach nur dazustehen und ihr zuzusehen. In seinen Lenden pulsierte es, als sie Stück für Stück ihrer Kleidung ablegte – Kleid, Schuhe, Unterrock, Strümpfe – mit aufreizender Langsamkeit und doch seltsam verschämt, in fast jungfräulicher Befangenheit.

Als auch das Hemd zu Boden gesunken war, drehte sie sich zu ihm um. Im flackernden Kerzenglanz schimmerte ihre Haut golden.

»Komm«, flüsterte sie.

»Du musst nicht ...«, sagte er noch einmal. Er bezweifelte, dass er noch viel länger in zusammenhängenden Sätzen reden könnte. Und dann sprach er gar nicht mehr.

Obwohl ich jetzt mit Cyril verheiratet war, blieb er mir ein Rätsel. So nah wir uns nachts körperlich auch waren, war da immer ein Rest Fremdheit, eine unsichtbare Sperre, die sein Innerstes vor mir verschloss. Ich hatte nie das Gefühl, ihn wirklich zu erreichen, und zwischen uns stand ein Name, ein Schatten – Connell. Doch dann wieder gab es jene seltenen Momente der Vertrautheit, wenn ich nachts vor Trauer und Sehnsucht nicht schlafen konnte und er mich wortlos in den Arm nahm und mich weinen ließ, bis ich keine Tränen mehr hatte. Ich würde lernen müssen, meinen Trost aus diesen wenigen Gelegenheiten zu schöpfen.

Er bestand darauf, mich weiterhin Schreiben und Lesen zu lehren. Auf Arnauds Bitte nahm er vormittags auch die beiden Jungen hinzu, und so saßen bald drei Schüler im Wohnzimmer und übten Rechnen und die Grundlagen des Alphabets. Außerdem verbrachte ich lange Stunden damit, gemeinsam mit Sylvie Kindersachen zu nähen und Wäschestücke auszubessern, und versuchte mich auch sonst nützlich zu machen, wo immer ich konnte. Dennoch hatte ich stets das Gefühl, Sylvies und Arnauds Großzügigkeit nicht genug vergelten zu können, bis sich dieses Problem auf ungeahnte Weise löste.

Arnaud hatte neben den Apfelplantagen eine weitere Erwerbsmöglichkeit aufgetan. Im vorigen Jahr hatte er das brachliegende Feld eines Emigranten am Stadtrand gekauft und dort Wermut angepflanzt, und nachdem die Erträge recht zufriedenstellend ausgefallen waren, wollte er in diesem Frühjahr ein weiteres Wermutfeld anlegen.

»Arnaud muss ein reicher Mann sein«, mutmaßte ich mit einem leisen Anflug von Neid, als ich zusammen mit Sylvie Steine von dem neuen Feld auflas, um den Boden für die Aussaat vorzubereiten.

Sylvie schien das unerwartet komisch zu finden.

»Reich an Steinen höchstens«, sagte sie und ließ sich neben dem gefüllten Korb nieder, die Hände ins Kreuz gestützt. »Ohne deinen Mann hätte Arnaud sich dieses Feld nie leisten können.«

Ohne Cyril? Ich musste sie falsch verstanden haben. Mein Französisch war schließlich noch reichlich dürftig.

»*Pardon?*«, konnte ich nur verständnislos fragen.

Ich hatte richtig gehört. Es stellte sich heraus, dass Cyril Arnaud einen Großteil seines angesparten Offizierssoldes überlassen hatte, bevor er nach Irland zurückgekehrt war. Ohne dies näher zu begründen, ohne etwas dafür zu verlangen. Arnaud hatte ihm lediglich zusichern müssen, das Geld sinnvoll zu verwenden. Das hatte Arnaud getan. Die beiden Wermutfelder gehörten zu mehr als der Hälfte Cyril.

Jetzt war mir etwas leichter ums Herz. Cyril war von Arnauds Vorhaben zwar weniger begeistert, musste jedoch zugeben, dass der Wermutanbau ein einträgliches Geschäft zu werden versprach. Mehrere Destillen zahlten gut für getrocknete Wermutpflanzen, die die Grundlage für Absinth bildeten. Absinth, davon war nicht nur Arnaud überzeugt, stand noch eine große Zukunft bevor. Es schien, als wollte die grüne Fee uns so schnell nicht freigeben.

Solange es noch zu kalt für die Aussaat war, kümmerte Cyril sich um alles, wozu Arnaud bisher die Zeit oder das Geschick gefehlt hatte. Er reparierte Sylvies Spinnrad, aus dem ein Teil herausgebrochen war, ersetzte ein paar fehlende Schindeln und errichtete zusammen mit Jean-Pierre neben dem neuen Feld einen Trockenschuppen. Arnauds Ältester war ein ernsthafter Junge, der mit seinen zehn Jahren schon recht erwachsen wirkte, und es war nicht zu übersehen, dass er Cyril vergötterte. Selbst im Haus wich der Junge selten von seiner Seite. Ich war erstaunt, wie gut die beiden sich verstanden. Vielleicht war es ja gar nicht so schlecht, wenn Cyril jemanden hatte, der ihn etwas von der Sorge um sein Augenlicht ablenkte.

Und so lief in der ersten Zeit nach unserer Hochzeit alles vergleichsweise gut. Leider sollte es nicht lange so bleiben.

Es begann an einem Abend im *Floréal* – Mitte Mai, kurz vor meinem achtzehnten Geburtstag. Die Männer hatten an diesem warmen Frühlingstag den Wermut gesät, und als sie mit dem Sonnenuntergang nach Hause kamen, bemerkte ich schnell, wie angeschlagen Cyril wirkte. Zum Abendessen nahm er fast nichts zu sich, entschuldigte sich früh und zog sich in unser Zimmer zurück. Ich blieb unten, denn er wollte nicht, dass ich ihn begleitete, und half einer ebenfalls sehr stillen Sylvie, den Tisch abzuräumen, während ich mir einredete, dass am nächsten Morgen alles wieder besser sein würde.

Es wurde nicht wieder besser. In den folgenden zwei Tagen war Arnaud der Einzige, den Cyril zu sich ließ, und obwohl Arnaud sich bemühte, mir seine Bedenken nicht zu zeigen, verstand ich nur zu gut. Besorgt, aber auch verstimmt über die Zurückweisung blieb ich in dieser Zeit unserem Zimmer fern und schlief nachts auf der Chaiselongue im Wohnzimmer, Lilians Wiege neben mir. Nicht nur ich war bedrückt; seit Arnaud die Familie zur Ruhe angewiesen hatte, schlichen selbst die Kinder mit gesenkten Köpfen umher und sprachen kaum. Dafür war Lilian so unruhig wie noch nie, als spürte sie, wie schlecht es ihrem Vater ging. Sie schrie und jammerte unablässig, ließ mich kaum schlafen und trank nur so wenig, dass meine Brüste bald schmerzten vor Spannung. Außerdem hatte ich Zahnschmerzen. Ein Kind, ein Zahn, hieß es nicht so?

Und warum durfte Arnaud zu Cyril, aber ich nicht? Ich wusste, dass ich kein Recht hatte, mich zu beschweren, dass er sich ein letztes bisschen Würde bewahren wollte, doch ich war gekränkt.

»Du musst ihn verstehen«, versuchte mir Arnaud zu erklären, als ich ihn am zweiten Tag meines unfreiwilligen Exils erneut mit Fragen bedrängte. »*Il est un homme très fort. Il lutte contre la maladie.*«

Ja, dachte ich traurig, ich weiß, dass er stark ist. Dass er dagegen ankämpft. Aber warum darf ich ihm nicht dabei helfen?

Arnauds kantiges Gesicht zeigte einen bedenklichen Ausdruck, als er am nächsten Vormittag das Tablett mit dem unberührten Frühstück in die Küche zurückbrachte, wo Sylvie und ich gerade damit beschäftigt waren, Kräuter für das Mittagessen zu putzen. Sylvie warf ihm einen warnenden Seitenblick zu, und Arnaud schüttelte nur den Kopf, als er dachte, ich würde es nicht sehen, und stellte das Tablett ab.

Die nächsten Stunden verbrachte ich mit tausend Kleinigkeiten, die mich alle nicht lange ablenken konnten; ich legte Wäsche zusammen, versorgte Lilian, machte ein paar Stiche an einem neuen Kittel und versuchte, mit meinen Schreibübungen fortzufahren. Der Tag änderte seine Farbe, verlief von Milchweiß in Ocker und wechselte zu Dunkelgrau, als die Dämmerung einsetzte. Ich hatte mich kurz auf der Chaiselongue hingelegt und war gerade für einen Moment eingedöst, doch ich war sofort wach, als ich Arnauds schwerfällige Schritte die Treppe herunterkommen hörte.

»Immer noch nicht besser?«

Arnaud schüttelte den Kopf. »Er weigert sich, den Arzt kommen zu lassen. Aber ich kann das nicht länger verantworten. Wenn es dir recht ist, würde ich gerne *docteur* Gautier holen. Er ist ein guter Arzt«, fügte er schnell hinzu, als er mein skeptisches Gesicht bemerkte, denn für einen Moment hatte ich an unsere denkwürdige Begegnung mit Nat Reilly, dem Bader, denken müssen.

»Darf ich zu ihm?«

Arnaud sah mich müde an. »Ich glaube nicht, dass er das will.«

Cyril konnte mich nicht länger ausschließen. Ich war seine Frau, und ich hatte mich lange genug zurückgehalten. Er wollte doch, dass ich eigene Entscheidungen traf. Nun, dann traf ich sie eben.

»Das soll er mir selbst sagen«, beschloss ich, den Fuß schon auf der ersten Treppenstufe. Arnaud, der erleichtert zu sein schien, einen Teil der Verantwortung abgeben zu können, kam hinter mir die Treppe hinauf.

Die Vorhänge waren zugezogen, ein paar Kerzen spendeten Licht. Die Luft war stickig, und unter dem süßlichen Aroma des

Laudanums roch es schwach nach Pfefferminze und Wermut – der Tee, den Sylvie vorhin zubereitet hatte, stand unangetastet neben dem Bett. Cyril lag auf dem Rücken, ein feuchtes Tuch über den Augen, und seine Haut, farblos und wächsern, war überzogen von einem feinen Schweißfilm.

»Deine Frau ist hier«, sagte Arnaud, als ich näher trat.

Cyril stöhnte leise auf und wollte sich von mir wegdrehen, sank aber kraftlos wieder zurück.

»Was willst du?« Es war kaum mehr als ein Seufzen.

»Nach dir sehen. Arnaud möchte den Arzt holen«, sagte ich sanft und legte meine Hand auf seine. Seine Haut hatte zwar nicht die brennende, trockene Hitze hohen Fiebers, dennoch war sie unnatürlich warm.

Vorsichtig nahm ich das Tuch herunter. Seine Augen hinter den geschwollenen Lidern waren gerötet und wie von einem Schleier bedeckt.

Er schüttelte schwach den Kopf. »Wozu?«

»Lass es uns wenigstens versuchen«, gab ich zurück und nickte Arnaud entschlossen zu. Ja, er sollte diesen Doktor holen. Vielleicht konnte er ja doch etwas ausrichten. »Geh nur. Ich bleibe bei ihm.«

Cyril stieß bei diesen Worten einen gequälten Seufzer aus, doch er wies mich nicht länger zurück. Mehr als alles andere zeigte mir das, wie elend er sich fühlte.

Mit der Dunkelheit kam die Stille. Außer Cyrils gepresstem Atmen und dem Rascheln meiner Kleidung, wenn ich mich auf meinem Stuhl vorbeugte, um das Tuch zu befeuchten, war fast nichts zu hören. Er wollte weder essen noch trinken, lag die meiste Zeit ganz ruhig und rührte sich kaum. Seine Kraft war restlos aufgebraucht, ich konnte förmlich zusehen, wie sein Körper den so lange aufrechterhaltenen Widerstand aufgab und sich in das Unvermeidliche schickte. Ich hatte Cyril noch nie in einem solchen Zustand erlebt und war ausgesprochen besorgt, als sich sein Bewusstsein trübte und er nicht einmal mehr auf meine Fragen reagierte.

Es war später Abend, als der Arzt in Arnauds Begleitung endlich eintraf. Dr. Gautier war ein vornehm wirkender Mann mittleren Alters, der Ruhe und Kompetenz ausstrahlte und in keiner Weise mit dem schmutzigen Bader zu vergleichen war. Mit seiner spitzen Nase und den etwas engstehenden Augen erinnerte er mich entfernt an eine Eule. Er stellte seine Tasche neben das Bett, nahm einige Sachen heraus und verwendete viel Zeit darauf, Cyril zu untersuchen.

Schließlich richtete er sich auf. »Drei Tage, sagt Ihr? Und das Laudanum behält er nicht bei sich? *Pas bien*. Das ist nicht gut.« Er begann, Cyrils Arm abzubinden. »Vielleicht kann ein Aderlass ihm etwas Linderung verschaffen.«

Er bat um unsere Waschschüssel, holte eine schmale Lanzette hervor und forderte mich auf, ihm zu leuchten. Cyril zuckte nicht einmal zusammen, als der Arzt in seine Armbeuge schnitt – kein gutes Zeichen, wie ich annahm. Dunkles Blut lief seinen Arm hinunter und tropfte in die Schüssel, die Dr. Gautier auf den Boden gestellt hatte. Der metallische Geruch schnürte mir die Kehle zu, aber ich hielt die Kerze, bis die Schüssel einen Fingerbreit gefüllt war und der Arzt den Schnitt fest verbunden hatte.

Arnaud begleitete ihn hinaus; ich konnte die beiden Männer auf der Treppe leise miteinander reden hören, dann verloren sich ihre Stimmen.

Der schwache Schein einer halb heruntergebrannten Kerze beleuchtete einen Teil des Zimmers wie eine Insel aus Licht. Dahinter war Dunkelheit, waren die Schatten der Nacht mit ihren Ungewissheiten. Trotz der späten Stunde war ich hellwach, nahm meine Umgebung wie mit neuen Sinnen wahr und dachte an all diejenigen, die zu dieser Zeit auch nicht schliefen. Frauen in den Wehen. Gefangene vor ihrer Hinrichtung. Sterbende.

Aber wenigstens lenkte mich die Sorge um Cyril von meiner Trauer ab. Seit Dr. Gautier mir versichert hatte, dass Cyril an dieser Krankheit nicht sterben werde, war ich etwas beruhigter. Dennoch ging es ihm nicht besser. Der Aderlass hatte kaum geholfen. Er war noch immer nicht ansprechbar, und seine Züge waren selbst in seinem Dämmerzustand angespannt und voller Schmerz.

Erinnerungen stiegen in mir auf an jene Zeit vor bald einem Jahr, als ich schon einmal an einem Krankenlager gewacht hatte. Damals war es Connell gewesen, um den wir beide gebangt hatten. Damals, als ich noch nichts wusste vom bitteren Geschmack der Schuld. Und jetzt war Connell tot, und – nein, ich wollte nicht schon wieder daran denken.

Als hätte ich nicht schon genug Sorgen, hatte auch mein Zahn wieder angefangen zu schmerzen. Mit der Zunge fuhr ich über einen Backenzahn, in dem es zog und pochte, als säße ein kleines Teufelchen darin. Ich hatte dem Doktor nichts davon erzählt, weil ich schreckliche Angst davor hatte, dass er mir dann den Zahn ziehen würde. Aber wenn das Laudanum Cyril schon nicht helfen konnte, so mochte doch zumindest ich davon profitieren. Ich gab einige Tropfen von der Lösung in einen Becher mit Wasser und trank es in einem Zug aus.

Es dauerte nicht lange, bis ich mich besser fühlte. Die Zahnschmerzen ließen nach, mein Kopf wurde leichter, und durch die Düsternis meines Kummers stoben kleine, tröstende Leuchtfeuer.

In der Einsamkeit und Stille dieser Nacht, und vielleicht auch beeinflusst durch die Droge, wurde mir klar, dass sich ab jetzt die Verhältnisse verschieben würden. Cyril würde schon bald in vielem auf mich angewiesen sein. Das würde für uns beide nicht einfach werden, doch das machte mir keine Angst. Auf diese Weise konnte ich ihm etwas von dem vergelten, was er für mich und Lilian getan hatte. Er hatte uns so viel gegeben; bei diesem

Gedanken überschwemmte mich eine warme Welle der Dankbarkeit und Zuneigung.

Das flackernde Licht warf Schatten auf seine Züge, die sich endlich etwas entspannt hatten. Die Decke war zurückgeschlagen, die Knopfleiste seines Hemdes geöffnet. Die Nacht verwischte die Wirklichkeiten. Er sieht aus wie ein Engel, dachte ich. Ein Engel, dem man seine Flügel geraubt hatte. Dann musste ich über diesen absurden Vergleich lächeln.

Sanft fuhr ich über die feinen Härchen auf seiner Brust, unter der ich seinen raschen, aber regelmäßigen Herzschlag spüren konnte. Seine Haut war jetzt trocken, doch noch immer von fiebriger Wärme. Er seufzte leise, als ich mit einem feuchten Lappen vorsichtig über sein Schlüsselbein strich. An seiner Schulter erkannte ich einen Teil des vernarbten, im Kerzenlicht schwach golden schimmernden Gewebes. Bis heute hatte ich die Spuren der Neunschwänzigen auf seinem Rücken nur ein einziges Mal gesehen. Unsere Heirat hatte nichts daran geändert – ich durfte das dichte Geflecht der Peitschennarben weder ansehen noch berühren.

Mit den Fingerspitzen betastete ich seine Schulter. Als er sich nicht rührte, wurde ich mutiger, legte erst einen Finger und dann meine ganze Hand darauf. Es war fremd – warm, fest und rau, wie gegerbtes Leder. Ob sich sein ganzer Rücken so anfühlte? Während ich noch mit mir rang, ob ich meiner Neugier nachgeben und versuchen sollte, ihm das Hemd auszuziehen, ertönte von unten Lilians gedämpftes Hungergeschrei.

Ich zuckte zusammen, zog schuldbewusst die Decke über ihn und eilte hinunter ins Wohnzimmer, wo Sylvie und meine Tochter schon auf mich warteten. Während ich mich meinen Mutterpflichten widmete, unterdrückte ich mühsam das Gähnen. Der Morgen war nicht mehr fern; am Himmel begannen die Sterne zu verblassen, und die ersten Vorboten der Dämmerung lagen als zarter Schleier über dem Horizont.

Als ich in unser Zimmer zurückkehrte, schien mir Cyrils Atem tiefer, sein Schlaf ruhiger geworden zu sein. Meine Augen brannten, und meine Glieder schmerzten vor Müdigkeit. Und so zog ich mich bis aufs Hemd aus, löschte die Kerze, kroch vorsichtig zu Cyril unter die Bettdecke und war fast im selben Moment eingeschlafen.

Ich schlug erschrocken die Augen auf. Wie lange hatte ich geschlafen? Sonnenflecken irrlichterten über die hellgestrichenen Wände, die Vögel sangen, und das gedämpfte Geräusch von klapperndem Geschirr wies darauf hin, dass Sylvie unten das Frühstück vorbereitete.

Ich drehte mich auf den Rücken. Cyril lag neben mir, seitlich von mir abgewandt, die Decke war ein wenig heruntergerutscht. Ich konnte die Spannung in seinem Körper spüren.

»Bist du wach?«, flüsterte ich.

Er nickte. Mehr nicht.

»Geht es dir wieder besser?«

Ich erhielt keine Antwort, nicht einmal ein weiteres Nicken. Ich konnte sein Gesicht nicht sehen, doch das brauchte ich auch nicht. Ich wusste, dass seine Augen weit geöffnet waren in dem vergeblichen Versuch, das Dunkel vor ihnen zu durchdringen; der Blick eines Menschen, der gerade festgestellt hatte, dass er nie wieder etwas sehen würde.

Behutsam hob ich die Hand und legte sie auf seinen Arm. Er schüttelte den Kopf, wollte etwas sagen, brachte aber nur einen kleinen, erstickten Laut heraus. Dann krümmte er sich zusammen wie ein Kind im Mutterleib, und während sein Körper von lautlosen Schluchzern geschüttelt wurde, presste ich mich an ihn und konnte ihn doch nicht trösten. Ich hatte Cyril noch nie so verletzlich und verzweifelt erlebt, und es erschütterte und rührte mich gleichermaßen, dass er mich teilhaben ließ an diesem Moment der Schwäche, an dem er endlich um all das trauern konnte, was er verloren hatte. Noch nie hatte ich mich ihm näher gefühlt als an diesem Morgen.

Es dauerte nicht lange, bis er sich wieder gefangen hatte.

»Du solltest dich um Lilian kümmern«, sagte er dumpf.

Ich lauschte, konnte aber nichts hören, was ihm recht gegeben hätte. »Das kann warten«, sagte ich. »Ich habe sie erst vor kurzem gestillt. Sie schläft sicher noch.«

Er antwortete nicht, zog nur die Decke über sich, und seine Haltung sprach Bände. Sein ganzer Körper schrie nach Einsamkeit.

»Nun«, sagte ich zögernd. »Vielleicht werde ich doch nach ihr sehen.«

Wie ich es nicht anders erwartet hatte, schlief Lilian friedlich in ihrer Wiege neben der Chaiselongue im Wohnzimmer. Als ich mich über mein Kind beugte und die kleinen Finger mit den winzigen Nägeln, die zarte Haut und den Flaum auf ihrem Scheitel betrachtete, traf es mich wie ein Messerstich; Cyril würde dieses kleine Wunder nie wieder sehen können. Er würde nicht zusehen können, wie seine Tochter heranwuchs, wie sie ihre ersten Schritte tat oder worin sie ihm ähnlich sah.

Ich hatte gar nicht bemerkt, dass ich weinte, bis Sylvie zu mir trat und mir tröstend über den Rücken strich.

»Solltest du nicht bei ihm sein?«, fragte sie besorgt. Ich merkte, dass sie Arnaud hinter meinem Rücken ein Zeichen gab.

Ich ließ die Schultern hängen. »Er will allein sein. Er ... er ist ...«

Ich kannte das Wort, hatte es mir in den zurückliegenden Tagen oft genug durch den Kopf gehen lassen, doch jetzt brachte ich es einfach nicht fertig, es auszusprechen.

»*Aveugle*?«, fragte Arnaud leise.

Ich nickte, zu keiner weiteren Äußerung fähig. *Aveugle*. Blind. Die Tür zum Licht würde sich nie wieder öffnen.

Nach dem Frühstück, zu dem Arnaud mich nur mit Mühe hatte überreden können, stand ich mit einem gefüllten Tablett vor unserer Zimmertür und lauschte angespannt, doch ich konnte nichts hören. Nichts, das mir Aufschluss darüber gegeben hätte, was ich dahinter vorfinden würde.

Ich balancierte das Tablett mit einer Hand und klopfte zaghaft, dann öffnete ich die Tür einen Spalt und wollte um Einlass fragen, als ich erstaunt verstummte. Mit allem hatte ich gerechnet, nur nicht damit, Cyril fertig angezogen auf dem Bett sitzen zu sehen. Nur sein Hemdkragen war noch offen, und die Weste lag auf der zurückgeschlagenen Decke.

Ich räusperte mich. »Ich bin es. Sharon.«

»Ich weiß. Ich erkenne deinen Gang.« Er hob den Kopf. »Komm rein.«

Das klare Morgenlicht, das den Raum erfüllte, offenbarte die Spuren, die die vergangenen Tage in seinen Zügen hinterlassen hatten. Er wirkte um Jahre gealtert, und daran waren nicht nur die rauen Bartstoppeln schuld. Sein Gesicht war eine Maske der Selbstbeherrschung; abweisend, ohne die geringste Regung. Niemand hätte sagen können, was in ihm vorging. Das Gefühl der Verbundenheit, das vorhin so stark gewesen war, war verschwunden.

»Wo ist meine Halsbinde?« Auch seine Stimme war kühl, beherrscht und ohne jedes Schwanken. Er hatte sich wieder vollkommen in der Gewalt.

»In der Truhe. Warte, ich suche sie.«

Ich stellte das Tablett auf den Tisch und kniete mich vor die Truhe, dankbar für diese Aufgabe, die mir die Möglichkeit gab, meine Fassung wiederzugewinnen.

»Ich habe«, sagte er bemüht beiläufig, »ein bisschen Wasser verschüttet. Irgendwo da vorne.« Er deutete mit dem Kopf in Richtung der Waschschüssel, unter deren Tisch eine kleine Pfütze auf den Bodendielen schimmerte.

»Ist schon gut«, flüsterte ich. Ich war schon wieder kurz vor dem Weinen, aber ich wollte nicht, dass er sich noch elender fühlte. »Es ist kaum der Rede wert.«

Als ich ihm die Halsbinde reichte, streifte ich seine Finger, und wie erschreckt von dieser flüchtigen Berührung zog er sie hastig zurück.

Seine Augen sahen aus, als würden sie in weite Fernen sehen, und der schwache grünliche Schimmer, den seine Pupillen bei diesem Licht aufwiesen, ließ das schattige Graugrün seiner Augen eine Spur heller wirken. Nichts verriet, dass er blind war. Nichts außer der Tatsache, dass sich diese starren Pupillen auf nichts mehr richteten. Ich konnte meinen Blick nicht von diesen reglosen Augen abwenden. Auf eine eigenartige Weise war es faszinierend.

Er wandte mir das Gesicht zu. »Sieht man es?«

Ich zuckte zusammen, als hätte er mich bei etwas Verbotenem ertappt. Wusste er, dass ich ihn angestarrt hatte?

»Nein«, sagte ich und schluckte. »Nein, eigentlich nicht.«

Er nickte nachdenklich und ließ die Halsbinde durch seine Finger gleiten.

Ich wollte noch so viel mehr tun, wollte ihm Trost spenden oder etwas Kluges sagen, aber ich wusste nicht, was. Alles, was mir einfiel, klang einfach nur entsetzlich hohl.

»Willst du etwas essen?«, nahm ich Zuflucht zum Naheliegendsten. »Ich habe Frühstück mitgebracht.«

Er schüttelte den Kopf. »Später«, sagte er und wickelte die Halsbinde um seine Hand wie einen Schutz. Dann löste er sie, um sie sogleich wieder aufzurollen. Als sei dieses Stück Stoff das Einzige, woran er sich festhalten konnte.

»Kann ich denn gar nichts für dich tun?«

Ich verstummte, weil ich befürchtete, schon zu viel gesagt zu haben. Doch er strich sich über seine hellen Stoppeln, und dann erschien tatsächlich ein schwaches Lächeln auf seinem Gesicht.

»Würdest du … Könntest du mich rasieren?«, fragte er fast verlegen. »Ich würde es ja selbst tun, aber ich fürchte, dazu bin ich heute nicht in der Lage.«

»Oh, ja!«, sagte ich erleichtert. »Das kann ich. Als Kind habe ich manchmal meinen Vater rasiert. Ich bin richtig gut darin, du wirst schon sehen – oh, entschuldige!«

Die Floskel war mir einfach so herausgerutscht, und jetzt stand ich da, mit pochendem Herzen und der Angst, dass ich ihn zurück in den Abgrund gestürzt hatte.

Er schwieg einen Augenblick, und ich sah, wie sich seine Hand um die Halsbinde verkrampfte. Dann entspannte er sich wieder.

»Wir wussten beide, dass es passieren würde«, sagte er leise, und seine blinden Augen richteten sich erstaunlich zielsicher auf mich. »Es hilft niemandem, wenn du versuchst, mich nicht daran zu erinnern. Also hör auf damit, dich jedes Mal dafür zu entschuldigen.«

Ich nickte, ohne zu bedenken, dass er mich nicht sehen konnte, dann bemerkte ich meinen Irrtum.

»Ja, natürlich«, krächzte ich. In meiner Kehle saß ein dicker Kloß. Etwas steckte darin, Worte, die ins Freie drängten, aber ich brachte sie einfach nicht über die Lippen. Und so schwieg ich und kramte nach Rasiermesser und Schleifleder, um meinen Ehemann zu rasieren.

21. Kapitel

Dr. Gautier war sicherlich ein guter Arzt, doch Ordnung zählte nicht zu seinen Stärken. Bei allem Unbehagen, das ich beim Anblick der Sachen, die überall herumstanden, verspürte, wirkte sein Sprechzimmer auf angenehme Art unvollkommen. Ich hatte noch nie einen derart vollgestopften Raum gesehen. Drei Stühle, einer davon mit gepolsterter Kopfstütze, eine Untersuchungsliege sowie ein Hocker teilten sich den Platz mit einem Schreibtisch voller Bücher und Schriftstücke. An einer Wand erhob sich ein Regal, an der anderen stand ein Kabinett mit vielen kleinen Schubladen. Weiches Licht strömte durch das große Fenster und offenbarte eine feine Staubschicht über Gläsern und Tiegeln. Es brauchte nicht viel Vorstellungsvermögen, um zu erkennen, dass der Doktor allein lebte.

In der Küche konnte ich ihn mit Jean-Pierre reden hören, wo er dem Jungen gerade etwas zeigte, während ich im Sprechzimmer wartete, zwei Gläser mit eingelegten Artischocken in der Hand. Meine Neugier war groß, und vorsichtig trat ich näher an den Schreibtisch.

Ein dickes Buch, bei dessen Lektüre wir den Doktor offenbar unterbrochen hatten, lag aufgeschlagen zuoberst und zeigte kunstvoll gezeichnete Abbildungen einzelner Zähne und ihrer Krankheiten. Ich fuhr gerade beklommen mit der Zunge über meinen schmerzenden Backenzahn, als Dr. Gautier auch schon hereinkam.

»Entschuldigt, *citoyenne*, dass ich Euch habe warten lassen. Aber wie ich sehe, hattet Ihr gute Unterhaltung«, bemerkte er mit Blick auf das aufgeschlagene Buch. »Ein kluger Kopf, der alte Fauchard. Habe dieses Meisterwerk gerade erst erworben – die erste vollständige Übersicht der Zahnheilkunde. Seht Euch nur diese exzellenten Zeichnungen an. Aber was rede ich da? Bitte, setzt Euch doch!«, sagte er, während er einen Stapel Zeitungen von einem Stuhl wegräumte. »Was kann ich für Euch tun?«

Erneut warf ich einen Blick auf das Buch mit seinen Abbildungen, die mich geradezu anzuschreien schienen, mir endlich meinen Zahn ziehen zu lassen. Schließlich verstand sich Dr. Gautier sicher besser darauf als die reisenden Zahnbrecher der Märkte, die die Zähne oft genug nur über der Wurzel abbrachen. Ich schluckte, überlegte, was ich sagen sollte – und beschloss dann, lieber noch länger die Schmerzen zu ertragen, als mich der Qual des Zahnziehens auszusetzen. Irgendwann würden sie schon aufhören. Und so senkte ich den Kopf und murmelte etwas davon, dass ich gleich wieder gehen müsse. Ohne Cyril an meiner Seite hatte ich das Gefühl, all mein Französisch vergessen zu haben. Mehr schlecht als recht stotterte ich mich durch ein paar Sätze und übergab Dr. Gautier als Zeichen meiner Dankbarkeit die beiden Gläser.

»Und Euer Mann? Wie geht es ihm?«, fragte er, als ich mich schon zum Gehen wenden wollte.

»O ... ähm ... nun, es geht ihm ... gut.« Ich zögerte, als ich mich selbst reden hörte.

»Wie kommt er zurecht mit der ... neuen Situation?«

Neue Situation. Eine höfliche Umschreibung für den Verlust des Augenlichts.

Ich schwenkte meine Hand vage hin und her. »*Comme ci comme ça.*« Es geht so.

Das war, gelinde gesagt, eine grobe Vereinfachung der Tatsachen. Cyril hatte sich in einen Mantel der Unnahbarkeit gehüllt, den niemand durchdringen konnte. Wie eine Schnecke, die sich einzieht, sobald man ihre empfindlichen Fühler berührt, hatte er sich in sich selbst zurückgezogen. Nach außen gab er sich zwar gefestigt, doch wie es in seinem Innersten aussah, konnte ich nur vermuten.

Im Haus fand er sich inzwischen ohne Hilfe zurecht. Sylvie hatte den Kindern und auch uns Erwachsenen eingeschärft, alle Sachen immer an denselben Stellen zu lassen und nichts zu verrücken. Allerdings hielt Cyril sich ohnehin meist in unserem Zimmer auf. Er schlief viel. Zu viel. Er flüchtete sich in den Schlaf wie in eine tröstende Umarmung, und selbst meine Andeutungen, wie sehr die Kinder ihn und den täglichen Unterricht vermissten, konnte ihn nicht aus seiner Lethargie reißen. Dafür war er nachts oft stundenlang wach; ich konnte ihn hören, wenn er im Haus herumlief und danach lange an Lilians Wiege saß und über ihren Schlaf wachte. Zuweilen glaubte ich, dass es nur noch seine Tochter war, die ihn in diesem Leben hielt. Arnaud dachte ähnlich. Als Hausherr hatte er es sich herausgenommen, Cyrils Pistole und sogar das Rasiermesser an sich zu nehmen.

»Ich hatte gehofft, er würde mitkommen«, platzte ich vor dem Doktor heraus, ohne es eigentlich zu wollen. »Aber er weigert sich, auch nur einen Schritt vor die Tür zu machen.«

Das sei sinnlos, hatte Cyril gesagt, als ich ihn überreden wollte, mich zu Dr. Gautier zu begleiten. Schließlich habe ihm vorher niemand helfen können, und jetzt erst recht nicht.

Dr. Gautier nickte verständnisvoll. Mehr denn je ähnelte er bei dieser Bewegung einer gütigen Eule. »Er hat einen großen Verlust erlitten«, sagte er. »Lasst ihm Zeit. Er wird sich schon wieder fangen.«

Die Morgenluft war von frischer, überraschend würziger Kühle; Cyril konnte Rauch darin riechen, durchsetzt mit dem Duft von Apfelblüten. Durch das geöffnete Fenster bestürmten ihn weitere Eindrücke. Vogelgesang, hell und klar wie Kinderlachen; der Geruch frisch gebackenen Brots, Schritte auf der Straße, die sich rasch entfernten. Sonnenwärme auf seiner Haut. Und sonst – Dunkelheit.

In seinen Schläfen pochte es, ein schwaches, beständiges Pulsieren. Obwohl sein Sehvermögen so vollständig zerstört war, dass er nicht einmal mehr den Unterschied zwischen Tag und Nacht wahrnehmen konnte, war der Schmerz noch immer nicht ganz verschwunden, aber er wollte nicht noch mehr Laudanum nehmen. Seine Tochter brauchte ihn. Dazu wenigstens taugte er noch.

Er unterdrückte den Impuls, schon wieder zu Lilians Wiege zu gehen. Er musste endlich aufhören, sich immer wieder zu vergewissern, dass es ihr gut ging. Er verriegelte das Fenster, schloss das Leben dahinter wieder aus und lehnte sich mit der Stirn gegen das kühle Glas. Bald würde er sich dieser plötzlich so erschreckenden Außenwelt stellen müssen. Aber noch nicht jetzt. Vorerst hatte er genug mit sich selbst zu tun.

Er war dünnhäutiger geworden, empfindlicher. Jetzt, da seine Augen keine Aufgabe mehr hatten, funktionierte auch die altbewährte Strategie der Verdrängung kaum noch. Er konnte sich den inneren Bildern und Erinnerungen, die ihn bedrängten, kaum noch verschließen.

Und immer wieder Connell. Als Kind, mit vor Konzentration gerunzelter Stirn, versunken über einer Schiefertafel. Voller Freude bei Cyrils Rückkehr aus Frankreich. Unter den stümperhaften Händen des Baders. Erfüllt von Wut und Zorn, als er für immer davonritt. Cyril hätte nie geglaubt, dass er seinen Bruder einmal überleben würde. Und jetzt war er sogar für seinen Tod verantwortlich.

Im nächsten Moment schreckte er zurück. Ein neues Bild blitzte vor seinem inneren Auge auf, so kraftvoll und lebensecht, dass er fast glaubte, er könnte wieder sehen.

Flammen vor einem nachtschwarzen Himmel. Rauchsäulen, die sich in die frostige Luft erhoben. Feuer. Schnee. Tod.

Er spürte die sengende Hitze auf seiner Haut, roch den beißenden Rauch, der ihn kaum atmen ließ.

Erst Lilians plötzliche Schreie beendeten das schreckliche Trugbild.

Als hätte auch sie es wahrgenommen ...

Das Entsetzen klang in ihm nach, sein Herz schlug einen raschen, stolpernden Takt. Noch immer fühlte er sich, als stünde sein Blut in Flammen. Er tastete sich voran, bis er an die Wiege stieß, dann griff er hinein und nahm Lilian heraus, drückte sie an sich, bis ihre wimmernden Schreie verstummten.

Er spürte, wie er abzugleiten drohte, wie sein Verstand brechen wollte wie ein dünner Zweig, und einen winzigen, tröstlichen Moment lang war er kurz davor, dieser Versuchung nachzugeben. Dann schüttelte er den Kopf und zwang sich zurück zur Vernunft, versuchte zu verstehen, was gerade passiert war. Anscheinend schärfte der Verlust seiner Sehkraft, möglicherweise in Verbindung mit dem Laudanum, seine Sinne für andere Dinge – Dinge, die er dem Erbe seiner Mutter verdankte; ein Gespür für das Übernatürliche, für den verschwommenen Raum zwischen der sichtbaren und der unsichtbaren Welt. Diesem Vermächtnis hatte er sich sein Leben lang verweigert. Und das würde er auch weiterhin tun.

Lilians kleiner Körper war warm und verschwitzt, doch sie hatte sich schnell wieder beruhigt und lag jetzt träge in seinen Armen. Er sprach leise mit ihr, während er das Bett suchte, wo er sie auf die Decken legte und sich zu ihr setzte. Die Wärme, die von ihr ausging, schien dabei das einzig Fassbare in dieser unwirklichen Welt. Und während sich erneut der altbekannte Schmerz hinter seinen Augen ausbreitete, drehte er sich auf die Seite, umfing seine Tochter mit einem Arm und versuchte zu vergessen.

Über St. Aubin stülpte sich die Wärme wie eine Glocke. Keine noch so leichte Brise bewegte den Staub auf der Straße, die bunten Bänder des Freiheitsbaums auf dem Dorfplatz hingen trostlos herunter. Kleine Schweißperlen sammelten sich in meinem Ausschnitt, dennoch waren meine Finger in Cyrils Hand eiskalt. Dass er zugestimmt hatte, mich zu begleiten, war ein erster wichtiger Schritt. Wenn auch die Umstände für mich weniger erfreulich waren.

»Wir sind da«, sagte ich und verstummte, als ich vor dem Haus des Doktors stehen blieb.

»*Ah, quelle surprise, citoyens*«, begrüßte uns Dr. Gautier freundlich und wandte sich sogleich an Cyril. »Welche Überraschung. Dann hat Eure Frau Euch also doch überreden können, mich zu besuchen?«

Als Cyril das Missverständnis aufgeklärt hatte, das Problem erläutert war und wir im Sprechzimmer versammelt waren, wäre ich vor lauter Angst am liebsten wieder gegangen. Dennoch ließ ich es zu, dass der Doktor meinen vereiterten Backenzahn untersuchte, während meine Finger Cyrils Hand umklammerten, als hinge mein Leben davon ab.

»*Eh bien*«, befand Dr. Gautier schließlich. »Der muss allerdings raus.«

Ich stöhnte erschrocken auf.

»Es geht ganz schnell«, versicherte der Doktor mir.

»Ich kann das nicht!«, stieß ich hervor, als ich die Zange sah, und wollte mich erheben.

Cyril legte von hinten seine freie Hand auf meine Stirn und drückte meinen Kopf leicht an sich. »Du hast ein Kind zur Welt gebracht. Das hier ist nichts dagegen!«

»Bleibt sitzen, *citoyenne*, es ist gleich vorbei«, sagte der Arzt. »Und jetzt weit aufmachen, *s'il vous plaît*.«

Es war schrecklich, doch zumindest war es schneller vorüber, als ich gedacht hatte. Noch während ich Luft für den zweiten

Schrei holte, hatte Dr. Gautier den Zahn auch schon mit einigen hebelnden Bewegungen aus seinem Bett gelöst und gezogen.

»*Bon!*«, sagte er und präsentierte mir das Ergebnis der Quälerei. »Seht, hier ist der Übeltäter.«

Zitternd und schluchzend, aber unendlich erleichtert biss ich auf ein Tuch und lehnte mich zurück.

Cyril drückte mich an sich und küsste mich auf den Scheitel. »Du warst sehr tapfer«, sagte er, und ich lachte unter Tränen.

In einer lauen Sommernacht kam Sylvies drittes Kind zur Welt; das kleine Mädchen wurde Valérie genannt. Kurz darauf hatten wir noch einen weiteren Grund zur Freude, denn der Wermut blühte in leuchtendem Gelb und verströmte seinen kräftig-bitteren Duft Hunderte von Schritten weit. Wir brachten Tage auf den Feldern zu, um die hüfthohen, silbergrauen Halme mit der Sense zu ernten. Anschließend wurden sie zu kleinen Sträußen zusammengebunden, eine Arbeit, die mit etwas Übung sogar ohne Augenlicht zu bewerkstelligen war. Jetzt hingen die aromatischen Garben dicht an dicht kopfüber im Trockenschuppen.

Als der Sommer sich dem Ende zuneigte, standen die Feierlichkeiten zum Jahreswechsel an, und bald danach begann die Apfelernte. Ich half tatkräftig mit, die rotbackigen Äpfel zu säubern, in einer Obstmühle zu zerkleinern und auszupressen und den Saft in Eichenfässer zu füllen.

Erst im Spätherbst brach eine ruhigere Zeit an. Ich nahm wieder meine Schreibübungen auf, brachte den Jungen ein paar irische Lieder bei und versuchte im Gegenzug, ein paar von ihren Liedern zu lernen. Inzwischen konnte ich mich recht gut auf Französisch verständlich machen. Arnaud hatte von irgendwoher ein Flugblatt mit dem Text der *Marseillaise* besorgt, sodass ich die Worte bald schon auf dem Blatt mitverfolgen konnte. Jean-Pierre las uns gern aus der Zeitung vor, meist aus den zweimal wöchentlich erscheinenden *Affiches de Rennes*, und manchmal, sofern Arnaud ihn bekommen konnte, aus dem *Mercure de France*. Jean-Pierres holpernder Vortrag wurde für uns das Fenster zur Welt. Auf diese Weise erfuhr ich, dass sich offenbar nicht jeder Franzose über die neue Freiheit freute. In manchen Teilen der Bretagne machte seit einigen Jahren die *Chouannerie* von sich reden, eine königstreue Vereinigung bretonischer Bürger, die die Republik abschaffen wollte. Aber als ehemalige Offiziere der Revolutionsarmee konnten weder Cyril noch Arnaud der Bestrebung, die Monarchie wieder einzuführen, etwas abgewinnen.

In Paris hielt man unterdessen große Stücke auf einen jungen General namens Bonaparte, der sich zur Zeit auf einem Feldzug in Ägypten befand, um den Engländern den Zugang nach Indien zu verwehren. Hätte dieser korsische General sich vor einem Jahr anders entschieden, dann wäre er statt in den Orient nach Irland gesegelt, um unsere Rebellion zu unterstützen. So aber herrschte in Irland weiterhin die englische Krone. Vor kurzem war das bis dahin unabhängige irische Parlament aufgelöst worden, und demnächst würde Irland ein Teil Großbritanniens werden. Unsere Revolution, die so viele meiner tapferen Landsleute das Leben gekostet hatte, war endgültig gescheitert.

Die Trauer um Connell überfiel mich in Wellen. Bisweilen verzehrte ich mich so sehr nach ihm, dass ich kaum atmen konnte vor Sehnsucht. An einem dieser Tage, als ich in Tränen aufgelöst auf unserem Bett lag, kam Sylvie zu mir.

»Das wird schon wieder«, sagte sie mitfühlend und setzte sich zu mir. »Niemand hat gesagt, dass es einfach werden würde. Aber wenn er es schafft, wirst du das auch. Du musst jetzt stark sein, auch für ihn.«

Es dauerte einen Moment, bis ich begriff, dass sie über Cyril sprach. Natürlich. Über Connell wusste sie nur, dass er Cyrils verstorbener Bruder war. Mehr hatten wir niemandem erzählt.

Sie fuhr fort, mich zu beruhigen, und versprach, dass Arnaud und sie alles in ihrer Macht Stehende tun würden, um uns auch weiterhin zu unterstützen. Gerührt von ihrer Güte wischte ich mir die Tränen aus dem Gesicht und setzte mich auf.

»Ist es jetzt wieder besser?«, fragte sie.

Ich nickte, dann schüttelte ich den Kopf. »Das ist es nicht«, schluchzte ich, und dann brach es aus mir heraus. Immer wieder unterbrochen von Tränenströmen vertraute ich mich ihr an, erzählte ihr holpernd und radebrechend von Connell und unserer Liebe und wie eine einzige Nacht alles zerstört hatte. Und dass er nun tot war, durch meine große, große Schuld. Sylvie ließ mich reden, zutiefst erschüttert, stellte nur hier und dort eine Frage und versuchte, mir Trost zu spenden für etwas, für das es keinen Trost gab.

»Ich dachte, ich würde darüber hinwegkommen«, weinte ich an ihrer Schulter. »Aber das kann ich nicht. O Sylvie, was soll ich nur tun? Ich kann ihn einfach nicht vergessen!«

»Das verlangt ja auch niemand von dir.« Sylvie erhob sich, als im Nebenzimmer die kleine Valérie ein hungriges Gebrüll anstimmte. »Ich kannte Connell nicht. Aber ich kenne deinen Mann. Und ich weiß, was ich sehe.«

»Was denn?«, fragte ich und zog die Nase hoch.

Sylvie lächelte. »Er liebt dich. Und ich denke, das weißt du auch. Du solltest dir überlegen, ob du dich wirklich für den Rest deines Lebens quälen willst.«

Es war kalt. Eine Wolke hatte sich vor die Sonne geschoben und dämpfte das Licht zu einem fahlen Leuchten. Hinter einem dichten Gestrüpp streckten mehrere Ahornbäume ihre Äste in den Himmel; frostiger Wind blies durch die Zweige, an denen noch die letzten leuchtend roten Blätter hingen, und wirbelte Laub auf. Nicht weit entfernt verlief der Fluss, der an den Rändern bereits zufror. Schneegraupel fielen in dicken Klumpen zur Erde.

Allan O'Donegue zog sich tiefer in den Schutz des Dickichts

zurück. Ihm wäre wohler gewesen, wenn die Schusswaffen funktionieren würden, aber die feuchte Witterung der vergangenen Tage hatte das Schwarzpulver unbrauchbar gemacht, und der nächste Handelsposten lag zwei Tagesreisen entfernt.

Er lauschte angespannt. Zuerst konnte er nur seinen eigenen Herzschlag spüren, schnell und flatternd wie ein gefangener Vogel. Dann aber glaubte er die Rufe zu hören, mit dem die Indianer ihre Beute ans Tageslicht trieben.

»Na endlich!«, meldete sich eine vertraute Stimme an seiner Seite. »Ich friere mir hier noch die Eier ab!«

Allan konnte sich ein Grinsen nicht verkneifen. Connell hasste die Kälte. Wenn er gewusst hätte, dass der Winter hier in Niederkanada, wie der Rest des ehemaligen Neufrankreichs inzwischen hieß, so früh anfing, wäre seine Entscheidung, ein *voyageur* zu werden, womöglich anders ausgefallen.

Connell hauchte in seine Hände und rieb sie aneinander, seine Haare fielen in dunklen Wellen über den fransenbesetzten Jackenkragen. Allan selbst bot einen ähnlichen Anblick. Seit sie in der Wildnis lebten, hatten sie den einfachen Lebensstil der kanadischen Waldläufer angenommen, ließen sich die Haare wachsen und rasierten sich nur noch selten.

»Ich will nur hoffen, dass –«

Bevor Connell den Satz beenden konnte, brach schnaubend etwas Großes, Dunkles hinter ihnen durchs Gebüsch. Allan bekam gerade noch mit, wie Connell sich zur Seite rollte, und rettete sich selbst mit einem Sprung ins Unterholz, wühlte sich tiefer und tiefer, bis er sich in dem dichten Gestrüpp verfing. Das Ungeheuer war über ihm, er glaubte seinen heißen Atem hinter sich zu spüren, gleich würden sich seine Klauen in seinen Rücken bohren und ihn bei lebendigem Leib ausweiden, er hörte schon, wie die Zweige hinter ihm brachen ...

»Willst du dich da drinnen häuslich einrichten?«, fragte Connell amüsiert. »Du kannst rauskommen, der Bär ist weg!«

Allan kroch ins Freie, der Schrecken saß ihm noch in allen Gliedern. Die Rufe der Jäger, die den Bären in seiner Höhle aufgestöbert hatten, entfernten sich wieder.

Connell wartete kaum ab, bis Allan sich aufgerichtet hatte. »Na los, beeil dich! Wenn du noch länger trödelst, sind sie fort.«

»Was hast du vor?«, fragte Allan argwöhnisch. »Du willst doch nicht etwa –«

»Du glaubst doch nicht, dass ich unseren indianischen Freunden den Spaß allein überlasse? Jetzt komm schon!«

»Ich dachte, wir wollten nur –«

Zusehen, hatte er sagen wollen, aber es war sinnlos. Connell war schon auf und davon.

Einen Bären zu töten, galt bei den Indianern als Beweis großer Tapferkeit, war aber im Winter bittere Notwendigkeit, um nicht zu verhungern. Allan und Connell hatten das Volk der Maliseet als Handelspartner und geschickte Jäger kennengelernt, die oft mit den *voyageurs* zusammenarbeiten.

Allan entfernte einen Zweig, der sich in seinem bunten Flechtgürtel verfangen hatte, und folgte Connell zähneknirschend. Von Beobachten war die Rede gewesen, nicht davon, selbst an der Bärenjagd teilzunehmen. Aber wie konnte er auch annehmen, dass Connell diesem Nervenkitzel widerstehen könnte? Dieser Übermut grenzte schon an Leichtsinn. Seit sie beide in Irland gerade noch dem sicheren Tod entkommen waren, hielt Connell sich offenbar für unsterblich.

Als Allan aus dem Schutz der Bäume ans Flussufer trat, blieb er schlagartig stehen. Das dort war der größte Bär, den er hier je erblickt hatte. Das Tier hatte sich im seichten Uferwasser des Flusses auf die Hinterbeine aufgerichtet und stellte sich jetzt mit einem kehligen Knurren seinen Verfolgern entgegen. In seinem dichten schwarzen Pelz steckte ein gefiederter Pfeilschaft, und er blutete aus weiteren Wunden. Ein verwundeter Bär war äußerst gefährlich. Dennoch überkam Allan bei seinem Anblick Mitleid – das allerdings verflog, als der Bär ein markerschütterndes Gebrüll ausstieß.

Sechs Männer in fransenverziertem Hirschleder umringten das Tier. Der siebte war Connell. Immer wieder brachten sich die Jäger in Reichweite der gefährlichen Pranken, um ihre Beute anzugreifen. Ein *tomahawk* wurde geworfen und blieb in dem dunklen Fell stecken. Der Bär fauchte, mehr aus Wut als aus Schmerz, wie Allan schien, doch noch stand er aufrecht, schnaubte und schlug um sich wie eine Kreatur aus der Hölle.

Allan trat unwillkürlich einige Schritte zurück. Wenn er jetzt nur seine Muskete hätte einsetzen können …

Einer der Indianer sprang vor und versuchte, dem Bären seine Lanze ins Herz zu stechen, doch die Waffe traf ins Leere. Er schrie auf, als ihn ein Prankenhieb einige Schritt weit in den Fluss schleuderte, wo er reglos mit dem Gesicht nach unten zu versinken drohte. Allan eilte ins eisige Wasser, während die Kälte wie mit Messern in seine Haut schnitt, watete zu dem Mann und drehte ihn um, dann zog er ihn ans Ufer.

Er war sehr jung, fast noch ein Kind. Der Hieb hatte ihn bewusstlos geschlagen, ihm den Arm aufgerissen und ihn vermutlich auch gebrochen, aber zumindest atmete er noch. Es wäre nicht der erste Tote bei einer Bärenjagd gewesen. Allan legte ihn auf den Rücken und kümmerte sich notdürftig um seine Wunden.

Als er wieder aufsah, hätte er vor Schreck fast laut aufgeschrien, aber aus seiner Kehle kam nur ein atemloser Hauch: Connell stand nur wenige Schritte vor der Bestie, das Messer in der erhobenen Hand.

Was dann geschah, erlebte Allan seltsam verzögert, als würde sich Bild für Bild in verlangsamter Geschwindigkeit vor ihm abspielen. Connell stürmte nach vorne, tauchte unter den todbringenden Pranken hindurch und stieß dem Bären mit einer geschmeidigen Drehung das Messer in die pelzige Brust. Dann sprang er zurück, doch nicht schnell genug. Der Bär brüllte auf, langte nach Connell und erwischte ihn an der Seite. Connell taumelte zurück, fiel über einen der Felsen im Flussbett, an denen sich das knöcheltiefe Wasser brach, der Bär wankte ihm hinterher, ein Schritt, noch ein Schritt und noch einer, bis das Tier wie ein gefällter Baum zusammenbrach und Connell unter sich begrub.

Erst jetzt löste sich Allans Erstarrung. Er stieß einen Schrei aus und rannte los. Eis brach unter seinen Füßen, Wasser spritzte, er stolperte über Steine, während er im Laufen sein Messer zog, um den Indianern zu Hilfe zu kommen.

Der Bär war tot. Ein gewaltiger Hieb mit dem *tomahawk* hatte seinen Schädel fast in zwei Teile gespalten, Blut und Hirn ergossen sich ins Wasser und trieben stromabwärts davon. Doch selbst jetzt noch hatte Allan den Eindruck, dass aus dem schweren Leib Geräusche drangen – bis ihm klar wurde, dass es nicht etwa der Bär war, der diese Töne ausstieß. Bären fluchten nicht. Schon gar nicht auf Gälisch.

Zu sechst gelang es ihnen, den schweren Kadaver so weit anzuheben, bis ein Arm und dann noch einer erschien und sich Connell unter dem Bärenleib hervorkämpfte – nass, blutbesudelt und nach Atem ringend, aber fast unversehrt und bei bester Laune.

Allan half ihm auf und konnte es kaum fassen.

»Großer Gott«, seufzte er, und die Erleichterung machte ihn ganz schwach. »Ich dachte schon, du wärst tot!«

Connell holte noch einmal tief Luft, dann grinste er. »So schnell bringt man mich nicht um, das dürftest du doch inzwischen wissen. Das haben schon die Rotröcke in Irland nicht geschafft.«

»Da hatten wir aber auch mehr Glück als Verstand!« Allan zitterte leicht; seine Hosen waren bis zur Hüfte durchnässt, es war empfindlich kalt. Jetzt bereute er, dass er nicht die indianischen

Leggins genommen hatte, die die Pelzhandelsgesellschaft ihnen angeboten hatte. Die konnte man zum Trocknen wenigstens schnell ausziehen, ohne danach völlig im Freien zu stehen.

Einer der Indianer klopfte Connell auf die Schulter und gab ihm sein Messer zurück, an dem noch das Blut des Bären klebte. Connell nickte ihm zu und steckte die Waffe wieder ein, dann stapften sie gemeinsam ans Ufer.

Allan deutete auf Connells feuchte Jacke, die mehrere tiefe, blutige Risse aufwies. »Er hat dich verletzt. Das muss behandelt werden.«

»Es ist kaum mehr als ein Kratzer. Ihn hat es viel schlimmer erwischt.« Connell blickte hinüber zu dem Indianer, den Allan aus dem Wasser gezogen hatte. Allan war erleichtert, als er sah, dass er soeben wieder zu sich kam. Seine Gefährten sammelten sich um ihn.

Connell strich sich eine nasse Haarsträhne aus dem Gesicht. »He, das war doch mal was anderes, als immer nur Biber zu fangen, oder?«

In Allan stieg überraschend Ärger auf. »Etwas anderes?«, wiederholte er fassungslos. »Bist du eigentlich von allen guten Geistern verlassen? Großer Gott, du hättest draufgehen können!«

»Du hörst dich ja fast schon so an wie mein Bruder!«, erwiderte Connell. »Warum regst du dich so auf? Es ist doch alles gut gegangen.« Er wies auf den riesigen Bärenkadaver. »Und wenn ich mir unseren Freund hier so ansehe, dann haben wir alle für die nächsten Tage mehr als genug zu essen.«

Allan konnte nur den Kopf schütteln. »Du bist wirklich und wahrhaftig verrückt.«

An diesem Abend wehte Bratenduft durch das Indianerlager. In der Dunkelheit hinter dem Feuer waren schemenhaft die spitzen Kegel zweier großer *wikuwams* auszumachen. Der dumpfe Klang einer einzelnen Trommel schallte durch die Nacht – die Jäger feierten ihren Erfolg und ehrten den Geist des getöteten

Bären. So jedenfalls hatte Allan es verstanden. Noch gestaltete sich die Verständigung etwas schwierig und meist über Gesten, da die Maliseet-Indianer neben Algonkin nur noch Französisch sprachen. Allan wollte sich so schnell wie möglich die nötigen Kenntnisse aneignen, schließlich konnte er sich gut vorstellen, für immer hierzubleiben.

Bei Connell war er sich da nicht so sicher. Nach dem Triumph des heutigen Jagderfolgs war er nun ungewöhnlich still, während er einen kleinen abgenagten Knochen in seinen Händen drehte.

Allan leckte sich genüsslich die fettigen Finger ab und hob seinen Becher. Der indianische Kräutertee war gewöhnungsbedürftig, aber durchaus wohlschmeckend. »Auf die tapferen Bärentöter.«

»Auf den tapferen Sam McAllister«, gab Connell heiser zurück. »Ohne ihn würden wir jetzt nicht hier sitzen.« Er nieste. Das unfreiwillige Bad von heute Vormittag rächte sich.

Allan nickte. »Wenn es nach dir gegangen wäre, wäre das ganze Cottage in die Luft geflogen.«

»Immer noch besser, als langsam zu verbrennen.«

Die Trommel war verstummt. Allan trank, dann setzte er den Becher wieder ab. Selbst heute noch konnte er kaum begreifen, wie knapp sie damals in den Wicklow Mountains davongekommen waren. Allan sah alles wieder genau vor sich: den Schneesturm, die Dunkelheit, die Flammen; der Qualm so dick, dass man kaum noch atmen konnte. Dann der verwundete McAllister, der todesmutig die Tür der Hütte aufriss. Das gesammelte Gewehrfeuer der Rotröcke. McAllister, der tödlich getroffen zusammensank. Ihr Fluchtversuch in den wenigen Sekunden, als die Soldaten ihre Musketen neu luden. Savage und Costello hatte es sofort erwischt. Und während die Rotröcke Dwyer nachsetzten, konnten Allan und Connell über die schneebedeckten Berge flüchten. Später hatten sie davon gehört, dass auch Dwyer entkommen war.

Connell nieste schon wieder. »Bestimmt gibt es drüben im guten alten Irland schon Lieder über den *Wicklow Chief*. Und vielleicht sogar auch über uns. Zu schade, dass wir sie nicht hören können.«

Wie auf ein Stichwort hin zog Allan seine Flöte hervor, die er noch immer um den Hals hängen hatte – ein letztes Stück Heimat, von dem er sich wohl nie trennen würde –, und begann, eine schwermütige Melodie zu spielen, nur untermalt vom Knistern des Feuers.

Seine Gedanken kehrten zurück nach Irland. Trotz eines gelegentlichen Anflugs von Heimweh war er unendlich froh, dass die Zeit der Verfolgung und der Angst hinter ihnen lag. Nach ihrer Flucht damals hatten sie sich noch einige Tage in den Bergen versteckt und sich dann auf abenteuerlichen Wegen bis zum Hafen von Cove durchgeschlagen, wo sie als Seeleute auf einem Schiff nach Boston an der Ostküste Amerikas angeheuert hatten. Dort waren sie schon bald auf eine Anzeige der North West Company gestoßen. Das Angebot, als Pelzjäger in die ausgedehnten Wälder des Nordens zu gehen, war verlockend gewesen, und so waren sie schließlich hier gelandet.

Als die letzten Töne des Liedes verklungen waren, starrte Connell noch immer in die Flammen, als könnte er dort die Vergangenheit sehen.

»Ob es ein Junge geworden ist?«, sagte er dann unvermittelt.

Allan stieß einen fragenden Ton aus.

Connell seufzte. »Du weißt schon. Sharons Kind. Es könnte jetzt bald sieben Monate alt sein. Wenn es überhaupt noch lebt.«

Allan ließ die Flöte wieder unter seinem Hemd verschwinden. Diese Fragen hatte er sich selbst auch oft gestellt, aber bis jetzt hatte Connell nie darüber sprechen wollen. »Was glaubst du, was Sharon jetzt wohl macht?«, fragte er.

»Na was schon«, gab Connell zurück, und Allan konnte die

unterdrückte Wut in seiner Stimme hören. »Wenn Cyril auch nur einen Funken Ehre im Leib hat, wird er sie geheiratet haben. Wahrscheinlich sind sie jetzt in Frankreich und leben glücklich und zufrieden bis ans Ende ihrer Tage.« Missmutig warf er den Knochen ins Feuer. »Mich hat sie längst vergessen.«

Dieses Thema nagte an ihm, das konnte Allan deutlich sehen. Connell würde noch lange brauchen, um mit diesem Teil seines Lebens abzuschließen. Offenbar liebte er Sharon noch immer, aber Allan war klug genug, diese Vermutung nicht laut auszusprechen.

»Da hat jemand ein Auge auf dich geworfen«, sagte Connell nach einer ganzen Weile und wies kaum merklich auf eine junge Frau am Rand des Feuerkreises. Sie saß neben dem verwundeten Indianer, den Allan aus dem Wasser gezogen hatte – der Ähnlichkeit nach vermutlich ihr Bruder oder Cousin. Die kleinen Jagdgruppen, in die sich die Maliseet im Winter aufteilten, bestanden meistens aus Mitgliedern einer Familie.

Allan schüttelte den Kopf. »Wohl kaum auf mich«, erwiderte er resigniert.

Es war immer das Gleiche. Selbst hier, mitten in der Wildnis, zog Connell die Frauen an wie die Blüten die Bienen. Und dabei legte dieser zur Zeit, soweit Allan das beurteilen konnte, gar keinen Wert auf ihre Aufmerksamkeit.

Allan hatte gar nicht bemerkt, dass die junge Indianerin aufgestanden war. Jetzt stand sie neben ihm und lächelte ihn an, und Allan spürte, wie sein Herz schneller zu klopfen begann. Konnte es sein, dass sie tatsächlich ihn meinte?

Sie war fast noch ein Mädchen, erst an der Schwelle zur Frau, und ausgesprochen hübsch. Sie ließ sich neben ihm nieder, mit jener natürlichen Anmut, die diesen Menschen hier zu eigen war, dann deutete sie auf die lederne Schnur, die um Allans Hals hing, und sagte etwas in ihrer kehligen Sprache, die aus ihrem Mund unbeschreiblich süß klang.

Allan kramte in seinem Gedächtnis vergeblich nach den wenigen Brocken Algonkin, die er bereits aufgeschnappt hatte.

»Ich nehme an, sie will, dass du noch etwas spielst«, erklärte Connell. »So viel also zu deiner fehlenden Anziehungskraft auf das weibliche Geschlecht. Ich gehe jetzt schlafen. Du hast ja hier Gesellschaft.« Er erhob sich. »Und sei ein Gentleman!«

Allan nickte glücklich, er bekam kaum mit, dass Connell das Feuer verließ. Dann begann er erneut zu spielen. Nur für sie.

Der getrocknete Wermut verkaufte sich ausgezeichnet, während der Cidre seiner Reifung entgegengärte. Und nachdem Cyril der Meinung war, Arnauds Gastfreundschaft schon viel zu lange beansprucht zu haben, zogen wir um.

Unser neues Zuhause war eines der freistehenden Häuser aus grauem Stein am Rand von St. Aubin, von ähnlichem Schnitt wie das der Duponts, wenn auch etwas kleiner, mit einem Garten und einer angebauten Vorratskammer. Unten befanden sich Küche und Wohnzimmer und oben zwei weitere Räume, von denen eines unser Schlafzimmer wurde. Die junge Familie, die bislang dort gewohnt hatte, zog nach Rennes, wo sich für Vater und Sohn eine Arbeitsmöglichkeit ergeben hatte, und wollte deshalb so schnell wie möglich verkaufen. Wir konnten sogar die meisten Möbel übernehmen.

Die Duponts besuchten uns regelmäßig. Vor allem Jean-Pierre war mir ans Herz gewachsen wie ein eigenes Kind. Dreimal in der Woche erschien er nachmittags bei uns, um Cyril aus der Zeitung vorzulesen und kleinere Aufgaben zu übernehmen. Im Gegenzug brachte Cyril ihm Englisch bei.

Die englische Sprache war in Frankreich immer beliebter geworden, und die *Affiches* waren voller Anzeigen von Leuten, die Unterricht suchten oder anboten. Zwar mussten wir uns über unser Auskommen so schnell keine Gedanken machen, dennoch war nichts gegen ein paar zusätzliche *francs* zu sagen, und so war ich freudig überrascht, als Cyril damit begann, selbst zu inserieren. Bald schon fanden sich ein paar Wissbegierige zum Einzelunterricht – Kinder am Nachmittag und Erwachsene abends –, die sich in unserem kleinen Wohnzimmer in englischer Konversation und Grammatik übten, während ich im Hintergrund mit einer Näharbeit beschäftigt war. Es war für Cyril sicher nicht leicht, sich auf diese fremden Leute einzustellen, die er nicht sehen konnte, aber er hatte endlich eine Aufgabe, die ihm zu gefallen schien, und er machte seine Sache gut.

Unsere Tochter entwickelte sich prächtig. Kaum ein Tag verging, an dem sie nicht etwas Neues entdeckte. Sie konnte jetzt sitzen, krabbelte durch die Zimmer und begann bereits damit, sich an Stühlen und Schränken hochzuziehen. Interessiert beobachtete sie alles, was um sie herum vorging, wobei ihre besondere Aufmerksamkeit stets ihrem Vater galt. Und obwohl ich zu bezweifeln wagte, dass es sich bei ihrem ersten unverständlichen Gebrabbel um sinnvolle Worte handelte, bestand Cyril voller väterlichem Stolz darauf, dass sie mit ›Dada‹ ihn gemeint hatte. In solchen Momenten wirkte er fast glücklich.

Wie sehr bedauerte ich, dass er nicht sehen konnte, wie hübsch sie war mit ihren blonden Locken, die sich um ihren runden Kopf kringelten. Doch obwohl sie noch so klein war, schien sie auf eine mir unbegreifliche Art zu wissen, was ihm fehlte. Oft streckte sie die Hände nach ihm aus, bis er sie berührte, und dann konnte ich beobachten, wie sehr diese beiden Menschen, die mir so nah waren und manchmal doch so fern, aneinander hingen. Das machte mir mein Exil etwas leichter.

Sylvie hatte recht. Wenn ich nicht mein Leben lang unglücklich sein wollte, musste ich versuchen, nach vorne zu sehen. Und während man sich auf den Winter vorbereitete und halb Frankreich kopfstand, nachdem General Bonaparte mit seiner Armee in Paris einmarschiert war und sich zum Ersten Konsul aufgeschwungen hatte, begann auch ich, neue Pläne zu schmieden.

Im Frühjahr, wenn der Boden wieder fruchtbar war, würde ich einen kleinen Kräutergarten anlegen. Ich wollte versuchen, ein Volk wilder Bienen im hinteren Teil des Gartens anzusiedeln, um Honig zu bekommen. Und ich würde darüber nachdenken, ob ich nicht allmählich bereit wäre für ein zweites Kind.

Teil V

Fructidor IX – Frimaire X
September – Dezember 1801

22. Kapitel

Nach einem kurzen Schauer dampfte jetzt wieder spätsommerliche Wärme aus den Feldern, die Septembersonne tauchte die terrassierten Weinberge in gleißendes Licht. Von überall her drang Grillengezirpe; ein Frage- und Antwortspiel zu beiden Seiten des Weges, das seine Entsprechung im Kutscheninneren fand, wo sich Francine und Céleste schon seit Stunden unterhielten. Das Rattern der Räder übertönte ihr Kichern und Tratschen nur unzureichend, und ich seufzte, als ich erneut mit dem Kopf an den Fensterrahmen stieß. Wieso hatte ich mich bloß überreden lassen, mit ihnen nach Nantes zu reisen?

»Freust du dich schon auf den Markt? Und die Schiffe?«, fragte Sylvie neben mir.

Ich lehnte mich zurück und nickte schwach. Sie gab sich so viel Mühe mit mir, und ich wollte nicht undankbar erscheinen.

»Also, ich kann es kaum erwarten, die vielen neuen Stoffe zu sehen«, sagte Francine. Ihr modischer Hut mit der großen Feder wippte bei jeder Bewegung.

Céleste, deren blasse Erscheinung ganz in helles Blau gehüllt war, fächelte sich Luft zu. »Wenn ich ehrlich sein soll, dann freue ich mich am meisten auf die Gottesdienste«, sagte sie. »Und Sharon ist sicher auch froh über die Möglichkeit, endlich wieder eine große Messe besuchen zu können, nicht wahr, *ma chère*?«

Ich bejahte geistesabwesend. Wenn die Ursachen auch verschieden waren, so blieb das Ergebnis doch dasselbe; weder in

Irland noch in Frankreich war es in den vergangenen Jahren möglich gewesen, seinen Glauben öffentlich auszuüben. Doch seit Konsul Bonaparte der katholischen Kirche das Recht auf uneingeschränkte Religionsausübung gewährt hatte, kehrten die geflohenen Geistlichen allmählich wieder nach Frankreich zurück.

»Ob wir wohl auch in die Kathedrale kommen?«, fragte Céleste erwartungsvoll. »Schließlich soll sogar der Bischof von Nantes heimgekehrt sein. War es nicht ein feiner Zug von unserem Konsul, sich mit dem Papst zu einigen?«

Sylvie schnaubte verächtlich. »Geeinigt? Aufgezwungen wäre wohl das bessere Wort. Oder was ist davon zu halten, dass die Bischöfe jetzt von diesem korsischen Gernegroß ernannt werden und einen Treueeid auf die Republik zu leisten haben?«

»Ist der Konsul denn wirklich so klein?«, fragte Céleste, ohne auf Sylvies Tirade einzugehen.

Francine kicherte. »Keine Ahnung. Ich habe nur gehört, dass er zumindest in einer Hinsicht recht gut ausgestattet sein soll. Aber das kann wohl nur die gute Joséphine beurteilen.«

»Francine!«, wies sie Sylvie zurecht. »Lass die arme Konsulin in Ruhe und kümmere dich um deine eigenen Angelegenheiten. Wenn du weiter solche lockeren Reden führst, wirst du nie einen Mann finden!«

Trotz meines Kummers musste ich unter meinem Hut verstohlen grinsen. Sylvie nahm ihre Rolle als Anstandsdame wirklich ernst.

»Ob sie jetzt auch bald wieder den alten Kalender einführen werden?«, wechselte Céleste bereitwillig das Thema. »Ich kann mich noch immer nicht daran gewöhnen, dass der Jahreswechsel im Herbst stattfindet.«

»Nun ja«, wandte Francine ein. »Aber feiern lässt es sich im Herbst doch besser als im Winter. Obwohl ich es schade finde, dass die Spiele in den vergangenen Jahren immer weniger wurden. Mir haben die antiken Feiern mit ihren Wettbewerben gut gefallen.«

Es folgte eine ausführliche Schilderung der letztjährigen Feierlichkeiten. Ich gab vor, nicht auf ihr Geplapper zu hören, und wünschte mich zurück nach Hause, wo jetzt die Äpfel reif wurden und Lilian bis zu unserem Wiedersehen sicher schon wieder einige neue Wörter gelernt haben würde.

Bei dem Gedanken an Lilian kehrte ein wenig Freude in mein Herz zurück. Meine Tochter war zu einem bildhübschen kleinen Mädchen von zweieinhalb Jahren herangewachsen, das munter Englisch und Französisch plauderte und jeden, einschließlich ihres Vaters, um den Finger zu wickeln wusste. Für ihr Alter war sie erstaunlich reif und verständig – fast so, als wäre sie bereits erwachsen auf die Welt gekommen. Sie versuchte sogar schon, Cyril bei manchen Dingen zu helfen. Zweifellos war sie seine Tochter. Sie ähnelte ihm in so vielem, dass ich zuweilen fast enttäuscht war, wie wenig sie von mir hatte. Manchmal kam ich mir richtiggehend ausgeschlossen vor aus dieser Einheit.

Meine Hand legte sich auf meinen Bauch, dort, wo jetzt nichts mehr war, das mich bis vor kurzem noch glücklich gemacht hatte.

Sie hatten einander. Ich hatte nichts mehr.

Das kleine Kreuz unter dem Rosenstrauch trug die Wärme des Tages noch in sich. Cyril fuhr mit den Fingern langsam daran entlang, an der einen Seite hinauf und an der anderen wieder hinunter. Er kannte jede einzelne Stelle des Holzes, jede Maserung, schließlich hatte er die groben Balken stundenlang so glatt geschliffen, dass nicht ein einziger Splitter mehr hervorstand. Es war wenig genug, was er hatte tun können.

Er hatte lange gezögert, Sharons Wunsch nach einem zweiten Kind nachzugeben. Seine Situation war schließlich etwas komplizierter als die sehender Menschen. Und als er endlich auch dazu bereit gewesen war, hatte sie das Kind verloren, kaum dass er um ihre Schwangerschaft wusste. Einen winzigen, nicht lebensfähigen Jungen, der sie eines Nachts vor zwei Wochen verlassen hatte.

Es hatte nicht lange gedauert. Er hatte fast fühlen können, wie es geschah, wie sich das kleine Wesen, das sein Sohn hätte sein sollen, durch ihren Schoß drängte und schließlich als ein toter Klumpen Fleisch auf das Laken gefallen war. Noch ein verlorenes Kind. Noch eine betrauerte Seele, die sich zu jenen gesellte, die vorausgegangen waren. Deirdre. Brendan. Connell.

Die Erde über der kleinen Grabstelle roch nach der feuchten Kühle, die dem Regen folgte. Aus dem Kräutergarten verströmten Rosmarin und Melisse ihre kräftigen Aromen. Ein paar Schritte weiter standen die Bienenstöcke, in denen die Königinnen jetzt darangehen würden, ihre Eier zu legen. Leben und Tod, so nah beisammen.

Sharon fehlte ihm. Er war überrascht, wie sehr – ihm, der es so lange gewohnt gewesen war, allein zu sein. In den vergangenen zweieinhalb Jahren waren sie nie länger als einen Tag getrennt gewesen. Und es waren gute Jahre gewesen, trotz aller Probleme und Widrigkeiten. Er vermisste ihre unaufdringliche Gegenwart mit ihren flüchtigen Berührungen, die ihnen die Blicke ersetzten, mit denen sich andere Paare wortlos verständigten. Aber die Fahrt nach Nantes und die Gottesdienste würden ihr neue Kraft geben und sie auf andere Gedanken bringen.

Seine Finger berührten noch einmal das hölzerne Kreuz – Symbol für Tod und Auferstehung. In Momenten wie diesen beneidete er seine Frau um ihren Glauben, der ihr auch in den dunkelsten Stunden Halt gab. Er konnte sich an eine Zeit erinnern, als auch er so empfunden hatte, als auch er in der Gewissheit gelebt hatte, von einer überwältigenden Allmacht getragen zu werden.

Doch das war lange vorbei.

In Nantes fanden wir in der Nähe der Dockanlagen einen Gasthof, wo wir unser Gepäck zurückließen, und kamen dann gerade rechtzeitig, um am Gottesdienst in der Hafenkirche teilzunehmen. Obwohl es noch nicht die von Céleste ersehnte große Messe in der Kathedrale war, so fühlte ich mich danach gestärkt. Als wir aus der Kirche traten, nutzten wir das verbleibende Tageslicht, um über das Hafengelände zu schlendern und uns nach der langen Fahrt die Beine zu vertreten.

Ich hatte mir den Hafen von Nantes kleiner vorgestellt. Am endlos langen Kai lagen Handelsschiffe und kleinere Schoner in doppelter Reihe, und wo weiter draußen die braunen Fluten der Loire ins Meer mündeten, konnte man die Masten einlaufender Schiffe erkennen. Stimmengewirr aus aller Herren Länder drang an mein Ohr, Englisch, Französisch und auch einige Sprachen, die ich noch nie im Leben gehört hatte. Ich nahm das bunte Treiben, die vielen neuen Eindrücke aufmerksam wahr, registrierte Farben, Formen und Gerüche, um nichts von dem zu vergessen, was ich nach meiner Rückkehr Cyril erzählen wollte.

Die feuchte Luft trug den Geruch des Meeres in sich, über unseren Köpfen kreisten Möwen. Eine salzige Böe blähte die Segel und wehte mir fast den für mich ungewohnten Sonnenschirm aus der Hand. Ein Dreimaster von den Inseln der Neuen Welt wurde gerade gelöscht. Leicht bekleidete Seeleute mit Säcken voller Zuckerrohr auf ihren Schultern eilten an uns vorbei und verschwanden in den Lagerräumen; Francine stieß einen gespielten Entsetzensschrei aus, als einer von ihnen uns einen frechen Gruß entgegenrief. Ein anderer trug einen Drahtkäfig mit einem großen Papagei vor sich her, der zu unser aller Entzücken ein paar Worte hervorkrächzte.

Meine Freundinnen zog es auf das Gelände hinter den Lagerhallen, um einen ersten Blick auf die Marktstände zu werfen, wo die meisten Händler für heute bereits am Einpacken waren. Wir hatten uns gerade für einen kühlen Schluck Cidre an einem der letzten offenen Stände entschieden, als Francine sich auf die Zehenspitzen stellte.

»Was ist denn da vorne los?«, fragte sie und deutete zum Rand des Marktes, wo sich etliche Schaulustige zusammengefunden hatten. Ohne auf uns zu warten, war sie auch schon losgelaufen.

»Francine!«, rief Sylvie aus. »Du kannst doch nicht einfach ... Dieses Kind bringt mich noch um den Verstand!«, schimpfte sie, während wir Francines wippender Hutfeder folgten.

Zielsicher steuerte Francine auf den Auflauf zu. Auf einer Wiese waren einige fremdländisch aussehende Männer damit beschäftigt, aus jungen Baumstämmen, Zweigen und Grasmatten ein weiteres der kegelförmigen Zelte aufzubauen, von denen zwei bereits in die Abenddämmerung ragten. Die Männer trugen keine Hosen, nur einen ledernen Schurz, der ihre Blöße bedeckte; ihr langes schwarzes Haar glänzte in der Abendsonne.

Céleste machte große Augen. »Sind das Neger?«, fragte sie neugierig. »Ich dachte, die Sklaven würden alle gleich zu den Inseln verschifft.«

»Unsinn, Céleste«, fiel Sylvie ein. »Liest du denn keine Zeitung? Seit unserer glorreichen Revolution existiert der Sklavenhandel nicht mehr! Wenn mich nicht alles täuscht, dann sind das *indiens*. Rote Männer. Aus der Neuen Welt.«

Indianer? Jetzt war auch meine Neugierde geweckt. Ich hatte noch nie einen dieser Wilden leibhaftig gesehen. Wie uns einer der Umstehenden aufklärte, waren sie gemeinsam mit einer Gruppe von Pelzhändlern auf Einladung von Konsul Bonaparte hier und würden bald nach Paris weiterreisen. Soweit ich es verstand, ging es dabei um eine Erweiterung der Handelsverbindungen.

Francine jauchzte plötzlich auf.

»Oh, seht nur«, rief sie aus und deutete auf ein paar Tische in unserer Nähe. »Was für herrliche Felle! Ich brauche unbedingt einen neuen Pelz für meinen Umhang! Und Sharon braucht auch einen!«

»Nein, das tue ich nicht!«, protestierte ich, denn ich wollte viel lieber noch länger den Indianern zusehen, aber gegen Francine hatte ich keine Chance. Sie hakte sich bei mir ein und zog mich mit sich.

»Sieh nur, *chérie*, sind sie nicht absolut traumhaft?«

Sie hatte recht. Die vielen Felle, die ausgebreitet vor uns lagen, waren wirklich wunderschön. Ich strich mit der Hand über einen kupferfarbenen Pelz. Er war herrlich dicht und seidig.

»Gefällt es Euch?«, fragte einer der Pelzhändler, ein wilder Geselle mit ungepflegtem rotblonden Bart, um den ich unter anderen Umständen sicher einen großen Bogen gemacht hätte. Sein Französisch hatte einen seltsamen Klang. »Das ist Biber. Es würde Euch ganz ausgezeichnet stehen.«

»Oh, nein«, wehrte ich ab. »Ich will ja gar keinen kaufen. Nein, wirklich nicht«, widersprach ich, als er ein weiteres Fell vor mir ausbreitete.

»Hier habe ich Bisam. Fühlt einmal, wie weich er ist! Wie die Haut einer Jungfrau!«

Vor seinem anzüglichen Blick senkte ich angewidert meinen Sonnenschirm und folgte Francine zum nächsten Tisch, wo es neben weiteren Pelzen noch mehr zu sehen gab: hölzerne Figuren sowie kleine Beutel und Kinderschuhe, kunstvoll bestickt mit winzigen bunten Perlen, die ein reizvolles Muster ergaben.

Ich beugte mich über die Auslage. Die verzierten Beutel gefielen mir, und mit den Holzmännchen könnte ich Lilian eine Freude machen. Als ich eines der fein geschnitzten Stücke in die Hand nehmen wollte, streifte mein gesenkter Sonnenschirm den Tisch und warf die ganze Reihe liebevoll aufgebauter Figuren um.

»*Excusez-moi*«, murmelte ich peinlich berührt. Manchmal war ich eben hoffnungslos ungeschickt.

»*Pas de problème*«, hörte ich eine amüsierte Stimme antworten. Eine Stimme, die ich unter Tausenden wiedererkennen würde, auch wenn sie Französisch sprach …

Entgeistert starrte ich auf die Hand, die sich jetzt in mein Blickfeld schob, um die hölzernen Männchen wieder aufzustellen. Eine gebräunte Hand in einem ledernen Hemdsärmel, dessen Naht kurze Fransen zierten.

Mein Sonnenschirm begann unkontrolliert zu zittern. Es konnte nicht sein, es war einfach nicht möglich … Bebend ließ ich den Schirm sinken – und sah direkt in zwei funkelnde schwarze Augen.

»So sieht man sich wieder, *a stóirín*.«

»Sharon? Sharon? *Mon Dieu*, sie ist ohnmächtig geworden!«

Ein kräftiger Windstoß von einem Fächer traf mein Gesicht, eine Hand klatschte sanft auf meine Wange.

»*Eh bien*, sie kommt zu sich. Komm, *ma chère*, mach die Augen auf. Ja, so ist es gut.«

Ich öffnete die Augen, und langsam klärte sich mein Blick. Drei besorgte Gesichter beugten sich über mich: Francine, Céleste, Sylvie. Dahinter, etwas verschwommen, noch mehr Menschen, die in einem größeren Kreis um mich herumstanden. Unter mir spürte ich grasigen Boden, mein Kopf ruhte auf einer weichen Unterlage, wahrscheinlich mein zusammengelegter Umhang.

»Was ist denn passiert?«, fragte ich benommen.

»Du bist einfach umgefallen«, erwiderte Céleste, ihr blasses Gesicht hatte einen wissenden Ausdruck. »Trägst du vielleicht ein süßes Geheimnis unter dem Herzen?«

Nein, hätte ich in plötzlicher Trauer fast geantwortet. Nicht mehr.

»Es ist alles in Ordnung«, erwiderte ich ausweichend und setzte mich auf. Es war mir peinlich, vor all diesen Leuten auf dem Boden zu liegen.

Francine schien nicht sehr überzeugt. »Du hättest fast den Tisch umgeworfen, wenn dieser freundliche *voyageur* dich nicht aufgefangen hätte.«

Sie deutete auf jemanden neben sich, von dem ich im Gegenlicht erst nur die Umrisse erkennen konnte. Im nächsten Moment stieß ich einen entsetzten Schrei aus.

»Connell?«, brachte ich kaum artikuliert hervor.

Er war gekommen, um mich zu holen. Jetzt, nach all den Monaten der Trauer und Verzweiflung war er gekommen, um mich mit sich ins Schattenreich zu nehmen …

»*Enchanté*«, erwiderte der Geist in Connells Gestalt liebenswürdig.

»Nein!«, hauchte ich und wich vor ihm zurück. »Geh weg!«

»Das ist ja eine nette Begrüßung«, erwiderte die Erscheinung gekränkt.

Als ich eine Hand auf meinem Arm spürte, schrie ich abermals auf, bis ich merkte, dass es Sylvie war.

»Er ist tot!«, flüsterte ich wie von Sinnen. »Er ist tot!«

»Das ist er natürlich nicht!«, gab Sylvie zurück, vernünftig wie immer. »Sieh ihn dir doch an. Auf mich wirkt er ziemlich lebendig.«

Bebend hob ich den Blick. Mit seinen pechschwarzen Haaren, die er jetzt offen und etwas länger als früher trug, und der gebräunten Haut sah Connell wirklich nicht gerade wie ein Toter aus, eher schon wie einer der Indianer. Die Schultern seines ledernen Hemdes waren mit farbiger Perlenstickerei verziert, und um seinen Hals hing eine Kette mit drei gebogenen Krallen. Ein Geist würde sich vermutlich anders kleiden.

»Was zum Teufel ist los mit dir?«, fragte er auf Englisch. »Nur weil ich eine Weile fort war, ist das noch lange kein Grund, sich so anzustellen. Ich werde dich schon nicht auffressen.«

Seine Worte brachten mich einen Schritt weiter in die Wirklichkeit. Dennoch begriff ich nur langsam. »Du … du bist gar nicht … gestorben?«

»Gestorben?«, wiederholte er erstaunt. »Wie kommst du denn auf diesen Unsinn?«

Ich schluchzte trocken auf und schüttelte den Kopf, unfähig, auch nur eine Silbe hervorzubringen. Konnte es tatsächlich sein, dass er lebte? Dass er hier war? Ich wollte aufschreien vor Freude, wollte ihm um den Hals fallen, aber ich war zu keiner Bewegung fähig. Mit jeder Faser drängte es mich, ihn zu berühren, mich davon zu überzeugen, dass er es wirklich war, aber ich konnte mich nicht rühren. Ich konnte nur dasitzen und ihn anstarren wie ein Schaf mit zwei Köpfen. Alles wirkte auf einmal unwirklich, als würde ich mich selbst wie von fern betrachten. Meine Ohren klangen, mein Gesicht und meine Hände fühlten sich eigenartig taub an. Wahrscheinlich würde ich gleich aufwachen, und alles wäre nur ein wundervoller, flüchtiger Traum gewesen.

»Kannst du aufstehen?«, fragte Sylvie. »Céleste, Francine, helft mir, sie wieder auf die Beine zu stellen!«

Connell war schneller. Rasch hatte er den Arm um mich gelegt und mir aufgeholfen. Es war sein Geruch, der mich mehr als alles andere davon überzeugte, dass er es wirklich war; ein Geruch nach Leder und Rauch und irgendetwas anderem, ein wenig fremd und gleichzeitig unglaublich vertraut.

Sylvie legte mir die Hand auf die Schulter. »Vielen Dank, *citoyen*, für Eure Hilfe. Wir werden jetzt gehen.«

»Aber Sylvie, ich muss –«

»Du musst erst einmal wieder zu dir kommen«, wischte sie meinen schwachen Protest beiseite. »Du wirst sicher noch genug Gelegenheit bekommen, mit ihm zu sprechen.«

Connell ließ mich gehorsam los. »Bist du morgen noch hier?«, fragte er leise.

Ich bejahte benommen.

»Dann komm am Vormittag hierher«, murmelte er beiläufig und nickte meinen Freundinnen zu. »*Mesdames.*«

Ich sah, wie Francine ein kokettes Lächeln aufsetzte und Céleste errötend die Augen niederschlug. Als wir gingen, stützte ich mich schwer auf Sylvie, meine Beine zitterten, als sei ich stundenlang gerannt.

»O mein Gott«, murmelte ich. »O. Mein. Gott.«

»Hast du aufgegessen?«

Lilian bejahte. »Aber du nicht!«, bemerkte sie vorwurfsvoll.

Das Hühnchen, das Jean-Pierre gebracht hatte, war köstlich, doch Cyril hatte keinen Appetit. Er hatte Arnaud abgesagt und Jean-Pierre nach Hause geschickt. Er wollte jetzt keine Menschen um sich haben. Manchmal war ihm sogar Lilian zu viel.

Die Laute des Abends erfüllten den Raum. Er hörte, wie Lilian erst ihren und dann seinen Teller abräumte; ihre kleinen Schritte tappten hin und her und kamen dann zurück.

»Will hoch«, sagte sie und begann, an ihm hinaufzuklettern. Er half ihr, bis sie auf seinem Schoß saß.

»Wann kommt *maman*?«, fragte sie.

»In ein paar Tagen. Das habe ich dir doch schon erzählt.«

»Wo ist sie?«

»In Nantes.«

»Was ist das?«

»Eine große Stadt mit einem Hafen.«

»Was ist ein Hafen?«

Und so weiter und so fort. Wenn er sich darauf einließ, konnte sie den halben Abend damit verbringen, ihm Löcher in den Bauch zu fragen, bis sie müde wurde. Seit sie angefangen hatte zu sprechen, wollte sie alles und jedes von ihm wissen. Über die Welt, die Menschen und ihre Rätsel.

»*Papa*«, fragte sie nach einer Weile schläfrig, während sie einen winzigen Finger in ein Knopfloch seiner Weste bohrte, »warum kannst du mich nicht sehen?«

»Ich kann überhaupt nichts sehen, *mignonne*. Nicht nur dich nicht.«

»Warum?«

»Es ist eine Krankheit. Meine Augen sind krank.«
»Warum?«
»Das weiß ich nicht. Solche Sachen passieren manchmal.«

Diese Antwort gab ihr eine Weile zu denken, und dann war nichts mehr außer ihrem ruhigen, gleichmäßigen Atem zu hören, als sie auf seinem Schoß einschlief.

Er stand vorsichtig auf, trug sie langsam und doch ohne ein Zögern in seinen Schritten nach oben. Dies war sein Haus; er wusste, wie die Zimmer geschnitten waren und wo die Stufen verliefen.

Lilian regte sich, als er ihr Schuhe und Kittel auszog und sie in das kleine Kinderbett im Schlafzimmer legen wollte.

»Will im großen Bett schlafen!«, murmelte sie und legte ihm die Arme um den Hals.

Er wollte zuerst ablehnen, doch dann gab er nach. Er wusste, dass er seine Tochter verwöhnte, aber es wäre ja nur für heute Nacht. Dann wären sie beide nicht so allein.

Er deckte sie zu und setzte sich neben sie. Auch er selbst spürte eine bleierne Müdigkeit in seinen Gliedern – ein Nachhall der immer wiederkehrenden Schmerzen, die von seinen Augen auf seinen ganzen Kopf ausstrahlten. Wahrscheinlich würden sie nie ganz verschwinden.

Neben sich hörte er Lilian leise atmen, sie schlief. Dass er seine Tochter nicht sehen konnte, das war von allen Dingen das Schwerste. Selbst Sharons ausführliche Beschreibungen konnten ihm nur ein unzureichendes Bild davon vermitteln, wie Lilian aussah, wenn sie die Nase rümpfte, weil ihr etwas nicht gefiel, oder wie sie lächelte.

Der vollkommenen Finsternis, die ihn seit über zwei Jahren umfing, konnte er nur im Schlaf entkommen. Seine Albträume hatten nachgelassen. Er träumte viel, lebendige Träume voller Licht und Farben. So lange, bis er dorthin zurückkehren musste, wo alles dunkel war. Der Augenblick nach dem Erwachen war am schlimmsten. In den ersten Wochen und Monaten nach seiner Erblindung war es stets dieser Zeitpunkt gewesen, den er am meisten fürchtete. Und selbst heute noch zögerte er manchmal den Moment hinaus, an dem er die Augen öffnen und sich der Wirklichkeit stellen musste.

Er erhob sich leise. Es war Zeit für ein wenig Laudanum.

Ich hatte schon oft nicht schlafen können. Wenn die Sorgen mich wach hielten oder wenn Lilian krank war. Aber noch nie hatte ich aus purem Glück keine Ruhe gefunden. Ich war noch immer vollkommen durcheinander und nicht in der Lage, auch nur eine vernünftige Überlegung anzustellen. Alles, was mir seit gestern Abend immer wieder durch den Kopf ging, waren immer dieselben Worte: Connell lebt! Und er ist hier, hier in Frankreich, ganz in meiner Nähe!

Hätte Sylvie nicht darauf bestanden, zum Gasthof zurückzukehren, ich wäre ungeachtet aller möglichen Gefahren vermutlich noch in der Nacht zu Connell gegangen. Sylvie war es auch, die es übernommen hatte, Céleste und Francine zu erklären, was es mit jenem hilfsbereiten *voyageur* auf sich hatte, der mich so völlig aus der Fassung gebracht hatte. Er sei niemand anderes als mein totgeglaubter Schwager, der Bruder meines Mannes, den es offenbar als Pelzhändler nach Kanada verschlagen hatte und der nun überraschend hier aufgetaucht sei. Wie viel mehr mich noch mit ihm verband, darüber verloren weder sie noch ich ein Wort.

In meinem Kopf drehten sich die Gedanken in einem bunten Reigen. Während Cyril und ich Connell für tot gehalten hatten, war er in die Neue Welt ausgewandert. Und jetzt war er zurückgekommen. Ich konnte mir nicht vorstellen, dass er nur wegen des Pelzhandels hier war. Er war darauf vorbereitet gewesen, mich zu sehen. Weshalb war er hier? Etwa meinetwegen? Ich konnte einfach nicht nachdenken, denn alle weiteren Überlegungen wurden immer wieder überlagert von der schier unfassbaren Freude.

Obwohl ich mir vorgenommen hatte, mit dem ersten Sonnenstrahl aufzustehen, verschlief ich wie die anderen, und so war es schon später Vormittag, als wir endlich wieder am Hafen ankamen.

An den Docks traf man Vorbereitungen für die Feierlichkeiten zum morgigen Jahreswechsel. Hämmern und Klopfen mischte sich in die Möwenschreie und das Geräusch knarrender Takelagen, viele Pfosten waren mit farbigen Bändern und Blumen geschmückt, und auf einem freien Platz wurden Körbe für das Feuerwerk aufgestellt. Ich hatte keinen Blick dafür. Am liebsten wäre ich sofort ins Lager der Indianer gelaufen, doch wenn ich vermeiden wollte, dass meine Freundinnen mir folgten, dann musste ich wohl oder übel eine passende Möglichkeit abwarten.

Es dauerte eine Weile, bis ich endlich diese Gelegenheit fand. Hinter den Lagerhallen hatte man ein großes Zelt aufgestellt, wo ein neues Theaterstück aus Paris aufgeführt werden sollte. Es war schon zur Hälfte gefüllt, und auch wir drängten uns hinein. Wir hatten kaum Platz genommen, als ich mich wieder erhob und mich mit einem dringenden menschlichen Bedürfnis entschuldigte. Ich warf Sylvie einen raschen Blick zu, dann flüchtete ich nach draußen.

Ich eilte über das Hafengelände und stieß in meiner Hast fast mit einem Handwerker zusammen, der meine gemurmelte Entschuldigung offenbar für eine Einladung hielt, bis ich mich von ihm losreißen konnte. Da ich mich nicht durch das Marktgewühl kämpfen wollte, blieb ich hinter den Hallen. Doch jetzt versperrten mir die Gebäude den Blick auf den Markt, und so hatte ich schon nach kurzer Zeit die Orientierung verloren. Vor dem geöffneten Hintereingang einer Lagerhalle blieb ich stehen. Es sah alles so gleich aus. Vielleicht sollte ich doch ein Stück zurücklaufen?

Ich wollte gerade wieder umkehren, als plötzlich Connell dicht neben mir auftauchte. Mein Herz tat einen wilden Sprung, und mir wurden die Knie weich.

»Wo warst du so lange? Ich warte schon ewig auf dich.« Er packte mich fast schon grob am Handgelenk. »Komm jetzt. Schnell!«

Ich stolperte ihm wortlos hinterher, noch viel zu überwältigt von meinen Gefühlen, als er mich jetzt in die Lagerhalle zog.

»Nur um sicherzugehen, dass uns niemand von deinen Freundinnen sieht«, erklärte er.

»Die sind alle im Theaterzelt«, hauchte ich atemlos. Mein Herz hämmerte nicht nur vom Laufen. »Ich musste doch warten, bis ich fortkonnte.«

Durch die rauen Bretter von Decke und Wänden fiel genug Licht, um erkennen zu können, dass die Halle nur ein paar alte Taue und ausgediente Holzkisten enthielt. Connell blieb stehen und ließ mich los.

»Und ich dachte schon, du hättest mich vergessen.«

»Dich vergessen?« Ich bebte am ganzen Leib, und seine Worte brachten mich an den Rand meiner Selbstbeherrschung. »Es ist kein Tag vergangen, an dem ich nicht an dich gedacht habe! Ich habe monatelang um dich geweint.«

»Ist das wahr?«, fragte er leise.

Ich nickte und bemühte mich angestrengt, die Tränen zurückzuhalten. »Ich habe geglaubt, ich hätte dich für immer verloren. Ich dachte, du wärst tot! Und dann –«

»Du hast wirklich geglaubt, ich wäre tot? Wieso?«

»Die Zeitung. Es … es stand in der Zeitung.« Ich biss mir auf die Lippe. »Eddie … Eddie Nolan. Er hat es uns vorgelesen, als wir an der Küste waren. Wir hatten gehofft, du würdest auch dorthin kommen. Stattdessen –« Ich brach ab, als mich die Erinnerung überwältigte, dann fing ich mich wieder und erzählte stockend von dieser schwärzesten Stunde in meinem Leben. »Es hieß, nur Michael Dwyer konnte entkommen. Alle anderen hätten sie erschossen. Es ... es stand dein Name unter den Toten!«

»Ach so«, murmelte Connell betroffen. »Das wusste ich nicht. Du solltest nicht alles glauben, was in der Zeitung steht.«

Ich schluchzte auf. »Und jetzt bist du plötzlich hier, und ich spreche mit dir, und ... und ...«

»O nein«, sagte er bestürzt. »Nicht weinen. Bitte, nicht weinen.«

»Ich weine doch gar nicht«, beteuerte ich, während mir die Tränen übers Gesicht strömten. Ich wollte ihm noch so vieles sagen, aber alles, was aus meiner Kehle kam, waren kleine, verzweifelte Schluchzer.

»Ist schon gut«, murmelte Connell. »Ich bin ja noch am Leben.« Er hob eine Hand und wischte die Tränen mit dem Daumen ab. »Bitte«, flüsterte er ganz nah vor mir, »hör auf zu weinen.«

Dann beugte er sich vor und küsste mich sanft auf die tränenfeuchte Wange.

Zitternd klammerte ich mich an ihn, so fest, als wollte ich ihn nie wieder loslassen, wollte nichts anderes mehr hören, nichts mehr sehen, nur noch ihn fühlen und spüren, dass er lebte.

Er zog mich an sich und vergrub die Hände in meinem Haar. Im nächsten Moment stöhnte er auf und bedeckte mein Gesicht mit wilden, rauen Küssen.

Vollkommen überrumpelt stand ich zuerst da wie erstarrt, mein Herz pochte laut. Dann verschwand alles, was noch an sinnvoller Überlegung in mir Platz gehabt hatte, und ich schlang die Arme um seinen Hals und erwiderte seine Liebkosungen. All die Gefühle, die ich so lange zu vergessen versucht hatte, brachen sich jetzt ungehindert Bahn. Unser beider keuchender Atem mischte sich, als wir uns jetzt in einem fiebrigen Tanz gegenseitiger Begierde durch den Raum bewegten, ohne dabei auch nur eine Sekunde voneinander zu lassen.

Ich seufzte auf, als sich seine Hände um meine Brüste schlossen und das zarte Fleisch kneteten. Es brauchte keine weiteren Worte. Ich war mehr als bereit. Ich floss geradezu über vor Verlangen. Mit einer Hand tastete ich hinter mich, um mich an ein paar Kisten abzustützen, mit der anderen schürzte ich den leichten Stoff meines Rocks. Ich war kein unerfahrenes Mädchen mehr wie einst in New Ross, als Connell mich in jenem zugigen Schuppen zum ersten Mal geküsst hatte. Dass es damals noch nicht zu mehr gekommen war, war nur Cyrils Erscheinen zu verdanken gewesen, aber diesmal würde ich –

Cyril …! Was um alles in der Welt tat ich hier?

»Bitte, ich … ich kann das nicht«, krächzte ich, auch wenn mein Körper meine Worte Lügen strafte. Zitternd wand ich mich aus Connells Umarmung und ließ die zusammengerafften Stoffbahnen aus meinen Fingern gleiten.

Connell ließ mich schwer atmend los.

»Verdammt nochmal, was für Spielchen treibst du hier?«, stieß er hervor. »Ist dir gerade noch eingefallen, dass du verheiratet bist?«

Diese Worte reichten, um meine Leidenschaft jäh abzukühlen. Auch Connells Erregung schien schlagartig zusammengebrochen zu sein. Er schüttelte so heftig den Kopf, als wollte er sich von einer schmerzhaften Wahrheit befreien, dann fuhr er sich mit beiden Händen durch die Haare.

»Entschuldige. Das hätte ich nicht sagen dürfen.« Er zog zwei kleinere Kisten zu sich und schob mir die eine hin. »Setz dich. Bitte«, sagte er, blieb selbst aber stehen und lehnte sich an die Wand. »Ich weiß auch nicht, was in mich gefahren ist. Eigentlich wollte ich nur mit dir reden. Und das will ich immer noch.«

Es war nicht sehr hell in der Halle, doch meine Augen hatten sich an das schwache Licht gewöhnt. Ich musterte ein Wagenrad mit zerbrochener Speiche, das an der Wand lehnte, und atmete tief durch, bis ich mich wieder einigermaßen in der Gewalt hatte. Dann zog ich die Kiste weiter zu mir und setzte mich – Connell gegenüber, aber außerhalb seiner Reichweite. Er verzog das Gesicht zu einem schiefen Grinsen, aber er sagte nichts.

»Woher weißt du es?«

»Dass du mit Cyril verheiratet bist?« Er hob die Schultern. »Du trägst einen Ehering. Abgesehen davon war das nicht gerade schwer zu erraten. Was sonst hättest du tun sollen?«

»Und du? Bist du ... auch verheiratet?«

»Ich?« Connell ließ eine der Krallen an seiner Kette durch seine Finger gleiten. »Nein. Ich habe nur einmal jemanden heiraten wollen.«

Ich wand mich innerlich. Wie hatte ich auch nur eine dermaßen unbedachte Frage stellen können?

»Du hast dich verändert«, sagte er. »Du bist erwachsener geworden. Und noch schöner.«

Ein warmer Hauch überzog mein Gesicht. Solche Art von Komplimenten hatte ich lange nicht mehr gehört.

»Danke«, murmelte ich. »Aber du solltest so etwas nicht sagen.«

Er sah mich forschend an, als versuchte er, meine Gedanken zu ergründen. »Bist du glücklich mit ihm?«

Ich zögerte, öffnete den Mund zu einer Antwort und fand keine, dann schloss ich ihn wieder.

Ein einfallender Lichtstrahl ließ die Perlenstickerei an Connells Schulter aufglänzen. »Ich habe dich vermisst«, sagte er leise, und mein Herz schlug schneller. »Euch beide, um ehrlich zu sein. Und jetzt habe ich dich gefunden, noch bevor ich überhaupt angefangen hatte, dich zu suchen. Wenn das keine Fügung ist.« Er verschränkte die Arme. »Wieso ist er eigentlich nicht hier? Hat er keine Angst, dass du ihm untreu werden könntest? Oder hat er –«

»Er ist blind.«

»Er ist *was*?« Connell hatte mitten im Satz aufgehört zu reden. »Das ist ein Witz, oder? Du willst mich auf den Arm nehmen?«

»Es ist die traurige Wahrheit. Dein Bruder ist blind. Schon seit über zwei Jahren.«

Langsam setzte er sich auf die zweite Kiste, er wirkte, als hätte er gerade einen Tiefschlag erhalten.

»O verdammt«, murmelte er und fuhr sich mit beiden Händen durch die dunklen Haare, die dadurch noch zerzauster wurden, als sie ohnehin schon waren. Für einige Sekunden betrachtete er den Boden zu seinen Füßen, dann sah er auf. »Was ist geschehen? Ein Unfall?«

Ich schüttelte den Kopf. Und obwohl ich nicht mehr an meinen Schwur gebunden war, kam es mir vor wie Verrat, als ich Connell jetzt davon erzählte, wie ich eines Tages in Jerpoint Abbey mehr oder weniger zufällig von Cyrils drohender Erblindung mit all ihren quälenden Begleiterscheinungen erfahren hatte.

»Und du hast es die ganze Zeit *gewusst*?« Connell war noch immer fassungslos. »Wieso hast du mir nichts davon gesagt?«

»Das wollte ich ja. Aber ich durfte nicht. Ich hatte ihm schwören müssen, dir nichts davon zu verraten. Das war seine größte Sorge: Dass du etwas erfahren könntest. Du glaubst ja gar nicht, wie oft ich ihn gebeten habe, dir alles zu sagen. Aber da ließ er nicht mit sich reden. Eigentlich habe ich nie so richtig verstanden, weshalb ihm das so wichtig war.«

Connell sah mich mit einem abwesenden Ausdruck an. »Wirklich nicht? Du hast dich nie gefragt, weshalb ich es nicht wissen durfte?«

»Doch, natürlich. Aber er hat immer nur gesagt, er wollte nicht, dass du dir Sorgen machst oder ihn für einen Krüppel hältst.«

»Das war es nicht allein. Ich kenne meinen Bruder. Ich denke, er hatte einen ganz anderen Grund für sein Schweigen.«

»Welchen denn?«

Connell fixierte einen Punkt über meiner rechten Schulter. »Er wollte sich umbringen.«

»Was?!« Ich lachte etwas zu schrill auf. »Jetzt übertreibst du.«

Connell schüttelte den Kopf. »Er hat es schließlich schon einmal versucht. Damals, als das mit Deirdre und Brendan passiert ist.«

Ich starrte ihn entsetzt an. Nur langsam drangen seine Worte in mein Bewusstsein. »Du meinst, er ...«

»Überleg doch mal: Warum wohl wollte er uns nicht nach Amerika begleiten? Sicher nicht, weil es ihm in Frankreich so gut gefiel. Was hätte er denn dort angefangen, allein, als Blinder? Nein, ich glaube, er wollte all dem ein Ende machen. Deshalb durfte ich nichts über seine Augen erfahren. Denn dann hätte ich geahnt, was er vorhatte.«

Ich spürte, wie sich ein eisiger Klumpen in meinem Magen bildete. Plötzlich ergab alles einen Sinn: Cyrils beharrliche Weigerung, seinen Bruder über seine Krankheit aufzuklären. Seine unermüdlichen Bemühungen, mir Französisch beizubringen. Und das war auch der Grund, weshalb er Arnaud vor seiner Rückkehr nach Irland seinen Offizierssold überlassen hatte. Er hatte nicht erwartet, das Geld noch zu brauchen. Wie lange musste er seinen Selbstmord schon geplant haben?

»Er hätte es getan«, flüsterte ich tonlos. »Er ist nur noch am Leben, weil er sich für Lilian und mich verantwortlich fühlte.« Ich presste die Hand auf den Mund und rang um Fassung.

»Lilian?«, wiederholte Connell leise. »Ist das ... das Kind?«

Das Kind, auf das Connell sich so sehr gefreut hatte, bis er die bittere Wahrheit hatte erfahren müssen.

Ich nickte, dann holte ich tief Luft. Er hatte das Recht auf ein paar Antworten.

Ich kam nicht weit. Schon nach wenigen Sätzen schnürten mir meine Gewissensbisse die Kehle zu.

»Es tut mir so leid«, flüsterte ich fast ohne Stimme.

Es steckte so viel mehr in diesen paar Worten, doch ich war

nicht fähig, sie auszusprechen. Ich blinzelte heftig, um die aufsteigenden Tränen zu verscheuchen. Connell erhob sich und zog mich wortlos in seine Arme. Durch unsere Kleidung hindurch fühlte ich sein Herz pochen, spürte seinen Körper, so stark und vertraut. Doch diesmal lag kein Verlangen in dieser Umarmung, nur Wärme und Erschütterung. Und Verzeihen.

»Wann kommt *maman*?«

»Gleich.« Dieselbe Frage seit Stunden. Klein und warm lag die Hand seiner Tochter in seinen Fingern. Arnaud war ebenfalls hier, mit Valérie und den beiden Jungen.

Cyril spürte Wärme auf seiner Haut und wandte sein Gesicht der schwindenden Abendsonne zu. In einer Brise konnte er den nahen Herbst riechen, den Vorgeschmack von gefärbten Blättern und fallendem Laub. Bald wäre es wieder Zeit für die Apfelernte. Von irgendwoher wehte der Rauch eines Kaminfeuers und der Duft von gebratenem Fleisch. Auch bei Arnaud zu Hause war ein kaltes Mahl gerichtet.

An Tagen wie diesen fühlte er sich seltsam fremd in seinem Leben. Neben sich hörte er die gedämpften Stimmen anderer Leute; hoffentlich würden sie nicht versuchen, ihn in ein Gespräch zu verwickeln. Noch immer bereitete es ihm Schwierigkeiten, wenn mehrere Menschen um ihn herum waren, die er nicht kannte. Außerhalb seiner gewohnten Umgebung kam er sich hilflos vor. Aber gleich wäre Sharon wieder da. Bei diesem Gedanken fühlte er sich besser.

Und doch war da noch etwas anderes, was sich in seine Vorfreude mischte, ein widersprüchliches Gemisch an Gefühlen, das er sich nicht erklären konnte. Die Ahnung eines kommenden Ereignisses. Etwas würde sich ändern. Etwas Unerwartetes. Unfassbares.

Er versuchte nicht, diesem Eindruck weiter nachzuforschen. Das tat er nie. Nur so gelang es ihm, sich den gelegentlich aufblitzenden Trugbildern zu verschließen. Lediglich in Lilians Anwesenheit, das hatte er inzwischen gemerkt, war es schwieriger. Als würde sie allein durch ihre Gegenwart die schwachen Fähigkeiten, die ihm seine Mutter vererbt hatte, verstärken. Wie sich das wohl auswirken würde, wenn sie älter wurde?

Dann endlich, Pferdehufe und das Knirschen von Rädern auf der Straße. Aufgewirbelter Staub und das Geräusch einer sich öffnenden Kutschentür. Sharons Stimme. Er konnte ihre Überraschung spüren und ein leichtes Zögern, als er sie in den Arm nahm und küsste; öffentliche Zeichen von Zuneigung kannte sie sonst nicht von ihm. Ihr Körper war warm und verschwitzt nach der langen Fahrt. Sie zitterte leicht.

Er wusste es, noch bevor sie es aussprach.

»Connell ...«, sagte sie, ihre Stimme schwankte. »Er ... er lebt!«

23. Kapitel

Ich konnte mich nicht erinnern, jemals so nervös gewesen zu sein wie an diesem Nachmittag. Den ganzen Tag schon war ich herumgerannt wie ein aufgescheuchtes Huhn, hatte hier noch etwas geputzt und dort etwas umgestellt, hatte Lilian immer wieder ermahnt, ihre frisch gewaschenen Kleider nicht schmutzig zu machen, und war, kaum dass ich mich einmal gesetzt hatte, auch schon wieder aufgesprungen. Jetzt zitterte ich so sehr, dass ich glaubte, jeden Moment zusammenzubrechen. Selbst Cyril hatte etwas von seiner sonstigen Gelassenheit verloren.

»Wie sieht er aus?«, fragte er, als ein einzelner Reiter die Dorfstraße hinaufkam.

»Wie Lilian, wenn sie im Matsch gespielt hat«, sagte ich in dem bemühten Versuch, einen Witz zu machen.

Für Kutschen gab es auf den aufgeweichten Straßen dieses verregneten Spätherbstes kein Durchkommen mehr, sodass einem Reisenden nur noch der Weg zu Pferd blieb. Connells fransenbesetzte Lederkleidung war über und über mit Schlamm und Schmutzwasser bespritzt, und als er vom Pferd stieg, hatte es mir plötzlich völlig die Sprache verschlagen. Ich griff nach dem Zügel, um etwas zu haben, woran ich mich festhalten konnte, und brachte nicht mehr als ein Nicken zustande.

»*Fáilte, a dheartháir*«, sagte Cyril leise neben mir. Willkommen, Bruder.

Connell rührte sich nicht, stand nur da und sah ihn an, als

wäre er sich nicht sicher, ob er Cyril umarmen oder doch lieber erwürgen wollte.

»Dann ist es also wahr«, sagte er schließlich. »Du bist wirklich blind.«

»*Bonjour*«, meldete sich Lilian in diesem Moment zu Wort, steckte den Kopf hinter meinem Rock hervor und maß Connell mit kritischen Blicken. »Du bist schmutzig«, stellte sie fest.

Als Connells Blick auf Lilian fiel, ging eine fast unmerkliche Veränderung mit ihm vor. Vielleicht bildete ich es mir ein, doch ich glaubte, etwas wie Enttäuschung in seinen Augen zu sehen. Es dauerte einen Augenblick, aber dann begriff ich: Ihm war die offensichtliche Ähnlichkeit zwischen Cyril und Lilian aufgefallen. Hatte Connell etwa bis jetzt gehofft, er könnte doch der Vater meines Kindes sein? Aber schon im nächsten Moment ging ein Lächeln über sein Gesicht.

»Und du bist reichlich vorlaut«, wandte er sich an Lilian. »Begrüßt man so seinen Onkel?« Dann blickte er an sich hinunter. »Na ja, im Moment biete ich wirklich keinen allzu repräsentablen Anblick, da hat die Kleine schon recht.« Er beugte sich vor, um den gröbsten Schmutz von seiner Kleidung abzuklopfen. Ein Schauer bereits getrockneter Schlammbröckchen fiel zu Boden. »Zu meiner Ankunft hättet ihr wirklich besseres Wetter bestellen können. Ich komme mir vor, als würde ich in einer Rüstung stecken.«

Auf dieses Stichwort hin fand ich endlich meine Stimme wieder. »Du willst dich sicher waschen und umziehen«, sagte ich. »Komm, ich zeige dir, wo du schlafen wirst. Und danach musst du unbedingt meinen Kaninchenbraten probieren.«

Nach dem Abendessen war der Tisch noch immer voller Köstlichkeiten, die ich zur Feier des Tages aufgetragen hatte, denn weder Cyril noch ich hatten sonderlich viel gegessen. Cyril war überhaupt äußerst zurückhaltend, ließ seinen Bruder reden und steuerte selbst kaum etwas zur Unterhaltung bei. Dafür war Connell umso gesprächiger. Er war lustig, geistreich und schlagfertig und wurde nicht müde zu erzählen. Ich konnte meine Augen kaum von ihm lassen. Frisch gesäubert und völlig neu eingekleidet sah er nicht länger aus wie ein Waldläufer, sondern fast schon wie ein Mann von Welt. Über die Zeit in Jerpoint Abbey verlor er kein Wort und unterhielt uns stattdessen mit seinen Erlebnissen der vergangenen Monate. Auch wenn er mir vieles bereits in Nantes erzählt hatte, so konnte ich doch nicht genug davon hören.

»Dann bin ich ja berühmt«, freute er sich, als ich ihm die Zeitungsseite aus dem *Freeman's Journal* vorlegte, die uns Eddie damals mitgegeben hatte. »Ich stehe in der Zeitung – wenn auch mit einer Falschmeldung. Ich sollte mich beschweren!«

»Ich fand das ganz und gar nicht lustig!«, gab ich zurück. Inzwischen kamen mir zwar nicht mehr jedes Mal die Tränen, wenn ich darüber sprach, aber ich war noch weit davon entfernt, darüber Witze zu machen.

»Trotzdem.« Connell nahm das Blatt und hielt es hoch. »Das gehört nicht in die Schublade, sondern eingerahmt und an die Wand gehängt. Wer kann von sich schon behaupten, wieder von den Toten auferstanden zu sein?«

»Die Rotröcke werden inzwischen wissen, dass sie die Falschen für tot erklärt haben«, warf Cyril ein, der bis jetzt so gut wie nichts gesagt hatte. Erst jetzt, nachdem Connell uns ausführlich von Allans und seiner Flucht aus der brennenden Hütte in den Wicklow Mountains berichtet hatte, wurde er etwas geselliger.

Auch Allan hatte überlebt und Connell in die Neue Welt begleitet. Dass er nicht hier war, hatte einen guten Grund: Seit mehr als einem Jahr war er mit einer Frau vom Stamme der Maliseet verheiratet und stolzer Vater von Zwillingen. Er hatte seine Söhne Michael und John genannt, nach Dwyer und Father Murphy. Die beiden, so behauptete Connell, sähen aus wie zwei winzige Indianer, aber mit Allans Wust an hellbraunen Haaren.

Connell warf einen kurzen Blick auf Lilian, die trotz aller Anstrengung, die Augen offen zu halten, auf meinem Schoß eingeschlafen war. »Die Kleine sieht ihrem Vater auch ziemlich ähnlich«, bemerkte er jetzt beiläufig.

Ich schluckte. Wie lange hatte er geglaubt, er sei der Vater meines Kindes ...

»Es ist höchste Zeit, sie ins Bett zu bringen«, murmelte ich und erhob mich mit Lilian im Arm.

Beim Hinausgehen sah ich, wie Connell sein halbgefülltes Glas mit dem dunklen Wein hob und seinen Bruder über den Rand hinweg fixierte.

»Wer hätte das gedacht?«, sagte er. Seine Stimme hatte all ihre angestrengte Fröhlichkeit verloren. »Du hast sie also geheiratet.«

Jetzt war es also so weit. Die Zeit der Aussprache war gekommen. Vielleicht sollte ich die beiden für eine Weile allein lassen.

Ich stieg die Stufen hinauf. Oben fiel mein Blick auf die nachlässig verteilten Sachen in der Kammer neben unserem Schlafzimmer. Hier, im ehemaligen Kinderzimmer der Vorbesitzer, das wir sonst als Abstellraum nutzten, bis Lilian älter war, würde Connell für die nächste Zeit wohnen.

Plötzlich hatte ich Angst davor, was die nächsten Stunden, die nächsten Tage bringen würden. Streit? Versöhnung? Ein endgültiges Zerwürfnis? Es gab noch so viel Ungesagtes, und manches davon sollte besser auch für immer unerwähnt bleiben.

Schnell zog ich Lilian für die Nacht um und packte sie ins Bett. Eine Weile wachte ich über ihren Schlaf, dann hielt ich es nicht länger aus und ging wieder hinunter.

»O bitte, erspar mir die Einzelheiten«, hörte ich Connell sagen, als ich gerade die letzte Stufe erreicht hatte. »Es gehören immer zwei dazu. Und du wirst sie ja wohl kaum vergewaltigt haben!«

Ich schnappte nach Luft, der Herzschlag hallte in meinen Ohren. Dennoch wollte ich mich dieser schmerzhaften Wahrheit genauso stellen wie Cyril.

Connell sah kurz auf, als ich den Raum betrat, dann hob er die Hand und schüttelte den Kopf. Ich blieb reglos stehen, die schon zurechtgelegte Antwort erstarb auf meinen Lippen. Glaubte er etwa, dass Cyril mich nicht bemerkt hatte?

»Du hast jedes Recht der Welt, mich zu verachten«, sagte Cyril nach einer kurzen Pause. »Ich stehe tiefer in deiner Schuld, als ich jemals zurückzahlen könnte.«

Connell ließ sich Zeit mit seiner Antwort. »Nein«, sagte er schließlich. »Ich denke, dafür hast du genug bezahlt. Auge um Auge, heißt es nicht so? Und in deinem Fall ist das wohl tatsächlich wörtlich zu verstehen. Aber es gibt etwas, was ich dir wirklich übelnehme.« Er lehnte sich vor, um seinen Worten noch mehr Gewicht zu verleihen. »Dass du nicht zu mir gekommen bist, als es anfing mit deinen Augen. Warum hast du mir nie gesagt, was los war mit dir?« Seine Stimme blieb gedämpft, dennoch hörte ich ihm an, wie wütend er war. »Rede mit mir! Wieso hast du mir nicht vertraut? Ich bin dein Bruder, verdammt nochmal!«

Cyril war selten um Worte verlegen, aber jetzt war ein solcher Moment.

»Ich konnte nicht«, sagte er stockend. »Ich wollte nicht, dass du ...« Er brach ab.

»Dass ich was?«, hakte Connell unerbittlich nach. »Dass ich ahnen würde, was du vorhattest? Dass ich versucht hätte, dich davon abzuhalten?« Seine Stimme vibrierte vor unterdrückter Anspannung. »Sag es mir! Sag mir, wie es ist. Ist es so unerträglich, nichts mehr zu sehen? So unerträglich, dass man meint, sich deshalb *umbringen* zu müssen?!«

Es wurde auf einmal erschreckend still, bis auf das Knistern des Kaminfeuers war nichts zu hören. Seit meiner Rückkehr aus Nantes hatte ich jeden Tag über diese Frage nachgedacht und doch nicht den Mut aufgebracht, mit Cyril darüber zu reden.

Mein Herz hämmerte in meiner Brust, als wollte es mir gleich aus dem Leib springen, so schockiert war ich von Connells Direktheit.

Cyrils Miene war wie versteinert. Ich hatte ihn noch nie dermaßen fassungslos erlebt. Er wirkte, als sei er erstarrt, kein Zoll an ihm bewegte sich. Dann kam er wieder zu sich. Er hob den Kopf.

»Ist das jetzt noch wichtig?«, fragte er. »Wie du unschwer erkennen kannst, bin ich noch am Leben.«

Ich biss mir auf die Lippen und schwieg, während diese eine Feststellung durch meinen Kopf kreiste: Cyril hatte es nicht bestritten ... Ich hätte erwartet, dass er im nächsten Moment aufstehen und den Raum verlassen würde. Doch obwohl ich merkte, wie er mit sich kämpfte, blieb er sitzen, und seine blinden Augen glitten über mich. Natürlich wusste er, dass ich da war.

Ich räusperte mich vernehmlich und setzte mich. Erneut legte sich Schweigen wie ein Tuch über den Raum. Ich warf Connell einen flehentlichen Blick zu, und er nickte.

»Du wirst nicht glauben, wer mir in Paris über den Weg gelaufen ist«, sagte er zu meiner großen Erleichterung und griff nach der Weinflasche. »Thomas Emmets Bruder Robert. Von den United Irishmen.«

Auch wenn ich die Wahrheit geahnt hatte, so war es doch etwas ganz anderes, sie wirklich zu kennen, und eine Zeitlang schwankte ich zwischen Bestürzung und Empörung. Bestürzung, weil Connell mit seiner Vermutung über Cyrils geplanten Selbstmord tatsächlich richtig gelegen hatte. Empörung, weil Cyril mir in den vergangenen Jahren nie etwas davon gesagt hatte. Ich fühlte mich ausgeschlossen. Dennoch erschütterte mich dieses Eingeständnis weniger, als ich gedacht hätte. Jetzt, da Connell wie durch ein Wunder von den Toten zurückgekehrt war – denn so kam es mir immer noch vor, auch wenn er mir wieder und wieder erklärt hatte, dass daran nichts Wunderbares gewesen sei – waren alle diese Überlegungen seltsam bedeutungslos geworden. Insofern hatte Cyril wirklich recht: Es war nicht mehr wichtig. Und, wenn ich ganz ehrlich war, dann wollte ich mich gar nicht mit all diesen Gedanken befassen. Seit Connell bei uns war, fühlte ich mich wieder heil. Er brachte mich zum Lachen und kam mit immer neuen Ideen. Selbst die sonst so kritische Sylvie musste zugeben, dass er etwas an sich hatte, das jeden verzauberte. In seiner Gegenwart kam ich mir unglaublich jung und lebendig vor, fast wieder wie ein Kind. Und wie ein Kind kostete ich diese Zeit aus und vermied es, allzu viel nachzudenken.

Zum Grübeln blieb mir auch nicht viel Zeit, denn Connell sorgte für mehr als genug Ablenkung. Er konnte stundenlang erzählen von seinem Leben als *voyageur*, von seinen Begegnungen mit den Indianern und der Bärenjagd, aber auch von all den wundersamen Dingen, die er vor kurzem in Paris gesehen hatte. An den Verhandlungen mit Konsul Bonaparte zeigte er dabei nicht allzu viel Interesse, obwohl er Lilian und mich zum Lachen brachte, als er den Konsul mit übertrieben würdevoller Miene nachahmte. Lieber erzählte er von den Pariser Kaffeehäusern und Spielsalons, von den Gärten und Theatern und davon, dass er dort sogar ein paar irische Revolutionäre getroffen hatte.

»Du hättest wohl nicht gedacht, dass ich doch noch Französisch lerne, oder?«, wandte er sich an Cyril, nachdem er uns von den Luftschiffen der Brüder Montgolfier erzählt hatte, die er auf dem *Champ de Mars* hatte aufsteigen sehen.

»Nun ja, Französisch kann man das nicht gerade nennen, was du da von dir gibst ...«, sagte Cyril süffisant.

Connell grinste. »Da hast du mein Algonkin noch nicht gehört. Allan sagt immer, ich würde klingen wie ein getretener Biber.«

Ein paar Brocken dieser fremdartigen indianischen Sprache hatte er sogar schon Lilian beigebracht, die ganz vernarrt war in ihren Onkel. Das kleine Stoffhäschen, das er ihr geschenkt hatte, schleppte sie überallhin mit, und abends konnte sie es kaum erwarten, auf seinen Schultern die Treppe hinauf ins Schlafzimmer zu reiten. Außerdem liebte sie es, wenn er mit ihr Nachlaufen oder Verstecken spielte – all die Dinge, die Cyril ihr nicht bieten konnte. Wenn ich die beiden dann zusammen sah, schoss mir immer wieder ein Gedanke durch den Kopf: Es hätte sein Kind sein sollen.

»Ich wusste gar nicht, dass du schon zur See gefahren bist«, sagte ich, als Connell erzählte, wie er und Allan als Seeleute angeheuert hatten.

»War ich bis dahin auch noch nicht«, sagte er übermütig. »Aber das musste ja niemand wissen. So konnten wir nämlich die gut fünf Pfund sparen, die die Überfahrt kostete, und mussten nicht eingepfercht mit wer weiß wie vielen anderen im Zwischendeck ausharren. Obwohl ich einige Tage brauchte, um mich an den Seegang zu gewöhnen. In den ersten Tagen auf See habe ich ziemlich viele Fische gefüttert. Ich will gar nicht wissen, wie das nächstes Frühjahr sein wird.«

Ich biss die Zähne zusammen. Der Gedanke an seine Abreise fuhr mir wie ein Messer ins Herz, auch wenn es bis dahin noch viel Zeit war.

»Ihr könntet mitkommen«, schlug Connell, der mich offenbar genau beobachtet hatte, vor. »Alle drei. Dieses Land brennt darauf, besiedelt zu werden. Was haltet ihr davon?«

Ich sah ihn an, und einen Moment lang gab ich mich dieser berauschenden Vorstellung hin. Auch wenn ich jetzt Ehefrau und Mutter war, so vermisste ein Teil von mir doch das abenteuerliche Leben, den Nervenkitzel. Ich hatte nicht vergessen, wie es mit Allans Truppe oder auf Vinegar Hill gewesen war. Wäre es nicht wundervoll, wenn wir mit Connell davonsegeln und noch einmal etwas Aufregendes erleben könnten?

Dann fiel mein Blick auf Cyril, und die Wirklichkeit holte mich wieder ein. Er musste nichts sagen. Ich wusste selbst, dass für ihn diese Reise nicht in Frage kam. Ohne Augenlicht in einem fremden, wilden Land war ein solches Vorhaben unmöglich.

Auch Connell hatte nicht nur gute Tage. An einem regnerischen Abend war er ungewöhnlich schweigsam und rührte sein Essen kaum an, und als Lilian ihn danach zu ihrem abendlichen Spiel aufforderte, vertröstete er sie knapp auf ein anderes Mal.

Lilian, an eine derartige Absage nicht gewöhnt, begann empört zu weinen und ließ sich erst besänftigen, als Cyril versprach, ihr eine Geschichte zu erzählen.

»Er verwöhnt die Kleine viel zu sehr«, murrte Connell, sobald Vater und Tochter nach oben gegangen waren. »Das Kind sollte allmählich lernen, dass man nicht immer das bekommt, was man will.«

Ich hätte fast laut aufgelacht. »*Du* warst doch bisher derjenige, der sie am meisten verwöhnt.« Ich begann, das Geschirr abzuräumen. »Du bist schon den ganzen Tag so unausstehlich, und gegessen hast du auch kaum etwas. Was ist denn los mit dir?«

»Gar nichts«, sagte er einsilbig und goss sich noch etwas Wein nach.

»Hat es dir nicht geschmeckt? Ich kann dir auch etwas anderes machen. Eine gefüllte *galette*?«

Er schüttelte den Kopf. »Du hast nicht zufällig ein paar Gewürznelken da?« Er nahm einen Schluck und behielt ihn im Mund.

»Nelken?«, fragte ich erstaunt. »Wozu?«

Connell schluckte den Wein hinunter. »Gegen Zahnschmerzen natürlich«, murmelte er gereizt. »Ich habe ein Loch im Zahn. Und diese winzige Ausgeburt der Hölle treibt mich noch in den Wahnsinn.«

Mit der ›winzigen Ausgeburt der Hölle‹ meinte er den Zahnwurm, jene uralte Plage der Menschheit, der sich in die Zähne fraß und dort bohrende Schmerzen verursachte. Bei Dr. Gautier hatte ich einmal die Abbildung einer Elfenbeinschnitzerei gesehen. Sie stellte einen aufgeschnittenen Backenzahn dar, in dessen Innerem ein kunstvoll geschnitzter Wurm zu sehen war, wie er am Nerv nagte.

»Du Ärmster«, sagte ich mitfühlend – und auch ein klein wenig erleichtert, dass seine schlechte Laune solch nachvollziehbare Gründe hatte und nicht etwa ich daran schuld war. »Kannst du denn nicht auf der anderen Seite kauen?«

Er sah mich an, als hätte ich ihm vorgeschlagen, Gift zu nehmen. »Darauf wäre ich ja nie von selbst gekommen. Was ist jetzt mit den Nelken?«

»Oh, sicher.« Ich kramte in einer Schublade herum. »*Voilà!*«, triumphierte ich dann. »Ich wusste doch, dass ich sie hier habe!«

Ich reichte ihm den kleinen Beutel mit getrockneten Nelken, die ich in Nantes gekauft hatte, und er schob sich eine in den Mund und begann vorsichtig zu kauen. Für ein paar Sekunden wirkte er, als würde er vor Schmerz gleich vergehen, dann breitete sich ein erleichterter Ausdruck auf seinem Gesicht aus.

»O ja«, murmelte er, »das ist gut. Viel besser als dieses angebliche Wunderelixier aus Paris.«

»Solltest du nicht besser zu Dr. Gautier gehen?«, schlug ich vor. »Er hat mir einmal einen Zahn gezogen, und das war gar nicht so furchtbar, wie ich dachte.«

Connell sah mich zweifelnd an. »Zu einem Zahnbrecher? Nein, danke. Ich wollte meine Zähne eigentlich noch eine Weile behalten.«

»Aber Dr. Gautier ist ein richtiger Arzt«, sagte ich stolz. »Mit einer richtigen Praxis. Falls es noch nicht zu dunkel ist, kann er sich deinen Zahn ja mal ansehen.«

Ich wollte schon nach meinem Umhang greifen, als Connell abwinkte. »Lass nur. So schlimm ist es gar nicht mehr.« Er stand auf und drückte mir einen flüchtigen Kuss auf die Wange. »Danke für die Nelken. Und sag Cyril nichts davon, ja? Ich habe jetzt wirklich keine Lust auf weitere Ratschläge.« Dann nahm er sein Glas und ging nach oben.

Ich sah ihm verblüfft nach, und meine Wange prickelte noch lange von seinem Kuss.

Ein regenschwerer Wind wehte nasse Blätter über die Straße, aber in der Küche war es an diesem Morgen behaglich warm. Connell schlief noch, und Cyril war gleich nach dem Frühstück zu Arnaud gegangen, um ihm beim Abpacken des getrockneten Wermuts zu helfen. Er hatte Lilian mitgenommen, die in Sylvies Obhut mit der kleinen Valérie spielen würde. Frei von momentanen Verpflichtungen setzte ich mich an den Küchentisch und begann in einer Ausgabe des *Journal des Dames et des Modes* zu blättern, die Connell mir aus Paris mitgebracht hatte.

Ich sah mir gerade einen der kolorierten Kupferstiche der neuesten Mode an, als Connell in der Küche erschien.

»Guten Morgen«, sagte ich, erstaunt über sein ungewöhnlich frühes Erscheinen, und hoffte, dass er mir mein wild schlagendes Herz nicht anmerkte. Obwohl er jetzt schon mehr als drei Zehntagewochen bei uns war, brachte mich seine plötzliche Gegenwart noch immer aus der Fassung.

Allerdings glaubte ich nicht, dass er sich heute sonderlich für meine Gefühlsregungen interessierte. Er war angezogen, aber nicht rasiert, und sah übermüdet aus, fast ein wenig verkatert, auch wenn es das nicht ganz traf. Genau genommen wirkte er wie jemand, dem ein schwerwiegendes Problem den Schlaf geraubt hatte. Oder Zahnschmerzen.

Ich klappte die Zeitschrift zu. »So schlimm? Willst du noch ein paar Nelken haben? Ich habe neue besorgt. Oder Laudanum?«

Er schüttelte den Kopf. »Das wirkt alles nicht mehr. Dieser Doktor, von dem du vor ein paar Tagen erzählt hast – kannst du mir zeigen, wo er seine Praxis hat?« Er stöhnte auf und lehnte sich an die Küchentür, blass vor Schmerzen. »Alles ist besser als noch so eine Nacht.«

Einige Zeit später war er nicht mehr ganz so zuversichtlich. Seine anfängliche Erleichterung darüber, dass der Zahn nicht gezogen werden musste, wie Dr. Gautier nach einem Blick auf das Problem befand, verschwand, als der Doktor eine mit rotem Samt ausgelegte Kassette öffnete. Es war erstaunlich mit anzusehen, wie kleinlaut Connell auf einmal geworden war, während Dr. Gautier seine Instrumente heraussuchte – mehrere schmale Schaber und Feilen mit geschnitzten Elfenbeingriffen sowie zwei winzige Brenneisen.

Auch ich fühlte mich etwas unbehaglich. »Soll ich draußen warten?«

Connell schüttelte nur stumm den Kopf und wies mich auch nicht zurück, als ich in einer spontanen Geste des Mitgefühls meine rechte Hand in seine Linke schob. Es war ein eigentümliches Gefühl, seine Finger nach so langer Zeit wieder um meine Hand zu spüren. Unwillkürlich schloss ich die Augen und überließ mich der Erinnerung. Wann war es gewesen, dass ich das letzte Mal Connells Hand gehalten hatte?

Ein feines Kratzen, als Dr. Gautier sich ans Werk machte, und ein Zucken in Connells Fingern riss mich aus meinen Träumereien. Im nächsten Moment keuchte Connell auf und grub seine Nägel mit solcher Kraft in meine Haut, dass ich mir auf die Lippe beißen musste, um nicht selbst aufzustöhnen.

Einen Zahn gezogen zu bekommen war zwar eine scheußliche Sache, aber wenigstens war es meist schnell vorüber. Das hier dauerte um einiges länger. Connell ertrug die schmerzhafte Prozedur tapfer, wenn auch nicht klaglos. Und während er mir ein ums andere Mal stöhnend seine Fingernägel in den Handrücken bohrte, konnte ich nicht umhin, bei diesen Lauten an etwas anderes zu denken. Etwas weitaus Lustvolleres.

Wieder ... und wieder ... und immer wieder.

Am Abend war der Rücken meiner rechten Hand übersät von kleinen halbmondförmigen Blutergüssen. Connell hatte seinen eisenharten Griff erst gelöst, als er beim Ausbrennen des Zahns kurzfristig das Bewusstsein verloren hatte – eine ganz normale Reaktion, wie mich Dr. Gautier beruhigt hatte, während er etwas Zinn für die Füllung über einer kleinen Flamme geschmolzen hatte.

Zu Hause hatte sich Connell für den Rest des Tages mit einer Flasche Rotwein in sein Zimmer zurückgezogen. Als er sich jetzt, kurz vor dem Abendessen, wieder in der Küche einfand, begann mein Herz zu flattern wie ein Blatt im Wind.

»Onkel Connell!«, rief Lilian begeistert aus, rutschte von Cyrils Schoß und lief auf ihn zu.

»Sie fragt schon den halben Nachmittag nach dir«, erklärte Cyril.

Connell ließ sich auf einen Stuhl sinken, drückte Lilian kurz an sich und griff nach einem Stück Brot. »Was gibt es zu essen? Ich bin am Verhungern.«

Ich setzte den Deckel zurück auf den Topf, in dem ich gerührt hatte. »Gemüseeintopf. Dir geht es ja wieder blendend.«

Er kaute vorsichtig auf dem Brot herum, als erwartete er jeden Moment den Schmerz zurück, dann entspannte er sich und grinste mich an.

»Ein fähiger Mann, euer Dr. Gautier. Kann ich nur empfehlen, auch wenn der heutige Vormittag nicht gerade zu meinen angenehmsten Erinnerungen zählen wird.« Er hielt meinen Ärmel fest, als ich einen Teller vor ihn stellte. »Danke«, sagte er leise.

»Wofür?«

»Für deinen Beistand.«

Er hob meine Rechte hoch und strich sanft über meinen geschundenen Handrücken. Ich lächelte, meine Hand in seiner. In diesem Moment war ich zum ersten Mal dafür dankbar, dass Cyril nichts mehr sehen konnte.

Die Geräusche des Winterabends tröpfelten durch die Stille; das Knarren der Holzbalken im Wind, das Prasseln des Feuers im Kamin. Von Zeit zu Zeit glaubte Cyril sogar ein paar Gesangsfetzen zu hören, die von der Kirche herüberwehten, in der sich heute Abend fast alle Bewohner von St. Aubin zum Gottesdienst versammelt hatten. Seit der Ort wieder einen Priester hatte, drängte sich das Volk in der Kirche, vor allem jetzt, kurz vor dem Weihnachtsfest, das man in diesem Jahr erstmals wieder feiern würde. Auch Sharon und Connell waren dort. Vielleicht wäre er sogar selbst mitgegangen, wenn ihn nicht etwas anderes beschäftigt hätte.

Er stand auf und näherte sich dem Kamin, wo er die Hitze spüren, die Flammen hören konnte. Vorsichtig legte er ein neues Stück Holz dazu und lauschte, wie das Feuer die neue Nahrung aufnahm, stellte sich vor, wie die flackernden Farben aufzüngelten und daran hochleckten; rot, gelb, orange. Dann ging er zurück zum Tisch und schenkte sich ein weiteres Glas Wein ein. Er trank nur selten, doch an diesem Abend schien es ihm das einzige Mittel, um in tröstliches Vergessen zurückzufallen. Und das Laudanum war schon wieder leer.

Kein Gedanke, den er nicht schon hundertmal durchgegangen wäre in den vergangenen Tagen. Er mochte zwar blind sein, aber er war nicht dumm. Natürlich blieb ihm nicht verborgen, was sich zwischen Sharon und Connell abspielte. Er konnte fast körperlich spüren, wie seine Frau ihm allmählich entglitt, und zum ersten Mal in seinem Leben spürte er den quälenden Stachel der Eifersucht. Er hätte nicht gedacht, dass es so weh tun würde. Wenn es irgendeinen körperlichen Schmerz gegeben hätte, der ihn davon erlöst hätte, er hätte ihn bereitwillig auf sich genommen.

Bei jedem anderen Mann hätte er um sie gekämpft. Aber nicht bei seinem Bruder. Er stand zu tief in Connells Schuld, um irgendetwas fordern zu können. Außerdem ging es nicht um Connell. Es ging um Sharon. Manchmal glaubte er seine Frau besser zu kennen als sie sich selbst. Sie hatte nie aufgehört, Connell zu lieben, selbst als sie ihn tot glaubte. Und jetzt war Connell wieder da. So einfach war das.

Sein Glas war erneut leer, doch er goss sich kein neues ein. Der Wein wollte ihm einfach nicht schmecken. Heute Abend würde er sich wohl doch nicht betrinken können, auch wenn er so wenigstens für ein paar Stunden seine schlimmsten Befürchtungen hätte vergessen können.

Denn sie würde ihn verlassen. Wenn Connell im Frühjahr in die Neue Welt zurückkehren würde, würde auch sie gehen. Aber so lange würde er diese Ungewissheit nicht ertragen können.

In einem Aufwallen ohnmächtiger Wut warf er das Glas an die Wand, wo es klirrend zerbrach.

Er musste jetzt wissen, woran er war. Vor fast drei Jahren hatte er etwas bekommen, was ihm nicht zustand. Wenn es nun vorüber sein sollte, dann würde er damit umgehen können, und wenn es auch noch so schmerzte.

Die Glocken läuteten zum Ende der Messe. Gleich würde Sharon zurückkommen. Dann würde er es nicht länger hinauszögern.

Er schloss die Augen und stieß einen langgezogenen Seufzer aus. Es wäre alles um so vieles einfacher, wenn er sie nicht so verzweifelt lieben würde.

24. Kapitel

Die Wiese lag im milchigen Licht der tiefstehenden Wintersonne. Zwischen dem Schnee lugten vertrocknete Gräser wie die Speerspitzen standhafter Soldaten hervor, und am Waldrand streckten sich entlaubte Zweige in den frostigen Himmel. An diesem *Décadi* hatte es überraschenderweise geschneit, und nachdem die Duponts heute Mittag bei uns zum Essen gewesen waren, hatte Connell eine Schneeballschlacht vorgeschlagen. Jetzt hallten die entzückten Schreie der Kinder, die sich mit Schneebällen bewarfen, durch die Luft. Es war schwer festzustellen, wer von ihnen den meisten Spaß daran hatte. Das ungewohnte Vergnügen hatte selbst in dem zurückhaltenden Jean-Pierre die Jagdlust geweckt. Auch die kleine Valérie versuchte mitzuhalten und rannte mit ihren Brüdern über das verschneite Feld, während Lilian schon nach wenigen Treffern die Lust verloren hatte und zurückgekehrt war zu Cyril und mir.

Ich beugte mich gerade zu ihr, um ihr das Häubchen zu richten, als mich ein Schneeball am Hinterteil traf und ich Jean-Pierre aufjubeln hörte.

»Na warte!«, drohte ich dem Jungen, formte ebenfalls einen eisigen Klumpen und lief ihm hinterher, bis ich ihm den Treffer zurückgezahlt hatte.

Gleich darauf traf mich der nächste kalte Brocken, dann noch einer, und lachend stieg ich ein in das Spiel. Es gelang mir sogar, Connell zu erwischen, obwohl er Haken schlug wie ein Hase, und ich freute mich über seinen verdutzten Gesichtsausdruck, bis er mir nachsetzte.

Er hatte mich schnell erreicht. Ich kreischte in gespieltem Entsetzen auf, als er versuchte, mir eine Ladung Schnee in den Ausschnitt meines Umhangs zu reiben, und wehrte ihn ab, bis ich vor Kichern kaum noch Luft bekam.

»Gnade«, keuchte ich atemlos.

Connell richtete sich auf. »Endlich lachst du mal wieder«, sagte er, ebenfalls ein wenig außer Atem. »Ich habe schon befürchtet, du hättest deine Fröhlichkeit irgendwo abgegeben. Und jetzt halt still, damit ich dir den Schnee aus der Kapuze hole.«

Als wir nach einer Weile zu den anderen zurückkehrten, hatten Arnaud und Sylvie ihre Kinder eingesammelt und waren fertig zum Gehen.

»Wo ist Cyril?«, fragte ich erstaunt.

»Lilian wollte nach Hause. Er ist mit ihr gegangen«, gab Sylvie zurück, während sie Valérie den Schnee abklopfte. Sie sah mich mit einem wachsamen Blick an, als wollte sie etwas sagen, und ließ es dann doch. »Er meinte, ihr könntet euch Zeit lassen.«

»Willst du auch nach Hause?«, fragte Connell, als wir uns von den Duponts verabschiedet hatten.

Ich schüttelte den Kopf. »Lass uns noch etwas spazieren gehen.«

Wir schlugen den Weg zum Weiher am Ortsrand ein, und eine Weile gingen wir schweigend nebeneinander her. Die Dämmerung warf einen rosigen Schimmer über den Schnee. Ich hatte meine Hände in meine Ärmel gesteckt und sah den Atemwölkchen zu, die aus meiner Nase kamen. So kalt war es hier selten. Die Oberfläche des Weihers wirkte wie ein borkiger Spiegel, überzogen von einer dünnen Eisschicht. Die Häuser waren mit weißen Hauben bedeckt, Schmelzwasser tropfte von den Dächern, aus den seitlich angebrachten Schornsteinen stieg Rauch. An vielen Türen hingen die grünen Zweige von Buchsbaum und Mistel. In wenigen Tagen war Weihnachten, und jedermann freute sich auf das Fest. Nur ich nicht.

»Willst du jetzt darüber reden oder nicht?«, fragte Connell unvermittelt.

Ich blieb stehen. »Worüber?«

»Ach komm schon, du weißt ganz genau, was ich meine. Seit Tagen läufst du schon mit dieser Leichenbittermiene herum. Was ist los mit dir?«

Ich sah auf. Meine Beine zitterten, doch ich musste Gewissheit haben. Vielleicht würde mir das die Entscheidung erleichtern.

»Ich ... ich brauche eine Antwort von dir«, druckste ich herum. »Eine ehrliche Antwort.«

Auch er war stehen geblieben. Jetzt warf er mir einen ausgesprochen rätselhaften Blick zu. »Auf welche Frage?«

»Du hast gesagt, dass du meinetwegen zurückgekommen bist«, begann ich.

»Habe ich das?«

»Ja, oder so etwas Ähnliches. Du hast gesagt, du hättest mich vermisst.« Ich fuhr mit der Fußspitze durch den Schnee, der sich vor einer freistehenden Steinmauer gesammelt hatte. »Was ... was empfindest du für mich?«

Er stieß einen überraschten Laut aus. »Was soll das hier werden? Eine Inquisition?«

»Bitte, Connell, hör auf, auf jede meiner Fragen eine Gegenfrage zu stellen. Ich will eine Antwort.« Meine Finger fuhren an einer Mauerfuge entlang. »Liebst du mich noch?«

»Selbst wenn es so wäre: Was würde das ändern? Du bist verheiratet, und Cyril –«

»Er will, dass ich mich entscheide«, fiel ich ihm ins Wort.

Connell sah mich verständnislos an. »Wie bitte?«

Und dann brach alles aus mir heraus. Cyril hatte mich vor die Wahl gestellt. Connells Rückkehr habe vieles geändert. Ihm sei klar, dass Connell und ich noch immer starke Gefühle füreinander hegten. Er sei allerdings nicht bereit, noch länger mit dieser ungeklärten Situation zu leben, und er habe auch nicht vor, sich auf eine *ménage à trois* einzulassen. Bis Weihnachten wolle er meine Entscheidung. Für ihn oder für Connell. Ich hatte geweint und gefleht und ihm vorgeworfen, das alles völlig falsch zu verstehen, aber er war bei seiner Forderung geblieben. Zu versuchen, Cyril umzustimmen, war wie gegen eine Wand zu laufen.

Auf Connells Gesicht spiegelten sich widerstreitende Gefühle; Unglaube, Überraschung, und ein Anflug von Hoffnung, der sofort wieder verschwand.

»Ich muss schon sagen, das ist ziemlich großmütig von ihm.«

»Du verteidigst ihn auch noch?«, fragte ich fassungslos.

Connell hob die Schultern. »Er ist dein Mann. Er könnte ganz einfach über dich bestimmen. Stattdessen lässt er dir die Wahl. Findest du das nicht großmütig?«

»Wenn man es so sieht«, murmelte ich zögernd. »Er sagt, er will nicht, dass ich nur aus Mitleid oder Pflichtgefühl bei ihm bleibe. Dass ich« – meine Stimme wurde zu einem Flüstern, als würde ich etwas Unanständiges sagen – »dass ich mich von ihm scheiden lassen könnte, wenn ich das wollte. Das ist hier seit einigen Jahren möglich.«

An die Aussicht, wieder mit Connell zusammen zu sein, hatte ich mir bis vor kurzem verboten auch nur zu denken. Doch jetzt, da Cyril mich zu einer Entscheidung drängte, erfüllte mich diese Vorstellung mit einer wilden Freude, die mein Herz schneller klopfen ließ. Jedes Mal, wenn ich mich daran erinnerte, wie Connell bei Dr. Gautier meine Hand umklammert hatte, durchströmte mich erneut jenes köstliche, prickelnde Gefühl, das ich so lange vermisst hatte. Lauschte ich nicht seit Wochen hingerissen seinen Erzählungen aus der Neuen Welt? Und jetzt könnte ich mit ihm dorthin gehen, in ein Leben voller Abenteuer. War es nicht das, was wir einst geplant hatten? Ich war jung genug, um noch einmal ganz neu beginnen zu können.

Aber so einfach war es nicht. Ich konnte Cyril nicht verlassen, schon wegen Lilian nicht. Ich durfte ihr nicht den Vater nehmen. Und ihm die Tochter. Mit ihm verband mich mehr als nur unser Kind. Wir waren gemeinsam einen schweren Weg gegangen und hatten es ganz gut gemeistert. Er hatte so viel für mich getan. Er war blind. Natürlich brauchte er mich.

Dennoch – in den vergangenen Wochen war er mir fremd geworden. Ich wusste nicht mehr, was in ihm vorging, sein Innerstes blieb mir verschlossen. Als hätte er sich an einen Ort zurückgezogen, wohin ihm niemand folgen konnte. An dieser Situation war ich nicht ganz unschuldig. Mein Denken und Fühlen, da musste ich ihm recht geben, drehte sich fast nur noch um Connell. Für etwas anderes war kaum noch Platz.

So oder so, im Frühjahr würde Connell wieder zurückkehren nach Kanada. Doch würde ich es überhaupt ertragen, ihn ein zweites Mal zu verlieren?

Seit einer Woche war ich jetzt schon gefangen in diesem Teufelskreis immer gleicher Überlegungen und Zweifel und kam zu keinem Ergebnis. Auch die nächsten Tage würden mich keinen Schritt weiterbringen. Diese Art von Selbstbestimmung war nicht das, was ich wollte; ich wünschte mir schnlichst einen Ausweg aus diesem Zwiespalt.

Ich sah Connell an, in meinem Rücken spürte ich den rauen Stein der Mauer. Das Herz schlug mir bis zum Hals. »Sag mir, was ich tun soll. Willst du ... willst du, dass ich mit dir in die Neue Welt gehe?«

Connell war plötzlich über mir, die Hände links und rechts von meinem Kopf an die Wand gestützt. Seine unmittelbare Nähe ließ meine Knie weich werden und Schwindel in mir aufsteigen. Ich presste meine Handflächen an die kalte Mauer hinter mir, um mich daran zu hindern, ihn zu berühren. Trotz der Kälte war mir so warm, dass ich das Blut in meinen Ohren pulsieren hörte, meine Wangen glühten in der Winterluft.

»Weißt du«, fragte er leise, sein Gesicht ganz nah vor meinem, »wie lange ich von diesem Moment geträumt habe?«

Ich atmete schwer und schloss die Augen. Küss mich, dachte ich in wildem Verlangen. Bitte, küss mich und nimm diese Last von mir …

Sein Atem auf meiner Haut, dann nichts mehr. Ich öffnete die Augen. Connell hatte sich umgedreht und stieß die Mauerkante leicht mit dem Fuß an.

»Ich kann das nicht«, sagte er schließlich. »Und dabei spielt es keine Rolle, was ich will. Ich werde ihm das nicht antun.«

Es war kalt im Haus, Wind pfiff durch den Rauchfang und rüttelte an der Eingangstür. Cyril schürte die noch warme Glut im Kamin und legte Stroh und kleine Äste darauf, bis die Geräusche und die aufsteigende Wärme ihm verrieten, dass die ersten Flammen aufzüngelten. Sharon sah es nicht gern, wenn er Feuer machte, aber auch wenn es ihm nicht so leicht fiel wie einem Sehenden, so hatte er doch noch seine restlichen Sinne zur Verfügung. Außerdem erforderte diese Tätigkeit seine ganze Konzentration und lenkte seine Gedanken auf etwas Handfestes.

Lilian drückte sich an ihn, nach dem Spiel im Schnee war sie ganz durchgefroren.

»Geh nicht so nah ans Feuer.«

»Mir ist kalt!«

»Dir wird gleich wärmer«, sagte er und setzte sich mit ihr in den Sessel vor dem Kamin. »Komm her, gib mir deine Hände.« Er rieb ihre winzigen Finger in den seinen. »Besser?«

»Hhm.« Er spürte ihr Nicken. »Geht *maman* mit Onkel Connell weg?«

Cyril ließ ihre Finger los. »Ich weiß es nicht, *mignonne*. Vielleicht. Ich hoffe nicht.«

Noch zwei Tage. Dann würde die Ungewissheit endlich ein Ende haben.

»Aber ich bleibe bei dir«, verkündete Lilian und legte ihm ihre kleinen Arme um den Hals; ihr Häubchen kitzelte ihn. »Immer.«

Er musste schlucken und strich ihr über den Kopf, dann verdrängte er alle weitergehenden Gedanken.

Langsam breitete sich die Wärme im Wohnzimmer aus. Lilian ließ sich ihren warmen Überkittel ausziehen, dann kuschelte sie sich auf ihm zusammen. Auch Cyril entspannte sich allmählich, während er dem Knistern des Feuers und dem leisen Tropfen lauschte, mit dem der schmelzende Schnee vom Dach fiel. Aus der Küche drang der Geruch von Honig und getrockneten Kräutern.

Dann hörte er die Schritte. Leise, aber zielstrebig. Als würde jemand durchs Zimmer gehen. Sie verharrten einen Moment, dann entfernten sie sich wieder.

Seine Nackenhaare stellten sich auf. Die Aura des Übernatürlichen, gepaart mit einem Gefühl der Bedrohung, schwebte fast greifbar im Raum, und wieder einmal verwünschte er, dass er nichts mehr sehen konnte.

»Lilian«, flüsterte er mit plötzlich heiserer Stimme. »Ist noch jemand im Haus?«

»Eine Frau«, erklärte seine Tochter wenig beeindruckt. »Sie ist alt. Und ihre Haare sind ganz lang.«

Cyril lief es eiskalt über den Rücken. Die Treppe ins obere Stockwerk knarrte leise.

»Du bist ein braves Mädchen und rührst dich nicht von der Stelle, hast du verstanden?«, sagte er, während er sich erhob.

Er stieg die Treppe hinauf, langsam, an jeder Stufe verharrend, bis er den obersten Absatz erreicht hatte. Dort blieb er stehen, horchte erneut, alle verbliebenen Sinne aufs Äußerste geschärft. Nichts. Die Dunkelheit, die ihn umgab, schien ihn zu verspotten. Er hörte nur seinen eigenen Atem und das Säuseln des Windes.

Er wandte sich ins Schlafzimmer – und zuckte erschreckt

zurück, als seine Finger über die verputzte Wand tasteten und etwas Unerwartetes berührten. Dann erkannte er den getrockneten Mistelzweig, den Sharon vergangenes Jahr dort aufgehängt hatte, um ihn vor den Albträumen zu schützen, die ihn noch immer von Zeit zu Zeit heimsuchten. Ihr zuliebe hatte er den Zweig hängen gelassen, auch wenn das bedeutete, dass er sie noch immer nicht von ihrem Aberglauben abgebracht hatte.

Als hätte es diese Überlegung gebraucht, ließ seine Anspannung nach. Hier war niemand. Er spürte es mit einem Sinn, den er erst nach und nach einzusetzen lernte, jenem Sinn, der ihm allein am Klang verriet, ob sich jemand im Raum befand oder nicht. Und dieser Raum war leer.

Er lächelte. Lilian, dieser kleine Schlingel, hatte ihn offensichtlich genarrt. Sie kam allmählich in ein Alter, in dem sie ihre Grenzen austestete, und jetzt war es ihr tatsächlich gelungen, ihn zu täuschen. Die Schritte waren wohl nichts anderes als der Wind gewesen, der –

In diesem Moment hörte er es. Einen Ton wie ein Wehgeschrei, ein singendes, klagendes Heulen, das sich schnell zu einem schrillen Kreischen steigerte, weit entfernt und doch durchdringend. Und ganz und gar nicht menschlich.

Es fühlte sich an, als würde ein frostiger Finger langsam seinen Nacken hinauffahren. Eine eisige Faust umklammerte seinen Magen. Er hatte dieses Heulen schon einmal gehört. Vor vielen Jahren, kurz vor jener schrecklichen Stunde, in der alle Freude endete.

Der Schrei einer *banshee*. Der Schrei, der einen Tod in der Familie ankündigte.

»*Papa!*« Lilians ängstlicher Ruf schreckte ihn aus seiner Erstarrung. »*Papa*, komm schnell!«

Ich stand noch immer an der Mauer, stumm, aufgewühlt. Mein Atem beruhigte sich nur langsam. Ich schluckte und drängte die

Tränen zurück. Connell hatte den Blick zu Boden gerichtet, auch er schwieg. Ich wünschte, er würde etwas sagen. Irgendetwas.

Allmählich drang die Kälte durch meine Kleidung. Wind war aufgekommen und wehte Laub und trockene Äste über den Schnee. Hinter den Häusern färbte das Abendrot den Himmel, gedämpft von einem rauchigen Nebel. Aber die Sonne war doch längst untergegangen …

Dann ließ mich ein Geräusch aufschrecken: das Schlagen der Glocke, kurz und heftig, in rascher, atemloser Folge. Die Brandglocke.

»*Au feu!*«, glaubte ich einen Ruf aus dem Dorf zu verstehen.

Es war nicht der Sonnenuntergang, der den Abendhimmel erhellte, sondern der Widerschein eines Feuers!

»Es brennt!«, stieß ich erschrocken hervor und begann zu laufen.

So schnell war ich bestimmt noch nie gerannt. Ich hastete zurück durch die Straßen und merkte kaum, dass ich beim Rennen meine Haube verlor. Ein brenzliger Geruch erfüllte die Luft. Die Angst trieb mich an, verlieh mir Flügel. Andere stürzten mit Eimern, Schüsseln und Decken aus ihren Häusern und liefen uns hinterher.

Ich sah nach oben. Über mir trieb dichter Qualm. Im nächsten Moment wäre ich fast gegen Connell geprallt, der unvermittelt stehen geblieben war. Ich öffnete den Mund zu einem lautlosen Schrei: Es war unser Haus, das brannte! Dicke Rauchschwaden hingen über dem Dach, aus einem Fenster züngelten Flammen.

Menschen kamen von allen Seiten zusammen, liefen hin und her, riefen etwas. Feuerschein erhellte die Dämmerung und warf Schatten auf den Schnee; ich konnte kaum jemanden erkennen. Die Panik machte mich kopflos.

»Lilian!«, schrie ich. »Lilian, wo bist du? Cyril!«

Jemand sagte etwas zu mir, doch ich verstand es nicht, bis Connell mich an den Armen packte und schüttelte.

»Jetzt hör mir doch zu! Sie sind in Sicherheit.«
»Was? Wo?«
»Da hinten, bei der Pferdetränke.« Er deutete auf die Straße.

Mir war, als hätte man mir einen ganzen Felsbrocken vom Herzen genommen. Erlöst eilte ich zu den beiden und schloss Lilian in die Arme. Sie war in ein wärmendes Tuch gehüllt und hielt Cyrils Hand fest.

»Bei allen Heiligen ... Ist alles in Ordnung?«

Das war es. Lilian weinte lediglich ihrem Stoffhäschen nach, das sie im Haus hatte zurücklassen müssen.

»Du bekommst ein neues«, versprach ich. Erst als ich mich wieder aufrichtete und Cyril zuwandte, merkte ich, dass ich zitterte. »Geht es dir gut?«

Er nickte geistesabwesend. Er schien die Kälte nicht zu spüren, obwohl er keinen Rock trug.

»Was ist passiert?«

»Es war meine Schuld.« Sein Gesicht war unbewegt, doch seine blinden Augen schienen eine ferne Wirklichkeit zu suchen. Als würde er auf unerklärliche Weise etwas anderes wahrnehmen. »Ich hätte Lilian nicht allein lassen dürfen. Aber ich war ... abgelenkt.«

»Abgelenkt? Wovon?« Meine Stimme klang ein wenig schrill.

Cyril schüttelte den Kopf. »Es ist vorbei. Als ich wieder nach unten kam, brannte es im Wohnzimmer. Irgendetwas hat Feuer gefangen. Ich konnte Lilian gerade noch hinausbringen.« Ein leichter Schauer überlief ihn. »Sie hätte sterben können.«

Ich merkte, wie er nach mir tastete, und fasste seine Hand. Seine Finger waren eiskalt. »Aber das ist sie nicht. Du hast auf sie aufgepasst. Alles ist in Ordnung.«

Er lächelte traurig. »Wohl kaum. Wenn ich es richtig deute, dann brennt unser Haus gerade ab.«

»Aber das sind nur Dinge. Nichts, was wirklich zählt. Und du hattest doch keine andere Wahl.«

»Man hat immer eine Wahl«, gab er leise zurück. »Man muss nur mit den Folgen leben können.«

Ich sah ihn verunsichert an. Er klang so eigenartig.

Ich kam nicht mehr dazu, etwas zu erwidern. Eine dichte Rauchwolke trieb über uns; unwillkürlich wich ich zurück und wandte mich hustend ab. Im nächsten Moment drängte sich ein Mann an mir vorbei.

»*Allez!*«, sagte er, drückte mir einen gefüllten Wassereimer in die Hand und schob mich nach vorne.

Irgendjemand nahm mir den Eimer wieder ab, und ich blieb bestürzt stehen, als ich mir erstmals wirklich klarmachte, was hier geschah. An der Vorderseite unseres Hauses brannte es lichterloh, inzwischen hatten die Flammen auch auf das obere Stockwerk übergegriffen. Überall wimmelte es von Menschen, die hin- und herliefen und alle versuchten, den Brand zu löschen, unter ihnen auch Connell und Arnaud. Rufe erschollen, jemand schrie, vor mir stieß ein Mann in seiner Hast einen gefüllten Eimer um. Wasser traf in hohem Bogen auf die Flammen. Doch die herbeigetragene Wassermenge war viel zu gering, um etwas gegen das Feuer auszurichten. Jetzt musste ich doch mit den Tränen kämpfen, als mir bewusst wurde, dass dort fast alles verbrannte, was wir uns in den vergangenen Jahren aufgebaut hatten.

Sylvie tauchte aufgelöst bei mir auf und bedrängte mich, mit Cyril und Lilian zu ihnen zu kommen, weg von der Gefahr, die das Feuer für einen Blinden und ein Kleinkind darstellte.

Sie sah sich suchend um. »Wo sind sie?«

Mein Blick flog zur Tränke, wo wir eben noch gestanden und geredet hatten. Weitere Helfer drängten sich mit Eimern und Schüsseln um die Pumpe. Nur Cyril und Lilian waren nicht mehr dort.

Ich zwang die erneut aufsteigende Panik zurück. Cyril würde schon auf unsere Tochter aufpassen. Aber er war blind, und der

Tumult und die vielen Geräusche stellten für ihn zweifelsohne ein Problem dar.

Und wenn sie ihm weggelaufen war? Gott allein wusste, was ihr in dem ganzen Trubel zustoßen könnte ...

Sylvie erfasste die Lage genauso schnell. Sofort begannen wir, nach Lilian zu rufen, doch unsere Stimmen übertönten kaum den Lärm der vielen Menschen. Während ich mich durch die Menge wühlte, wurde ich immer unruhiger.

Weder Connell noch Arnaud hatten Lilian gesehen. Dann traf es mich wie ein Blitz: ihr Stoffhäschen! Sie war doch wohl nicht ...

Ich lief zur Rückseite unseres Hauses, gefolgt von Connell und Sylvie. Im Garten stieß ich auf Jean-Pierre, der wie gebannt die Flammen betrachtete, die aus dem Schlafzimmerfenster im ersten Stock schlugen.

»Was machst du hier?«, fuhr Sylvie ihn an. »Das ist viel zu gefährlich für dich!«

»Hast du Lilian gesehen?«, ging ich auf Französisch dazwischen.

Jean-Pierre schüttelte den Kopf. »Aber Cyril wird sie bestimmt finden.«

»Was sagst du?«, murmelte ich verwirrt.

Jean-Pierre deutete nach vorne. Der schmale Hintereingang zur Küche stand offen, auch dahinter brannte es. »Er wollte, dass ich ihn hierherbringe. Er ist da reingegangen.«

Ich stieß einen gellenden Schrei aus und wollte loslaufen, als mich Connell gewaltsam zurückzog.

»Bist du von allen guten Geistern verlassen?«

»Verstehst du denn nicht?«, schrie ich ihn an. »Lilian ist da drin! Und Cyril auch!«

»Was?« Connell sah mich erschrocken an, dann ließ er mich los und stürzte selbst auf die Tür zu. Doch noch bevor er den Hintereingang erreicht hatte, brach die Tür mit einem lauten

Krachen aus den Angeln. Eine Flammensäule schlug ihm entgegen und trieb ihn zurück.

Connell fluchte. Ungeduldig wartete er ab, bis sich das Feuer etwas legte, um das Hindernis mit ein paar Fusstritten wegzustossen. Aber die Tür hatte sich in der engen Öffnung verkeilt und liess sich nicht bewegen. Erneut stoben Flammen auf.

»Dieser verdammte Idiot!«, stiess er hervor und trat noch einmal gegen die eingeklemmte Tür. Vergeblich. »Wasser«, rief er dann. »Wir brauchen Wasser! Und eine Axt! Na los doch!«

Weitere Helfer tauchten bei uns auf, aber ich bemerkte es kaum. Angst und Verzweiflung schnürten mir die Kehle zu.

»Lilian!«, weinte ich. »Mein Baby!«

Sylvie zog mich ein paar Schritte weiter, fort von den brennenden Funken, die überall durch die Luft flogen, und drehte mein Gesicht zur Strasse. »Sharon, sieh! Sie bilden eine Löschkette!«

Es musste der Schock sein, der mich so unnatürlich ruhig werden liess. Mir kam es vor, als würde alles plötzlich wie verlangsamt ablaufen; die Flammen, die Bewegungen der Menschen um mich herum, sogar mein eigener Herzschlag. Eigenartig betäubt sah ich zu, wie Connell die Menschen in einem Kauderwelsch aus Englisch und Französisch anwies, sich in einer langen Reihe aufzustellen, wie er zwei Männer zum Pumpen an die Pferdetränke beorderte und selbst Hand anlegte, als es ihm nicht schnell genug ging. Zu jeder anderen Zeit hätte mich dieser Beweis seiner Führungsqualität gewaltig beeindruckt. Doch während jetzt Eimer um Eimer Wasser von vielen Händen weitergereicht wurde und auf die Flammen traf, liess die Betäubung in mir allmählich nach, und eine entsetzliche Vorstellung stieg in mir auf. Eine Vorstellung, die so schrecklich war, dass ich sie nicht zu Ende zu denken wagte.

O nein, flehte ich nur stumm. O nein, bitte, bitte nicht!

Die Hitze war unglaublich. Sie bedrängte Cyril von allen Seiten und verwandelte die Luft in ein fast flüssiges Gebilde. Augenblicklich war er in Schweiß gebadet, der genauso schnell wieder trocknete. Das Feuer schrie, brüllte ihn an mit heiseren Stimmen, so unmittelbar, dass er fast glaubte, das flimmernde Gewirr aus Rot und Gelb vor sich zu sehen. Und irgendwo in diesem Inferno musste seine Tochter sein.

Er hatte sich einlullen lassen von der trügerischen Annahme, Lilian gerettet zu haben. Aber es war noch nicht vorüber. Wenn er nur einen Moment besser aufgepasst hätte, wäre es nicht passiert. Dann hätte sie sich vielleicht nicht losgerissen. Wenn er hätte sehen können …

»Lilian!«

Keine Antwort. Über den Lärm des Feuers hinweg versuchte er, mit einem weiteren Sinn zu lauschen, sich zu öffnen für das Unerklärliche.

Sie war hier, er spürte es ganz deutlich. Etwas in ihm gab ihm Gewissheit. Etwas, das ihn auch die *banshee* hatte hören lassen.

Er rief lauter. Atemlos lauschend stand er da. Zuerst war da nur das Prasseln und Knacken des brennenden Holzes, doch dann –

»*Papa!*«

Sie war oben!

»Hab keine Angst«, rief er. »*Papa* kommt und holt dich.«

Der beißende Rauch brachte ihn zum Husten; er band sich seine durchgeschwitzte Halsbinde um und tastete sich langsam vorwärts.

Wo war nur die Treppe? Der Lärm und die Hitze verwirrten seine Sinne für oben und unten. Wahrscheinlich hätte es selbst einen Sehenden überfordert. Alles schien sich zu bewegen: der Raum um ihn, der Boden unter seinen Füßen.

Er war darauf gefasst, doch als er geradewegs in glühendes Holz griff, überwältigte es ihn beinahe. Für einige Sekunden war er nicht in der Lage, sich zu rühren, während sich der grelle, grässliche Schmerz in seine Hände fraß, ein Schmerz, der sich durch Haut, Muskeln und Sehnen bis auf seine Knochen brannte.

Oben fiel etwas zu Boden, und ein spitzer, kindlicher Schrei ertönte.

»Lilian!«

Er kämpfte sich weiter voran, die Schmerzen waren auf einmal nebensächlich. Endlich, die Treppe. Er konnte die Flammen spüren, die an den Stufen leckten, nach ihm griffen, als er hinaufstürmte.

»Wo, Lilian, wo bist du?«

»Hier.« Ihre Stimme war ganz nah, ängstlich, aber klar. Sie war im Schlafzimmer.

Die Hitze, die ihm entgegenwaberte, ließ ihn im ersten Moment zurückzucken: Der Dielenboden musste an einigen Stellen bereits Feuer gefangen haben. Dann überwand er sich und ging hinein.

»*Papa!*« Lilian klammerte sich mit beiden Armen an ihm fest, ein weicher Gegenstand drückte sich an seinen Hals. Ihr Häschen. Er versuchte, seine Halsbinde zu lösen, um sie seiner Tochter umzubinden, doch dazu war er mit seinen verbrannten Händen nicht mehr fähig. Und so drückte er nur ihren Kopf an seine Schulter und wies sie an, durch den Stoff seiner Weste zu atmen.

Der Rauch setzte ihm zu, mehr noch als die Hitze. Wo ging es hinunter? Der beißende Qualm und die Schmerzen in seinen Händen ließen ihn kaum mehr richtig denken.

»Lilian, wo ist die Treppe?«

»Will zu *maman*«, murmelte sie schläfrig an seinem Hals.

Er musste seine Tochter schleunigst aus diesem Höllenloch bringen. Mit beiden Armen hielt er sie fest und versuchte, den Weg mit dem Fuß zu ertasten. Das Geländer glühte, er spürte die Hitze neben sich. Ihm war schwindelig, es fiel ihm immer schwerer, seine Bewegungen zu steuern. Jeder Atemzug brachte eine Welle sengendheißer Luft in seine Lungen, sein Kopf fühlte sich bleischwer an.

Er stieß auf eine Wand. Falsch. Das war die falsche Richtung. Er musste wieder zurück. Die Holzbretter unter seinen Füßen knackten bedrohlich. Wo war die Treppe? Wieder zurück, wieder entlang am schwelenden Geländer. Er hustete, bekam kaum noch Luft, sein Herz klopfte wie rasend. Endlich. Das Geländer machte einen Bogen, unter seinen Füßen fühlte er eine Stufe.

Er hörte ein lautes, prasselndes Knacken, und noch bevor er zurückspringen konnte, gab die Treppe unter ihm nach.

Lilian fest an sich gedrückt, schlug er rücklings hart auf dem Boden auf. Der Aufprall presste ihm die letzte Luft aus den Lungen, er spürte, wie seine Rippen brachen. Dann war nichts mehr.

Er kam zu sich, als kleine Hände an ihm zerrten.

»Steh auf, *papa*!«

Lilian. Dem Himmel sei Dank, sie hatte den Sturz unbeschadet überstanden.

Als er versuchte, sich aufzurichten, fuhr ihm ein stechender Schmerz durch Rücken und Brustkorb. Er musste husten, ein atemloses, schmerzhaftes Husten, und schmeckte Blut. Jeder Atemzug sandte scharfe Stiche durch seinen Körper.

Es waren nicht nur die gebrochenen Rippen. Es fühlte sich an, als hätte sich eine davon in seine Lunge gebohrt. Er konnte spüren, wie sie sich langsam mit Blut füllte. Wahrscheinlich war auch die Wirbelsäule verletzt; seine Beine wollten ihm nicht gehorchen. Ihm blieb nicht mehr viel Zeit.

Seine Sinne waren auf eigentümliche Weise geschärft. Hitze strich über seine Haut, dann ein kühler Luftzug. Er drehte den Kopf. Seitlich von ihm, nur wenige Meter entfernt und doch so unendlich weit weg, konnte er Stimmen hören und etwas wie Schläge mit einem schweren Gegenstand. Sie schlugen die hintere Tür ein.

»Ich komme nicht durch«, verstand er dann. »Das Loch ist noch zu klein!«

Er versuchte zu antworten, aber er brachte nicht mehr als ein raues Flüstern zustande. Er atmete flacher. Das machte es etwas besser.

»Lilian!«, murmelte er dann unter Aufbietung aller Kräfte. »Geh nach draußen, *mignonne*. Geh zu *maman*!« Er rang nach Atem und musste wieder husten.

Lilians winzige Hand zog an seinen Fingern. »Du auch!«

»Geh zu *maman*«, wiederholte er. »Und zu Connell. Ich … bin gleich bei dir.«

Ich werde immer bei dir sein …

Mit einer schier unmenschlichen Anstrengung schob er sie in die Richtung, aus der der Luftzug und die Geräusche kamen. Für einen Moment befürchtete er, sie würde sich weigern, aber dann ließ sie seine Finger los.

Er schloss die Augen. Dieses eine, dieses letzte Mal versuchte er, das Unerklärliche zuzulassen und Lilian damit zu leiten, ihr den Weg zu weisen. Weg von dem Feuer, hinaus ins Freie.

Er hörte das Knacken splitternden Holzes, dann aufgeregte Stimmen. Sie hatten Lilian!

Schlagartig brach die Anspannung in ihm zusammen, und seine Wahrnehmung kehrte zurück in seinen schmerzenden Körper. Das Atmen fiel ihm immer schwerer. Er hätte sich gerne aufgerichtet, aber es ging nicht.

Dann veränderte sich etwas. Die Stimmen und Geräusche kamen jetzt wie aus weiter Ferne. Der Schmerz in seinem Brustkorb ließ nach und machte allmählich einem Gefühl der Leichtigkeit Platz.

Ich sterbe, dachte er mit seltsamer Klarheit. Das also hatte der Schrei der *banshee* bedeutet. Sie hatte *seinen* Tod angekündigt. Nicht Lilians.

Und jetzt, endlich, begriff er noch etwas. *Die Flammen vor dem nächtlichen Himmel. Rauchsäulen in frostiger Luft. Die brennende Hitze eines Feuers.* Dabei war es nie um Connell gegangen. Es ging immer nur um seinen eigenen Tod, und er hatte es nicht verstanden.

Er fand diese Erkenntnis unerwartet erheiternd. Auf diese Weise würde es also enden. Es passte alles zusammen. Deswegen war auch Connell zurückgekehrt, zurück zu Sharon. So, wie es immer hatte sein sollen.

Er öffnete die Augen. Und obwohl er seit über zwei Jahren nicht mehr das Geringste hatte sehen können, war plötzlich alles von Licht erfüllt. Ein goldenes Licht, warm und rein, das ihn einlud und willkommen hieß.

»Komm«, sagte das Licht.

Ich weiß nicht, wie lange ich dort stand und auf unser brennendes Haus starrte. Mittlerweile war ich vollkommen gefühllos geworden. Ich sah, doch ich verstand nicht. Ich beobachtete, wie die Flammen im Erdgeschoss dank der vereinten Anstrengungen allmählich weniger wurden, doch es bedeutete mir nichts. Erst als von drinnen ein schreckliches Poltern und Krachen ertönte und Funken aus den Fenstern stoben, schrie ich auf.

»Lilian! Cyril! O mein Gott, so helft ihnen doch!«

Ascheteilchen auf schmelzendem Schnee.

Schwarze Umrisse vor dem Feuer.

Axtschläge, die durch die Dämmerung hallten.

Dann ein Ruf: »*Voilà l'enfant!*« Da ist das Kind!

Mit einem Aufschrei der Erleichterung stürzte ich auf Connell zu. Er trug Lilian, die sich, hustend und mit Ruß und feiner Asche bedeckt, an ihm festhielt und dabei ihr versengtes Stoffhäschen umklammerte. Ich riss sie fast aus Connells Armen. Mein Kind lebte! Jetzt würde alles wieder gut werden.

»*Un miracle!* Ein Wunder!«

»Sie muss einen besonders fleißigen Schutzengel haben. Ich

habe keine Ahnung, wie sie aus dem Haus kommen konnte, aber sie ist mir geradewegs in die Arme gekrabbelt«, sagte Connell und wischte sich über das Gesicht. »Der Eingang ist noch immer versperrt.« Er deutete auf das Loch, das in der Tür klaffte, gerade groß genug, dass ein Kind sich durchzwängen konnte. Nur Arnaud stand noch davor und hieb weiter auf das Holz ein, alle anderen Helfer umringten mich und Lilian.

»Nicht aufhören!«, rief Connell aufgebracht und eilte zurück.

Mit Lilian auf dem Arm folgte ich ihm langsam und blieb schließlich stehen, zerrissen zwischen abgrundtiefer Erleichterung und lähmender Angst.

Ich wagte nicht zuzusehen. Erst als die Axtschläge verstummten und Sylvie etwas murmelte, blickte ich auf und sah gerade noch, wie Arnaud und Connell in der freigeschlagenen Öffnung verschwanden. Dahinter konnte ich brennende Balken erkennen. Die gemauerten Wände des Erdgeschosses waren fast unversehrt, aber der Dachstuhl und das obere Stockwerk lagen in Trümmern. Überall loderten kleine Brandherde auf.

Es war dunkel geworden, nur ein paar eilig herbeigeschaffte Fackeln flackerten im Wind und warfen groteske Schatten auf die Gesichter. Nach dem Lärm und der Hektik hatte sich jetzt eine atemlose Stille über alles gesenkt. Francine und Céleste stellten sich schweigend zu uns. Rauch schwebte beißend über unseren Köpfen. Niemand sprach. Lilian schmiegte sich erschöpft an meine Schulter.

Es erschien mir wie die längste Zeit auf Erden, bis Connell und Arnaud endlich wieder ins Freie traten. Sie trugen Cyril zwischen sich und legten ihn vorsichtig im Gras nieder. Connell fiel neben ihm auf die Knie.

Lilian bewegte sich auf meinem Arm, wie durch einen Nebel hindurch hörte ich ihre Stimme. »*Papa!*«

»Nein, du kannst jetzt nicht zu ihm«, sagte Sylvie zu ihr und nahm mir Lilian ab. »Lass *maman* ... lass die beiden einen Augenblick allein.«

Wieso klang ihre Stimme so belegt?

Man machte mir Platz. Verständnislos sah ich Connell an. Er schüttelte den aschebedeckten Kopf, in seinen Augen glitzerten Tränen.

Mein Herz pochte laut und angstvoll gegen meine Rippen, als ich neben Cyril niedersank.

Seine Augen waren geschlossen, er rührte sich nicht. Als würde er schlafen. Hemd und Weste bestanden nur noch aus rußgeschwärzten Fetzen, und als ich seine Hand in meine nahm, bemerkte ich, dass die Handfläche eine dunkel verschmorte Masse war. An den Stellen, die nicht so stark verbrannt waren, erhoben sich rote, prall gefüllte Blasen. Er musste direkt ins Feuer gegriffen haben.

Ich legte meine Hand auf seine Brust. Da war nicht die kleinste Bewegung. Zitternd tastete ich nach seinem Herzschlag. Ich fand ihn nicht.

Dr. Gautier erschien an meiner Seite.

»Er ist nur bewusstlos«, beteuerte ich, während der Arzt sich über ihn beugte. Mein Blick ging zu Connell, der wie betäubt vor sich hinstarrte. »Er wird gleich wieder aufwachen.«

Dr. Gautier sagte etwas, doch ich verstand es nicht. Jemand fasste mich an den Schultern und zog mich sanft zurück.

»Nein, *ma chère*, das wird er nicht«, sagte Arnaud, seine Stimme klang brüchig. »Er hat uns verlassen.«

»Nein ...«, flüsterte ich in plötzlichem Begreifen. »Nein!«

Und während die letzten Flammen hinter uns erloschen, ließ ich mich von Arnaud umfangen und presste weinend mein Gesicht an seine Schulter.

25. Kapitel

Über dem Wald dämmerte der Morgen heran, ein paar wenige Wolken kräuselten sich am Himmel. Letzte Schneereste schmolzen auf dem Gras. Noch immer hing ein schwacher Brandgeruch in der Luft, selbst hier am Friedhof. Ein kalter Wind zerzauste mir die Haare und wehte über die Laterne und das frische Grab vor mir. Gestern hatte Cyril hier seine letzte Ruhe gefunden.

Ich sprach ein langes, eindringliches Gebet, dann legte ich nieder, was ich mitgebracht hatte: von Lilian einen kleinen Strauß aus buntem Laub, Zapfen und Moos sowie einige Eiben- und Wacholderzweige von mir – Symbole für das ewige Leben. Und Zeichen meiner Dankbarkeit. Denn für mich, für uns hatte Cyril sich dem Dämon der ewigen Dunkelheit gestellt. Für uns hatte er gelebt. Und jetzt hatte er mir sogar die Entscheidung abgenommen, die ich nicht hatte treffen können.

Ich drehte mich nicht um, als ich Schritte hörte. Ich wusste, wer es war. Tränenblind beugte ich mich vor, um eine neue Kerze zu entzünden. Als es mir nicht gleich gelingen wollte, einen Funken zu schlagen, schluchzte ich auf.

Connell legte wortlos seine Hand über meine zitternden Finger und nahm mir Stahl und Feuerstein ab. Als er die Kerze entzündet und in die Laterne gestellt hatte, richtete er sich auf.

»Ich kann es noch immer nicht glauben, dass er nicht mehr da ist«, murmelte er und fuhr sich mit der Hand über das Gesicht, das überschattet war von Trauer und Erschöpfung. Die vergangenen Tage hatten ihm viel von seiner Kraft genommen.

»Sylvie hat gesagt, sie passt auf die Kleine auf«, sagte er dann, ohne dass ich danach gefragt hätte. »Und dass wir so lange bei ihnen wohnen können, wie wir wollen.«

Ich nickte dankbar. Die beiden taten auch sonst ihr Bestes, um uns zu unterstützen. Schon in den langen Stunden der Totenwache hatten sie sich um Lilian gekümmert und danach die Trauerfeier ausgerichtet.

»Er ist nicht umsonst gestorben«, sagte Connell leise. »Ohne ihn wäre Lilian jetzt auch tot. Und ein Teil von ihm wird in ihr weiterleben.«

Ich nickte. In diesem Gedanken lag etwas Tröstliches. Dann verschwamm meine Sicht erneut. »Er fehlt mir«, flüsterte ich.

Connell schaute mich mit einem schwer zu deutenden Ausdruck an.

»Du hast ihn geliebt.« In seiner Stimme klang keine Eifersucht mit, nur die Spur einer Frage. Als wartete er auf Bestätigung.

Ich blickte auf das Grab vor mir, wo die roten Beeren der Eibe wie Blutstropfen aus dem dunklen Grün leuchteten. Bis zum heutigen Tag hatte ich vermieden, mich ernsthaft mit dieser Frage zu beschäftigen. Aber nun gab es keine Ausflüchte mehr. Was war es, was ich für Cyril empfunden hatte? Zuneigung, Freundschaft, Wertschätzung, und, das musste ich gestehen, auch Begehren … Wie sollte man das sonst nennen, wenn nicht Liebe?

»Ja«, bekannte ich. »Das habe ich.«

Noch während ich es aussprach, spürte ich, wie sich der Knoten in mir löste und ich freier atmen konnte.

Connell nickte stumm und sah über mich hinweg in die Ferne. »Ich wünsche ihm«, sagte er dann, »dass er glücklich ist. Wo immer er jetzt auch sein mag.«

Ich hob den Kopf. Die Wolken hatten sich verzogen, der Horizont erstrahlte in rötlichem Glanz; ein Anblick, der mich bei aller Trauer mit einer sonderbaren Zuversicht erfüllte. Es würde ein schöner Tag werden.

»Hast du dir schon Gedanken über Arnauds Angebot gemacht?«, fragte ich zaghaft.

»Ich als Wermutbauer?« Connell hob die Schultern, während der Wind mit seinem schwarzen Haar spielte. »Ich weiß nicht. Das ist alles noch zu frisch für mich. Gib mir noch etwas Zeit.«

Ein Windstoß wirbelte Laub auf und fuhr kalt unter meinen Umhang. Ich fröstelte. Plötzlich sehnte ich mich nach Leben, nach Wärme. Nach meinem Kind.

Connell zog seinen Rock aus und legte ihn mir um die Schultern, seine Berührung dabei war von ungewohnter Scheu. Er schenkte mir ein kleines Lächeln und reichte mir die Hand.

»Komm, *a stóirín*, lass uns zurückgehen.«

Ich lächelte ebenfalls. Über den Bäumen ging die Sonne auf.

Anmerkungen und Danksagung

Wie Sharon gab es 1798, dem ›Jahr der Franzosen‹, etliche Frauen meist einfacher Herkunft, die sich der Sache der Rebellen anschlossen. Damals wurden bis zu 30 000 Iren getötet, manche Quellen sprechen sogar von 50 000. Bis heute leben die Aufständischen in Geschichten und Liedern fort. In Erinnerung an den gescheiterten Aufstand erhebt sich heute in New Ross die Statue eines *croppy boy*. Übrigens: Aus dieser Stadt stammen nicht nur mehrere Protagonisten dieses Romans, sondern auch der Urgroßvater J. F. Kennedys, des ersten katholischen Präsidenten der USA.

Ich bin so nah wie möglich an den historischen Tatsachen geblieben. Father Murphys unrühmliches Ende ist ebenso verbürgt wie Michael Dwyers spektakuläre Flucht. Allerdings habe ich Bürgerwehr und *yeomanry* zu einer einzigen Miliz zusammengefasst und aus dramaturgischen Gründen den Vorfall in den Wicklow Mountains um zwei Wochen verschoben.

Um Michael Dwyer und seine Getreuen aufzuspüren, gingen die Engländer sogar so weit, eine Straße quer durch die Wicklow Mountains anzulegen. Dwyer konnte sich jedoch noch weitere vier Jahre in den Bergen verstecken, bevor er sich 1803 ergab und ins Exil nach Australien geschickt wurde, wo er es bis zum High Constable von Sydney brachte.

Mit dem Zusammenschluss von Großbritannien und Irland im Act of Union 1801 wurde die formelle Unabhängigkeit Irlands endgültig beendet. Es sollte bis 1949 dauern, bis aus Irland eine unabhängige Republik wurde.

In Frankreich hielt sich der Revolutionskalender nur dreizehn Jahre. Nachdem die Bevölkerung die neue Zeitrechnung nie richtig akzeptiert hatte, führte Napoleon 1806 wieder den gregorianischen Kalender ein.

Der Absinth dagegen, ursprünglich als Heilmittel gedacht, trat im 19. Jahrhundert von Frankreich aus seinen Siegeszug als preisgünstiges und vor allem in Künstlerkreisen beliebtes Getränk an, bis er zu Beginn des 20. Jahrhunderts aufgrund seiner halluzinogenen Wirkung verboten wurde. Erst seit einigen Jahren ist er in abgeschwächter Form wieder zugelassen.

Auch wenn das Schreiben eine einsame Angelegenheit ist, so haben mich doch einige Menschen dabei nach Kräften unterstützt. Ich danke Katja Tuschy, die diesen Roman seit seinen allerersten Gehversuchen begleitet hat. Mit ihren klugen Ratschlägen hat sie mir immer wieder weitergeholfen. Bedanken möchte ich mich auch bei meiner Mutter und größtem Fan für ihre Ermutigung, ihre Kritik und die vielen erhellenden Gespräche – vor allem dann, wenn ein unerwartetes Problem nach eiliger Klärung verlangte. Ebenso bei meinen Lektorinnen Lea Katharina Ostmann und Dr. Cordelia Borchardt, deren wertvolle Anregungen es ermöglicht haben, ein ungeschliffenes Manuskript zum Funkeln zu bringen. Ihnen verdankt eine Figur dieses Romans ihr Leben und ihre (literarische) Stimme.

Außerordentlich hilfreich war für mich die Universitätsbibliothek Frankfurt am Main mit ihren großartigen Beständen. Mein weiterer Dank gilt Turlogh Faolain, Alfred Zeller und Robert Kee, deren Bücher unschätzbare Grundlagen für diesen Roman waren; Apotheker Klaus Schoger für Informationen über Laudanum; Dr. Robert Meyer für Literatur über Fauchard und den Zahnwurm sowie all den anderen, die mir mit ihrem Wissen zur Seite standen.

Ganz besonders aber danke ich Stefan, meinem Mann, der immer an mich geglaubt hat. Für dein Lob, deine Geduld, dein Vertrauen und vor allem für deine Unterstützung. Ohne dich gäbe es dieses Buch nicht.

Inez Corbi

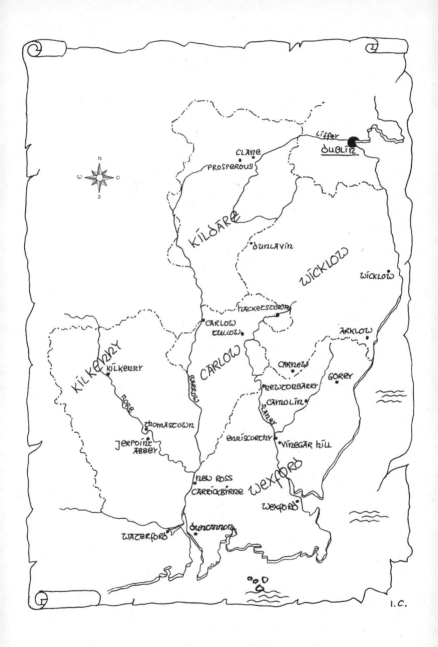